FELIX A. MÜNTER

The Rising

MANTIKORE
VERLAG

Für K. Prost und M. Münter
Danke für eure Ausdauer, euren Zuspruch und eure Unterstützung zu jeder Zeit.

Ein besonderer Dank gebührt Oliver Haase
Freund, Sparringspartner und Probeleser der ersten Stunde.

1. Auflage

Veröffentlicht durch den
MANTIKORE-VERLAG NICOLAI BONCZYK
Frankfurt am Main 2014
www.mantikore-verlag.de

Titelbild: Ignacio Bazán Lazcano
Lektorat: Nora-Marie Borrusch
Satz: Karl-Heinz Zapf
Bildbearbeitung: Helge Balzer

ISBN: 978-3-939212-91-1

VP: 073-61-01-08-0914

Printed in the EU

Felix A. Münter

THE RISING

Buch 1: Neue Hoffnung

Roman

MANTIKORE
VERLAG

Kapitel 1

Der Überfall

Irgendwann war die Welt vor die Hunde gegangen.
Was genau den Kollaps ausgelöst hatte, vermochte heute kaum noch jemand zu sagen. Eine Seuche, eine Naturkatastrophe oder ein folgenschwerer Unfall. Vielleicht auch ein globaler Krieg, in dem irgendeine Partei zuerst auf den roten Knopf gedrückt und damit die Tore zur Hölle aufgestoßen hatte. Vielleicht war es eine Mischung aus all diesen Ereignissen, eine unglückliche Verkettung – oder aber nichts dergleichen.

Fragte man eine Handvoll Menschen danach, so erhielt man mindestens doppelt so viele Antworten. Letzten Endes war es völlig egal. Denn es war Vergangenheit. Und damit für das Leben im Hier und Jetzt völlig unwichtig. Wer überleben wollte, der konnte sich den Luxus, in Erinnerungen einer längst vergangenen Zeit zu schwelgen, nicht erlauben. Im kollektiven Gedächtnis hatte sich einfach nur eine markante Trennlinie eingebrannt. Sie markierte die Zeit DAVOR und die Zeit DANACH.

Der tägliche Kampf ums Überleben hatte das Erbe einiger tausend Jahre Menschheitsgeschichte fast völlig aus den Köpfen der Übriggebliebenen verbannt. Der Zusammenbruch der eigenen Zivilisation war nicht spurlos an der Menschheit vorbeigegangen. Die Anzahl der Spezies Mensch sank innerhalb weniger Jahre von einigen Milliarden auf einen Bruchteil ihrer ursprünglichen Stärke. Kaum dass der Mensch dezimiert war, begann die Natur, sich unbarmherzig auszubreiten, und verschlang an vielen Orten das, was die angebliche Krone der Schöpfung in mühevoller Arbeit in den letzten Jahrhunderten geschaffen hatte.

Jene, die der Katastrophe standgehalten hatten, suchten Sicherheit in der Gruppe und bildeten Gemeinschaften. Einige dieser Gemeinden gingen im Chaos der Folgejahre unter, andere wiederum schafften es, sich zu behaupten. Sie siedelten sich irgendwo in den Weiten der entvölkerten, wilden Landstriche an und versuchten, den Gefahren der neuen Welt zu trotzen. Doch die Welt DANACH konnte kein friedlicher Ort sein. Denn die Menschheit hatte überlebt.

+++

Flach auf dem Bauch liegend hob Eris den alten Feldstecher an die Augen. Das rechte Objektiv des Gerätes war schon vor Jahren zersplittert, doch davon abgesehen befand es sich in gutem Zustand und leistete dem hochgewachsenen Mann vortreffliche Dienste. Seine schulterlangen, dunkelblonden Haare waren zu einem Zopf gebunden und ein stoppeliger Bart verriet, wie lange er bereits in der Wildnis unterwegs war. Er war kräftig, seine Bewegungen routiniert und sicher. Seine Kleider waren von den Tagen in der Wildnis gezeichnet, ausgeblichen und verwaschen. Rechts und links von ihm erstreckte sich urtümlicher, wild wuchernder Wald, während genau vor ihm, fast schnurgerade, eine Schneise durch das Gehölz verlief. In der Zeit DAVOR war dies untrüglich eine der vielen Straßen gewesen, die einem Spinnennetz gleich das ganze Land durchzogen hatten, doch heute war davon kaum mehr als brüchiger Asphalt übrig. Aus den Schlaglöchern und den klaffenden Rissen sprossen Pflanzen und Büsche, hier und da hatten Bäume den undurchdringlich erscheinenden Asphalt durchbrochen. Unzweifelhaft würde die Natur nur noch wenige Jahre brauchen, dann wäre auch dieses Zeugnis der menschlichen Zivilisation verschwunden. Abseits der Straße, fast vom Wald verschlungen, waren einige Autowracks zu erkennen. Von ihnen war mittlerweile kaum mehr als Rost und sprödes Plastik übriggeblieben, das von Moos und Schlingpflanzen überwuchert wurde. Sie waren völlig nutzlos und wahrscheinlich schon vor Jahren all ihrer brauchbaren Teile beraubt worden.

Durch das Okular spähte Eris die alte Straße hinauf. Er verharrte, als er durch die Linse Bewegungen wahrnahm. Seine Finger tasteten nach der Vergrößerung. Vorsichtig stellte er die Optik des Feldstechers ein und die Schemen, die er erkannt hatte, bekamen Konturen, wechselten von einem verschwommenen, milchigen Etwas zu klar erkennbaren Formen.

In etwa zwei Kilometern Entfernung – so schätzte er – bewegte sich langsam eine Karawane.

Eris zählte ein halbes Dutzend schwer bepackter Maultiere, die, von vier Personen geführt, langsam vorantrotteten. Er nahm die Menschen in Augenschein und entdeckte bei dreien von ihnen größere Schusswaffen, während der vierte, ein eher schlaksiger, fast ausgemergelter Mann, unbewaffnet schien. Bei ihm handelte es sich aller Wahrscheinlichkeit nach um den Händler. Die drei anderen mochten demnach nichts weiter als sein Begleitschutz sein.

Auch wenn die drei Männer einen durchaus fähigen und gefährlichen Eindruck machten, so war das alles eher ungewöhnlich. Niemand, der klar bei Verstand war, würde eine Karawane mit nur so wenigen Wächtern auf den Weg schicken – das musste selbst der geizigste Händler wissen. An der Sicherheit seiner eigenen Karawane zu sparen, das bedeutete nichts anderes, als leichtfertig sein Leben aufs Spiel zu setzen. Eris runzelte die Stirn. Normalerweise schickte man immer einen Späher voraus. Das war eine Grundregel – hier aber war das offenbar nicht der Fall.

Skeptisch nahm Eris die Straße und den Wald vor der Gruppe noch einmal in Augenschein, konnte aber keine Vorhut entdecken. Es mochte fähige Kundschafter geben, denen es leicht fiel, nicht aufzufallen, aber hier hatte Eris den Eindruck, dass man sich fähige Leute nicht hatte leisten wollen.

Er legte das Fernglas zur Seite und schüttelte irritiert den Kopf, während sein Verstand zu arbeiten begann.

Vielleicht waren die vier Männer bereits überfallen worden – und was er gesehen hatte, war der klägliche Rest? Vielleicht handelte es sich bei dem Händler, der sich leichtsinnigerweise an der Spitze seines Trupps bewegte, wirklich um einen Bastard, der am falschen Ende sparen wollte? Er zuckte gleichgültig mit den Schultern und robbte vorsichtig einige Schritte zurück.

Dann stand er auf und eilte das Trümmerfeld hinunter, das die eingestürzte Brückenruine umgab, auf der er seinen Beobachtungsposten bezogen hatte. Zielstrebig hielt er auf einige Büsche am Rand der alten Straße zu. Kurz bevor er die Buschgruppe erreichte, schnalzte er zweimal mit der Zunge. Ein Geräusch, das kaum mehr als einige Meter weit hörbar war. Er schob einige Blätter beiseite und bahnte sich seinen Weg in das dichte Buschwerk. Unvermittelt stand er vor seinen drei Begleitern, die ihn erwartungsvoll ansahen.
„So wie es aussieht", begann Eris, „hat es sich wirklich gelohnt, einen Teil von unserem Zeug für die Informationen einzutauschen. Da kommt tatsächlich eine Karawane die Straße herunter. Sechs Maultiere, drei Söldner, ein Händler. Keine Späher, keine Nachhut."
„Das gefällt mir gar nicht. Das stinkt", grummelte einer seiner Freunde, ein vollbärtiger, stämmiger Mann, augenscheinlich der Älteste der kleinen Gruppe.
Eris nickte. „Ich glaube auch, dass da was im Busch ist, Perry. Keiner, der ein bisschen was im Schädel hat, würde mit so wenig Wachen reisen. Vor allem nicht bei so einer Ladung. Wenn es denn stimmt."
„Leute, ich glaube, Ihr seht Gespenster. Vielleicht haben wir einfach nur Glück. So eine Chance bekommt man nur einmal im Leben", warf der augenscheinlich Jüngste der Gruppe ein.
„Was hast du denn schon für eine Ahnung vom Leben, Tyler?", knurrte Perry. „Bei wie vielen Überfällen warst du dabei? Glaub mir, sowas wie Glück gibt es in dieser Welt nicht. Diese Welt ist hart und dreckig – du denkst, du hast Glück, und im nächsten

Moment verschluckt sie dich, kaut dich durch und spuckt dich wieder aus!"
Der Junge biss sich auf die Unterlippe und funkelte Perry für einen Moment zornig an.
„Glaubst du, ich …", setzte er herausfordernd an.
„Was ich glaube, spielt gar keine Rolle. Ich habe deiner Mutter versprochen, ein Auge auf dich zu werfen, und das bedeutet auch, dass ich dich bestimmt nicht ins offene Messer laufen lasse", unterbrach ihn Perry und hob mahnend seinen Zeigefinger. Ihre Blicke trafen sich. Seine Tonlage hatte sich nur um eine Nuance geändert, aber es war spürbar, dass der Alte keinen Widerspruch dulden würde. Der Junge sah ihn noch einen Moment trotzig an und blickte dann zu Boden.
„Und was meinst du?" Eris wandte sich an die einzige Frau der kleinen Gruppe.
„Ich denke, der Kleine hat gar nicht so unrecht. Vielleicht ist das einfach eine Chance, ganz egal, was Perry sagt. Warum lassen wir die Karawane nicht einfach herankommen und entscheiden dann? Ich meine, sie müssen doch eh an uns vorbei." Damit drehte die Frau sich wieder um, legte sich auf den Bauch und sah durch die Blätter in Richtung Straße, das Gewehr im Anschlag.
„Grandiose Idee, Sal. Und wenn uns die Wachen zufälligerweise entdecken sollten und einen nervösen Finger haben, was dann?"
„Was dann? Dann schießen wir zurück und verteilen ihr Blut auf der Straße. Einfach." Sal hatte ihren Blick nicht von der Straße gelöst.
„Pragmatisch wie immer, Sal. Weißt du, eigentlich hatte ich nicht vor, heute ein Blutbad anzurichten. Zuschlagen, die Ware schnappen und weg sein, noch bevor sie überhaupt begreifen, was ihnen gerade passiert ist."
Zugegeben, ein solches Vorgehen verkomplizierte die Überfälle immer wieder. Wahrscheinlich wäre es einfacher, sich wie alle anderen Banden zu verhalten. Ein paar Kugeln, ein paar Tote und keine Fragen. Dieses brutale Vorgehen hatte Eris jedoch

immer widerstrebt. Es gab keinen Grund, jemanden umzubringen, wenn man auch so an seine Waren kommen konnte. Und was ihn anging, so wollte er sich auch in einigen Jahren noch im Spiegel betrachten können. Für seine Freunde galt wahrscheinlich das Gleiche, ungeachtet ihrer Wortmeldungen.

„Eris, das ist dein Plan. Wenn er nicht klappt und die Wachen das machen, wofür sie bezahlt wurden, sehe ich bei der Durchführung ein paar Probleme", gab die Frau zu bedenken.
Eris schüttelte den Kopf „Ich nicht. Vergiss nicht: Wir sind keine blutrünstigen Diebe. Wir sind ... keine Ahnung. Wir haben uns nur auf diesen Überfall eingelassen, weil wir alle gerade eine schwere Zeit haben, nicht mehr und nicht weniger."
„Also gut. Ich finde den Vorschlag von Sal nicht schlecht. Man sollte sich immer alle Möglichkeiten offen halten. Und wenn wir alle unsere Nasen schön in den Dreck drücken, werden uns die Wachen schon nicht sehen." Perry kratzte sich am Kinn. „Und keine Sorge, Eris. Wenn sie nah genug herankommen, dann werden sie diese feinen Teile hier schon genug ablenken, um uns die nötige Zeit zu verschaffen." Damit streichelte der ältere Mann liebevoll einige Betäubungsgranaten an seinem Waffengürtel.
„Vorausgesetzt, dein Wurfarm macht nicht schlapp, alter Mann", grinste Eris diebisch.
„Keine Sorge, das wird er nicht. Und wenn, könnte eine von den Dingern rein zufällig vor deinen Füßen landen", meinte Perry trocken.
Für einen Moment schwieg Eris, während er überlegte, dann nickte er zur Bestätigung aller.
„Dann los. Sal, von hier aus kannst du die Straße gut sehen. Du bleibst hier. Perry, du und der Kurze marschiert gleich rüber auf die andere Straßenseite. Da steht ein Autowrack am Rand des Waldes, dort versteckt ihr euch. Und pass auf, dass der Finger des Kleinen uns nicht vorzeitig verrät." Eris deutete auf die Pistolen des Jungen. Dieser wiederum blickte einen kurzen Mo-

ment wütend, schluckte den Ärger aber herunter, als er den Blicken von Perry und Eris nicht standhalten konnte.
„Ich werde oben auf der Brücke in Stellung gehen. Wir schlagen erst auf mein Zeichen zu – und erst dann, wenn sie auf unserer Höhe sind. Alles klar?"
Perry nickte und bedeutete dem Jungen, ihm zu folgen, während Sal zur Bestätigung die Zieloptik ihrer Waffe justierte.

Die auf dem Asphalt klappernden Hufe der Lasttiere waren das einzige Geräusch, das die Karawane begleitete. Die Wachen und der Händler schwiegen und setzten seelenruhig einen Fuß vor den anderen. Tatsächlich schien es sie nicht zu interessieren, was neben der Straße war – oder ob sich etwas hinter ihrem Zug tat. Sie waren ganz mit sich selbst beschäftigt und unaufmerksam. Diese Art der Leichtsinnigkeit war es, die in der Welt von DANACH über Sieg und Niederlage, ja über Leben und Tod entschied. Wären die Wachen ihr Geld wert gewesen, dann hätten sie sich umgesehen, dann hätte es Späher gegeben, und zuletzt hätte ihnen die Ruine der längst eingestürzten Brücke auffallen müssen. Das Trümmerfeld war unübersichtlich und würde jedem Angreifer Schutz bieten. Einen besseren Ort für einen Hinterhalt konnte es kaum geben.
Rechts und links der Straße hoben sich die Überreste der Brücke einige Meter in die Höhe. So hatte sich ein Engpass gebildet, ein Flaschenhals, durch den man die Maultiere mühsam führen musste.
Der Händler ließ die Karawane etwa fünfzig Schritt vor dem Hindernis halten und gab den Wachen ein paar knappe Anweisungen, dann nahm er das erste Maultier beim Strick und führte es auf die Trümmer zu.
Eris bemerkte, wie die altbekannte Anspannung über ihn kam. Das war ein gutes Zeichen, nach all diesen Jahren noch. Sein Körper bereitete sich auf die nächsten Minuten vor, sein Geist schärfte sich. Je mehr er von dem stümperhaften Vorgehen der Karawanenmitglieder sah, desto weniger schien ihm die An-

spannung notwendig. Die Wachen trieben die anderen Lasttiere hinter ihrem Anführer her, bis sie die Stelle fast erreicht hatten. Hier konnte immer nur ein Maultier die Engstelle passieren – und jedes Mal würde es einen Menschen brauchen, der es führte. Während der Händler also den Anfang machte, bereiteten sich die Wächter vor, die anderen Maultiere durch den Flaschenhals zu bringen.

Vorsichtig kroch Eris auf den Rand des Brückenpfeilers zu.

Er lugte über die Kante aus verwittertem Beton, vorbei an rostigem, verbogenem Metall, und erkannte, dass der Händler beinahe die Stelle unter ihm erreicht hatte. Er konnte sehen, dass die Wächter vor den Trümmern warteten – worauf auch immer. Sie benehmen sich wirklich wie Amateure, überlegte Eris spöttisch.

Behutsam schob er sich wieder in Deckung, schloss die Augen, atmete tief ein und zählte die Sekunden. Plötzlich sprang er hervor und landete mit seinem vollen Gewicht auf dem Nichtsahnenden. Der Aufprall riss beide Männer um, ließ sie dumpf auf dem Asphalt aufschlagen. Das Muli blieb abrupt stehen, tänzelte einen halben Meter zurück, stellte seine Ohren auf und begann mit nervenzerfetzendem Gewieher.

Der Aufprall hatte den Händler gelähmt. Eris fegte den zaghaften Widerstand des zitternden Mannes beiseite und zog seinen Revolver. Er stemmte sich ächzend nach oben und zerrte den benommenen Mann am Kragen auf die Füße. Dieser taumelte und blieb wackelig auf seinen Beinen stehen.

Das nervtötende Gewieher des Maultiers musste die anderen Wachen mittlerweile alarmiert haben. Eris verlor, ungeachtet der Blessuren, die er sich bei der waghalsigen Aktion zugezogen hatte, keine Zeit. Er drückte dem Händler die Waffe in den Rücken und schob ihn durch die Trümmer in Richtung der Eskorte.

Die Karawanenwachen hatten ihre Waffen gezückt und drängten schon auf die Engstelle zu, als sie auf Eris und den Händler trafen. Die Männer hielten inne und legten auf ihn an. Er aber

verstand es, den immer noch benommenen Händler als Schutzschild zu benutzen. Ihre Blicke trafen sich. Eris konnte in den Augen der anderen Verunsicherung lesen. Zweifel keimten in ihm auf – diese Situation war gefährlicher, als er erwartet hatte. Amateure konnten in solchen Momenten unberechenbar sein. Irgendwo löste sich ein Schuss und der Asphalt vor den Füßen der Wachen spritzte auf. Unverkennbar war das die Arbeit von Sal gewesen, die aus ihrer Deckung einen sicheren Schuss gesetzt hatte. Die Männer machten einen Satz zurück und panisch nach rechts und links.
„Das kann alles ohne Tote ablaufen", knurrte Eris hinter dem Händler.
Dieser nickte benommen und blinzelte. Ein feiner Blutstrom rann von einer Platzwunde auf seiner Stirn und lief ihm in die Augen, nahm ihm teilweise die Sicht.
„Tut, was er sagt", brachte der Händler mühevoll über die Lippen.
„Aber Thomas ...", stieß einer seiner Begleiter hervor.
„Verdammt!", gab der Angesprochene zornig zurück. „Tut, was er sagt!"
Eris hielt Thomas an der Schulter, während er mit dem Revolver auf die verunsicherten Männer zielte. „Werft eure Flinten weg. Und dann geht ganz langsam rüber zum Waldrand. Da vorne hin, zu dem Autowrack mit euch."
Die Leute brauchten einen Moment zu lang, um sich einig zu werden, und so peitschte der nächste Schuss aus Sals Gewehr. Das Projektil sauste mit schrillem Pfeifen über die Köpfe der Männer hinweg.
„Wird's bald?", brüllte Eris die Männer an.
Schließlich warfen sie ihre Waffen zu Boden, hoben die Arme und trotteten langsam hinüber zum Autowrack. Als sie es fast erreicht hatten, schälten Perry und der Junge sich aus ihrem Versteck, ihre Waffen im Anschlag.
„Perry, wärst du so gut?", rief Eris dem älteren Mann zu, während er Thomas unsanft in Richtung der Maultiere stieß.

„Mit Vergnügen!“, antwortete der Alte und machte einige Schritte auf die Männer zu, während der Junge sie mit seinen beiden Pistolen in Schach hielt.
„Also, das ist nichts Persönliches“, fing Perry an und fuchtelte bedrohlich mit seiner alten Schrotflinte herum, „aber lasst die Hosen bis zu den Knöcheln herunter und legt euch auf den Bauch, kapiert?“
Widerwillig taten die drei Wachen, was von ihnen verlangt wurde.
Eris hatte mit Thomas mittlerweile die Maultiere erreicht.
„Es gibt so ein Gerücht, dass ihr Medikamente transportiert. Wo ist das Zeug?“
Unbeholfen taumelte der Händler auf eines der Maultiere zu und machte sich an den Satteltaschen zu schaffen. Einige Sekunden später zog er einen Plastikbeutel hervor, schwenkte ihn in der Luft und hielt ihn Eris entgegen.
„Du willst mich verarschen, oder? Das ist alles? Das ist der normale Vorrat, den jede ordentliche Karawane bei sich hat.“ Eris hob den Revolver und zielte auf die Brust des Mannes. „Wenn du dir eine Kugel fängst, kann ich auch allein suchen. Dauert dann halt nur länger.“
„Das ist alles!“, beteuerte Thomas und warf dabei nervös einen Blick zur Seite, der einen Sekundenbruchteil zu lang dauerte. Eris war dem Blick des Mannes gefolgt und grinste schief.
„Na, wenn das so ist, dann wirst du nichts dagegen haben, wenn wir uns die anderen Satteltaschen ansehen?“ Eris deutete auf das Tier, das Thomas zuvor mit seinem Seitenblick verraten hatte.
Der Händler erstarre und blickte Eris fassungslos an. Seine Lippen bewegten sich tonlos, als wolle er etwas sagen, dann aber nickte er zaghaft und bewegte sich resigniert auf das Muli zu.
„Geht doch. Warum denn nicht gleich so?“, kommentierte Eris das Geschehen, während er einen schnellen Blick in Richtung Perry und des Jungen warf. Die beiden schienen die Situation im Griff zu haben. Von Sal hingegen fehlte jede Spur. Sie lag wahrscheinlich immer noch in den Büschen und betrachtete die

Szenerie durch ihre Zieloptik. Mit zittrigen Händen öffnete der Händler die Satteltaschen und wühlte darin herum. Was er zum Vorschein brachte, war zu großen Teilen Plunder. Für die Mitglieder in irgendeiner Gemeinde mochten diese Dinge wichtig sein, aber für Eris und seine Begleiter waren sie völlig wertlos. Als letztes förderte der Mann einen durchsichtigen Plastikbeutel zutage. Dem Zittern seiner Hand nach zu urteilen, musste es sich dabei um etwas Wertvolles handeln. Eris kniff die Augen zusammen und betrachtete den Plastikbeutel. So wie es aussah, war das der übliche elektronische Müll, den man überall finden konnte. Kleine Bauteile, Platinen, Module. Warum aber war der Händler dann so nervös?

„Das ist nicht dein Ernst! Du scheißt dich wegen dem Schrott so ein?“ Eris entriss dem Mann den Plastikbeutel, während er ihn mit dem Revolver in Schach hielt. Neugierig wendete er den Beutel in der linken Hand, befühlte ihn und versuchte, eine Besonderheit daran zu erkennen. Doch von so etwas hatte er keine Ahnung – wie die meisten Menschen – und so war es nichts anderes als Schrott.

„Dann sag mir mal, was so besonders an dem Zeug sein soll. Und versuch nicht, mich anzulügen. Du hast nicht umsonst so einen Wind um den Kram gemacht.“

„Ich … ich habe keine Ahnung“, setzte Thomas an und wischte sich Blut aus dem Gesicht. „Das ist noch nicht mal mein Zeug. Ich habe es in einer Siedlung aufgenommen und soll es zur nächsten bringen. Man hat mir dafür eine ganze Menge versprochen. Und gedroht, mir alle Knochen zu brechen, wenn die Sachen verschwinden.“

„Also ist es wichtiger Kram. Teurer Kram. Zeug, für das einige Leute eine ganze Menge zahlen würden, oder?“

Zaghaft nickte der Händler.

„Wunderbar. Ich habe zwar keine Ahnung davon, aber wenn es so ist, wie du sagst, dann werden wir es sicher irgendwo umsetzen können. Und was dich und deine Wachen angeht, drei Ratschläge hätte ich noch. Erstens: Das nächste Mal sei nicht knauserig und heuere mehr Wachen an, das schreckt Leute wie uns ab. Zweitens: Schick immer einen Späher voraus, wenn der seinen Namen wert ist, entdeckt er Leute wie uns vorher. Und drittens: Wenn das stimmt, was du sagst, dann solltest du zu deiner eigenen Sicherheit ein paar Monate einen Bogen um die Gegend hier machen. Wäre doch eine Schande, wenn dir was passieren würde." Eris klopfte dem Mann lächelnd auf die Schulter. „Sei froh", bemerkte er flapsig. „Der Weg ist weit und ich hab' dir ein bisschen was von der Last abgenommen."

+++

Es waren einige Minuten vergangen, bis die Wachen sich wieder aufgerafft hatten. Schweigend sammelten sie ihre entladenen Waffen ein und trieben die Maultiere zusammen. Eris und seine Begleiter hatten sie zum Abschied in alle Richtungen gejagt. Eine gute Stunde später hatte die Eskorte auch das letzte der störrischen Tiere zur Brücke gebracht.

Thomas hatte sich von dem Angriff immer noch nicht ganz erholt, und jetzt, wo das Adrenalin aus seinem Körper gewichen war, fühlte er sich nicht nur schwach, sondern wütend und hilflos. Zudem spürte er auch die vielen Schrammen und merkte, dass er den rechten Fuß nicht mehr vollständig belasten konnte. Er hatte sich schwerer verletzt, als er zuerst dachte. In seinem Schädel hatte ein dumpfer Schmerz eingesetzt, aber immerhin hatte die Platzwunde aufgehört zu bluten. Während seine Freunde die Maultiere zusammengetrieben hatten, war er damit beschäftigt gewesen, sich notdürftig den Kopf zu verbinden. Zuerst war er auf seine Begleiter wütend gewesen, hatte sich dazu hinreißen lassen, sie nutzlose Bastarde zu schimpfen, dann aber legte sich sein Zorn. Immerhin waren es nicht irgendwelche Söldner. Es waren seine Freunde. Ihm wurde klar, dass er mehr auf sich selbst wütend war als auf irgendjemand anderen. Wütend, nicht mehr Wachen mitgenommen zu haben – die Möglichkeit dazu hätte durchaus bestanden. Wütend, dass er

das verlockende Angebot von diesem merkwürdigen Kauz angenommen und die verdammten Datenspeicher transportiert hatte. Und vor allem war er wütend darüber, dass es seine Nervosität gewesen war, die der Bande den entscheidenden Hinweis gegeben hatte.
Doch all das half nicht viel. Thomas musste eine Entscheidung treffen. Keinem war geholfen, wenn die Karawane länger als nötig unbeweglich im Nirgendwo, kilometerweit von der nächsten Siedlung entfernt, auf der Straße kampierte. Er dachte über die letzten Worte des hochgewachsenen Anführers nach. Wahrscheinlich war es tatsächlich das Beste, den ursprünglichen Plan zu ändern und in eine ganz andere Richtung zu ziehen. Immerhin war er lebend aus dem Überfall herausgekommen – und wenn es nach ihm ginge, dann sollte das nicht umsonst gewesen sein.
Mit einem Stöhnen stemmte er sich hoch und rief die Eskorte zu sich.
„Das war's, Jungs“, teilte er ihnen mit. „Wir kehren um.“
„Die werden Fragen stellen“, meinte einer seiner Begleiter. „Und uns auslachen.“
„Das ist ja wohl das kleinste Problem“, entgegnete Thomas. „Hoffen wir, dass der Tumult nicht noch andere Aasgeier angelockt hat.“

Obwohl der Himmel bedeckt war, lief Thomas der Schweiß in Strömen über den Körper. Sein Kreislauf sackte immer wieder ab, und die Abstände zwischen den Pausen, die die Karawane deshalb einlegen musste, wurden immer kürzer. Jeder Schritt tat dem Mann weh, und sein Knöchel war inzwischen angeschwollen. Doch immerhin konnte er noch laufen.
Mehrfach hatte er mit dem Gedanken gespielt, eines der Maultiere für sich zu nutzen, doch dies immer wieder verworfen. Die Tiere waren bis an die Grenzen des Machbaren beladen und es hätte zwangsläufig bedeutet, einen Teil der Ware zu verlieren. Damit wollte und konnte Thomas sich nicht anfreunden. Si-

cher, es war möglich, auch noch Ware auf das Gepäck seiner Freunde zu verteilen, wenn es sein musste. Aber wie er es auch drehte und wendete, letzten Endes würde er Teile seiner Schätze hier im Nirgendwo zurücklassen müssen. Das Zeug ist unersetzbar, kalkulierte er. Ein verstauchter Knöchel hingegen – der konnte heilen.

Zuerst verfluchte er Eris und seine Begleiter nur in Gedanken, dann kamen die Flüche leise über seine Lippen – und am Ende verwünschte er die Bande lauthals, während er sich Meter für Meter über den Asphalt quälte und die Karawane aufhielt. Natürlich hatten sie die Medikamente mitgenommen – ausgerechnet. Die Tableten waren in fast allen Siedlungen von unschätzbarem Wert und noch dazu leicht zu transportieren. Natürlich waren die Verbrecher gerade auf solche Dinge besonders scharf, abgesehen von Munition, Waffen, Zigaretten und Kaffee.

Der Händler warf einen Blick auf seine Kumpane. Immerhin konnte er darauf vertrauen, dass sie loyal zu ihm stehen und weiterhin seinen Anweisungen folgen würden. Wäre es eine rein geschäftliche Beziehung gewesen, wäre diese wohl bereits beendet. Söldner, so hatte er gehört, hätten ihren Auftraggeber bereits einen Kopf kürzer gemacht und zusammen mit den Maultieren das Weite gesucht. Dieser Umstand machte ihm neuen Mut und seine Gedanken hellten sich ein wenig auf.

„Nehmt das Gepäck von dem Muli hier runter", entschied er schließlich. „Verteilt das, was geht, auf die anderen Tiere, und dann nehmt ihr eure Rucksäcke. Seht nach, was ihr entbehren könnt."

Mittlerweile kam die Karawane wieder gut voran. Thomas saß auf dem letzten Maultier und versuchte, irgendwie das Gleichgewicht zu halten, was allein aufgrund des fehlenden Sattels und des Dröhnens in seinem Kopf ein kleines Kunststück war. Immerhin ging es ihm nun aber erheblich besser und er hatte nicht alle paar Minuten mit tanzenden Sternen vor seinen Augen zu kämpfen.

Zwei der Bewaffneten waren inzwischen an der Spitze der Karawane, während der dritte das Schlusslicht bildete und damit auch immer mindestens ein besorgtes Auge auf Thomas warf. Die Maultiere trotteten ungerührt voran. Wenn alles klappte und sie auch in der Nacht in Bewegung blieben, konnten sie schon am kommenden Morgen die Siedlung erreichen. Immer mehr kam er zu der Überzeugung, dass es die richtige Entscheidung gewesen war, umzukehren und den Schutz des Dorfes zu suchen. Alle waren sie nach dem Überfall angespannt und würden erst wirklich zur Ruhe kommen, wenn sie eine Nacht darüber geschlafen hätten.
Plötzlich knallte ein Schuss. Thomas zuckte zusammen. Im nächsten Moment kippte einer seiner Freunde an der Spitze der Karawane um, ohne einen Schmerzenslaut von sich zu geben. Thomas' Hände krallten sich in die Zügel des Maultiers. Kopflos blickte er sich um.
Überall nur Wald. Eine Wand aus Grün und Braun, in der die Konturen fast vollständig verschwammen. Nirgendwo konnte er einen Angreifer entdecken.
Der zweite Wächter an der Spitze griff hastig nach seinem Gewehr und war damit beschäftigt, die Waffe in den Anschlag zu bringen, als der nächste Schuss knallte. Getroffen stürzte der Mann zur Seite und verlor dabei sein Gewehr.
Der dritte hatte seine Pistole gezogen und sprang, mit langen Sätzen, in Richtung des nächstgelegenen Waldrandes. Er kam drei oder vier Meter weit, dann krachte es erneut. Der Schuss riss ihn mitten in der Bewegung aus der Luft. Ungelenk schlug der Mann auf dem harten Asphalt auf, rollte noch einige Schritte und blieb dann regungslos liegen.
Thomas fluchte und riss das bockende und kreischende Muli mit aller Kraft am Zügel herum. Er presste seine Waden in die Flanken des Tiers, trieb es mit roher Gewalt an. Das Muli raste los. Dabei duckte sich Thomas so tief wie möglich und presste sich an den Hals des Tieres, um ein möglichst kleines Ziel zu bieten.

Ein vierter Schuss fiel. In Erwartung des explodierenden Schmerzes kniff er die Augen zusammen. Doch stattdessen schrie das Muli unter ihm auf, als es in die Seite getroffen wurde. Es taumelte und brach zusammen. Thomas wurde aus dem Sattel geworfen und landete unsanft mit dem Kopf auf dem Asphalt. Seine Schmerzen vergingen, die schrecklichen Bilder verblassten und fast augenblicklich umfing ihn eine segensreiche Schwärze.

Schmerzhaft wurde Thomas wieder ins Hier und Jetzt zurückgeholt. Sein Schädel dröhnte mehr den je, während der Rest des Körpers langsam, aber unweigerlich in das schräge Orchester der Schmerzen einstimmte. Er hatte den Geschmack von Blut im Mund und spürte, dass sein rechtes Auge zugeschwollen war.

Er wollte die Hand heben, um sein malträtiertes Gesicht zu betasten, doch er konnte den Arm nicht bewegen. Es brauchte einen Moment, bis er realisierte, dass sein Arm nicht gebrochen, sondern seine Hände gefesselt waren. Reflexartig versuchte er, seine Beine zu bewegen, doch stellte panisch fest, dass man auch seine Knöchel zusammengebunden hatte. Sein Herz begann zu pumpen, Adrenalin breitete sich in seinem Körper aus und er rang nach Luft, bemühte sich, die Panik niederzukämpfen. Unter Schmerzen versuchte er, wenigstens die Augen zu öffnen, um zu sehen, in welcher Lage er sich befand.

Er saß mit dem Rücken an einem Baum, die Arme um den Stamm geschlungen und gefesselt. Mit einem Kabelbinder hatte man seine Beine zusammengezurrt.

Der Händler versuchte, den Kopf zu drehen, um mehr von seiner Umgebung zu sehen, doch sofort meldete sich sein dröhnender Schädel. Übelkeit rollte wie eine Welle heran und schlug über ihm zusammen, während er sich hustend erbrach. Sein Kopf sackte kraftlos auf seine Brust. Erneut wurde er bewusstlos.

„Hey Schlafmütze, wach auf!“, hörte er jemanden sagen, als er aus der Ohnmacht erwachte.
Eine raue Hand strich unsanft über sein Gesicht. Das Pochen in seinem Schädel war mittlerweile nur noch dumpf, obgleich es immer noch da war. Als die verschwommenen Schemen sich langsam aufklarten und zu einem Bild zusammensetzten, erkannte er das markante, harte Gesicht eines Mannes, der neben ihm hockte und ihn anstarrte. Bösartige, kalte Augen blickten Thomas an. In einem raubtierhaften Grinsen bleckte der Mann seine Zähne. Thomas hatte kaum einen Zweifel daran, wie sich diese Unterhaltung entwickeln würde.
„Wer bist du?“, brachte er mühevoll hervor.
„Tut nichts zur Sache. Ich habe ein paar Fragen an dich“, erklärte der Mann und setzte sich in das vertrocknete Laub auf dem Waldboden.
„Du hast meine Karawane. Alles, was ich besitze. Mehr habe ich nicht.“
„An dem Müll bin ich nicht interessiert“, knurrte der andere. „Es geht um was ganz anderes. Es heißt, du hast es transportiert, aber ich hab‘s nicht finden können.“
Thomas wusste sofort, was der Mann suchte. Er schüttelte hastig den Kopf und setzte zu einer Erklärung an, aber dem Kerl hatte das Kopfschütteln wohl nicht gefallen. Mit Nachdruck und einem spöttischen Lächeln betastete er unsanft den geschwollenen Knochen des Händlers. Thomas stöhnte vor Schmerz auf.
„Versuch es nochmal“, forderte ihn der Fremde auf.
„Ja … ja. Die Datenspeicher, richtig?“, presste Thomas hervor, als er wieder zu Atem gekommen war.
„Genau die. Wo hast du sie versteckt?“
„Hab‘ ich nicht.“ In Erwartung weiterer Schmerzen biss der Händler die Zähne vorsorglich zusammen, diesmal aber tat ihm der Fremde nichts.
„Hast du nicht? Und wo sind sie dann?“
„Gestohlen.“

„Was?“, zischte der Mann und hob drohend die geballte Faust.
„Ja, gestohlen, wirklich!“, presste Thomas hastig hervor. Er zuckte vor der Geste des Mannes zusammen, erwartete den Schlag in der nächsten Sekunde.
„Dann erzähl, verdammt nochmal!“, fluchte der Fremde, die Faust immer noch drohend erhoben.
„Vor ein paar Stunden haben sie uns überfallen. Drei, vielleicht vier Angreifer. Ein paar Kilometer die Straße hinunter ist eine alte Brücke, da haben sie auf uns gewartet.“
Der Fremde stieß einen leisen Fluch aus und schlug auf den Oberschenkel des Händlers, der vor Schmerzen aufschrie.
Einige Sekunden vergingen, in dem brennender Hass auf den Kerl in Thomas aufloderte.
„Gut. Ich bin ehrlich“, sagte sein Peiniger. „Du wirst nicht in einem Stück aus der Sache kommen. Du hast es aber in der Hand, ob es schnell geht oder lange dauern wird. Liegt ganz bei dir. Ich will ein paar Antworten.“

+++

Die Gruppe bahnte sich in lockerer Formation ihren Weg durch das Unterholz, als das Geräusch von Schüssen durch den Wald hallte. Instinktiv gingen sie alle in Deckung, bis sich die Erkenntnis manifestierte, dass die Schüsse nicht ihnen gegolten und sie nur deren entferntes Echo vernommen hatten.
Eris sah sich um und versuchte, auszumachen, aus welcher Richtung die peitschenden Geräusche gekommen waren, kam aber zu keinem Ergebnis. So etwas hier im Wald einzuschätzen, das war nicht seine Stärke, und er zweifelte daran, ob das überhaupt jemand konnte. Abgesehen von Sal. Er warf einen fragenden Blick in ihre Richtung. Sie hatte die Augen geschlossen, den Kopf in den Nacken gelegt und horchte konzentriert in den Wald hinein. Nach einigen Sekunden öffnete sie die Augen und deutete in eine bestimmte Richtung. Wenn Eris nicht alles täuschte, lag dort die Straße.

Nachdem sie mit der Karawane fertig waren, hatten sie sich einen guten Kilometer in den Wald zurückgezogen und dann im weiten Bogen gen Westen gewandt. Nun bewegten sie sich einigermaßen parallel zur Straße. So kamen sie zwar nicht unbedingt schnell voran, aber immerhin mieden sie einsehbares und potenziell gefährliches Gelände. Eine Reisegruppe war immer eine Verlockung für die verschiedensten Leute. Und Eris hatte beschlossen, Ärger vorerst aus dem Weg zu gehen. Er wollte mit den anderen einfach nur die nächste Siedlung erreichen.
„Das kam von der Straße", kommentierte Perry die Geräusche und sprach damit aus, was allen eigentlich schon klar war. Eris nickte zur Bestätigung.
„Was da wohl passiert ist?", fragte Tyler zaghaft.
„Ich nehme an, da wird die nächste Karawane überfallen. Oder irgendwer versucht sich daran, sich sein Abendessen zu erjagen", bemerkte Sal. Eris schüttelte den Kopf.
„Unwahrscheinlich. Auf der Straße war keine zweite Karawane unterwegs. Und wer Ahnung vom Jagen hat, der braucht nicht gleich vier Schuss."
„Aber was dann?", fragte der Junge neugierig.
„Was wohl, Kleiner? Da wird jemand ganze Arbeit leisten und unsere Karawane auseinandernehmen. Wahrscheinlich sind es Typen ohne Anstand, nicht so wie wir. Die fackeln nicht lange und pusten die Leute gleich über den Haufen", brummte Perry und rappelte sich stöhnend aus seiner Deckung auf.
„Wahrscheinlich", murmelte Eris und tat es dem Vollbärtigen gleich. „Drei Wachen und ein Händler. Vier Schuss. Alle Achtung."
Sal schnellte in die Höhe. „Das ist kein Kunststück, so wie die sich verhalten haben. Das hätte sogar der Kleine fertigbekommen können", zischte sie ärgerlich.
Eris winkte ab. „Wie auch immer. Ich denke, wir sollten nachsehen."
„Das ist nicht dein Ernst, Eris! Ich bin froh, wenn wir von der Straße weg sind. Außerdem ist es nicht mehr weit bis zur näch-

sten Siedlung. Was auch immer da passiert ist, es geht uns nichts an!" Perry schüttelte ärgerlich den Kopf.
„Mein voller Ernst, Perry. Wenn die Karawane wirklich irgendeiner Bande zum Opfer gefallen ist, dann sollten wir vorsichtig sein. Ich habe keine Lust, dass wir den gleichen Typen in die Arme laufen. Sowas wird schnell blutig. Daher sollten wir uns einen Überblick verschaffen, schauen, was es war und dann einen gehörigen Sicherheitsabstand wahren. Hier im Wald marschieren wir aber blind."
Sal nickte bestätigend. „Eris hat recht, Perry. Wenn es nur fünf oder sechs sind, dann werden wir wenig Probleme mit ihnen haben, wenn es mehr sind, könnte es übel enden. Also sehen wir besser nach, und wenn es sein muss, halten wir uns eben versteckt. Was macht es denn, ob wir morgen oder in zwei Tagen die Siedlung erreichen?"
Perry kratzte sich am Kinn. „Das macht eine ganze Menge. Im Gegensatz zu euren schreien meine Knochen nach einem ordentlichen Bett …"
„Jetzt tu nicht so, alter Mann!", lachte Sal. Perry grinste und nickte Eris dann zustimmend zu. Der Jüngste von ihnen hatte bisher noch gar nichts zum Gespräch beigetragen, aber irgendwie war klar, dass seine Meinung hier wenig zählte.
„Also gut. Zurück zur Straße. Sal, du schlägst dich allein durch, wir folgen. Wenn dir was auffällt, gib uns das übliche Zeichen. Alles andere wird sich dann klären."

Eris hob den Kopf über den entwurzelten Baumstamm und setzte den Feldstecher an die Augen. Von hier aus hatte er einen guten Überblick auf die schnurgerade Straße, lediglich ein paar Bäume und Sträucher versperrten ihm die volle Sicht.
Durch das staubige Okular erblickte er die drei toten Karawanenwachen. Aber etwas ganz anderes erregte seine Aufmerksamkeit. Das Gepäck der Maultiere war auf der Straße verstreut und schien durchwühlt. Von den Tieren jedoch fehlte jede Spur. Eris befeuchtet sich die Lippen und betrachtete die Szene noch et-

was eingehender. Konzentriert suchte er das gesamte Areal ab. Einige Meter hinter den Toten, die Straße hinab, wurde er fündig. Hier lag eines der Mulis, offensichtlich erschossen. Er schwenkte zu den Leichen zurück, als ihm eine Bewegung auffiel. Vorsichtig justierte er die Vergrößerung. Am Waldrand, verborgen von Büschen, erkannte er eines der Lasttiere. Es graste dort teilnahmslos, als sei nichts geschehen.
Eris nahm den Feldstecher von den Augen, trat wieder in den Schatten des Waldes zurück und drehte sich zu den anderen herum.
„Komisch ...“, kommentierte er seine Beobachtungen, während Perry und Tyler ihn fragend anblickten. Eris dachte einen Moment nach und setzte dann zu einer Erklärung an.
„Scheint wirklich so, als habe man es auf unsere Karawane abgesehen. Die drei Wachen liegen tot auf der Straße, eines der Maultiere haben sie auch erwischt. Aber von unserem Händler fehlt jede Spur. Noch dazu hat die Bande scheinbar kein Interesse an den Waren gehabt. Die liegen wild verstreut auf der Straße, keine Ahnung, ob was fehlt. Die Mulis haben sie auch nicht mitgenommen. Zumindest grast eins davon treudoof ein paar Meter neben den Leichen.“
„Und jetzt?“, platzte Tyler heraus. Perry legte dem Jungen die Hand auf die Schulter und bedeutet ihm so, zu schweigen.
„Ich werde es mir einmal näher ansehen“, beschloss Eris. „Perry, du und Tyler geben mir vom Waldrand aus Deckung.“
Damit streifte er seinen Rucksack von den Schultern und entledigte sich allen Gepäcks. Perry und der Junge teilten das Gepäck unter sich auf, dann machten die drei sich gebückt zum Waldrand auf. Dort angekommen schnalzte Eris zweimal mit der Zunge und hielt inne. Irgendwo von rechts wurde das Signal von Sal erwidert. Eris nickte zufrieden. Es war ein beruhigendes Gefühl, von der Schützin gesichert zu werden. Er zog seinen Revolver, überprüfte automatisch die Kammern und schlich auf die Straße.
Bei der ersten Leiche machte er einen kurzen Zwischenstopp.

Der Mann lag in seinem Blut, eine Kugel in den Hals hatte ihn zu Fall gebracht. Die Pistole hielt er immer noch umklammert, die Augen weit aufgerissen. Offenbar war der Mann dabei gewesen, in den rettenden Wald zu flüchten, als er erschossen wurde. Eris' Blick blieb an den Füßen des Mannes hängen. Er trug seine Stiefel noch. Ordentliche Stiefel waren in dieser Welt von unschätzbarem Wert und konnten in der nächsten Siedlung ein kleines Vermögen einbringen. Welcher Räuber würde sich diese Beute entgehen lassen? Er beschloss, die Taschen des Mannes später zu durchsuchen, und hastete weiter. Als nächstes erreichte er die wild auf der Straße verstreuten Gepäckstücke.
In dem Durcheinander konnte er keinen Sinn erkennen. In der Tat schien es, als seien die Sachen planlos von den Maultieren gerissen und durchwühlt worden. Plastikbeutel und Bündel waren aufgerissen und deren Inhalt überall verstreut. Eris beschloss, dieses Chaos später zu begutachten, und bahnte sich dann den Weg zu den beiden anderen Toten am Anfang des kleinen Schlachtfeldes.
Die beiden Söldner lagen nur einige Meter voneinander entfernt. Der erste schien dort gefallen zu sein, wo er gestanden hatte. Ein großer dunkler Fleck auf seiner Brust verriet, wo er getroffen worden war. Der Mann hatte noch nicht einmal Zeit gehabt, seine Waffe klarzumachen – wahrscheinlich war er als Erster erschossen worden. Der zweite Söldner bot ein grauenhaftes Bild. Sein Gewehr lag einige Schritte von ihm entfernt. Offenbar hatte eine Kugel ihn in der Magengegend getroffen. Der Blutspur zufolge musste er sich danach noch bewegt haben. Das Schreckliche war nicht etwa das Blut oder die klaffende und stinkende Bauchwunde. Vielmehr waren es die verkrallten Hände, mit denen der Tote versuchte hatte, die Blutung zu stoppen. Und dann war da noch dieses schmerzverzerrte Gesicht und die erstarrten Augen, panisch, fast flehentlich aufgerissen.
Das eigentümliche Wiehern des Maultiers ließ Eris erschrocken herumfahren, den Revolver schussbereit. Das Muli hatte ihn entdeckt und quittierte seine Beobachtung mit Geblöke. Eris

verfluchte das Tier leise und sah sich um, ob das Geräusch vielleicht noch irgendjemand anders alarmiert hatte. Als er sich sicher war, unentdeckt geblieben zu sein, eilte er zu den anderen zurück und berichtete. Sal war mittlerweile wieder zu ihnen gestoßen.
Eris beendete die Schilderung seiner Eindrücke. „Sal, du gibst den Jungs von hier Deckung. Ihr sammelt das ein, was wir gebrauchen können. Ich glaube, ich habe auch ein bisschen Alkohol gesehen. Und nehmt auch das Maultier. Dann müssen wir unsere Rucksäcke nicht schleppen. Ich schlage mich in die Büsche und werde mir die Gegend einmal ansehen. Vielleicht finde ich ja noch Spuren von unserem Händler."
„Oder du läufst genau denen in die Arme, die dafür verantwortlich waren", stichelte Sal.
„Keine Angst. Ich bin vorsichtig und werde mir schon nicht in meinen Hintern schießen lassen, Sal", grinste Eris. Die Frau knurrte etwas zur Entgegnung, lächelte dann aber. „Pass einfach auf dich auf. Ich kann nicht an zwei Orten gleichzeitig sein."
Für einen Moment überlegte Eris, ob es echte Besorgnis war, die er da in ihrer Stimme zu hören glaubte.

Mit der Waffe in der Hand schlich Eris durch das Unterholz. Alle paar Meter hielt er inne und lauschte in den Wald hinein. Auf diese Art durchkämmte er den Wald auf der gegenüberliegenden Seite der Straße.
Da war ein Geräusch. Eris hielt inne. Er konzentrierte sich, schloss die Augen und hörte genau hin. Er vernahm es wieder. Es brauchte einige Sekunden, bis Eris es richtig eingeordnet hatte. Es war ein unrhythmisches, röchelndes Atmen. Dazwischen mischte sich ein leises Stöhnen.
Vorsichtig schob er die Zweige beiseite. Vor ihm lag eine flache Mulde. Am anderen Ende der Mulde erhob sich ein Baum, an dessen Stamm gelehnt jemand saß. Das Geräusch kam von ihm. Eris erkannte Thomas sofort. Er sah, dass man ihn gefesselt hatte. Mit einem schnellen Blick suchte er nach anderen Personen,

konnte aber außer einigen Spuren in der Mulde nichts erkennen.
Der Händler war in einem erbärmlichen Zustand. Der notdürftige Verband an seinem Kopf schimmerte rot, sein Gesicht war eine Ansammlung aus Schwellungen und Blutungen. Der Kopf des Mannes war nach vorne gesackt. Nur das leichte, unregelmäßige Heben und Senken des Brustkorbs verriet, dass der Händler noch am Leben war. Irgendwer hatte ihm das Hemd aufgerissen und über seinen geschundenen Oberkörper zog sich ein Geflecht aus gezackten Schnitten. Keiner der Schnitte war tief genug, um lebensgefährlich zu sein, aber sie alle mussten ihm höllische Schmerzen bereiten. Auf dem Oberschenkel des Mannes klaffte eine tiefe Wunde.
Eris hastete aus der Deckung in Richtung des Verletzten. Kaum angekommen, zog er mit der Linken sein Messer aus dem Gürtel und machte sich an den Fesseln des Mannes zu schaffen. Als der Verletzte nicht mehr gehalten wurde, kippte er unweigerlich zur Seite, und Eris bemühte sich, ihn aufzufangen und behutsam ins trockene Laub gleiten zu lassen.
Er steckte seine Waffen weg und legte sich den Schwerverletzten über die Schulter. Mit schnellen Schritten, diesmal weniger auf Vorsicht bedacht, eilte er durch die Büsche zurück zur Straße. Dort war Perry gerade damit beschäftigt, aus den verstreuten Sachen das Beste zusammenzusuchen, während Tyler ein wenig abseits stand, das Muli am Zügel. Beide blickten erstaunt auf, als Eris, mit dem Verletzten über der Schulter, aus dem Wald auf sie zulief. Perry ging ihm mit fragendem Blick entgegen, doch Eris dachte gar nicht daran, halt zu machen oder sich irgendwie zu erklären. Zielstrebig überquerte er die Straße, drang wieder in den Wald ein und hielt auf die Stelle zu, an der sie ihr Gepäck zurückgelassen hatten. Hier legte er den Mann vorsichtig ab und schob ihm einen der Rucksäcke unter den Kopf. Perry war Eris eilig gefolgt und ließ sich auf die Knie sinken. Noch bevor der bärtige Mann fragen konnte, begann Eris mit der Erklärung. „Ich hab ihn auf der anderen Seite in einer Mulde gefun-

den, an einen Baum gefesselt. Scheinen ihn übel zugerichtet zu haben, wahrscheinlich Folter. Keine Ahnung, wie schlimm es ist."

Das war alles, was Perry wissen musste. Er nickte und begann, den schwerverletzten Mann zu untersuchen. Keiner aus der kleinen Gruppe wusste genau, woher Perry seine medizinischen Kenntnisse hatte, aber letzten Endes war das auch egal. Sein Wissen hatte sie schon mehr als einmal vor dem Schlimmsten bewahrt. Völlig in seinem Element, führte Perry einige routinierte Handgriffe aus und bedeutet Eris mit einem Wink, dass er seinen Rucksack brauchte. Daraus fischte er, neben einer schwarzen Ledertasche voller medizinischer Apparaturen, auch ein Stethoskop heraus und horchte den Händler ab.

Eris ließ den bärtigen Arzt seine Arbeit machen und ging die paar Schritte zur Straße zurück. Mitten auf der Straße stand der Junge, in der einen Faust den Strick des Mulis, während er mit der anderen ungelenk in den Waren herumwühlte. Eris schloss zu ihm auf und gemeinsam bepackten sie eilig das Lasttier, bevor sie zu ihrem provisorischen Lager zurückkehrten. Dort war Sal mittlerweile aufgetaucht und beobachtete die Arbeit des Arztes fasziniert.

„Ehrliche Meinung: Ich glaube nicht, dass er es schaffen wird. Seine Kopfverletzung macht einen üblen Eindruck, aber das scheint ohne Brüche verlaufen zu sein, wenn man mal von seiner Nase absieht. Sorgen macht mir sein Oberkörper. Die Schnitte sind Kinderkram, aber er hat mindestens vier gebrochene Rippen, drei weitere scheinen angeknackst. So wie es aussieht, hat man ihn ziemlich heftig verprügelt. Würde mich nicht wundern, wenn irgendein Organ dabei was abbekommen hätte – nur kann ich das von außen nun mal nicht beurteilen. Was den Oberschenkel angeht, so ist das 'ne schwere Verletzung, für sich genommen aber nicht lebensbedrohlich. Und sein Knöchel, naja, der scheint verstaucht. Alles in allem ein ziemliches Trümmerfeld."

Perry beendete seine Zusammenfassung und wischte sich die Hände an einem alten Lappen ab. Eris beobachtete den bewusstlosen Händler einen Moment und nickte dann.
„Danke, Perry. Deine Fähigkeiten sind unbezahlbar."
„Ja genau. Und weil sie so unbezahlbar sind, muss ich mich mit euch dreien herumschlagen anstatt irgendwo ein ruhiges Leben in einer Siedlung anzufangen", murmelte der ältere Mann sarkastisch und grinste schief unter seinem Bart.
„Nun stell dich nicht so an, du hättest es schlimmer treffen können", meine Eris.
„Schlimmer als das Kindermädchen für einen halbstarken Jugendlichen und den Knochenflicker für euch beide zu spielen? Was hätte das denn sein können, hm?"
„Naja … du hättest dir eine Frau suchen und heiraten können, alter Mann", grinste Eris und klopfte dem Arzt freundschaftlich auf die Schulter.
„Ich will eure selige Zweisamkeit ja nicht unterbrechen", mischte Sal sich ein, „aber vielleicht wäre es ganz hilfreich, wenn wir uns einmal Gedanken machen, was nun zu tun ist. Ich glaube nicht, dass es so gut ist, länger als nötig hier zu bleiben."
Eris blickte die schlanke Frau an und nickte zustimmend.
„Natürlich du hast recht. Wir gewinnen nichts, wenn wir hier in der Wildnis übernachten. Ich habe das Gefühl, dass bald irgendwer auftauchen und wie ein Aasgeier über die kläglichen Reste der Karawane herfallen wird. Dann sollten wir nicht mehr in der Nähe sein, hinterher glaubt noch jemand, wir haben das gemacht."
Geschichten von Überfällen gab es zur Genüge, doch auch wenn diese Welt keine friedliche war und Gewalt an der Tagesordnung, wollte Eris nicht, dass sein Name oder die seiner Begleiter im Zusammenhang mit einem solchen Überfall genannt wurden. Solche Geschichten waren es nämlich, die einem das Leben schwer machen konnten. Entweder weil irgendeine andere Karawane nach Rache sann oder man sich in keiner Siedlung mehr sehen lassen konnte, da die Leute Angst vor einem

hatten. War der eigene Name erst einmal mit Bluttaten verbunden, gab es immer irgendjemanden, der eine Herausforderung suchte und sich messen wollte. Und wie sollten sie dann überhaupt noch Arbeit finden? Klar, im Augenblick mochten die vier eine schlechte Zeit haben, aber im Grunde waren sie nichts anderes als Söldner, die davon lebten, dass irgendwer sie anheuerte. Für den Moment fiel Eris das Zynische an der Geschichte auf. Unter normalen Umständen hätten auch sie es gewesen sein können, die die Karawane begleiteten. Dann wären es ihre Körper, die leblos auf der Straße lägen und alsbald zu Futter für die unterschiedlichsten Tiere werden würden.
„Was schlägst du vor?“, erkundigte sich Perry, lehnte sich zurück und genehmigte sich einen guten Schluck aus seinem verbeulten Flachmann.
„Ich bin mir noch nicht sicher. Ich denke, wir sollten die Nacht hier bleiben und schauen, ob unser Freund durchkommt. Morgen brechen wir dann auf, in Richtung der nächsten Siedlung. Wenn wir den Kerl auf das Muli bekommen, schaffen wir es sicher, morgen Abend dort zu sein.“
„Na toll. Also noch eine weitere Nacht, in der meine alten Knochen ungemütlich liegen werden …“, grummelte Perry gespielt und versuchte, es sich irgendwie bequem zu machen.
„Du wirst es schon überleben.“
„Dann lasse ich euch aber mal ‘ne Stunde oder so allein“, schaltete Sal sich ein.
Eris blickte die Schützin fragend an und Sal lächelte entwaffnend.
„Nichts für ungut. Aber ich würde mir die Umgebung nochmal genauer ansehen. Du hast zwar den Händler gefunden, aber wer weiß, welche offensichtlichen Spuren du dabei wieder übersehen hast.“
Eris schluckte die erste Bemerkung, die ihm eingefallen war, herunter. Im Grunde hatte sie recht. Er kannte die schlanke, sportliche Frau mit dem freundlichen, ehrlichen Gesicht nun schon einige Jahre und wusste, wo genau ihre Qualitäten lagen.

Von ihren Fähigkeiten im Bett einmal ganz abgesehen, war sie eine exzellente Schützin, verstand sich darauf, Spuren zu lesen und zu verwischen und hatte von ihnen allen wohl die besten Augen.

„Ja. Ja, sicher. Wir stellen Wachen auf. Wenn du in die Nähe kommst, gib das übliche Zeichen, ich will nicht, dass wir uns auf einmal gegenseitig Kugeln um die Ohren schießen."

„Wie immer, Eris. Wie immer."

Damit nahm sie noch ein zusätzliches Magazin auf, hängte sich ihr Gewehr um, erhob sich mit einer natürlichen Geschmeidigkeit und verschwand in der abendlichen Dämmerung des Waldes. Eris sah ihr nach, bis ihre Konturen vollständig mit dem Wald verschmolzen waren.

„Nun, dann müssen wir ausmachen, wer von uns die erste …" Eris hielt inne und blickte Perry an. Der Kopf des Arztes war nach hinten gesackt und aus seinem Mund drang ein tiefes Schnarchen. Eris schüttelte den Kopf und wendete sich dem Jungen zu.

„Dann bleiben nur noch wir beide. Lassen wir Perry einfach schlafen, er hat sich eine ruhige Nacht verdient. Ich glaube, es ist das Beste, wenn du die erste Wache übernimmst. Mitten aus dem Schlaf gerissen zu werden und dann auch noch wachsam zu sein, ist gar nicht so einfach. Also mache ich das." Eris fischte aus einer seiner vielen Taschen eine alte Uhr mit beschädigtem Armband und prüfte sie einmal. „Hier. In vier Stunden weckst du mich. Und wenn in der Zwischenzeit was sein sollte, dann natürlich auch. Aber bloß nicht zu schreckhaft sein. Wir sitzen im Wald, da sind Geräusche normal." Er lächelte dem Jungen aufmunternd zu.

„Wird gemacht."

„Ach, und Tyler …" Der Junge wurde von den anderen selten mit seinem Namen angesprochen. Meist nur dann, wenn sie ihm etwas Wichtiges sagen wollten. „Tu mir einen Gefallen und leg deine Pistolen griffbereit, aber spiel nicht die ganze Zeit damit herum. Ist sicherer so. Für uns alle."

Damit nahm Eris sich seine alte Wolldecke, rollte sich ein und machte es sich auf seinem Rucksack bequem. Minuten später war er eingeschlafen.

Sal war es, die Eris gute zwei Stunden später weckte.
„Was …", murmelte der Mann verschlafen.
„Ich bin wieder da."
„Das sehe ich. Aber dafür musst du mich doch nicht extra wecken …", brummte Eris und drehte sich wieder um.
„Ich dachte, du solltest dir anhören, was ich gefunden habe."
Schlagartig war Eris wach, irgendetwas an Sals Tonlage hatte ihn alarmiert. Er versuchte, den Schlaf wegzublinzeln, und rieb sich die Augen, dann setzte er sich auf. Ein kräftiger Schluck aus der Feldflasche, dann war er fit genug, um ihr zuzuhören.
„Also, was hast du gefunden?"
In der Dunkelheit waren nur Schemen und schwache Konturen zu erkennen und beiläufig fragte er sich, wie sie es fertiggebracht hatte, mehr als er in dieser Finsternis zu sehen.
„Es müssten sieben oder acht gewesen sein, wahrscheinlich alles Männer, ihrer Stiefelgröße nach zu urteilen. Schwer bepackt, aber nicht langsam. Und sie kennen sich in der Gegend aus, schätze ich. Zumindest scheinen sie sich zielstrebig bewegt zu haben, ohne sich zu verlaufen."
„Und wo sind sie hin?", unterbrach er ihre Ausführungen und rieb sich die müden Augen erneut.
„In Richtung Brücke. Sie suchen nach uns." Sal ließ die Aussage des Satzes wirken, und schlagartig war die Müdigkeit in Eris' Kopf verschwunden.
„Scheiße", murmelte er. Er zog seinen Rucksack hervor, öffnete ihn und kramte darin herum.
Als seine Finger den Plastikbeutel erfühlt hatten, zog er ihn heraus und hielt ihn hoch.
„Meinst du deswegen?"
„Sie werden wahrscheinlich nicht an dem bisschen Medizin interessiert sein, Eris", kommentierte Sal.

„Ich habe keine Ahnung, was das ist und was diesen Schrott so wertvoll machen könnte, dass man dafür gleich ein paar Menschen umbringt."

„Man hat Leute schon für weniger über die Klinge springen lassen. Ich kann damit genauso wenig anfangen wie du, aber vielleicht kann uns dein neuer Freund dabei helfen." Sal deutete in der Dunkelheit in Richtung des Schwerverletzten, Eris konnte nur erahnen, was sie meinte.

„Vielleicht kann er das. Nur ist er im Moment nicht ansprechbar."

„Ich weiß. Aber vielleicht morgen. Und jetzt mach Platz. Mir ist kalt."

Damit kroch sie unter seine Decke und drückte sich an ihn. Eris überlegte einen Moment, ob er nicht einfach ihre Nähe genießen und rein zufällig seine Hände an den richtigen Platz bringen sollte. Dann aber drehte er sich um, setzte sich auf und erhob sich.

„Was ist?", hauchte sie verführerisch.

„Ich muss nachdenken. Mach es dir allein bequem. Und Tyler, du legst dich auch hin. Ich übernehme die Wache."

Mit dem ersten Tageslicht kam Bewegung in den Schwerverletzten. Er hatte unruhig geschlafen und sich immer wieder stöhnend und wimmernd herumgerollt, doch eine gute Stunde vor Sonnenaufgang war er ruhiger geworden. Jetzt begann wieder das Stöhnen. Eris schreckte hoch. Er musste trotz allem eingenickt sein, und wenn ihn nicht alles täuschte, war er länger als nur ein paar Minuten weg gewesen. Er schalt sich einen Idioten und warf einen Blick auf die anderen drei, doch sie schliefen alle ruhig. Immerhin hatte keiner von ihnen mitbekommen, wie er seine Pflichten vernachlässigt hatte.

Eris streckte sich, stand auf und ging die wenigen Schritte zu dem Händler hinüber. Unter den geschlossenen Lidern des Mannes bewegten sich die Augen wild, und Schweißperlen standen ihm im Gesicht, obwohl es noch recht kühl war. Der

Schweiß des Mannes roch herb-säuerlich, was wahrscheinlich nicht das beste Zeichen war. Die wenige Kleidung, die der Mann noch am Leib hatte, war völlig durchnässt und klebte an seinem fiebrigen Körper. Eris seufzte und versuchte, sein schulterlanges Haar irgendwie zu bändigen, während er auf den Mann hinuntersah. Er wurde aus der ganzen Angelegenheit nicht schlau. Was konnte denn so wichtig an ein bisschen Metall sein, dass man dafür gleich drei Männer erschoss und einen vierten so übel zurichtete? Zwar hatte Sal recht, Menschen waren schon für weit weniger gestorben. Meist handelte es sich dabei um Nahrung oder Wasser – Dinge, die man eben zum Überleben brauchte. Es gab hier und da ein paar funktionierende einfache Maschinen und Motoren, aber Eris hatte in seinem Leben noch keinen funktionierenden Computer gesehen. Für ihn war unvorstellbar, dass es in der Welt von DANACH noch irgendwo eines dieser Relikte geben konnte, das funktioniert hätte.

Wie er es auch drehte und wendete, er kam zu keinem Schluss, der ihn zufriedenstellte. Wahrscheinlich konnte – wenn überhaupt – wirklich nur der schwerverletzte Händler helfen. Eris kniete sich nieder und tupfte dem Mann behutsam den Schweiß aus dem Gesicht, immer darauf bedacht, dem armen Kerl nicht noch mehr Schmerzen zu bereiten, als er eh schon hatte. Dann nahm er die Feldflasche und benetzte vorsichtig die trockenen Lippen des Mannes. Die Bewegung hinter den geschlossenen Lidern nahm ab, der Atem des Mannes ging ruhiger, die Brust hob und senkte sich regelmäßiger. Dankbar trank der Mann und murmelte dann unverständlich.

Mittlerweile war Perry wach geworden, stand auf, streckte sich und trottete schwerfällig auf Eris und den Verletzten zu, wobei er gähnte und sich ungeniert am Hintern kratzte.

„Wie geht‘s ihm?“, brachte er während eines langen Gähnens hervor.

„Keine Ahnung. Er redet nicht, aber er hat Durst wie ein Pferd“, sagte Eris, ohne aufzublicken.

„Hm. Dann lass mich mal ran. Ich schau mir an, wie es unserem Freund geht."
Eris nickte und ließ den Doktor seine Arbeit tun. Er stand auf, ging ein paar Schritte und wusch sich mit dem Rest Wasser aus seiner Feldflasche das Gesicht, brachte die nassen Haare einigermaßen in Ordnung und band sie zu einem Zopf zusammen. Das kratzige Geräusch der Stoppeln auf seinem Kinn verriet ihm, dass sein Bart schon lange nicht mehr nur nach einem üblichen Dreitagebart aussah. Er legte den Kopf in den Nacken und versuchte, zwischen den Baumwipfeln einen Blick auf den Himmel zu erhaschen. Es sah nach einem klaren, sonnigen Tag aus. Daher zog er ein altes, abgegriffenes Basecap hervor und setzte es sich auf den Kopf. Irgendwo in den vielen Taschen seiner Weste hatte er eine Sonnenbrille versteckt. Als er sie fand, hielt er sie gegen das Licht und polierte die Gläser, bevor er wieder zurück zu Perry schlenderte.
„Und, was ist?"
Der vollbärtige Mann schüttete den Kopf.
„Sieht nicht gut aus. Er reagiert kaum."
„Also doch was Inneres?"
„Ja, höchstwahrscheinlich. Ich schätze, er hat noch ein paar Stunden. Vielleicht noch einen Tag. Aber auch das wird nicht helfen. Ich kenne keinen Arzt in der Region, der die Ausrüstung hätte, sowas zu behandeln."
„Exitus?"
„Unweigerlich. Wir können es mit ein paar Schmerzmitteln einfacher für ihn machen und die Sache verkürzen."
„Gibt's irgendeine Chance, ihn noch einmal ansprechbar zu bekommen, Perry?"
Der Arzt sah ihn fragend an.
„Die Sache steckt dir immer noch in den Knochen, nicht? Du willst wissen, wer sowas gemacht hat, oder?"
„Wer sowas gemacht hat, weiß ich schon längst. Sal hat sich gestern noch einmal auf den Weg gemacht, nachdem du eingeschlafen warst, und kam in der Nacht zurück. Nach dem zu ur-

teilen, was sie erzählte, hörte es sich nach Profis an, Söldnern, die etwas von ihrem Handwerk verstehen. Wie es für mich aussieht, haben sie etwas ganz Bestimmtes gesucht und nicht gefunden. Und jetzt suchen sie uns."
„Uns?" Perry klang ungläubig. „Und was sollten sie von einem Haufen abgerissener Bastarde wie uns wollen?"
„Wahrscheinlich den Elektronikschrott, den wir mitgenommen haben. Keine Ahnung, warum. Ich kenne mich mit sowas nicht aus."
„Und jetzt würdest du gerne versuchen, von unserem Sterbenden hier mehr zu erfahren, bevor er eine mögliche Lösung mit ins Grab nimmt, was?"
„So ist es, Alter. Also, bekommst du ihn hin?"
„Ich kann versuchen, ihn wach zu bekommen. Das wird aber ein paar Medikamente verbrauchen. Überleg es dir gut, denn die Dinger könnten wir bitter benötigen, wenn wir mal wieder bis zum Hals im Ärger stecken."
„Mach es einfach, Perry. Ich habe das Gefühl, wir stecken jetzt schon tief drin und haben es nur noch nicht bemerkt."

Kurz nachdem Perry dem sterbenden Händler einen Medikamentencocktail injiziert hatte, kam dieser langsam zu sich. Als erstes war da das Husten, dann kam Bewegung in sein verquollenes, angeschwollenes Gesicht, als er versuchte, die Augen zu öffnen. Gelingen wollte ihm das nur bei einem Auge, das andere kam gegen die massive Schwellung nicht an, jedoch zuckte das Lid unruhig und irritierend.
Eris hatte die anderen ein paar Meter weiter geschickt, von wo sie alles beobachteten, während er selbst bei dem Mann saß und sich über ihn beugte. Als der Händler Eris erkannte, machte sich Angst in den glasigen Augen breit und der Mann holte Luft, als ob er schreien wolle. Mehr als ein Krächzen kam jedoch nicht über seine Lippen.
„Ruhig. Ganz ruhig." Eris sprach so sanft er konnte und stützte den Kopf des Mannes ab.

„Ich weiß, wir werden nicht mehr die besten Freunde werden, aber diesmal sind wir hier, um dir zu helfen. Wir wollen dir nicht wehtun."

Nervös und hektisch zuckte das eine Auge des Mannes von links nach rechts, dann fixierte er Eris. Für einige Sekunden blickte er in die tiefgrünen Augen seines Gegenübers, dann nickte Thomas schwach und die Anspannung schien aus seinem geschundenen Körper zu weichen.

„Ja, so ist gut. Hier, trink das ..." Eris hielt dem Mann seine Feldflasche an die Lippen und ließ ihn in kleinen Schlucken trinken.

„Mir ist so kalt ...", wisperte der Mann brüchig.

Eris nickte und machte ein ernstes Gesicht.

„Ich weiß. Sie haben dich übel zugerichtet. Wir haben getan, was wir konnten, aber das wird nicht viel helfen." Er machte eine Pause, blickte kurz zur Seite, biss sich auf die Unterlippe und setzte dann wieder an. „Wenn wir ... wenn ich gewusst hätte, was passieren würde, dann hätten wir euch einfach ziehen lassen. Man hat uns erzählt, ihr hättet einen ganzen Haufen Medikamente dabei. Stimmte natürlich nicht. Ohne unseren Überfall wäre das alles vielleicht gar nicht passiert. Wahrscheinlich wären deine Leute noch am Leben, wenn wir euch nicht auserkoren hätten. Es tut mir leid, wirklich. Ich, wir ... wollten nicht, dass es so endet."

Der Händler hustete und unterbrach Eris damit in seinem Redeschwall. Als er wieder zu Atem gekommen war, schüttelte er zaghaft den Kopf.

„Unsinn. Die Bastarde hätten uns auch so bekommen. Vielleicht erst in ein oder zwei Tagen, aber wir standen auf ihrer Liste. Euer Überfall hat es eben einfach beschleunigt." Die Stimme des Mannes war brüchig und jedes Wort kostete ihn sichtlich Kraft. Mit aller Mühe versuchte er, den Kopf ein Stück zu heben und einen Blick auf seinen Körper zu erhaschen, dann ließ er sich wieder kraftlos und schwer atmend zurücksinken.

„Wie schlimm ist es?", fragte er, die Augen geschlossen.

„Sehr schlimm. Mein Freund meint, du hättest irgendeine innere Verletzung und stirbst daran.“ Eris war nie gut darin gewesen, die Wahrheit zu beschönigen, aber wahrscheinlich verlangte der Händler auch nach nichts anderem als der harten Wahrheit.
„Ich habe mir mein Ende anders vorgestellt, weißt du?“ Die Augen des Mannes wurden glasig, so als würde er in Gedanken davondriften. Eris schüttelte ihn sanft und sah ihm fest in die Augen.
„Hey, noch nicht. Du musst hier noch etwas erledigen, Mann.“
Thomas versuchte, sich zu orientieren.
„Was?“ Seine Stimme wurde mit jeder gesprochenen Silbe dünner.
„Warum waren die so scharf auf den Kram, den wir mitgenommen haben? Nichts anderes hat sie interessiert, oder? Sie haben genau diesen Kram gesucht, stimmt's?“
Der Sterbende nickte kraftlos und holte mehrmals Luft, bevor er zu einer Antwort ansetzen konnte.
„Daten …“ Ein Hustenanfall unterbrach den Mann. Es schien eine halbe Ewigkeit zu dauern, bis er wieder Luft bekam, und noch einmal so lang, bis er die Kraft hatte, weiterzusprechen.
„Datenspeicher. Das sind Datenspeicher.“
„Warum sind sie so wichtig, diese Speicher?“, wollte Eris wissen und rückte näher an das Gesicht des Mannes.
Die Stimme des Mannes wurde zu einem Flüstern und er setzte keuchend noch einmal an. „Station …“ Dann sank sein Kopf zurück. Er atmete noch, aber Eris hatte keinen Zweifel daran, dass der Händler nicht wieder zur Besinnung kommen würde.
Eris sah sich nach Perry um, doch der Arzt war schon herangekommen und beugte sich über den Bewusstlosen.
Sie hatten beschlossen, die Leiden des Mannes so kurz und so leicht wie möglich zu machen. Perry tastete nach einer Vene des Sterbenden, zog eine Spritze hervor und setzte behutsam eine weitere Injektion.

Nur Minuten darauf war der Händler tot.

Zwei Stunden später saßen die vier schweigend zusammen und verspeisten ihr einfaches Frühstück. Tyler stocherte lustlos in seinem Essen herum, er war immer noch blass um die Nase. Offensichtlich war es eine ganz andere Sache, einen Toten lediglich zu finden, als einem Menschen beim Sterben zuzusehen. Perry schien es von ihnen allen am besten weggesteckt zu haben, der kräftige Mann verputzte ungerührt und schmatzend seine Portion, als hätte er seit Tagen nichts mehr gegessen. Wahrscheinlich waren solche Bilder für den Arzt mittlerweile viel zu normal geworden, als dass sie ihn noch berühren konnten. Oder er war klug genug, solche Ereignisse einfach nicht an sich heranzulassen, um bei klarem Verstand zu bleiben.
Eris wirkte nachdenklich und still.. Sal saß ein gutes Stück abseits der Männer, ihr Gewehr auf dem Schoß und die Straße im Blick, während sie ohne Eile aß. Perry legte sein Besteck beiseite, rülpste einmal lautstark und strich sich genüsslich über den Bauch.
„Und, was jetzt?"
Eris brauchte einen Moment, um aus seinen verschlungenen Gedankengängen zurück in die Wirklichkeit zu finden.
„Er sagte als Letztes Station."
Perry verzog das Gesicht. „Und was sollen wir da?"
„Keine Ahnung. Vielleicht erfahren wir, was so wichtig an den Datenspeichern ist."
„Was auch immer es ist, die Dinger bringen Unglück. Vier Leute sind bisher für die Teile über die Klinge gesprungen, und ich hab's so im Urin, dass wir auch Gefahr laufen, Bekanntschaft mit ein paar ungemütlichen Typen zu schließen, wenn wir sie behalten."
Eris zog den Plastikbeutel mit den Datenspeichern hervor, öffnete ihn vorsichtig, nahm einen der Speicher heraus und wendete das Relikt aus der Zeit DAVOR nachdenklich zwischen den Fingern. Es war ein Bauteil aus Metall und Plastik, klein genug, um gänzlich in seiner Faust zu verschwinden. Auf der einen Seite des länglichen Objekts befand sich eine matte Plastik-

kappe, die einen Steckeranschluss schützte. Er schüttelte den Kopf und sah den Arzt an.

„Ach, und du glaubst nicht, dass wir das auch machen, wenn wir die Dinger jetzt ins nächste Gebüsch schmeißen? So wie sie den Händler zugerichtet haben, hat er ihnen wahrscheinlich eine ordentliche Beschreibung von uns geliefert. Und wenn die Kerle so gut sind, wie Sal meint – und da hab' ich wenig Zweifel – waren die an der Brücke, haben gesucht und wahrscheinlich unsere Spuren gefunden. Mit Pech hängen sie jetzt schon an unseren Ärschen. Und wenn sie uns finden sollten und wir haben das Zeug nicht mehr dabei, glaubst du, sie lassen uns dann in Ruhe?"

Perry holte Luft, wollte zu irgendeiner Entgegnung ansetzen, nickte dann aber lediglich zaghaft.

„Wahrscheinlich hast du recht. Wir stecken schon mitten in der Scheiße, haben es bisher aber nicht bemerkt."

Sal räusperte sich und beide Männer blicken in ihre Richtung.

„Schön kombiniert, Eris. Wenn du recht hast und die sind wirklich auf unserer Spur, was zum Teufel sitzen wir dann noch hier und debattieren?" Ihre Stimme klang säuerlich.

„Ja, ich weiß. Wir sollten aufbrechen."

Eris stand demonstrativ auf, und Perry tat es ihm gleich. Nur Tyler brauchte einen Moment länger, um aus seiner Lethargie zu erwachen.

„Gepäck auf das Muli. Nur die wichtigsten Sachen am Körper. Tyler, du bist für das Maultier verantwortlich. Und wir sollten die Schutzwesten anziehen."

Vor einigen Monaten hatten sie Glück gehabt und in einer Siedlung ein paar Kilogramm Salz gegen vier Flakwesten tauschen können. Die Dinger waren schwer und klobig und hatten ihre besten Jahre schon lange hinter sich, aber sie erfüllten ihren Zweck, wenn es darauf ankam. Und das war alles, was zählte.

Perry und Tyler stöhnten im Chor auf, während Sal heftig mit dem Kopf schüttelte.

„Auf keinen Fall, Eris. Das Drecksding macht mich langsam."

„Besser langsam als tot, Liebes“, entgegnete Eris und machte sich daran, die schwere Weste anzulegen. „Also stell dich nicht so an. Ich hätte gerne, dass wir alle in einem Stück nach Station kommen. Und lasst uns auf die andere Seite der Straße wechseln. Vielleicht haben wir Glück und können die Bastarde umgehen.“

„Es gibt kein Glück in dieser Welt, Eris“, murmelte Perry, als er sich lustlos in die Schutzweste zwängte. Sein Bauch bereitete ihm dabei sichtlich Probleme.

„Dann müssen wir uns eben auf unser Können verlassen.“

Die Sonne stand hoch am blauen Himmel und schickte ihre wärmenden Strahlen auf die Erde. Das dichte Blätterdach des Waldes fing das meiste der drückenden Hitze ab, sodass es eigentlich angenehm kühl war. Dennoch lief den vieren der Schweiß den Rücken herab – das war der Tribut an die schweren Schutzwesten. Es bestand kein Zweifel daran, dass sie ohne die Dinger wahrscheinlich schneller durch das Unterholz gekommen wären, aber Eris hatte sich nicht beirren lassen und auf seiner Forderung bestanden. Immerhin marschierten sie nicht auf der offenen Straße. Dort in der prallen Sonne würden ihnen die Schutzwesten sicherlich noch viel mehr Probleme bereiten. Allein aufgrund ihres Alters waren sie unbequem zu tragen und scheuerten die Haut an einigen Stellen auf. Mischte sich dann noch Schweiß dazu, konnte das zu einer unerträglichen Angelegenheit werden. Während Tyler das alles schweigend ertrug – wahrscheinlich war er viel zu sehr damit beschäftigt, das Maultier zu führen –, fluchte Perry immer wieder darüber. Sal marschierte einige Meter vorweg. Sie behielt den Überblick, hatte die Position aber auch ganz bewusst gewählt, damit Eris nur ihren Rücken sah – und nicht etwa, dass sie die Weste vorne offen gelassen hatte.

Die Gespräche waren kurz und auffallend einsilbig. Jeder schien seinen eigenen Gedanken nachzuhängen. Alle zwei Stunden genehmigten die vier sich eine kurze Pause, dann ging es weiter durch das Unterholz. Links von ihnen befand sich nun die schnurgerade Straße, sie marschierten parallel zu ihr, etwa hundert Meter hinter der Waldgrenze. Manchmal konnten sie an besonders lichten Stellen einen Blick auf die gespenstisch leere Schneise erhaschen.

Als sie einige Stunden marschiert waren, ohne behelligt zu werden, stellte sich unweigerlich die berechtigte Frage, ob sie wirklich verfolgt wurden. Vielleicht hatte man ihre Spuren gar nicht gefunden, oder Thomas hatte sie in eine ganz andere Richtung geschickt. Eris zweifelte zwar daran, doch je länger sie ohne Zwischenfall marschierten, umso weniger taugten seine Einwände, um seine Begleiter ruhig zu stimmen. Als der Abend einsetzte und die kleine Truppe rastete, war es mit Perrys und Sals Geduld vorbei. Genervt befreiten sie sich von den Schutzwesten. Als Perry ein paar üble Verwünschungen für Eris parat hatte, während er sich die wunden Stellen an seinen Schultern rieb, kommentierte die Schützin pragmatisch: „Eris, ohne die schweren Dinger am Körper hätten wir vielleicht fünf oder sechs Kilometer mehr geschafft."

Eris schluckte den Protest seiner Begleiter wortlos hinunter. Er konnte ihren Ärger gut verstehen, auch an ihm war der Tag nicht ohne Spuren vorbeigegangen, seine Schultern brannten wie Feuer. Dennoch war es die richtige Entscheidung gewesen, da die Dinger ihnen im Ernstfall das Leben retten konnten. Und was ihn anging, so waren ihm Begleiter, die über ihn fluchten, weitaus lieber als Begleiter, die tot waren. Einzig Tyler beklagte sich nicht. Umständlich nestelte er an den Verschlüssen herum. Die Schutzweste war einige Nummern zu groß für das schmale Kreuz des Jungen. Mit einem erlösenden Stöhnen zog er die Ausrüstung über seine Schultern, und er streckte sich ausgiebig, fuhr sich durch seine schweißnassen, struppigen braunen Haare. Sein Körper war an diese Strapazen nicht gewöhnt, sein Gesicht war von Erschöpfung gezeichnet, seine graublauen Augen matt. Er ließ sich erschöpft zu Boden, trank einige Schlucke aus seiner Feldflasche und goss sich den Rest des Inhalts über den Kopf. Der Junge machte einen besseren Eindruck, als Eris es erwartet hatte. Wahrscheinlich wollte Tyler ihnen allen zeigen, dass er auch in der Lage war, Märsche wie den am heutigen Tag zu meistern. Nachdem Eris sich seiner Weste entledigt hatte, schlenderte er zu dem Jungen hinüber und lächelte anerkennend.

„Ordentliche Leistung, Tyler. Ich habe Jungen in deinem Alter gesehen, die diesen Tag nicht so gut überstanden hätten. Aber du – du hast ohne Murren und Knurren einfach einen Fuß vor den anderen gesetzt und gleichzeitig auch noch unser Muli geführt. Klasse!“

Tyler blickte müde auf und lächelte verlegen.

„Ach, das war doch gar nichts …“, versuchte er zu beschwichtigen.

„Übernimm dich nicht, Tyler. Du musst keinem von uns was beweisen. Wir nehmen dich auch so ernst.“

„Ja, klar.“

„Ja, machen wir. Es ist nur so. Perry, Sal und ich hocken nun schon ein paar Jahre aufeinander, kennen uns. Du bist erst ein paar Monate bei uns, und nur, weil Perry gut mit deiner Mutter konnte. Ein paar Monate sind nichts im Vergleich zu ein paar Jahren. Und außerdem bist du der Jüngste von uns allen.“

„Das Alter ist doch völlig egal …“, protestierte Tyler.

„Ja, wahrscheinlich ist es das hier draußen. Wie alt warst du gleich? Sechzehn? Siebzehn?“

„Siebzehn. Diesen Herbst werde ich achtzehn.“

„Na sieh mal einer an. Und weißt du was? Perry ist mehr als doppelt so alt wie du, Sal und ich haben beide zehn Jahre mehr als du auf dem Buckel. Es ist normal, dass die Älteren immer auf die Jüngeren herabsehen. Das hat mir damals auch nicht gefallen. Muss es dir auch nicht. Aber ich lege dir ans Herz, auf den Rat der Älteren zu hören, denn immerhin haben sie ja lange überlebt. So kannst du von ihrem Wissen profitieren. Verstanden?“

Tyler dachte kurz nach und nickte dann.

„Verstanden. Es ist nur blöd, wie ein kleines Kind behandelt zu werden, das die Windeln noch gewechselt bekommen muss."
Eris grinste bei dieser Vorstellung.
„Was ist daran so witzig?", knirschte der Junge zornig.
„Du glaubst wirklich, wir halten dich für ein Baby? Tyler, seit wann lässt man Babys mit zwei geladenen Pistolen spielen und damit hinter einem laufen?"
Darauf fiel dem Jungen nicht mehr viel ein, und Eris klopfte ihm einmal freundschaftlich auf die wunde Schulter und erhob sich. Leichten Schrittes kam er herüber zu Perry, der sich gerade daran machte, aus ihren Vorräten ein Abendessen zusammenzustellen. Die Auswahl war weder besonders groß noch schmackhaft, aber sie würden sicherlich nicht verhungern.
„Und Chef, was gibt es heute Abend?", witzelte Eris.
„Trockenfleisch und Linsen, wie seit ein paar verdammten Wochen", knurrte Perry auffallend übellaunig.
„Vorzügliche Zusammenstellung", lachte Eris, doch dann bemerkte er, dass Perry nicht nach Scherzen zumute war.
„Weißt du, Eris, wenn wir einfach weiter marschiert wären und uns nicht um Thomas gekümmert hätten, könnte ich heute Nacht in einem ordentlichen Bett liegen. Und nicht nur das, ich könnte auch endlich was anderes als diesen Fraß hier bekommen. Hey, selbst wenn du auf mich gehört und den Schrott in die Büsche geschmissen hättest, würde ich heute Abend in einem gemütlichen, echten Bett liegen. Stattdessen verbringe ich wieder einmal eine Nacht unter freiem Himmel, habe wundgescheuerte Schultern und muss dich noch länger ertragen."
Perry hatte sich umgedreht und vor Eris aufgebaut. Für einen Moment lag echter Zorn in der Luft, so schien es, als würde es gleich zwischen den beiden Männern krachen. Dann aber schien die Wut auch schon wieder verraucht. Die Anspannung wich aus Perrys Körper und seine Schultern sackten sichtbar zusammen.
„Aber weißt du was? Ich hätte mich wahrscheinlich genauso entschieden wie du. Es ist nur … ich bin keine zwanzig mehr,

und das Leben hier draußen in der Wildnis wird auch nicht leichter. Früher hat mir das nichts ausgemacht. Heute bin ich froh, wenn ich nachts nur einmal raus muss, um Wasser zu lassen. Und mein Rücken fühlt sich jeden Morgen aufs Neue wie ein umgepflügter Acker an."
„Ich verstehe dich gut, alter Freund. Auch mir ist nach einem ordentlichen Bett, etwas Richtigem zu Essen und 'nem verdammten Bad. Und noch so ein paar anderen Sachen." Eris grinste schief und fast zeitgleich gingen die Blicke der beiden Männer hinüber zu Sal. Sie stand abseits, spähte in den Wald, das Gewehr in der Armbeuge. Zu ihren Füßen lag achtlos ihr durchgeschwitztes Hemd. Sie hatte ihre langen, braunen Haare zu einem ordentlichen Zopf geflochten. Ein enges, ausgeblichenes Tanktop und eine bequeme Hose betonten ihre weiblichen Rundungen. Die Schützin wirkte entspannt, atmete ruhig und schien die kühle Abendluft auf der warmen Haut zu genießen.
„Wie läuft's eigentlich zwischen euch?", erkundigte Perry sich.
Eris winkte ab.
„Frag nicht. Ich habe selber keine Ahnung. Du kennst Sal, du kennst mich. Es ist wie immer. Mal liegen wir uns ein paar Tage in den Armen, dann ist es wieder, als wäre nichts gewesen. Je nach Tagesform eben. Nicht, dass es mich stören würde. Ich würde nur zu gerne wissen, wie sie das sieht."
Perry zuckte mit den Schultern.
„Na, dann frag sie doch einfach mal, du Idiot."
„Lieber würde ich mir ein paar gesunde Zähne mit einer rostigen Zange ziehen lassen", entgegnete Eris und setzte sich.
„Ach ja. Die Vergangenheit. Sie holt uns immer wieder ein", nuschelte Perry und machte sich wieder am Abendessen zu schaffen.
Eris hingegen ließ sich zurücksinken und schloss die Augen für einen Moment. Er wollte wirklich zu gern wissen, wie Sal die Sache sah. Es war ja nicht so, dass er das Thema in den letzten Jahren nicht schon einmal auf den Tisch gebracht hätte. Allein die Frage hatte für ein paar lange Wochen eine tiefe Kluft zwi-

schen die beiden gezogen. Eris verstand weder damals noch heute, warum sie so reagierte. Immerhin hatten sie mehr als einmal das Bett geteilt – und würden es in Zukunft immer wieder machen. Nur sobald das Thema zur Sprache kam, machte sie dicht, wurde kalt, abweisend, spöttisch und beleidigend zugleich. Aus irgendeinem Grund sorgte das Thema dafür, dass sie sich einkapselte und ihn auf Abstand hielt. Er hatte bisher noch kein Licht in dieses Rätsel bringen können. Andererseits war er mit der Übereinkunft, die sie hatten, ganz zufrieden. Körperliche Befriedigung hatte eben etwas für sich – gerade mit Sal.

Ein Stoß von Perry holte ihn aus den Gedanken.

„Verstanden?"

Der Arzt musste mit ihm gesprochen haben, aber Eris war tatsächlich so mit sich selbst beschäftigt gewesen, dass er kein Wort davon mitbekommen hatte.

„Was?"

„Wir brauchen langsam, aber sicher wieder Wasser. Zwei Feldflaschen haben wir noch, und eine halbe brauche ich schon fürs Essen."

Eris nickte und stand auf. Er griff sich die leeren Flaschen und ging hinüber zu Sal.

„Was gibt's?", fragte sie, ohne ihren Blick aus der Dunkelheit zu wenden.

„Unser Wasser ist fast leer, wir brauchen neues", schilderte Eris knapp.

„Ach, und nun willst du eine hilflose Frau allein in den dunklen Wald schicken, damit sie den Herren Wasser holt, was?" Sie lächelte.

„Nein. Ich dachte natürlich daran, die Dame zu begleiten und wenn nötig zu beschützen", schmunzelte er.

„Oh, wie charmant", kicherte sie und kam in die Höhe. „Dann lass uns gehen. Wir sind vorhin an einem Bach vorbeigekommen. Zumindest habe ich das plätschern von Wasser gehört. Bleib einfach dicht an mir dran, sonst verläufst du dich in der Dunkelheit noch."

Zufrieden brummend lag Eris auf dem Rücken und betrachtete durch eine kleine Öffnung im Blätterdach die Sterne. Sal hatte den Kopf auf seine Brust gelegt und die Augen geschlossen, sie lächelte. Ihre Kleidung lag im Umkreis von einigen Metern um das Paar verstreut. Es würde ein kleines Kunststück werden, im Halbdunkel wieder alles zu finden.
„Glaubst du, die beiden fragen sich nicht, wo wir bleiben?“, flüsterte sie und sah ihn keck an.
„Was glaubst du denn? Die werden schon selbst drauf gekommen sein, dass wir uns nicht verlaufen haben“, meinte Eris und fügte mit einem diebischen Grinsen hinzu: „Oder sie haben uns eh gehört. Und vielleicht stehen sie irgendwo hinter einem der Bäume hier und erfreuen sich an unserem Anblick.“
Sal schlug ihm zärtlich auf die Brust und setzte sich auf.
„Du Spinner.“ Sie schloss die Augen und sog die kühle Waldluft genüsslich durch die Nase ein. Dann stand sie in einer fließenden Bewegung auf, während Eris den Blick von unten auf ihren nackten Körper genoss.
„Schau mich nicht so verträumt an“, meinte sie und begann, ihre Kleider und Ausrüstung zusammenzusuchen.
Eris setzte sich auf und fuhr sich durch die Haare. Vorsichtig tastete er im Halbdunkel herum und suchte seine Hose. Sal hingegen fand sich trotz allem hier wunderbar zurecht und knöpfte ihr Hemd zu, während Eris noch dabei war, seine Stiefel zu suchen.
„Du bist nachts blind wie ein Maulwurf, Eris“, kommentierte sie seine Versuche und half ihm in der Dunkelheit, seine Sachen zu finden.
„Ich habe noch nie gehört, dass dich das gestört hätte. Wenn ich weiß, wo ich hin muss, dann finde ich den Weg schon“, sagte er grinsend und schlüpfte in die Stiefel.
Sal erwiderte nichts und sammelte ihre restliche Ausrüstung zusammen. Keine zwei Minuten später schien sie bereit, sich wieder auf den Weg zu machen, während Eris sich immer noch an den Knöpfen seines Hemdes versuchte. Als er fertig war, warf er

sich das Bündel Feldflaschen über die Schulter und stapfte hinter der Schützin her.
Einige Zeit später kamen sie an einen kleinen Teich, gut versteckt hinter einigen Büschen. Während Sal ein Auge auf die Umgebung warf, füllte Eris die Feldflaschen auf. Er drehte sich zu ihr um und sah, wie sie ihr Hemd ausgezogen hatte und sich wieder an den Knöpfen ihrer Hose zu schaffen machte.
„Was wird das?", fragte er irritiert.
„Was glaubst du? Ich lasse mir die Chance auf ein Bad nicht nehmen. Und wo wir gerade dabei sind, Liebster ...". Sie betonte das letzte Wort und lächelte spöttisch, „auch dir würde ein Bad ganz gut tun."
Eris überlegte kurz, was er sagen sollte. Eigentlich hatten sie schon jetzt viel zu lange gebraucht und sollten zu Perry und Tyler zurück. Aber andererseits hatte sie Recht. Er hatte seit viel zu langer Zeit nicht mehr gebadet. Und überhaupt, die Chance, mit ihr zu baden, wollte er sich nicht entgehen lassen.

+++

Dan hockte in der Dunkelheit und beobachtete das Lager der beiden Männer. Der ältere der beiden, ein stämmiger Mann mit Vollbart, schien zu dösen, während der andere, ein junger Bursche, viel zu sehr mit dem Abendessen in seinem Napf beschäftigt war.
Wie es aussah, reisten die Männer öfter durch die Wildnis, denn sie hatten kein Feuer angezündet, das sie hätte verraten können. Lediglich der schwache Schein eines Knicklichtes spendete dem Duo etwas Helligkeit. Wäre da nicht der unverkennbare Essensgeruch gewesen, hätte Dan das Lager in der Nacht wahrscheinlich verfehlt.
Er war sich nicht sicher, ob das die Leute waren, die er suchen sollte. Ursprünglich war von mindestens drei, vielleicht vier Kerlen die Rede gewesen, aber weit und breit war kein anderer Mensch zu entdecken. Aus der Fährte, die er über den Tag im-

mer wieder gefunden hatte, war er nicht schlau geworden. Offensichtlich hatten sie dieses dusselige Maultier als letztes in der Kolonne gehen lassen, und so waren die meisten Spuren unbrauchbar geworden.
Jetzt aber war es einfach – gerade weil der alte Kerl döste und der Junge unaufmerksam war. Alles, was Dan dann noch tun musste, war, auf den Rest seiner Truppe zu warten. Die würden wahrscheinlich ein paar Stunden nach Morgengrauen hier ankommen. Einfacher ging es kaum noch.
Behutsam nahm er seine Maschinenpistole vom Rücken und entsicherte sie. Für jeden Handgriff ließ er sich Zeit, und dazwischen spähte er immer wieder an dem mächtigen Stamm vorbei, um zu sehen, ob er bemerkt worden war.
Zufrieden hielt er die Waffe schussbereit in den Händen und schob sich ganz vorsichtig näher an das Lager heran. Er hätte sie schon von seiner ersten Position aus erschießen können, aber das war nun mal nicht der Auftrag. Es ging darum, die Kerle lebendig zu bekommen. Also überwand er Meter um Meter, bis es nur noch ein paar Schritte zu den beiden Männern waren. Dan ging in die Hocke, während er sich im Geist schon einmal seine Worte zusammensuchte. Kurzentschlossen legte er die Waffe auf die Brust des Jungen an.
Genau in diesem Moment traf ihn etwas mit Wucht am Hinterkopf. Sterne explodierten vor seinen Augen und fast augenblicklich war das allumfassende Schwarz da, als er bewusstlos nach vorne sackte.

+++

Als der Kerl auf dem Waldboden aufschlug, war das laut genug, um Tylers Aufmerksamkeit zu gewinnen. Der Junge warf hastig seinen Napf beiseite und zerrte eine seiner Pistolen hervor. Durch das blecherne Scheppern geweckt, sprang Perry auf die Füße, murmelte etwas und versuchte, sich zu orientieren, während er verwirrt nach seiner Schrotflinte griff.

„Und deshalb stellt man Wachen auf, Perry“, kommentierte Eris die Situation. Er beugte sich über den Bewusstlosen und nahm ihm seine Waffe ab.
Perry blinzelte verschlafen, rieb sich einmal die Augen. Als er realisierte, dass keine Gefahr drohte, ließ er sich auf den Hintern fallen.
„Und wenn sich zwei von uns nicht vögelnd in die Büsche geschlagen hätten, dann hätten wir sicher Wachen aufgestellt.“
„Ich hab‘ dir doch gesagt, dass sie uns gehört haben“, flüsterte Eris halblaut Sal zu, die über ihn stieg und ins Lager trat.
Perry lachte auf. „Würde mich nicht wundern, wenn ihr den ganzen Wald beschallt habt.“
Eris stand auf, schwang sich die Maschinenpistole des Mannes über die Schulter und zerrte ihn unsanft am Gürtel ins von schwachem Licht erhellte Lager. „Er hat es zumindest nicht gehört.“
„Sei froh, dass er euch nicht mit den Hosen unten erwischt hat. Hätte böse enden können.“ Perry begann, sich das Gesicht zu massieren, um wach zu werden. Tyler blickte immer noch ungläubig auf den Körper des bewusstlosen Mannes.
„Ist er tot?“, brachte der Junge zaghaft hervor.
Eris schüttelte den Kopf. „Nee. Der ist nur im Reich der Träume. Und sein Schädel wird wahrscheinlich ganz schön brummen, wenn er wieder wach ist.“
Damit drehte er den Bewusstlosen um und band ihm die Arme hinter dem Rücken zusammen.
Sal war unterdessen wieder in den Büschen verschwunden. Sie brauchte kein Kommando, keine Anweisung, sie wusste, worauf es ankam, wenn es um die Sicherheit und das Überleben der kleinen Gruppe ging.
„Schön, dass ihr es doch noch zeitig geschafft habt, Eris. Keine Ahnung, was passiert wäre, wenn …“, meinte Perry und kam näher, um seinem Begleiter beim Durchsuchen des Fremden zu helfen. Eris blickte kurz auf und sah das ehrlich bedrückte Gesicht seines Freundes.

„Mach dir nichts draus, alter Junge. Das hätte jedem von uns passieren können."
Die Worte sollten Trost vermitteln, aber sie klangen irgendwie schwach. Bestimmt hatte nicht mehr viel gefehlt, bis der Mann abgedrückt hätte. Perry nickte mechanisch, aber ihm war anzusehen, dass er schwer an seinem Fehler zu kauen hatte.
„Hör mal …", setzte Eris an, doch Perry fuhr ihm wütend dazwischen.
„Deshalb habe ich gesagt, meine alten Knochen sind nicht mehr für den Mist hier gemacht. Ich kann kaum noch einen Tag marschieren, ohne danach nicht völlig im Eimer zu sein. Sowas wie gerade eben hätte ganz leicht in die Hose gehen können." Verbitterung schwang in der Stimme des Mannes mit.
„Hätte, könnte, wäre", intonierte Eris. „Schön und gut. Ist es aber nicht. Passieren kann immer was, Perry. Das weißt du genauso gut wie ich. Klar hast du nicht mehr die Kraft und Ausdauer wie vor ein paar Jahren, aber dafür hast du eine ganze Menge Erfahrung."
„Glaubst du nicht, die Erfahrung hätte mich dazu bringen sollen, wach zu bleiben?", fragte der Bärtige zynisch.
Eris grinste entwaffnend. „Kann sein. Oder aber deine Erfahrung hat dich zu der Ansicht gebracht, dass wir dich ohne eine ordentliche Mütze Schlaf morgen gar nicht gebrauchen können. Mach dir nichts draus, alter Junge."
Tyler war bei den beiden angekommen und blickte auf den Gefangenen hinunter, eine Pistole in der Hand.
„Und was machen wir jetzt mit ihm?", fragte der Junge unsicher.
„Bestimmt nicht erschießen." Eris deutete mit einer Bewegung des Kopfes auf den Lauf der Waffe. „Und was das angeht: Ich hab' es nicht so gern, wenn man mit einer geladenen Waffe in der Nähe meines Gesichtes herumspielt. Also tu mir den Gefallen und steck sie weg, ja?"
Tyler blickte abwesend auf den Lauf seiner Pistole, dann nickte er.
„Und, was hast du nun vor?", erkundigte sich Perry, nachdem sie die Taschen des Mannes entleert hatten.

„Er bekommt 'nen Sack über den Kopf."
Der Arzt zog fragend die Augenbrauen nach oben.
„Ich will mich ja nicht einmischen, aber meinst du nicht, wir haben mehr davon, wenn wir den Kerl ausquetschen?"
„Klar hätten wir das. Aber schau dir doch mal sein Zeug an. In der Feldflasche ist wenig Wasser, er hat kein bisschen Proviant dabei und ist nur mit dem Nötigsten unterwegs. Wenn du mich fragst, haben sie ihn als Späher vorgeschickt und sind wahrscheinlich nur ein paar Kilometer hinter ihm. Auch die werden heute Nacht rasten, denn irgendwann braucht jeder mal Schlaf. Wenn wir ihn jetzt in die Mangel nehmen, verplempern wir wertvolle Zeit – und ehe wir uns versehen, rückt der Rest seiner Truppe an, während wir gerade Spaß mit ihm haben."
Perry verzog das Gesicht.
„Klingt plausibel. Aber was willst du dann genau mit ihm machen?"
„Wir bringen ihn ein Stück weit ins Unterholz, weg vom Lager, und lassen ihn dort. Dürfte uns Zeit verschaffen, wenn er wach wird und nach seinen Leuten brüllen wird."
„Also keine Kugel."
„Abgesehen davon, dass ein Schuss uns sicher verraten würde, sehe ich keinen wirklichen Grund."
„Wie wäre es mit: Sie haben eine Karawane auf dem Gewissen, haben einen Händler zu Tode gefoltert und sind hinter uns her, Eris?"
„Gibt uns das denn das Recht, uns wie Tiere aufzuspielen, Perry?"
Perry lächelte schwach. Er mochte diesen Zug an seinem Begleiter.
„Du hast natürlich recht. Aber Eris, irgendwann wird deine Barmherzigkeit uns alle nochmal teuer zu stehen kommen."
Eris sagte nichts mehr darauf. Während er die wenigen Habseligkeiten des Bewusstlosen durchsuchte kam Sal aus der Dunkelheit zurück.
„Ich denke, er war allein unterwegs. Wurzeln sollten wir deshalb trotzdem nicht schlagen."

„Machen wir auch nicht“, erklärte Eris. „Ich schaffe den Kerl ins Unterholz, während ihr schon mal zusammenpackt. Dann genehmigen wir uns noch zwei Stunden Schlaf und marschieren weiter.“

Als sie sich wieder auf den Weg machten, war die Dämmerung nur zu erahnen und der Wald zu geräuschvollem Leben erwacht.

Die letzte Nacht hatte dafür gesorgt, dass Eris‘ Begleiter, trotz all ihrer Flüche und Proteste am vorherigen Abend, bereit waren, ihre Schutzwesen anzulegen. Diesmal übernahm Perry die Spitze der kleinen Kolonne, auch wenn er oftmals stehen blieb und sich im Halbdunkel orientieren musste. Immerhin schien er doch besser sehen zu können als Eris, der an zweiter Stelle marschierte. Dann kam Tyler mit dem Muli und irgendwo in Rufweite hinter ihnen marschierte Sal. Die Schützin tat ihr Bestes, um die Spuren der Gruppe zu verwischen.

Bei Sonnenaufgang machten sie eine kurze Rast. Sal schätze, dass sie in der Dunkelheit vielleicht drei Kilometer geschafft hatten. Ihre Geschwindigkeit ließ zu wünschen übrig. Wenn jemand alles daran setzen wollte, sie einzuholen, dann war das bei ihrer Marschgeschwindigkeit kein Problem. Noch dazu wurde der Wald hier unwegsamer – immer wieder erhoben sich kleine Hügel aus dem dichtbewachsenen Boden, die sie überwinden mussten.

Die vier berieten sich und kamen überein, dass sie ihr Glück näher an der Straße versuchen sollten, falls nötig auch auf der Straße. Auf dem ebenen Grund wären sie auf jeden Fall schneller und würden sicher wieder einen größeren Vorsprung herausholen.

Zuerst marschierten sie entlang der Baumgrenze, wechselten dann aber der Einfachheit halber auf den Asphalt. Nun waren sie mitten auf dem Präsentierteller und einem Verfolger bei einem Angriff schutzlos ausgeliefert. Das Einzige, worauf es also ankam, war Geschwindigkeit. Sie marschierten zügig, ohne ein Wort zu wechseln.

Das Wetter war seit dem Vortag nicht umgeschlagen und die Sonne brannte unbarmherzig auf sie herab. Perry war es, der als Erster demonstrativ seine Flakweste auszog und sie fluchend auf dem Muli verstaute.

Tyler warf Eris einen fragenden Blick zu und dieser nickte nur knapp, während er sich den Schweiß aus dem Gesicht wischte. Erleichterung huschte über das Gesicht des Jungen, als er die klobige Panzerung abstreifte und es seinem Onkel gleichtat. Sal hielt noch bis zur nächsten kurzen Rast der Gruppe im kühlen Schatten des Waldrandes durch, dann zog auch sie die Weste aus und verstaute sie auf dem gutmütigen Lasttier.

Allein um es ihnen allen zu beweisen, wollte Eris das unbequeme Stück am Körper lassen, aber er wusste, dass auch seine Kräfte dafür wahrscheinlich nicht ausreichen würden. Schweiß schien ihm aus jeder Pore zu laufen, sein Hemd klebte an seinem Körper und die aufgescheuerten Stellen brannten wie Feuer. Mit übertrieben gespieltem Missmut öffnete er, fast theatralisch, die Klettverschlüsse und verstaute die Panzerung ebenfalls auf dem Rücken des Muli. Die drei grinsten ihn nur an.

Während Sal ihren Rücken sicherte und Eris die Spitze übernommen hatte, kamen sie wirklich gut voran und konnten fast den ganzen Tag ihre Geschwindigkeit beständig halten. Sie alle waren das Marschieren gewohnt, doch die unterbrochene Nachtruhe begann ihren Tribut zu fordern. Am stärksten machte sich das bei Perry bemerkbar, der langsam, aber sicher immer ein kleines Stückchen weiter zurückfiel. Also verlangsamten sie am frühen Nachmittag ihr Tempo, damit der Arzt Schritt halten konnte. Doch ihnen allen war klar, dass sie dringend Ruhe brauchten.

Tatsächlich lag ihnen die Widersprüchlichkeit der Situation vor Augen: Bisher flüchteten sie vor einem Feind, den sie noch nie zu Gesicht bekommen hatten – von dem Späher einmal abgesehen. Vor etwas zu fliehen, das nicht greifbar war, unbekannt, das war ein unangenehmes Gefühl. Keiner von ihnen zweifelte daran, dass eine Auseinandersetzung mit ihren Verfolgern hart werden würde – aber wenigstens wüssten sie dann, woran sie waren. Mit dem Einsetzen der abendlichen Dämmerung übernahm Sal wieder die Führung. Sie führte die kleine Gruppe von der Straße und ein gutes Stück in den Wald hinein. Als sie einen kleinen Hohlweg erreicht hatten, ließen sie sich auf den Boden fallen. Perry war fast augenblicklich eingeschlafen und auch Tyler machte nicht den Eindruck, als könne er seine Augen noch lange offenhalten. Eris und Sal besprachen sich kurz, dann ging die Frau wieder ein Stück des Weges zurück und übernahm an einer Stelle, von der aus sie einen guten Blick auf die Straße hatte, die erste Wache.

Perry hatte sechs Stunden wie ein Stein geschlafen, bevor Tyler ihn weckte. Der Arzt sollte die letzte Wache übernehmen. Die sechs Stunden hatten dem Mann gut getan, auch wenn er zu Beginn noch mit der Müdigkeit kämpfen musste. Die anderen würden davon wahrscheinlich eh nichts mitbekommen, schliefen sie doch selig, gute hundert Meter hinter ihm. Er kannte das Gefühl nur zu genau, kannte den flehentlichen Ruf der zerschundenen Knochen nach ein bisschen mehr Schlaf. Und er wusste nur zu gut, dass aus den wenigen Sekunden, die man die Augen noch einmal schließen wollte, nur allzu schnell Minuten oder auch Stunden werden konnten. Diese Spanne der Unaufmerksamkeit konnte einen schnell das Leben kosten.

Und so streckte er sich stattdessen ausgiebig, machte ein paar lieblose und kurze Dehnübungen und setzte sich dann auf seinen Posten. Sal hatte den Platz vorzüglich gewählt. Von der leicht erhöhten Position, verborgen durch die massiven Wurzeln eines vor langer Zeit umgestürzten Baums, hatte man einen guten Blick auf die Straße. Wer auch immer diesen Weg nahm, war nicht zu übersehen.

Beiläufig überprüfte Perry wieder einmal seine Waffen, versicherte sich, dass sie im Falle eines Falles auch ihren Dienst tun würden, legte sich dann so bequem wie nur möglich auf den Bauch und wartete. Die Zeit strich langsam dahin und bald schon lag die Straße vor ihm im fahlen Licht der morgendlichen

Dämmerung. Ein Blick zum Himmel verriet, dass über Nacht ein paar Wolken aufgezogen waren. Der Tag versprach also nicht so unangenehm heiß wie der vorherige zu werden. Dennoch schwor er sich, diese verfluchte Schutzweste heute nicht anzulegen, ganz egal, was Eris sagte. Seine Schultern schmerzten und sein Rücken war völlig verspannt.
Wenn sie heute ein paar Kilometer machen würden, dann könnte er die morgige Nacht vielleicht schon in einem ordentlichen Bett in Station verbringen. Vielleicht war das auch zu optimistisch gedacht – aber mehr als zwei Nächte in der Wildnis würden es sicher nicht mehr werden. Perry lächelte bei dem Gedanken an die Annehmlichkeiten einer Siedlung und gleichzeitig wurde ihm bewusst, wie alt er doch geworden war. Früher hatte er Wochen unter freiem Himmel verbracht, hatte die Freiheit abseits der Siedlungen geliebt. Die Regeln und Vorschriften in diesen Gemeinschaften waren ihm damals beengend vorgekommen. Heute sehnte er sich danach. Vielleicht war es wirklich Zeit, sich irgendwo niederzulassen, heimisch zu werden. Ärzte wurden in den meisten Gemeinden gebraucht. Kein schlechtes Leben. Auch für Tyler wäre das wahrscheinlich die bessere und sicherere Umgebung als die Wildnis.
Andererseits fragte er sich, wie viele Wochen oder Monate es dauern mochte, bis er seine Entscheidung bedauern würde.
Und was den Jungen anging, wahrscheinlich würde er gar nicht in einer Siedlung bleiben wollen, so wie er darauf brannte, sich zu beweisen. Perry hatte Ava, seiner Schwester, auf dem Sterbebett versprochen, sich gut um ihren Sohn zu kümmern. Wie konnte er dem Versprechen nachkommen, wenn er mit seinem Hintern in irgendeiner Siedlung saß, während sich Tyler, draußen in der Wildnis, mit den falschen Leuten einließ? Er erinnerte sich noch einmal an ihre Augen, während sie mit brüchiger Stimme um diesen Gefallen bat. Tyler war ganz allein. Sein Vater hatte sich noch vor der Geburt aus dem Staub gemacht, und in der kleinen Siedlung gab es wenige, die Perrys Schwester als Freunde bezeichnet hätte. Also hatte Perry ohne

Zögern zugestimmt und den Jungen mitgenommen. Er tat sein Bestes, um Tyler seitdem ein wenig Erziehung angedeihen zu lassen, aber der richtige Draht zwischen ihnen wollte sich nicht aufbauen. Eigentlich war das kein Wunder. Perry war aus dem Nichts aufgetaucht und dem Jugendlichen als Onkel vorgestellt worden. Als sie sich dann ein paar Monate später wiedersahen, lag Tylers Mutter im Sterben – und von jetzt auf gleich war Perry für ihn verantwortlich. Seitdem war das Eis zwischen ihnen zwar getaut, aber Perry spürte noch immer, dass der Junge so seine Probleme mit ihm hatte. Der Arzt entschied sich, bei nächster Gelegenheit dringend mit Tyler über die Zukunft zu sprechen.

Eine Bewegung auf der Straße holte ihn rasch aus seinen Gedanken. Instinktiv drückte er sich tiefer in Deckung und beobachtete angestrengt. Auf der gegenüberliegenden Seite trat ein Mann ins Freie und sah sich suchend um. Perrys Augen waren sicher einmal besser gewesen, aber er erkannte in dem Mann sofort den Späher, den sie in der vorherigen Nacht in einer so misslichen Lage im Wald zurückgelassen hatten. Knapp hinter ihm kamen sechs weitere Personen aus dem Halbdunkel des Waldes hervor – ihrer Statur nach schienen es ausnahmslos Männer zu sein. Sie alle trugen verwaschene, dreckige Kampfanzüge sowie klobige Rucksäcke und waren schwer bewaffnet. Mit einem spöttischen Lächeln stellte Perry fest, dass jeder der Männer eine Schutzweste trug, eindeutig bessere Fabrikate als die, die er und seine Begleiter besaßen. Damit war das Marschieren sicher weniger ein Problem, wie er durchaus neidisch feststellte. Sie alle hatten ihre Waffen geschultert und machten einen erschöpften Eindruck, wahrscheinlich waren sie die ganze Nacht durchmarschiert.

Eine weitere Bewegung kam vom Waldrand. Den Abschluss der Gruppe machte ein großgewachsener Mann mit kahlgeschorenem Kopf. Im Gegensatz zu den anderen trug er keinen Rucksack, wohl aber eine Schutzweste. Sein Rücken war gerade, sein Kinn leicht gehoben. Im Gegensatz zu seinen Männern strahlte er nicht das kleinste Anzeichen von Erschöpfung aus. Perrys Nackenhaare stellten sich auf und er ging jetzt noch mehr in Deckung.

Bei dem Kahlköpfigen handelte es sich unzweifelhaft um den Anführer der Truppe. Er sagte irgendetwas zu seinen Männern, und Perry verfluchte sich, dass seine Ohren nicht mehr gut genug waren, um auf diese Entfernung etwas zu verstehen. Alles, was bei ihm ankam, waren unverständliche Gesprächsfetzen.

Die Söldner hörten sich an, was ihr Anführer zu sagen hatte, dann trotteten sie die wenigen Meter zum Waldsaum zurück und legten ihre Rucksäcke ab. Offenbar wollten sie wirklich rasten. Der Kahlköpfige winkte den Späher herbei und deutete auf die Umgebung. Der Herbeigerufene nickte eifrig, fast ängstlich, und machte sich dann auf, die Gegend zu erkunden. Der Glatzkopf schlenderte zu seinen Männern und ließ sich dort nieder.

Perry beobachtete den Späher wie gebannt. Er stieß einen lautlosen Fluch aus, als der Mann in seine Richtung kam. Hastig krabbelte der Arzt rückwärts in Deckung und sah sich nach einem geeigneten Versteck um. In seiner Nähe gab es nichts anderes als die Wurzel des umgestürzten Baumes, und so kroch er darunter, zog die Beine an und schloss die Augen.

Wahrscheinlich war den geübten Blicken des Spähers die Stelle nicht entgangen. Von ihr aus konnte man einen guten Teil der Umgebung einsehen. Perry verwünschte innerlich den Instinkt des Mannes und wartete ab.

Er hörte, wie die Schritte des Mannes näherkamen. Der Doktor war nicht gut darin, sich auf seine Ohren zu verlassen, aber für ihn hörte es sich so an, als sei der Kerl schon verdammt nah. Als ihm auffiel, dass er ihn atmen hören konnte, war ihm klar, wie richtig er mit der Einschätzung lag. Er öffnete die Augen und erwartete, dass der Kerl jeden Moment das Versteck entdecken würde.

Doch nichts dergleichen geschah. Stattdessen hörte er das charakteristische Geräusch eines Reißverschlusses. Kurz darauf plät-

scherte es. Perry verzog das Gesicht und fragte sich, warum gerade ihm so etwas passieren musste. Das Plätschern wurde vom zufriedenen Stöhnen des Mannes begleitet. Perry verdrehte die Augen.
Erneut das Ziehen des Reißverschlusses. Der Späher ging noch ein paar Meter auf und ab, dann entfernten sich seine Schritte. Erleichtert atmete Perry in seinem Versteck aus und wartete darauf, dass der Mann verschwunden war.
Mühsam schob er sich auf dem Bauch unter dem Wurzelwerk hervor und robbte dann vorsichtig davon.
Erst als er sich ganz sicher war, außer Sichtweite zu sein, lief er zurück zum Hohlweg. Er fand seine drei Begleiter immer noch selig schlafend vor. Er schüttelte Eris unsanft an der Schulter und drückte sich selbst den Finger an die Lippen, um Eris zu signalisieren, dass er schweigen sollte.
„Was ist los?", murmelte Eris verschlafen.
„Unsere Verfolger sind da", flüsterte Perry.

Die beiden Männer hockten gebückt im Hohlweg und starrten angespannt in den Wald hinein. Tyler hatte das Maultier aus dem Hohlweg tiefer in den Wald und von der Straße weggeführt, zu groß war die Gefahr, dass das Tier sie alle mit seinem Schnauben und Geblöke hätte verraten können. Perry hatte darauf bestanden, dass der Junge bei dem Tier bleiben sollte, und es machte den Eindruck, als hätte Tyler gar nichts dagegen, ja als ob er sogar glücklich darüber sei.
Sal war allein in Richtung Straße aufgebrochen. Sie wollte sich einen Überblick verschaffen, und es bestand überhaupt kein Zweifel daran, dass sie am besten für diese Aufgabe geeignet war. Seit einer halben Stunde war die Schützin nun verschwunden, und mit jeder weiteren Minute stieg die Anspannung bei Perry und Eris. Immerhin hatte sich bisher kein Schuss gelöst, war nichts von einem Kampf zu hören gewesen, und das versprach zumindest ein Stück weit Zuversicht. Während Eris bewegungslos dahockte, die Hand auf dem Griff seines Revolvers, machte

Perry einen viel unruhigeren Eindruck. Immer wieder spielte er an seiner Kleidung herum, überprüfte den Sitz der Ausrüstung, wieder und wieder. Das war schon immer so gewesen. Während Eris das Adrenalin in solchen Situationen scheinbar ruhig machte, wurde Perry nervös und aufgedreht, schreckhaft. Keiner von ihnen sprach ein Wort – zu sehr waren sie darauf bedacht, nicht unnötig Geräusche zu machen oder durch ihre Unterhaltung vielleicht etwas Wichtiges zu überhören.

„Es sind acht", berichtete Sal, als sie zu Eris und den anderen zurückgekommen war. „Und sie rasten dort vorne. Haben sich geschickt am Waldrand verteilt. Der Späher hat sich etwas abseits eingerichtet, ist aber in Rufweite der anderen. Der Glatzkopf hat es sich zwischen seinen Leuten bequem gemacht. Ich glaube nicht, dass sie wissen, wie nah sie an uns dran sind."

Eris wägte ihre Chancen ab und versuchte, jede plausible Möglichkeit miteinzubeziehen, während er Perrys erwartungsvollen Blick spürte.

„Perry, du bleibst bei dem Jungen. Vielleicht zwei Kilometer von hier, in den Wald hinein, verläuft der Bahndamm. Haltet darauf zu und dann ab in Richtung Station. Irgendwo auf halbem Weg müsste der alte Zug auf der Strecke liegen."

Der Arzt nickte. Im Winter vor ein oder zwei Jahren hatte die kleine Truppe besagten Zug für ein paar Tage als Unterschlupf vor der Kälte benutzt.

„Dort wartet ihr auf uns. Sal und ich werden versuchen, ein paar falsche Spuren zu legen. Wir treffen uns heute Abend dort, wenn alles klappt."

Perry wollte etwas sagen, doch Eris unterbrach ihn mit einem Kopfschütteln.

„Falls es länger dauern sollte, wartet nicht. Schlagt euch durch bis nach Station. Wenn wir aufgehalten werden, versuchen wir auch, bis dorthin zu kommen."

Der Arzt schluckte seine Bedenken hinunter und nickte. Anstatt etwas zu sagen, klopfte er Sal und Eris noch einmal freundschaftlich auf die Schulter, dann eilte er davon.

„Was hast du vor?", erkundigte sich Sal, als ihr Freund verschwunden war.
„Wir teilen uns auf. Einer von uns schlägt sich von hier geradewegs nach Norden, in Sichtweite der Straße. Der andere marschiert ein Stück weit zurück, schlägt dann einen Bogen. Wir sollten dabei ein paar auffällige Spuren hinterlassen, auf die ihr Späher aufmerksam wird. Etwas, das uns Zeit verschaffen kann."
Sie nickte.
„Und dann geradewegs zum Bahndamm. Wir sollten uns, wenn möglich, auf keine Auseinandersetzungen mit den Kerlen einlassen. Wenn wir entdeckt werden, geht's darum, zu laufen, und nicht, den Kampf zu suchen. Ich glaube nicht, dass wir eine große Chance hätten."
Ihr Gesicht verriet, dass sie nicht der gleichen Auffassung wie er war, doch sie nickte.
„Dann müssen wir nur noch klären, wer von uns in die eine und wer in die andere Richtung geht", schloss Eris.
„Ich gehe nach Süden. Das ist der längere Weg, aber damit komme ich wohl besser klar als du", beschloss sie.
Eris wollte protestieren, denn die südliche Route war die vermeintlich gefährlichste. Doch er wusste, dass kein Argument der Welt in der Lage gewesen wäre, Sal umzustimmen. Also stimmte er zu, und bevor sich ihre Wege trennten, drückte er ihr noch einen schnellen Kuss auf die Stirn.
„Pass einfach auf dich auf", flüsterte er.

Sal kam sich unheimlich dumm vor, als sie sich durch den Wald bewegte und alle paar Meter stehen blieb und eine Spur hinterließ. Hier knickte sie einen Zweig ab, dort trat sie auf einen Ast und an einer anderen Stelle marschierte sie, allzu offensichtlich, durch ein bisschen Laub.
Einem geübten Auge, so glaubte sie, musste eigentlich sofort auffallen, dass etwas an den Spuren nicht stimmen konnte. Auf der anderen Seite hatte sie aber auch keine Alternative zu Eris'

Plan gehabt. Das, was er ihr vorgeschlagen hatte, war wahrscheinlich das Beste, was sie in der Situation tun konnten.
Eris war schon immer vorsichtig gewesen und versuchte bei seinen Entscheidungen, das Risiko für sich und seine Begleiter klein zu halten. Wahrscheinlich war er deshalb der stille Anführer der kleinen Truppe geworden. Wirklich geeinigt oder darüber gesprochen hatten sie niemals – es hatte sich einfach so ergeben. Und da sie alle noch am Leben waren, konnten Eris' Einschätzungen gar nicht so falsch sein.
Für einen Moment hielt sie inne und dachte daran, wie er wohl gerade durch den Wald schlich und das Gleiche wie sie tat. Bei dem Gedanken musste sie schmunzeln. Eris mochte ein guter Planer sein und im Kampf durchaus fähig, aber was das Schleichen und Beobachten anging, war er sicherlich nicht die beste Wahl. Es war pures Glück, dass sie diese Sache hier am helllichten Tag durchzogen und nicht in der Nacht. In dem Fall wäre er rettungslos verloren gewesen. Zwar besaß er einen guten Orientierungssinn, aber sobald es dunkel wurde, setzten seine Augen aus. Sie hatte schon einmal davon gehört: Nachtblindheit. Ihr war es von dem Moment an aufgefallen, da sie sich vor einigen Jahren getroffen hatten. Eris hatte natürlich versucht, ein Geheimnis aus seinem Handicap zu machen, aber das gelang ihm weder gut noch besonders lang.
Irgendwann hatte sie ihn zur Rede gestellt, und als er merkte, dass er ertappt worden war, gestand er ohne Umschweife. Von da an tat sie ihr Bestes, um die Wahrnehmung des Mannes zu schärfen, damit er in der Dunkelheit nicht in sein Unglück rannte, und es gelang ihr zumindest so weit, dass er einigermaßen zurechtkam. Sie hatte auch mit Perry über die Nachtblindheit gesprochen und der Arzt hatte sich Eris' Augen einmal genauer angesehen. Wenn das, was der ältere Mann sagte, stimmte, dann litten Eris' Augen unter einem Defekt, der ihn bei schwachen Lichtverhältnissen schlecht sehen ließ. Perry hatte einen Fachbegriff dafür gehabt, aber Sal hatte ihn schnell wieder vergessen. Hilfreich war, dass Eris bei Tageslicht gut genug se-

hen konnte. Inständig hoffte sie, dass Eris es vor Einbruch der Dunkelheit zu dem alten Zug schaffen würde.
Wie besprochen schlug sie nach einiger Zeit einen Bogen und zog sich tiefer in den Wald zurück, immer noch darauf bedacht, ein paar offensichtliche Spuren zu hinterlassen. Erst gegen Mittag legte sie eine erste Rast von kaum mehr als ein paar Minuten ein, aß schnell ein wenig Trockenfleisch und nahm ein paar kleine Schlucke aus ihrer Feldflasche.
Nach der Rast änderte sie die Taktik. Von nun an achtete sie darauf, so wenig Spuren wie nur möglich zu hinterlassen. Bedächtig setzte Sal einen Fuß vor den anderen, überblickte das Terrain, bevor sie ein paar Meter weiterging. Wenn es ihr gelang, dann konnte man ihren Spuren bis zum Rastplatz zwar gut folgen, wäre danach aber in einem klassischen toten Ende gelandet. In jedem Fall würden etwaige Verfolger aufgehalten.
Als es sich ergab, watete sie einige hundert Meter in einem schmalen Wasserlauf. Fließendes Wasser war immer eine erstklassige Wahl, wenn es darum ging, Spuren zu verwischen. Zufrieden beobachtet sie, wie das Wasser ihre Spuren im morastigen Bett innerhalb von Sekunden fortspülte.
Am späten Nachmittag erreichte sie den Bahndamm. Ein Zug war hier schon lange nicht mehr gefahren und die fehlende Instandhaltung hatte ihre Spuren hinterlassen. Wind und Wetter hatten sich an der Aufschüttung in den vergangenen Jahrzehnten ausgetobt und den mächtigen Damm an vielen Stellen aus der Form gebracht. Die Natur hatte sich den Bahndamm zu großen Teilen zurückerobert, und so wuchsen Büsche und Sträucher zwischen den verwitterten, moosbewachsenen Bahnschwellen und den rostroten Schienen. Sal erklomm den Damm an einer Seite, hielt kurz inne, um sich nach etwaigen Verfolgern umzusehen, und setzte ihren Weg dann fort.

Knirschend schob Perry die alte Tür des Güterwaggons auf und warf einen interessierten Blick ins Innere. Den Spuren nach hatte der alte Zug in den letzten Jahren mehreren Personen als

Unterkunft gedient. Es war sicher nicht das Beste, aber es war mit Sicherheit besser als eine weitere Nacht auf dem ungemütlichen Waldboden.

Mit einem Schmunzeln auf den Lippen zog er sich durch die Luke und sah sich im Halbdunkel um. Wild auf dem Boden verstreut lagen die Hinterlassenschaften der letzten Reisenden. Ein paar Stofffetzen, leere Blechdosen, ein bisschen Plastik. In der Mitte des Waggons verrieten Rußspuren eine Feuerstelle. Der Arzt verzog das Gesicht, als er sich vorstellte, wie der dicke Qualm eines offenen Feuers den Waggon füllte und den Aufenthalt darin unerträglich gemacht haben musste. Scheinbar war man auch nur einmal auf die Idee gekommen: Die Feuerstelle war alt, wahrscheinlich irgendwann aus dem letzten Jahr. Mit dem Fuß fegte er den gröbsten Dreck zusammen und schob ihn in die hinterste Ecke des Waggons. Zufrieden stellte er fest, dass es die schmale Pritsche an der Längsseite des Güterwaggons immer noch gab. Das verschlissene und durchgelegene Ding war nichts im Vergleich zu einem echten Bett, aber es würde ihm eine willkommene Abwechslung sein.

Zufrieden pfeifend klappte er die Pritsche von der Wand, wischte sie einmal ab und setzte sich erwartungsvoll darauf. Ein genüssliches Stöhnen verließ seine Lippen und in aller Ruhe schälte er sich aus seiner Weste und legte den Waffengürtel ab. Befreit von einigen Kilogramm Gewicht stand er auf und streckte sich, genoss das leichte, beschwingte Gefühl.

Draußen war Tyler damit beschäftigt, das Muli von ihrem Gepäck zu befreien. Das Tier ließ das alles stoisch über sich ergehen, lediglich von Zeit zu Zeit hob es kauend den Kopf und betrachtete die beiden Männer für ein paar Sekunden, dann wandte es sich wieder dem Gestrüpp zu.

Perry sprang aus dem Waggon und ging seinem Neffen zur Hand. Innerhalb von ein paar Minuten hatten sie das Gepäck in den Waggon gebracht, und während Perry den dürftigen Komfort der alten Pritsche genoss, setzte Tyler sich an die Luke und ließ seine Füße baumeln.

„Glaubst du, sie werden es schaffen?“
Der Junge warf einen Blick über die Schulter und riss Perry aus seinen Gedanken. Der Arzt verzog das Gesicht nachdenklich, nickte dann aber.
„Mir fällt kein Grund ein, warum ich an ihren Fähigkeiten zweifeln sollte. Beide haben genug Erfahrung und werden es schon meistern.“
Tyler nickte, doch Perry wusste genau, dass der Junge nicht ganz beruhigt war.
Er beschloss, die Chance zu nutzen und das Thema auf etwas Anderes zu lenken.
„Hör mal“, begann er zaghaft. „Ich weiß, wir beide sind verschieden. Ich meine, ich …“
Der Junge zuckte mit den Schultern und unterbrach seinen Onkel mit einer wegwerfenden Handbewegung. Perry hielt erstaunt inne.
„Geschenkt. Wer weiß, was mit mir wäre, wenn du nicht da gewesen wärst, als Ma gestorben ist. Ich … ich glaube nicht, dass ich meinen Platz in der Siedlung gefunden hätte. Irgendwie gehörte ich nicht zu ihnen, und wahrscheinlich wollten sie mich auch gar nicht bei sich haben. Wahrscheinlich hätten sie mich schon ein paar Tage nach ihrer Beerdigung vor die Tür gesetzt.“
Perry war umso erstaunter über die Antwort und wusste wirklich nicht, was er sagen sollte.
„Zum Glück waren du und die anderen zur rechten Zeit da und haben mich mitgenommen.“ Tyler hielt inne und stand auf, drehte sich zu seinem Onkel um. „Klar, es ist auch nicht einfach hier draußen. Und ich weiß, dass ihr mich vielleicht sogar für einen Klotz am Bein haltet. Ich bin eben der Jüngste von euch. Aber ich gebe mir Mühe, euch keine Last zu sein.“
„Naja, Junge, weißt du, wir kennen uns jetzt schon ein paar Jahre, sind ein eingespieltes Team …“
„Ich weiß. Eris hat mir das auch erzählt. Aber weißt du was? Es nervt schon, wenn ihr mich wie ein kleines Kind behandelt.“
„Tyler, ich will doch nur …“

„… dass mir nichts passiert. Klar. Aber weißt du, es ist nun mal gefährlich hier draußen. Ich hab‘ euch lang genug zugesehen, ich weiß, dass man vorsichtig sein sollte, und versuche, mich genauso zu verhalten."
Perry nickte zustimmend. Abgesehen von ein paar Aussetzern machte der Junge seine Arbeit wirklich gut. Natürlich war er ungestüm und ein Stück weit heißblütig, aber wer konnte ihm das verdenken?
„Also willst du, dass wir dich anders behandeln, was?"
„Verhalte ich mich denn wie ein Baby, auf das man aufpassen muss?"
Der Arzt lachte auf.
„Abgesehen von dem einen oder anderen Moment schlägst du dich wirklich gut, Junge. Vielleicht hast du recht. Vielleicht sollten wir dich endlich wie einen von uns behandeln."
„Würde mich freuen. Ich weiß, ich soll auf euch hören und so. Mach‘ ich auch. Aber bitte lass mich nicht mich immer so fühlen, als wäre ich irgendein Rotzlöffel."
„Versprochen."
„Danke", sagte Tyler ehrlich.
Die beiden schwiegen, um über das Gesagte nachzudenken, und Tyler setzte sich wieder an seinen Platz. Es mochte eine halbe Stunde vergangen sein, als der Junge sich wieder räusperte.
„Was ist?", nahm Perry ihm die Frage vorweg.
„Was ist das hier eigentlich?" Tyler stampfte einmal mit dem Fuß auf.
„Ein Waggon. Oder besser gesagt, ein Zug. Das riesige Ungetüm am Anfang hat diese ganzen Waggons gezogen. Weißt du, in der Zeit DAVOR war es gar nicht in Mode, so viel zu marschieren, wie wir das heute machen. Die Menschen haben Maschinen zur Fortbewegung genutzt, so wie diese. Oder Autos wie die, deren Überreste an der Straße lagen. Es muss damals alles einfacher gewesen sein. Wenn du irgendwo hin wolltest, hast du dich in eine solche Maschine gesetzt und bist einfach gefahren. Und wenn du dann ankamst, taten dir nicht alle Knochen weh."

Mit einer übertriebenen Geste rieb er sich seine Waden.
Tyler sah ihn neugierig, wissbegierig an.
„Erinnerst du dich an die Zeit DAVOR?"
Perry lachte auf.
„Ich? Sehe ich denn schon so alt aus? Meine Mutter hat mir immer erzählt, dass ich kurz nach dem großen Knall geboren wurde, aber erinnern kann ich mich an nichts. Sie hat mir und deiner Mutter immer wieder Geschichten aus der Welt DAVOR erzählt. Sie erzählte von ihrem angenehmen Leben damals, von einem kleinen Haus in irgendeiner großen Stadt. Davon, dass das Wasser damals aus Leitungen kam und man Lebensmittel in einem Laden einkaufen konnte."
Der Arzt erinnerte sich an die kleinen Gesprächsrunden, kurz vor dem Einschlafen. Er und Ava hatten sich unter eine Decke gekauert und mit großen Augen den Geschichten ihrer Mutter gelauscht. Er war sich sicher, dass sie etwas geschwindelt und ihre Geschichten ganz bewusst schön gemalt hatte, um die Kinder gut einschlafen zu lassen.
„Und?", holte der Junge ihn aus seinen Gedanken. „Was ist damals passiert?"
„Was meinst du? Was die Welt zu dem gemacht hat, was sie heute ist?"
Tyler nickte ungeduldig und hing an den Lippen seines Onkels.
„Genau. Was ist passiert, dass aus DAVOR DANACH wurde?"
Perry schüttelte den Kopf.
„Wenn ich das wüsste. Meine Mutter erzählte immer, dass es eine Strafe Gottes gewesen sei, für all das, was die Menschen in den vergangenen Jahrhunderten falsch gemacht hatten. Du musst wissen, sie war eine sehr gläubige Frau. Dann gab es Andere, die von einer großen Seuche erzählten, die die Menschheit dahingerafft hätte, und wieder welche, die von einem langen Krieg gesprochen haben. Über die Jahre habe ich so viele Versionen gehört, und jeden Monat ist eine ganz neue Variante dazugekommen. Ehrlich, Tyler. Es tut mir leid, aber ich weiß es nicht."

Der Junge konnte seine Enttäuschung kaum verbergen.
„Aber eigentlich ist es doch auch völlig egal. Wichtig ist, dass es Menschen gibt, die das Chaos damals überlebt haben. Und darum geht es doch: ums Überleben. Klar ist es nett, in der Vergangenheit zu schwelgen und alte Geschichten zu hören, aber es hilft uns bei all dem sehr wenig. Also, was auch immer aus der Welt DAVOR die Welt DANACH gemacht hat, für den Moment ist es doch egal. Denn es gibt viel wichtigere Dinge."
Tyler schien sich mit den Erklärungen seines Onkels nicht zufriedengeben zu können.
„Heißt es denn nicht, es kommt auf die Erfahrungen an, Perry? Überlebt man hier draußen nicht viel besser, wenn man Erfahrungen hat und sich auskennt?"
Der Arzt lächelte, denn ihm gefiel der Denkansatz des Jungen.
„Tatsächlich, ja."
„Dann ist es doch auch wichtig, dass wir wissen, was damals passiert ist. Damit wir aus den Geschehnissen von DAVOR für heute lernen und unsere Schlüsse ziehen. Oder damit wir ein bisschen von dem ganzen Zeug verstehen, was von DAVOR übriggeblieben ist, und es wieder für uns einsetzen können. Würde es uns dann nicht besser gehen?"
Anerkennend klatschte Perry einige Male in seine Hände.
„Bravo. Du bist ja doch ein ganz kluger Kopf, Tyler. Du liegst wahrscheinlich richtig. Das Problem ist, dass vieles in den letzten Jahrzehnten einfach verloren gegangen ist. Die Menschen haben verlernt, wie vieles funktioniert, oder sind eben nicht mehr in der Lage, Maschinen wie diese hier in Gang zu halten."
„Glaubst du denn, dass das Wissen ganz verloren ist?"
„Wahrscheinlich liegt es noch irgendwo, auf alten Computern oder in irgendwelchen halb vergessenen Bibliotheken. Weißt du, da ist das nächste Problem. In den letzten Jahren haben viele Überlebende das Lesen völlig aufgegeben. Sie können es einfach nicht oder haben es nie gelernt. Wenn sie nun ein Buch finden, in dem vielleicht steht, wie sie eine Maschine wieder in Gang bringen können, dann haben sie kaum eine Möglichkeit,

das zu begreifen. Für sie ist ein Buch nichts anderes als Brennmaterial für die kalten Winter."
„Aber es gibt doch welche, die noch lesen können. Ma hat es mir beigebracht."
„Ja, sicher gibt es die, Tyler. Aber es sind wenige. Und die meisten Bewohner einer Siedlung schert es wenig, was in einem Buch steht. Wenn es kalt ist und das Buch ihnen lebensrettende Wärme spenden kann, dann verbrennen sie es lieber, als auf das Wort eines Sonderlings zu hören, der darin lesen kann. Der Überlebenskampf hat uns abstumpfen lassen, wenn du mich fragst. Solche Dinge scheinen einfach nicht mehr wichtig."
„Das ist falsch!", protestierte der Junge.
„Natürlich ist es das. Ohne das Wissen aus Büchern wäre ich heute nur ein halb so guter Knochenflicker, wie ich nun einmal bin. Aber den Leuten das beizubringen, das ist ein hartes Stück Arbeit, an dem ich die letzten Jahre verzweifelt bin."
Tyler hatte die letzte Bemerkung seines Onkels nachdenklich gemacht. Perry kam von der Pritsche hoch, ging hinüber zu seinem Neffen und legte ihm freundschaftlich die Hand auf die Schulter.
„Immerhin wissen wir jetzt, wofür du dich interessierst. Das ist schon mal was."

Noch bevor die Nacht hereinbrach, erreichten die anderen den Zug. Sie richteten sich für die Nacht ein. Die vier waren sich derartig sicher, ihre Verfolger getäuscht zu haben, dass sie leichtfertig beschlossen, in dieser Nacht keine Wachen aufzustellen.
Nach einem ausgiebigen Abendessen, das trotz der ewig gleichen Zutaten heute viel besser zu schmecken schien, verriegelten sie den Waggon von innen und krochen unter ihre Wolldecken.
Erst das dumpfe Rauschen von Regen und das Trommeln der unzähligen Tropfen auf dem Dach des Waggons weckte sie am nächsten Morgen. Abgesehen von ein paar undichten Stellen im Dach war ihre Unterkunft relativ trocken. Eines war klar: Dieser Regen dürfte die meisten der Spuren, die sie in den letzten

Tagen hinterlassen hatten, im wahrsten Sinne des Wortes weggespült haben. Und so saßen sie bei der weit geöffneten Waggontür, blickten in die graue Regenwand, die den Wald dahinter nur erahnen ließ, und berieten sich.

„... und wenn wir uns ranhalten und an der richtigen Stelle vom Damm herunterkommen, dann sollten wir auch bei diesem Dreckswetter heute Abend in Station sein“, endete Eris.

Sal verdrehte die Augen.

„An der Stelle, die du meinst, steht ein alter Wasserturm. Wie sollen wir den denn bitte verfehlen?“ Eris grinste.

„Keine Ahnung, vielleicht wird das Wetter noch schlechter.“

„Damit uns das nicht passiert, werde ich den Anfang machen“, sagte sie. Niemand hatte Einwände dagegen.

„Ich habe allerdings noch keinen Plan, wo wir in Station unterkommen sollen.“

„Wie wär‘s bei Ian?“, warf Perry ein.

„Ian? Du meinst den Händler?“

„Ja. Ich kenne ihn schon ein paar Jahre. Damals, als er noch mit seiner eigenen Karawane unterwegs war, hab‘ ich ihn ein paar Mal begleitet. Eigentlich ein netter Kerl. Nur wenn es ums Geschäft geht, versteht er keinen Spaß.“

„Und was macht dich so sicher, dass Ian uns helfen kann?“, wollte Eris wissen.

„Naja. Erstens können wir dann auch gleich unser Zeug bei ihm tauschen. Auch wenn seine Preise hoch sind, seine Ware ist es meistens wert. Und wie ich schon sagte: Er lebt für das Geschäft. Wenn diese Datenspeicher wirklich einen Wert haben, der über ihren Schrottpreis hinausgeht, dann wird Ian wahrscheinlich davon wissen. Er ist gut darin, Leute auszufragen, während er mit ihnen tauscht. Wahrscheinlich ist er einer der am besten informierten Männer in der Gegend.“

„Und so, wie du von ihm sprichst, ist die Chance, dass er uns über den Tisch ziehen könnte, wenn die Dinger wirklich was wert sind, verdammt groß, was?“

„Man kann eben nicht alles haben, Eris.“

Kapitel 2

Station

Am Rande der Straße, die sich schnurgerade durch den schier endlosen Wald zog, lag Station. In der Zeit DAVOR war dies einmal eine große, wenn auch marode Tankstelle mit angrenzendem Rastplatz gewesen, heute waren die Gebäude umfunktioniert und dienten einer beschaulichen Anzahl unterschiedlichster Menschen als Heimat.
Zwischen den Gebäuden der namensgebenden Tankstelle waren mit den Jahren verschiedene andere Behausungen aus dem Boden gesprossen. Einige davon wirkten windschief und notdürftig, doch die meisten von ihnen machten einen guten Eindruck. Das ganze Gelände war von einem Palisadenzaun umgeben. Die angespitzten Baumstämme erhoben sich etwa vier Meter in die Höhe. Ein einzelnes, der alten Straße zugewandtes Tor führte in die Siedlung. Hier hatten die Bewohner einen kleinen Wachturm errichtet, der den Palisadenzaun um das Doppelte überragte. Die Plattform war Tag und Nacht besetzt, die Augen der Wachen auf die alte Straße gerichtet. Mit Einbruch der Dunkelheit wurde das schwere Tor geschlossen – und es musste schon etwas enorm Wichtiges sein, damit es vor dem Morgengrauen noch einmal geöffnet wurde. Dies war in den letzten Jahren eigentlich so gut wie nie passiert.
Strom gab es in der Siedlung freilich keinen. Zwar gab es in der alten Tankstelle tatsächlich einen leistungsstarken Generator, doch es fehlte einfach an Brennstoff. In der Vergangenheit waren ein paar Versuche unternommen worden, diesem Mangel Abhilfe zu verschaffen, alle Ansätze hatten sich aber auf lange Sicht als nicht praktikabel erwiesen.
Die Bewohner der Siedlung führten ein relativ ruhiges und geregeltes Leben, und an der Spitze der Gemeinschaft stand ein

fünfköpfiger Rat. Dass es seit Jahren eigentlich immer die reichen und einflussreichsten Bewohner waren, die in diesen Rat gewählt wurden, verstand sich fast von selbst. Auch wenn dieser Rat regulär alle zwei Jahre neu besetzt wurde – an den Verhältnissen änderte sich nicht viel.
Es gab genügend Siedlungen in der Wildnis, dessen Bewohner weit schlechter dran waren.

Ian saß unter dem Vordach seines Hauses und genoss den ruhigen Morgen. Der verregnete gestrige Tag hatte dafür gesorgt, dass es angenehm kühl war, und es würde noch ein paar Stunden dauern, bis das Hauptgeschäft begann. Seine Tochter übernahm die spärlichen morgendlichen Kunden und verschaffte ihm so noch einmal eine angenehme Ruhepause. Zwar war ihm nicht ganz wohl dabei, wenn er die Geschäfte nicht selbst erledigte – andererseits hatte sie in der letzten Zeit ein beachtliches Talent bewiesen. Nicht ohne Stolz stellte er fest, dass sie sein kaufmännisches Geschick geerbt hatte. Wenigstens hatte sie nichts von ihrer Mutter geerbt, wie er wieder einmal feststellte. Für einen kurzen Moment glitten seine Gedanken zurück zu der Nacht, an dem seine Frau ihn und das Kind einfach im Stich gelassen hatte. Ohne eine Erklärung, wortlos. Seit diesem Ereignis hatte er ein gespaltenes Verhältnis zu Frauen, das man bestenfalls als argwöhnisch bezeichnen konnte. Abgesehen von seiner Tochter natürlich. Leela war die einzige Frau in seinem Leben, in die er vernarrt war. Sie war sein Ein und Alles, und auch wenn er sich bemühte, ein strenger und gerechter Vater zu sein, so wusste er doch, dass er ihr so gut wie nie einen Wunsch abschlagen konnte. Auch sie wusste das, setzte es aber dankenswerter Weise selten gegen ihn ein.
Während der rundliche, in die Jahre gekommene Mann mit Halbglatze einen genüsslichen Schluck aus seiner dampfenden Tasse nahm, wanderte sein Blick – wie in den letzten Tagen häufiger – zum Tor. Er kam nicht umhin, eine gewisse Nervosität in sich zu bemerken, und schüttelte den Kopf. Eigentlich war er zu

alt und hatte zu viel gesehen, als dass er immer noch nervös auf die Ankunft einer Karawane warten würde. Andererseits hatte sich besagte Karawane nun schon um ein paar Tage verspätet, und das konnte nichts Gutes bedeuten. Zwar war sein Lager gut bestückt, aber es war immer wieder interessant, durch das Angebot der anderen Händler zu stöbern und sich mit Kleinigkeiten einzudecken. Auf diese Art und Weise hatte er in den letzten Jahren schon ein paar gute Geschäfte gemacht. Doch wenn er ehrlich zu sich war, ging es ihm diesmal eigentlich gar nicht darum, irgendwas von der Karawane zu kaufen. Der Einkauf wäre nur Mittel zum Zweck, eine willkommene Chance, um Thomas vorsichtig auszuhorchen.

Thomas war ein Mann ohne Format, der nicht einmal klug genug war, zu bemerken, wenn ein Kollege ihn aushorchte. Er war dieser Typ von Prahler, der lieber mit einem guten Geschäft angab, als zu schweigen, um davon auch in Zukunft zu profitieren. So war es ein leichtes, irgendeinen billigen Tand bei ihm zu kaufen, ihm ein paar Komplimente zu machen und ihm dabei ein paar Fetzen unwichtiger Informationen zum Fraß vorzuwerfen. Thomas interpretierte so etwas gemeinhin als freundschaftliches Geplänkel und alsbald sprudelte es aus ihm heraus wie aus einem Wasserfall.

Ian stellte die Tasse beiseite und rieb sich sein steifes Knie, das mit einem pochenden Schmerz auf sich aufmerksam machte. Das war das Andenken an einen Überfall auf seine Karawane und der Grund, warum er sich als Händler niedergelassen hatte. Seitdem hatten unzählige Ärzte und solche, die sich dafür hielten, sein Knie begutachtet und behandelt, aber wirkliche Besserung hatte sich nur selten eingestellt. Je älter er wurde, desto häufiger hatte er Beschwerden, vor allem dann, wenn das Wetter plötzlich umschlug und es nasskalt wurde. Ian hatte sich schon vor Jahren damit abgefunden, dass er wahrscheinlich nie wieder zu seiner alten Form zurückfinden würde, ja, dass diese Verletzung ihm sein Leben wahrscheinlich von Tag zu Tag schwerer machen würde. Sein Blick wanderte hinüber zu der alten Tankstelle. Im Zentrum der Siedlung gelegen, war sie der perfekte Ort für Klatsch und Tratsch, und so wunderte es wenig, dass die einzige Kneipe des Ortes dort schon vor Jahren Einzug gehalten hatte. An die ursprüngliche Funktion des Gebäudes erinnerten lediglich die verwitterten Reklametafeln und die verrosteten Zapfsäulen unter dem Vordach. Der Rest war im Laufe der Zeit umgestaltet worden. Ein langes Gebäude aus Wellblech war angebaut worden – hier standen ein paar unbequeme Betten für Reisende bereit. Es gab keinen Zweifel daran, dass Margaret, die Betreiberin der Bar, gleichzeitig Mitglied des Rats, ein ertragreiches Geschäft mit den Reisenden und den Karawanen führte. Schon vor Jahren war er mit ihr eine rein geschäftliche Beziehung eingegangen. Er versorgte die Kneipe mit Vorräten und hatte so Anteil am Profit.

Unter dem großen Vordach der alten Tankstelle saß jener Mann, der Ian erst auf Thomas‘ Spur gebracht hatte. Abgesehen von seinem kauzigen Aussehen war er Ian direkt aufgefallen, als er vor mehr als einer Woche nach Station kam. Das lag sicherlich daran, dass er auf einem Pferd unterwegs war. Pferde waren in der Welt DANACH keine Seltenheit, dennoch gab es auch nicht so viele, dass der Anblick alltäglich gewesen wäre. Ein Pferd war letztlich teuer, und auch wenn Ian schon Exemplare gesehen hatte, die einen viel besseren Eindruck machten, so passte das Reittier nicht zum Rest des Mannes. Er sah weder so wohlhabend aus, als dass er sich ein Pferd leisten konnte, noch so gefährlich, als dass er es irgendeinem anderen Reisenden abgenommen haben konnte. Tatsächlich saß der Fremde so verkrampft auf dem Rücken des alten Tiers, dass man ihm gleich ansah, wie unwohl er sich fühlte. Der Kerl wirkte nicht so, als ob er in seinem Leben überhaupt viel gereist war. Eher klein, fast schmächtig. Wahrscheinlich würde eine stärkere Windböe reichen, um ihm ernsthafte Verletzungen zuzufügen. Er hatte eine Halbglatze, und die Reste seiner krausen, unordentlichen Haare verliehen ihm etwas Verwirrtes. Eine Brille mit dicken Gläsern, die wahrscheinlich nie für ihn gedacht war, rundete das schräge Bild ab und vergrößerte die Augen des Mannes auf eine unfreiwillige, komische Art und Weise. Ohne diese Brille war der Mann wahrscheinlich blind wie ein Maulwurf. Seine Kleidung war für einen Reisenden völlig unzweckmäßig und erinnerte an den Bewohner irgendeiner abgeschiedenen Siedlung. Und selbst dann war es ein Wunder, dass der Mann so lange Jahre überleben konnte. Es war dieser Typ Reisender, der prädestiniert dafür war, überfallen und ausgeraubt zu werden.

Für seine Unterkunft, so viel wusste Ian, hatte der Mann mit einer gut erhalten und intakten Armbanduhr bezahlt. Einem wirklich feinen Stück, das man so kaum noch fand. Es hatte ausgereicht, um ihm die Unterkunft für drei Wochen zu sichern, die Versorgung des Gauls inklusive.

Der Reisende hatte sich von den Bewohnern der Siedlung abgekapselt und in den ersten Tagen sein kleines Zimmer kaum verlassen. Dieses Verhalten hatte natürlich dazu beigetragen, dass man über ihn sprach und eine ganze Menge wilder Vermutungen die Runde machten. Nach den ersten Tagen hatte er sich dann aber doch zaghaft nach draußen begeben, hielt sich jedoch immer in der Nähe der Tankstelle auf. Alles, was man in knappen Unterhaltungen von ihm erfahren konnte, war, dass er hier auf einen Freund wartete. Natürlich beschwichtigte diese Information die Neugier der Bewohner kein Stück, ganz im Gegenteil. Irgendwann waren die Gerüchte auch bis zu Ian vorgedrungen. Als die Geschichten immer wilder und abstruser wurden, reichte es dem Händler.

Kurzerhand hatte er nach Ladenschluss am Abend einen Abstecher zur Kneipe gemacht und das Gespräch mit dem Fremden gesucht. Das war vor drei Tagen gewesen. Ihre Unterhaltung war zuerst einsilbig und zaghaft verlaufen, wollte nicht richtig in Gang kommen.

Im Gegensatz zu den anderen, die sich bisher in einer Unterhaltung mit dem Mann versucht hatten, hatte Ian nicht locker gelassen. Behutsam hatte er sich vorgetastet, dem Mann Komplimente gemacht und ihm von Station und sich selbst erzählt. Es hatte lange gedauert, doch ein paar Stunden und ebenso viele Schnäpse später war der mysteriöse Reisende redseliger geworden. Es zeigte sich, dass Ian mit seinem Eindruck recht behalten sollte.

Der Mann hörte auf den Namen François. Er bestand auf den vollen Namen und lehnte jegliche Verkürzung, wie Frank oder Franky, geradewegs ab. François war in seinem Leben nicht viel herumgekommen. Tatsächlich war dies die erste große Reise, die ihn über die Grenzen seiner Heimat hinausführte. Von wo er jedoch genau kam, darüber verlor er überraschend wenig Worte. Die Art, wie er sprach, aber auch das, was er sagte, verrieten ihn als gebildeten Mann, der ganz augenscheinlich viel aus der Zeit von DAVOR wusste und mit den Hinterlassenschaften der untergegangenen Welt umzugehen wusste. Männer wie er waren eine ungemeine Bereicherung für Siedlungen, aber ohne den Schutz der Gemeinschaft rettungslos verloren. Warum also gerade François die schützende Heimat verlassen und sich auf den Weg nach Station gemacht hatte, blieb ein Rätsel.

Kein Rätsel hingegen blieb, dass er hier auf Thomas wartete. Er hatte Ian verraten, dass Thomas etwas für ihn transportierte – und machte gleichzeitig ein Geheimnis daraus, was es war. Was immer es jedoch war, Ian kam zu der Erkenntnis, dass es einerseits nicht besonders groß sein konnte und andererseits einen hohen Wert für den Fremden haben musste, wenn er deshalb die beschwerliche Reise auf sich nahm.

Der Händler witterte sofort ein gutes Geschäft. So wie er Thomas kannte, wäre es sicher möglich, ihm die besagte Ware abzukaufen. Er machte sich da nichts vor. Thomas war ein Händler ohne Format und Prinzipien, und wahrscheinlich würde er seine Mutter verkaufen, solange der Preis stimmte. Der einzige Clou dabei war also, ihm eine höhere Bezahlung in Aussicht zu stellen, als ihm bisher versprochen war. Wenn alles klappte, würde er sich einerseits die ominöse Ware, um die es hier ging, näher ansehen können, und andererseits könnte er sie weiter an François verkaufen. Das war sicherlich kein feiner Zug, aber ein gutes Geschäft. Der wunderliche Reisende würde wahrscheinlich jeden Preis zahlen, den Ian nannte. Und allein darauf kam es an.

„Über was denkst du nach?" Leelas Stimme riss ihn aus seinen Gedanken und ließ ihn zusammenzucken. Entweder waren seine Ohren schlechter geworden oder sie hatte sich wirklich an ihn herangeschlichen. Mit einem Lächeln drehte er sich zu ihr um.

„Gar nichts, mein Schatz. Ich genieße nur ein bisschen die Ruhe."

Sie verschränkte ihre Arme, lehnte sich an den Türrahmen und mustere ihren Vater eindringlich.

„Ich kenne dieses Lächeln. Du heckst doch etwas aus."

Ian ärgerte sich innerlich. Nicht nur, dass sie sein kaufmännisches Geschick und Gespür geerbt hatte, er konnte sie auch nicht anlügen, ohne dass sie es bemerkte. Ertappt zuckte er mit den Schultern und lächelte verschmitzt.

„Ich habe nur gerade über ein paar Geschäfte nachgedacht, die ich vielleicht machen könnte."

„So?", fragte sie und warf einen prüfenden Blick über die morgendliche Siedlung, die langsam zum Leben erwachte. „Und es hat ganz sicher nichts mit dem Fremden da vorne zu tun, über den sich alle das Maul zerreißen? Dem du vor drei Tagen so viel Schnaps spendiert hast, dass er wie ein Wasserfall geredet und danach wahrscheinlich geschlafen hat wie ein Baby?"

Ian versuchte, ein unschuldiges Gesicht zu machen.

„Ach. Wie kommst du denn darauf? Ich wollte nur höflich sein und das neue Gesicht in Station begrüßen."

„Komisch, dass du das sonst nie machst. Sagst du nicht immer, dass ein guter Händler nichts zu verschenken hat?" Sarkasmus schwang in ihrer Stimme mit.

„Du könntest recht haben. Aber ich glaube, dass die Investition in unseren Freund sich lohnen könnte, Kleines."

Jetzt war ihre Neugier geweckt und sie nahm den nichtsahnenden François genau in Augenschein.

„Und wie kommst du darauf?“
„Ich würde ja sagen, es ist jahrelange Erfahrung. Aber warum sollte ich dir was vormachen? Alkohol ist immer noch das beste Mittel, um die meisten Menschen dazu zu bekommen, dir freiwillig alles zu erzählen.“
„Und wovon hat er dir erzählt?“
„Von möglichen Geschäften.“ Er grinste sie breit an.
Leela verdrehte die Augen.
„Deine Geheimnistuerei habe ich satt. Ich bin deine Tochter und nicht irgendein dahergelaufener Tölpel, der deine Pläne in die Welt hinausschreien wird.“
Ian wollte etwas entgegnen, sah aber, wie ihr die Zornesröte ins Gesicht gestiegen war. Für einen Moment stand sie noch dort, blickte ihn böse an, die Hände zu Fäusten geballt, dann machte sie auf dem Absatz kehrt und schlug die Tür hinter sich zu. Ian zuckte zusammen.
„Der Tag fängt ja gut an“, murmelte er.

Es war nach Sonnenaufgang. Mit einem Knirschen öffnete sich das Tor. Jede Siedlung hatte ihre eigenen Regeln, und auch Station war da keine Ausnahme. Eine davon war, dass das schwere Tor nach Einbruch der Dunkelheit verschlossen blieb. Ausnahmen wurden so gut wie nie gemacht.
Und so waren bisher alle Reisenden und jede Karawane – ganz egal, wie groß oder wichtig sie gewesen sein mochte – dazu gezwungen gewesen, die Nacht vor dem Zaun zu verbringen, bevor es am nächsten Morgen, unter den aufmerksamen Augen der Wachen, in die Siedlung ging. Jeder Protest an diesem Vorgehen prallte an den Zuständigen wie an einer Mauer ab, und jede Verwünschung, jeder Fluch hatte unweigerlich zur Folge, dass sich ein Reisender einer schikanierenden Durchsuchung und Überprüfung seines Gepäcks aussetzen musste. Diese Botschaft kam immer an.
Die vier hatten Station nach Einbruch der Dunkelheit am vorherigen Abend erreicht. Das Tor war längst geschlossen, und so

blieb ihnen nichts anderes übrig, als in durchnässter Kleidung vor der Siedlung zu lagern. Obgleich die vermeintliche Sicherheit der Gemeinde sprichwörtlich greifbar war, trübte die ungemütliche Nacht die Laune der kleinen Gruppe. Besonders Perry steigerte sich in seine Verwünschungen hinein, war abwechselnd auf sich und seine Begleiter, dann auf die Regeln der Siedlung wütend. Egal, wie groß sein Zorn auch war, es half ja nicht. Sie verbrachten die Nacht im Freien. In den nassen Kleidern zu schlafen, war ein Ding der Unmöglichkeit. Entsprechend schlecht war ihre Laune an diesem ruhigen und friedlichen Morgen, der einen viel besseren Tag versprach.
Unausgeschlafen und gerädert, die Kleidung klamm, die Glieder steif von der nächtlichen Kälte, wankten die vier nach Station hinein. Den Abschluss bildete das stoische Muli, das offenbar durch nichts aus der Fassung zu bringen war.
Unfähig, freundliche Worte zu finden, nickten sie den Wachen knapp zu. Zum Glück erkannten die Wachen die kleine Gruppe wieder, und so blieben nervtötende Befragungen aus.
Eris lenkte seine Begleiter gleich in Richtung der kaum zu verfehlenden Kneipe. Ihre Körper schrien nach einem Bad, frischen und vor allem trockenen Kleidern, einer warmen Mahlzeit und einem bequemen Bett – und das am besten genau in dieser Reihenfolge. Obwohl Perry unter der letzten Nacht wahrscheinlich am meisten gelitten hatte, trennte er sich nach einer kurzen Erklärung von den anderen. Die Glieder immer noch steif, wankte er ungelenk in Richtung seines Freundes.
Der rundliche Händler saß unter dem Vordach seines Hauses, als ihre Blicke sich trafen. Ungläubig stemmte sich der Mann, der einige Jahre älter war als Perry, auf die Beine. Dem geschulten Blick des Arztes entging nicht, wie der Mann unbeholfen versuchte, dabei sein Knie zu entlasten. Wahrscheinlich hatte Ian immer noch unter den Folgen der alten Verletzung zu leiden.
„Ich glaube, ich träume!“, rief Ian und humpelte ein paar Schritte auf den Arzt zu, stützte sich dann aber an einem der Pfeiler

des Vordaches ab. Perry versuchte zu lächeln, aber seine blutunterlaufenen, müden Augen und seine ganze Körperhaltung sprachen eine andere Sprache. Als er heran war, umarmte ihn Ian ohne Vorwarnung, freundschaftlich und mit einer Kraft, die die Luft aus den Lungen des Arztes presste. Perry hustete und keuchte, als sein Freund ihn wieder losließ.
„Ja, ich freue mich auch, dich zu sehen …", murmelte er etwas atemlos und klopfte dem Händler auf die Schulter.
Einige Minuten später saßen die beiden alten Freunde unter dem Vordach und Perry genoss den heißen Kaffee, den Leela ihm gereicht hatte. Er wärmte seinen geschundenen Körper und vertrieb das Gefühl, jeden Moment einschlafen zu müssen.
Sie unterhielten sich über alte Zeiten und die vergangenen Monate. Perry umging geschickt die Geschichte der letzten Tage. Er war viel zu müde und nicht in der Stimmung, das ewige Spiel zu spielen, bei dem Ian versuchte, möglichst viel zu erfahren. So blieb ihre Unterhaltung beim Wesentlichen und Perry kam in den Genuss des ersten Frühstücks seit Wochen, dass aus einigermaßen frischen Zutaten bereitet worden war. Es war ein Hochgenuss, nach einer gefühlten Ewigkeit endlich einmal wieder etwas zwischen die Zähne zu bekommen, was nicht durch Trocknung, Salz oder Räucherung haltbar gemacht worden war.
Ian erzählte Perry die Neuigkeiten aus der Siedlung, doch der Arzt war sich sicher, dass man diese Informationen mit ein bisschen Aufwand von jedem anderen Bewohner hätte bekommen können. So war der alte Händler. Die besten Geschichten behielt er für sich – wie Trümpfe, die man später noch spielen konnte.

Kaum eine Viertelstunde später hatte Perry sich seiner klammen Kleider entledigt und lag laut schnarchend unter seiner Decke.
Ausgeschlafen, frisch geduscht, satt und mit weit besserer Laune als noch am Morgen besuchte der Arzt den Händler kurz vor Einbruch der Dämmerung erneut. Tyler begleitete seinen Onkel, das bepackte Maultier am Zügel.

Ians Geschäft war leer, als sie ankamen. Leela war gerade damit beschäftigt, Ordnung in die Regale zu bringen, während ihr Vater am Tresen stand und in ein dickes Buch akribisch die Tagesgeschäfte eintrug. Der Vielzahl der kleinen Einträge nach zu urteilen, musste es ein guter Tag für den Händler gewesen sein.
Ian blickte einen Augenblick auf und musterte seine Besucher. Perry hatte den Tag genutzt, um Bart und Haare in Form zu bringen, und machte in einigermaßen sauberen Kleidern eine gute Figur. Sein Begleiter mit dem struppigen Haar mochte kaum älter sein als Leela. Seine Blicke huschten vom ersten Moment an interessiert über die Regale.
Mit stoischer Ruhe beendete Ian seine letzten Eintragungen und wandte sich dann seinen Gästen zu.
Nachdem Perry seinen Neffen vorgestellt hatte, begann auch schon das Geschäft. Der Arzt kramte aus seinen Taschen eine Liste hervor und legte sie den prüfenden Augen des Händlers vor. Das waren die Vorräte, die die kleine Reisegruppe so oder so benötigte. Ian prüfte die Liste und schnell wurde klar, dass er alles davon vorrätig hatte.
Während Leela also ausgestattet mit der Liste durch den Laden eilte und alles zusammenstellte, legte Tyler all das, was sie im Gegenzug eintauschen wollten, auf den Tresen. Fachmännisch begutachtete Ian die Waren der beiden und kam schnell zu dem Schluss, dass sie übereinkommen würden. Über die Details konnte man sich später unterhalten.
„Da wären aber noch ein paar Dinge, Ian …“
„Was kann ich für dich tun, alter Freund?“, brummte der Händler und trug wieder etwas in sein Buch ein.
„Ich glaube, wir sollten das in Ruhe besprechen.“ Ian deutete mit einer Bewegung des Kopfes auf die angelehnte Tür. Durch sie gelangte man in den Lagerraum des Ladens, wo sich der Schreibtisch des Händlers befand.
„So?“ Die Augenbraue des Mannes wanderte nach oben, als er Perry abschätzend betrachtete, dann nickte er. „Dann lass uns mal. Ich kann eh nicht so gut stehen.“

Er schloss das Buch, klemmte es sich unter den Arm und humpelte vorweg. Hinter der Tür verbarg sich ein Raum, der die gleiche Größe wie der Laden davor besaß, nur war er voller überladener Regale. Ein undurchschaubares Sammelsurium, und wahrscheinlich waren nur Ian und Leela in der Lage, die Ordnung in dem Chaos zu begreifen.
Perry war jedes Mal, wenn er diesen Raum sah, aufs Neue fasziniert, und stieß auch diesmal einen leisen, anerkennenden Pfiff aus, bevor er dem Händler folgte und vor dem alten Schreibtisch Platz nahm.
Auf dem Tisch türmte sich eine Vielzahl von Büchern und Inventarlisten – bei einem Beobachter erweckte die scheinbare Unordnung nicht gerade den Eindruck eines gut organisierten Ladens. Ian schob die Stapel kurzerhand beiseite und ließ sich dann in den Lehnstuhl sinken.
„Ihr habt immer noch keinen richtigen Arzt hier in Station, was?", bemerkte Perry, nachdem er sich gesetzt hatte.
„Wie kommst du denn darauf?"
„Weil es nicht den Eindruck macht, als würde sich jemand Fähiges um dein Knie kümmern. Du wirkst eher so, als wäre jeder Schritt zu viel für dich, und ich hatte offen gestanden Angst, dass du unterwegs einfach umkippen könntest."
Ian machte eine wegwerfende Geste und schürzte böse die Lippen.
„Hör mir auf damit. Ich hab das Gefühl, es wird jeden Tag schlechter. Gerade wenn das Wetter umschlägt, macht das Knie mir Probleme."
„Nicht zu übersehen. Hat man dir irgendwas verschrieben? Wirst du behandelt?"
Ian schüttelte den Kopf.
„Ich glaube, unser Arzt hat keine Ahnung. Jedes Mal, wenn ich bei ihm war oder nach ihm geschickt habe, hat er sich mein Knie angesehen, mir ein paar Schmerzmittel gegeben – für die er natürlich ein kleines Vermögen wollte – und das war es dann auch. Solange ich die Tableten nahm, war alles in Ordnung, zu-

mindest war ich schmerzfrei. Aber sobald ich sie absetzte oder sie aufgebraucht waren, war alles wieder beim Alten."

„Darf ich erfahren, warum du dich von dem Quacksalber mit Medikamenten versorgen lässt, wo du doch sicher einen eigenen Vorrat hast?"

„Ein guter Händler vergreift sich nicht an seinen Waren."

„Aber er lässt sich von einem angeblichen Arzt über den Tisch ziehen?"

Ian lächelte ertappt.

„Naja, weißt du … ich hatte gehofft, dass ich die Tableten, die er mir gab, auch in meinen eigenen Beständen finden würde. Aber der Bastard hat mich aufs Kreuz gelegt und mir die Dinger ohne Verpackung in einer kleinen Dose gegeben."

Perry lachte lauthals auf. Das war so bezeichnend für Ian – und irgendwie freute es ihn, dass der Händler mit seiner Masche aufs Kreuz gefallen war.

„Lass mich raten. All deine Tableten durchprobieren und vergleichen wolltest du nicht, denn angebrochene Medikamente sind viel weniger wert, was?"

Als Ian auch auf diese Nachfrage zögerlich nickte, kam Perry aus dem Lachen nicht mehr heraus. Der Händler hingegen schien die ganze Angelegenheit weit weniger witzig zu finden.

„Du bist schon ein bisschen bescheuert. Anstatt vielleicht etwas gegen deine Schmerzen zu machen, um den Tag unbeschwert verbringen zu können, lässt du die Finger von deinen eigenen Vorräten, was? Du erträgst das alles lieber im Namen des Profits?"

„Ein guter Händler ist bereit, sogar noch Schlimmeres im Namen des Profits zu ertragen."

Ian versuchte, ein ernstes Gesicht zu machen, dann jedoch begann er zu prusten. Beide Freunde sahen sich an und lachten gemeinsam. Als sie wieder zu Atem gekommen waren, versuchte Perry zum Ernst zurückzufinden.

„Ganz ehrlich, Ian. Das sieht nicht gut aus. Wenn du noch ein paar Jahre auf den Beinen verbringen und dir nicht irgendwann von einem dahergelaufenen Knochenflicker das Bein bis zur Hüfte abnehmen lassen willst, solltest du es nicht auf die leichte Schulter nehmen."

Ian nickte. Er war ob der Prognose des Arztes innerlich erschrocken, versuchte das aber mit Gelassenheit zu überspielen.

„Ach, jetzt mach keine Mücke zum Elefanten, Perry. So schlimm ist es auch nicht. Außerdem, wo soll ich in dieser Gegend einen guten Arzt finden?"

„Ich übertreibe nicht, Ian. Das ist mein voller Ernst. Was Verletzungen und Heilung angeht, solltest du dich auf mein Urteil verlassen, genauso wie ich mich auf dein Urteil verlasse, wenn es um das Handeln geht. Und um deine Frage zu beantworten: Ein Arzt sitzt vor dir. Nachdem ich gehört habe, was der Pfuscher hier in der Siedlung mit dir gemacht hat, glaube ich, sagen zu können, dass meine Fähigkeiten zumindest besser als die seinen sind."

„Schön und gut. Aber was nützt mir das denn? Du bist doch immer unterwegs. Außer man hat dir oder deinen Begleitern ein paar Kugeln verpasst – aber davon abgesehen hält es dich doch selten länger als ein paar Wochen in einer Siedlung." Perry sah aus dem staubigen Fenster hinaus in die abendliche Siedlung.

„Vielleicht ist es Zeit, sesshaft zu werden, alter Freund."

Ian blickte auf und blinzelte ein paar Mal, als ob er nicht begreifen könne, was da gerade gesagt wurde. Ungläubig sah er den Arzt an.

„Das sind ja ganz neue Töne. Und wenn ich dich erinnern darf, das habe ich dir schon vor ein paar Jahren gesagt."

„Ja, aber nur, weil Shannon damals über alle Berge war und du ein Kindermädchen für Leela brauchtest", bemerkte Perry trocken. Für einen kurzen Augenblick dachte er, mit der Bemerkung über Ians Frau den Bogen überspannt zu haben, doch der Händler grinste nur.

„Nur, weil du eine bessere Mutter für die Kleine abgegeben hättest, als sie das jemals gekonnt hätte. Was bringt dich denn jetzt zu diesem Geistesblitz?"

„Ich merke, wie meine Knochen das alles nicht mehr gut mitmachen. Nach einer Nacht in der Wildnis spüre ich jede Faser meines Körpers. Ich bin viel schneller ausgelaugt als noch vor ein paar Jahren – und schon nach ein paar Tagen unterwegs kann ich den ewig gleichen Fraß nicht mehr sehen. Und ich habe Angst, irgendwann nicht mehr flink genug zu sein und mir die finale Kugel zu fangen. Weißt du, kann sein, dass ich die Siedlungen nicht mag, aber ich will auch nicht irgendwo in der Wildnis draufgehen." Beide schwiegen und sahen sich an, dann fügte Perry hinzu: „Alles in allem fühle ich mich alt."

Ian grinste und kramte in einer seiner Schubladen. Nach kurzer Suche förderte er eine stumpfe Glasflasche mit bernsteinfarbenem Inhalt zutage, hielt sie gegen das fahle Licht der Öllampe und schwenkte sie.

„Manche Dinge werden erst richtig gut, wenn sie alt sind."

Ohne auf eine Antwort zu warten, kramte er zwei kleine Gläser hervor, füllte sie und reichte eines dem Arzt. Perry roch einmal an dem Glas, genoss den Geruch und stürzte die Flüssigkeit hinunter.

Fast augenblicklich breitete sich ein wohliges Gefühl in seiner Magengegend aus.

„Sag, alter Freund", setzte Ian an und schenkte dem Arzt nach, „wie alt warst du doch gleich nochmal?"

„Wenn mich nicht alles täuscht, dreiundvierzig."

Ian schluckte den Inhalt seines Glases herunter, knallte es auf die Tischplatte und grinste.

„Dann ist für mich also bald Zeit, mir ein Grab zu suchen, ja? Ich bin acht Jahre älter als du."

„Mag sein."

„Weißt du, ich habe vor Jahren einmal diese Geschichte gehört. Von einem Mann, der bis ins hohe Alter seinem Beruf nachging. Zwar wusste er auch, dass er nicht jünger werden würde, aber er liebte das, was er tat. Und er wollte den Jungen, die ihn alle belächelten, zeigen, dass er noch Biss hatte."

Perry hob die Hand und unterbrach den Händler.

„Was du bei der Geschichte nicht verschweigen solltest, ist, dass der Kerl in der Zeit DAVOR lebte, jeden Luxus hatte, von dem wir heute nur träumen, und ausgezeichnete medizinische Versorgung, und dass er für jeden noch so kleinen Weg ein Auto nehmen konnte, während wir heute auf unsere Beine angewiesen sind. Oh, und du hast vergessen, dass das Leben damals nicht nur angenehmer und einfacher, sondern auch ungefährlicher war."

Ian kratzte sich am Hinterkopf.

„Und weil es so ungefährlich war, sitzen wir heute in dem Schlamassel, ja?"

Darauf wusste Perry nicht viel zu sagen und zuckte nur mit den Schultern. Schweigend saßen sich die beiden Männer wieder gegenüber, jeder von ihnen schien seinen eigenen Gedanken nachzuhängen.

„Und wann hast du gedacht, deinen Plan in die Tat umzusetzen und sesshaft zu werden?"

„Ernsthaft habe ich mir darüber noch keine Gedanken gemacht", gestand Perry. „Aber ich weiß, je länger ich es vor mir herschiebe, desto größer ist die Wahrscheinlichkeit, irgendwann den Kürzeren zu ziehen und sterbend irgendwo im Dreck zu liegen. Am besten noch wegen irgendeiner Kleinigkeit."

„Ich will dich nicht beunruhigen, aber dir ist schon klar, dass Menschen auch oder gerade wegen Kleinigkeiten in den Siedlungen über das Messer springen? Je mehr Menschen du auf einem Haufen hast, umso größer ist die Wahrscheinlichkeit dafür."

„Und wie oft passiert das hier in Station?"

„Hier? Wahrscheinlich weniger als in anderen Siedlungen. Nicht überall geht es den Leuten so gut wie bei uns."

„Was spricht also dagegen, dass ich mich in Station niederlasse und das ruhige Leben hier genieße?"

Der Händler schürzte die Lippen und schenkte sich nach.

„Maßgeblich zwei Sachen. Ich glaube nicht, dass du es länger als ein paar Wochen hier aushalten würdest. Und dann wäre da noch der andere Knochenflicker, den wir hier haben."

Perry winkte ab.
„Wenn der so gut ist, wie du sagst, dann wird es ein Leichtes, ihn zu ersetzen."
„Sei dir da mal nicht so sicher. Er ist Mitglied im Rat. Ratsmitglieder wird man nicht so einfach los."
„Siehst du, und deshalb spreche ich als Erstes mit dir darüber, bevor ich mir hier ein kleines Stück Land suche."
Ian schüttelte den Kopf, setzte das Glas an und nippte diesmal nur.
„Das ist trotzdem nicht so einfach, wie du denkst. So gerne ich einen alten Freund in der Nähe wüsste und so nötig wir einen fähigen Arzt brauchen, so verzwickt ist die ganze Angelegenheit. Ich muss die anderen dazu bekommen, meinen Antrag zu unterstützen, und das kostet, neben einer ganzen Menge Zeit, sicher ein paar Gefallen und ein kleines Vermögen."
Perry lächelte schief.
„Ich bin mir sicher, dass du dazu in der Lage bist. Immerhin weißt du ja, was ich bieten kann. Was mich aber viel mehr interessiert: Warum glaubst du, dass ich es hier nicht lange aushalten würde?"
„Das hatten wir doch schon, Perry. Du magst das Leben draußen in der Wildnis, so sehr du auch immer wieder darüber fluchst. Du brauchst die Abwechslung. In einer Siedlung wie Station läuft alles in ruhigen und geregelten Bahnen. Es gibt Tage, da passiert kaum etwas Neues. Du hörst über Tage die gleichen Geschichten, nur in anderen Versionen. Und wenn dann doch etwas passiert, egal, wie klein und unbedeutend es ist, tja, dann geht das Spiel wieder von vorne los. Und was deine Fähigkeiten angeht, wir haben hier eher selten mit Schussverletzungen oder Messerwunden zu tun, wenn du verstehst, was ich meine."
Ian trank den nächsten Schluck, während Perry sein leeres Glas nachdenklich in der Hand drehte.
„Du beleidigst mich. Ich habe mehr drauf, als Verletzte zusammenzuflicken."

„Ich weiß. Aber ich kenne dich doch, Perry."
„Vielleicht hast du recht, vielleicht hast du unrecht. Der Punkt ist, du hast nun eine Ahnung davon, was ich mir so vorstelle. Nicht sofort, und vielleicht auch nicht in ein paar Wochen. Aber … es würde mich freuen, wenn es hier einen Platz für mich gäbe."
Ian kratzte sich am Kinn und nickte dann.
„Ich werde sehen, was sich machen lässt."
Es klopfte, und Leela steckte ihren Kopf durch den Türspalt und spähte in das Halbdunkel des Lagers.
„Ich habe alles von der Liste zusammengestellt, Papa."
Der Händler nickte, doch Leela schien noch nicht fertig.
„Ich gehe mit Tyler rüber, etwas essen. Wenn du mich nicht mehr brauchen solltest."
Ian warf einen Seitenblick zu seinem alten Freund, erkannte dessen Lächeln und nahm das kaum zu erkennende Nicken als Zustimmung wahr.
„Ja, ist gut, mein Schatz. Zeig ihm ein bisschen die Siedlung, wenn du magst."
Leela nickte und kicherte, dann war sie auch schon wieder verschwunden.
Erst jetzt fiel Ian auf, dass es im Dunkel der Nacht sicher nicht besonders viel von Station zu sehen gab.
„Keine Angst, er ist gut erzogen", beruhigte Perry seinen Freund mit einem diebischen Grinsen.
Ian musterte den Arzt für einige Sekunden und man sah, wie es hinter seiner Stirn arbeitete, dann brummte er zustimmend.
„Davon gehe ich aus. Nachdem du mir nun dein Herz ausgeschüttet hast, alter Freund, habe ich vielleicht auch die eine oder andere Frage, bei der du mir helfen kannst."
Perry zog die Augenbrauen hoch. Er hatte auf diesen Moment gewartet und wunderte sich, dass der Händler nicht schon viel früher den Vorstoß gewagt hatte. Er hob beide Hände.
„Ich werde mein Bestes tun, um dir zu helfen. Also leg los."
„Wo kommst du mit deinen Leuten gerade her?"

„Von Süden“, antwortete der Arzt knapp und blickte den Händler erwartungsvoll an.
„Ach, was für ein Zufall. Ihr habt auf dem Weg nicht zufällig irgendwo eine Karawane gesehen, die in unsere Richtung wollte, oder?“
Perry machte ein unschuldiges Gesicht.
„Es gibt eine ganze Menge Karawanen, die zwischen den Siedlungen hin- und herziehen, wenn du das meinst.“
„Ich meine in den letzten Tagen. Weißt du, ich warte nun schon etwas länger auf eine Karawane und habe Angst, dass etwas passiert sein könnte.“
„Ach so.“
Ian spürte, dass der Arzt mit irgendwas zurückhielt, und seine Augen funkelten neugierig auf.
„Perry, es ist wichtig. Die Karawane hatte etwas für mich dabei.“
Gekünstelt und reichlich übertrieben drehte der Arzt seinen Kopf und sah sich im Halbdunkel des vollgestopften Lagers um, machte ein erstauntes Gesicht.
„Ach, wirklich? Ich bin zwar kein Fachmann, aber für mich sieht es so aus, als wäre dein Lager voll, Ian.“
Der Händler biss sich auf die Unterlippe, setzte dann aber doch wieder sein geschäftstüchtiges Lächeln auf.
„Naja, es sind Kleinigkeiten.“
„Sowas. Kleinigkeiten. Hm-hm. Beschreib mir die Karawane doch mal genauer, vielleicht kann ich dir wirklich helfen.“
Ian verdrehte die Augen. Beide Männer wussten, dass es wahrscheinlich nicht unendlich viele Karawanen gab, die in den letzten Tagen in der Gegend unterwegs gewesen waren, eher im Gegenteil. Doch der Händler spürte auch, dass Perry ihm vielleicht weiterhelfen konnte, und so ließ er sich vorerst auf das Spiel ein. Da er nicht genau wusste, wie Thomas seine Karawane wirklich zusammengestellt hatte, den Händler jedoch kannte, beschrieb er Perry den Mann. Während er das tat, suchte er in der Gestik und Mimik seines Gegenübers nach einem Zeichen, das ihm helfen konnte.

Nachdem Perry sich einige Details mehrfach hatte beschreiben lassen, nickte er.
„Ja, die haben wir gesehen."
„Und?", platzte es aus Ian heraus.
„Du solltest Thomas nicht erwarten. Ich bin mir sicher, er wird nie wieder nach Station kommen."
Die Züge des Händlers entglitten ihm für einen Moment und er bestürmte seinen Freund, ihm die ganze Geschichte zu erzählen, versuchte an jedes noch so kleine Detail zu kommen. Doch Perry beließ es bei dieser Andeutung. Stattdessen klopfte er einmal auf den Tisch und erhob sich.
„Genug für heute Abend. Vielleicht sollten wir uns morgen noch einmal über die Sache unterhalten, ja?"
Trotz des Protests seines Freundes war der Arzt nicht mehr aufzuhalten und ließ Ian mit vielen offenen Fragen in seinem Büro zurück. Einmal an der kühlen Nachtluft, merkte Perry fast schlagartig die Wirkung des Alkohols. Ian hatte ihm wirklich etwas Gutes aufgetischt, und während er vorsichtigen, torkelnden Schrittes hinüber zur Kneipe ging, breitete sich ein Lächeln unter dem Vollbart aus.
Das war ein Volltreffer gewesen. Ian würde ihnen sicher weiterhelfen können.

„Nur damit ich das richtig verstehe, Perry", setzte Eris an und beobachtete den Arzt neugierig. „Du glaubst also, dass dein Freund uns weiterhelfen kann und vielleicht weiß, was wir da in unsere Finger bekommen haben. Und nun suchst du in unseren Medikamenten, um ihn dafür zu bezahlen?"
Perry hatte ihre kostbaren Vorräte vor sich auf dem kleinen Tisch ausgebreitet und unterzog jede Verpackung, jede Dose, jeden Blister einer akribischen Untersuchung. Hin und wieder warf er einen Blick in einen alten, zerknickten und abgewetzten Katalog, den er für derartige Bestimmungen immer brauchte.
„Wir hatten doch eh vor, die Dinger einzutauschen, oder?", sagte er.

Eris rieb sich das frisch rasierte Kinn. „Ja, natürlich. Solange sich niemand ein anderes, universelles Mittel ausdenken wird, was leicht zu transportieren ist, von jedem akzeptiert wird und überall etwa gleich viel wert ist, haben Medikamente als Tauschwaren wohl die Nase vorne. Was mich viel mehr stört, ist, dass du gesagt hast, er sei ein langjähriger Freund. Da frage ich mich doch, wie gut diese Freundschaft sein kann."

„Du hörst mir nicht zu, Eris. Ich sagte, alles in dieser Welt hat seinen Preis, nichts ist umsonst. Auch der Dienst eines Freundes nicht. Und ich sagte, dass er als Händler nur auf den Profit aus ist. Wir müssen es ihm also schmackhaft machen, wenn wir etwas von ihm erfahren wollen."

„Schön und gut. Aber sitzt der Kerl nicht am längeren Hebel und könnte uns alles erzählen?"

„Wahrscheinlich könnte Ian das. Und ich habe keinen Zweifel, dass er genau das auch nicht bei anderen Leuten, die mit der gleichen Geschichte zu ihm kämen, tun würde."

„Dann habe ich mich doch nicht verhört, als du mich vor ihm gewarnt hast. Was macht dich jetzt so sicher, dass er dich nicht über den Tisch ziehen wird, Perry? Eure Freundschaft scheint ja nicht der ausschlaggebende Grund zu sein."

Perry hielt eine der Tableten gegen das Licht, betrachtete sie genauer und blätterte dann in dem Katalog nach. Erst nach einigen Minuten schien er gefunden zu haben, was er suchte. Währenddessen sagte er kein Wort und so trat ein Schweigen zwischen die beiden Männer. Eris kannte dieses Verhalten und wagte nicht, den Arzt zu stören.

„Er wird uns nicht über den Tisch ziehen."

„Was macht dich da so sicher?"

„Während ihr euch gestern hier einen angenehmen Abend gemacht habt, saß ich drüben in seinem Büro mit ihm und habe mich unterhalten. Und eine meiner Vermutungen wurde bestätigt."

„Perry, es wäre schön, wenn du mich ins Bild setzen würdest." Eris kreuzte die Arme vor der Brust und wartete.

„Bin ich doch gerade dabei. Als wir gestern Morgen endlich reingelassen wurden und ihr euch direkt aufgemacht habt, um in eure Betten zu kommen, habe ich nochmal einen Abstecher zu Ian gemacht. Dem Anstand und der alten Zeiten wegen. Dabei war unübersehbar, dass Ian Probleme mit seinem Knie hatte – ich glaube, das hätte sogar ein Blinder sehen können."
„Und was hat es damit auf sich?"
„Das Knie? Ein Andenken an die Zeit, als Ian auch noch mit einer Karawane unterwegs war. Jemand hat ihm damals bei einem Überfall ins Knie geschossen und es ist seitdem steif. Das war eigentlich der Hauptgrund, warum er das Herumziehen aufgegeben hat und sich hier niederließ. Wie auch immer. Sein steifes Bein sah für mich gestern Morgen schon so aus, als ob er ziemliche Probleme damit hätte. Als wir uns unterhielten, bestätigte sich mein Verdacht. Er traut dem Arzt hier nicht, aus verschiedenen Gründen, und so ist er auch nicht in Behandlung."
Eris sog hörbar die Luft ein, als sich die ganze Dimension dessen, was Perry da erzählte, vor seinem geistigen Auge erschloss. Er ahnte, worauf der Arzt hinauswollte, schwieg aber.
„Ich habe noch keinen genauen Blick auf sein Knie geworfen, aber Ian ist eigentlich hart im Nehmen. So wie er sich verhält, scheint er höllische Schmerzen zu haben. Und da ich sein Knie in der Vergangenheit ein paar Mal begutachten konnte, bin ich mir sicher, dass es permanent behandelt werden muss, damit er noch was davon hat. Du weißt schon, damit man nicht mit einer Knochensäge an ihm herumspielen muss."
Der Arzt hielt mit seiner Arbeit inne, tastete in Richtung seiner Hüfte und ahmte eine Bewegung nach, die wohl eine Amputation darstellen sollte.
„Und dann ist mir unsere Beute hier eingefallen. Ich glaube, ich habe da ein paar Tableten gesehen, die bei seinen Beschwerden ganz hilfreich sein können. Und die versuche ich gerade zu finden."
Eris verzog anerkennend das Gesicht.

„Gar nicht schlecht, Perry. Aber was ist, wenn du dich geirrt hast?“
„Dann mache ich genau das Gleiche wie der Knochenflicker hier vor Ort. Ich gebe ihm ein paar normale Schmerzmittel. Mit einem einzigen Unterschied – ich behandle sein Knie dann auch noch.“
„Und das wird ihn zum Reden bringen?“
„Du würdest dich wundern, was Menschen alles machen, nur damit die Schmerzen aufhören.“

Sal stand unbeweglich auf dem Wehrgang, in der Nähe des Tores, und spähte die Straße gen Süden hinab. Das Band aus zerklüftetem Asphalt schien sich ununterbrochen bis in die Unendlichkeit zu ziehen.
Abgesehen von ein paar Tieren, die unbekümmert in einiger Distanz zur Siedlung über die Straße huschten oder auf der Suche nach Futter verharrten, war die Straße leer. Kein Anzeichen einer herannahenden Karawane, aber auch kein Zeichen ihrer Verfolger. Wahrscheinlich hatte ihr Ablenkungsmanöver Früchte getragen und die Gruppe für einige Zeit aufgehalten. Das war gut – aber Sal war klar, dass dies nicht ewig so weitergehen würde. Wenn ihre Verfolger auch nur ein wenig Weitsicht besaßen und sich in der Region auskannten, wussten sie, wo Station lag. Rein logisch musste das der nächste Anlaufpunkt sein, um nach ihnen zu suchen. Bliebe nur die Frage, was zu tun war, falls die Männer die Siedlung erreichten. Ob Eris auch schon so weit gedacht hatte und für genau diesen Moment, der nach Sals Logik unbedingt eintreffen musste, vorgesorgt hatte, wusste sie nicht.
Erneut ließ sie die vergangenen Tage Revue passieren, während sie ihren Blick nicht von der Straße nahm. Was konnte nur so wichtig an dem unscheinbaren Schrott sein, den sie der Karawane da abgenommen hatten? Der sterbende Händler hatte gesagt, es seien Datenspeicher, aber auch damit konnte sie reichlich wenig anfangen. Wenn sie richtig verstanden hatte, waren es Relikte aus der Zeit DAVOR, und man brauchte eine dieser

Maschinen – einen funktionierenden Computer –, um mit den Speichern etwas anzufangen.
Sal hatte schlichtweg keine Ahnung von den Relikten aus der Zeit DAVOR – zumindest nicht von solchen. Sie war in einfachen Verhältnissen in einer kleinen Siedlung aufgewachsen, und rückwirkend betrachtet waren die Schusswaffen wahrscheinlich eines der fortschrittlichsten Besitztümer der Einwohner gewesen.
Das Leben in ihrer Heimat war hart, und allzu oft ging es ums schiere Überleben. Es war wichtiger, mit einer Rotte wilder Tiere fertig zu werden oder die Ernte einzubringen, als sich mit Dingen aus der Vergangenheit zu befassen. Ihr Leben war von praktischen Abläufen geprägt gewesen und für Theorien aus einer vergangenen Zeit gab es einfach keinen Platz. So beschloss sie, das Problem der Datenspeicher anderen zu überlassen. Die viel wichtigere Frage für sie war, wer Interesse an diesem Schrott haben konnte und wer hinter der kleinen Truppe her war. Zwangsläufig hatte diese Fragestellung damit zu tun, was sich auf den Datenspeichern verbarg.
Sal beschloss, die Theorie beiseite zu lassen, und wandte sich den Fakten zu, die sie wusste. Es waren acht Verfolger gewesen, und jeder von ihnen machte den Eindruck, als würde er etwas von seinem Handwerk verstehen. Das traf selbst auf den Späher der Gruppe zu. Es war purer Zufall gewesen, dass Eris und sie den Mann überraschen konnten, bevor er größeren Schaden hatte anrichten können.
Wenn sie alle Fakten zusammennahm, konnte es nur einen logischen Schluss geben: Es musste sich um Söldner handeln. Unüblich war das nicht, dass sich Leute zu kleinen Gruppen zusammenschlossen und versuchten, als Angeworbene ihr Glück zu machen. Was jedoch ungewöhnlich war, war die Ausrüstung. Sal hatte in ihrem Leben ein paar Söldnertruppen gesehen, und die meisten fielen durch einen wilden Mix an Waffen und Kleidung auf. Was diese Kerle jedoch anging, so machten sie einen fast militärischen Eindruck. Ganz so, als hätten sie eines der al-

ten Militärlager geplündert und das Glück gehabt, sich dabei voll ausstatten zu können.
Sie schüttelte den Kopf. Das passte nicht ins Bild. Es war schon ein Wunder, wenn man bei einem Händler zwei identische Stiefel finden konnte – die Wahrscheinlichkeit, dass die Kerle auf dem freien Markt an ihre Ausrüstung gekommen waren, war also verschwindend gering. Das Glück, nach all den Jahren irgendwo ein Militärdepot zu finden, das nicht schon längst geplündert worden war, ging ebenfalls gen null.
Wer so ausgestattet war, machte im Normalfall keine Überfälle auf kleine, ungeschützte Karawanen. Söldner mit solcher Ausrüstung spielten normalerweise in einer ganz anderen Liga. Außerdem, um Thomas hochzunehmen, hätte es wahrscheinlich nicht einmal die Hälfte der Truppe gebraucht.
Wenn es Söldner waren, dann hatte sie jemand angeheuert und scheinbar ordentlich bezahlt – vielleicht sogar ausgerüstet. Und wer auch immer das gewesen sein mochte, er wollte offenbar sicher gehen, dass nichts schief ging.
Jemand, der eine einfache Karawane mit schwerbewaffneten Söldnern abfing, hatte wahrscheinlich noch ganz andere Karten im Ärmel.
Sal kniff die Augen zusammen, als sie eine Bewegung wahrnahm. In einiger Entfernung entdeckte sie acht Personen, die in Richtung Station marschierten.

Ian blickte skeptisch auf die Tableten auf dem Tresen. „Und die sollen helfen?"
Perry nickte und klopfte wie zur Bestätigung auf die schwere Platte. „Absolut. Diese kleinen Wunderpillen sollten dich im Nu beschwerdefrei bekommen."
„Und wenn sie aufgebraucht sind, habe ich wieder Probleme?"
Der Arzt verzog das Gesicht. „Höchstwahrscheinlich. Zumindest, wenn du so weitermachst wie jetzt. Wenn du mich allerdings dein Knie behandeln lässt, dann ist von einer Besserung auszugehen."

„Behandeln? Was hast du vor?“
„Du brauchst eine ordentliche Bandage, die dich stützt. Ich kann dir zeigen, wie du es am besten machst. Noch besser wäre natürlich, wenn du jemandem mit Erfahrung sowas nach einem Muster anfertigen lässt. Und dann sollten wir dir einen Stock besorgen.“
„Eine Krücke?“
„Wenn du willst, bekommst du auch die. Aber ich denke, ein herkömmlicher Stock, auf den du dich stützen kannst, wird völlig ausreichen. Man müsste vorher natürlich Maß nehmen.“
„Und das ist alles?“
„Nicht ganz. Darauf wäre wahrscheinlich auch euer Pfuscher gekommen, wenn er sich ein bisschen angestrengt hätte. Ich glaube, ich werde dein Knie noch anders behandeln, es entlasten. Siehst du, ich glaube, es hat sich Flüssigkeit angesammelt. Wenn die raus ist, stehen die Chancen gut, dass die Schmerzen geringer werden.“
Ian blickte nachdenklich zum Arzt, dann wieder zu den Tabletten. Er vertraute seinem Freund, aber er wusste, dass alles in dieser Welt seinen Preis hatte. „Und jetzt sei ehrlich. Was willst du dafür?“
Perry sah seinen Freund lächelnd an. „Eigentlich würde ich gerne sagen, dass ich nichts dafür will und man unter Freunden sowas macht. Aber ich denke, ich brauche deine Hilfe bei etwas.“
„Ich habe mich schon gewundert. Um was geht‘s?“
„Ian, ich kenne dich lang genug, um zu wissen, dass du deine Ohren überall hast. Für einen Mann wie dich sind Informationen enorm wichtig, denn sie bestimmen das Geschäft und regeln deinen Profit. Ich brauche Informationen.“
„Zu welcher Angelegenheit, Perry?“
„Tja, da sind wir bei dem Punkt, an dem du ein gutes Geschäft machen kannst, alter Freund. Du hast mich gestern nach einer Karawane gefragt – und wie du gemerkt hast, kann ich dir weiterhelfen. Ich habe aber auch ein paar Fragen zu dieser Karawane. Also, du bekommst die Informationen, die du willst, dein

Knie wird besser und alles, was ich dafür haben will, sind ein paar Fakten von dir."
Ian machte ein nachdenkliches Gesicht und tat so, als müsse er erst einen Moment über den Vorschlag nachdenken. Eigentlich war seine Antwort vom ersten Moment an klar, doch gehörte es eben zu seinem Geschäft, immer etwas skeptisch zu wirken. Das war gut für den Profit. Dann verzog er das Gesicht so, als würde das, was er sagte, ihm wirklich körperliche Schmerzen bereiten, ganz so, als ob er sich auf einen Kuhhandel eingelassen hätte, bei dem er über den Tisch gezogen wurde.
„Also gut. Ich werde zwar das Gefühl nicht los, dass du deinen altern Freund bis aufs letzte Hemd ausziehen würdest, aber was soll ich auch sonst tun?"
„Ian, du hast schon mal besser geschauspielert."
Während Leela das Geschäft übernahm, begaben sich die beiden Männer in den eigentlichen Wohnbereich des Hauses. Dort streckte sich Ian auf einer alten Couch aus, während Perry das Knie des Händlers betastete und dabei immer wieder unverständlich vor sich hin murmelte. Ian ließ alles, was sein Freund da tat, über sich ergehen, auch wenn seine unterdrückten Schmerzenslaute Auskunft darüber gaben, wie unangenehm die Behandlung sein musste.
Perry leistete ganze Arbeit. Nachdem er dem Händler einige Schmerzmittel gegeben hatte, tastete er das Knie intensiv ab, murmelte einige knappe Diagnosen, und als er sicher war, dass die Tableten ihre Arbeit taten, punktierte er das geschwollene Gelenk mit der gebotenen Vorsicht. Der rundliche Händler stöhnte auf und biss die Zähne zusammen, schien die Behandlung aber gut zu überstehen. Fasziniert sah er der Arbeit des Arztes zu, während er nach einer Flasche angelte und sich einen großen Schluck Hochprozentigen gönnte.
Gekonnt vollendete Perry seine Arbeit und wickelte eine Bandage straff um das Knie des Mannes. Nachdem er sich die Hände gewaschen hatte, kam er zurück und sah seinen Freund erwartungsvoll an.

Ian hielt Wort und verriet dem Arzt, was er wusste. Im Gegenzug verriet Perry dem Händler, worauf er so sehnsüchtig brannte.
Immerhin wusste er jetzt, was es war, worauf dieser komische Kauz François wartete, auch wenn er daraus genauso wenig schlau wurde wie Perry. Ian hatte in seiner Zeit als reisender Händler vieles gesehen und noch viel mehr Geschichten gehört, auch über funktionierende Technik, aus der Zeit DAVOR. Ja, es gab diese Dinge eindeutig, auch wenn sie eine Seltenheit waren. Er hatte Siedlungen bereist, in denen die Menschen über Strom verfügten, oder Orte, an denen sie Fahrzeuge wieder in Gang gebracht hatten.
Aber wirklich funktionierende Computer hatte er in seinem ganzen Leben noch nicht gesehen. Für ihn war es schwer, sich vorzustellen, dass derartig sensible Geräte das Chaos, das die Welt DAVOR zur Welt DANACH gemacht hatte, überstanden hatten.
All das lieferte ihm aber keine Antworten, es machte die ganze Angelegenheit noch verworrener. Die Datenspeicher mussten unter den gegebenen Umständen unheimlich wichtig sein, soviel war ihm klar. Aber ohne ein entsprechendes Gerät zum Auslesen – einem Computer – würde dies wohl ein Mysterium bleiben. Dennoch. Irgendwer schien über eine solche Technologie zu verfügen und hatte es darauf angelegt, in den Besitz der Speicher zu kommen.
Letzten Endes schien er kein Stück weiter als zuvor.
Die Unterhaltung der beiden Freunde wurde jäh beendet, als Leela sich durch die Tür zum Laden drängte, den schwer atmenden Tyler hinter sich. Perry schaute verwundert auf.
„Was ist los?"
Tyler brauchte ein paar Sekunden, um zu Luft zu kommen, doch sein Gesichtsausdruck sprach Bände.
„Unsere Verfolger. Sie sind angekommen. Eris hat gesagt, ich soll zu dir gehen, und wir sollen die Köpfe unten halten, weil der Späher uns wahrscheinlich erkennt."

Ohne ein weiteres Wort war der Arzt auf den Beinen und schritt hinüber zum staubigen Fenster. Von hier hatte man einen guten Blick auf das Zentrum der Siedlung.
„Leela, schließ den Laden für heute", knurrte Ian und setzte sich auf.

Während die Einwohner der Siedlung ihrem Tagewerk nachgingen und dabei entfernt einem emsigen Ameisenvolk ähnelten, hatte Eris es sich auf einem alten Plastikstuhl unter dem großen Dach der Tankstelle bequem gemacht. Interessiert beobachtete er den Späher, als er durch das Tor kam. Der Mann sah sich suchend um, fragte die vorbeieilenden Bewohner der Siedlung aus. Eris widerstand dem Drang, sich sofort bemerkbar zu machen. Es war nur eine Frage der Zeit, bis der Späher seinen Weg zu ihm fand. Die zusätzlichen Minuten nutzte Eris, um die Situation abzuwägen. Alles sah nach einer Konfrontation mit den Verfolgern aus, und das gefiel ihm nicht. Es widerstrebte ihm, die Bewohner dieser Siedlung in einen Kampf hineinzuziehen, den er selbst nicht einmal abschätzen konnte.
Offensichtlich hatte der Späher jemanden gefunden, der ihm weiterhelfen konnte, denn Eris sah, wie sich ein scheinbar längerer Wortwechsel entwickelte. Das Gespräch endete und der Späher bahnte sich zielstrebig seinen Weg in Richtung der Tankstelle.
Er blieb in einigen Metern Entfernung stehen und ihre Blicke trafen sich. Innerhalb von Sekunden schätzten sie sich ab. Der Mann trug eine passgenaue Schutzweste und eine Pistole in einem Brusthalfter, schien aber ansonsten unbewaffnet. Fast beiläufig korrigierte Eris den Sitz seines Gürtels und zeigte seinem Gegenüber unmissverständlich, dass er auch bewaffnet war.
„Was verschafft mir die Ehre?", murmelte Eris und fixierte den Mann.
Der Mann lächelte dünn. „Man sagt, du bist gestern Morgen mit drei anderen hier angekommen."
„Gut möglich."

„Du hast zwei Begleiter, einen alten bärtigen Kerl und einen halbstarken Jungen."
Eris grinste.
„Ein Wunder, dass du dich nach den Kopfschmerzen, die du gehabt haben musst, noch so gut an sie erinnerst."
Sein Gegenüber funkelte ihn böse an, biss sich jedoch auf die Unterlippe und schluckte eine Entgegnung hinunter. „Ihr habt etwas, das uns gehört."
Eris schüttelte den Kopf.
„Die vier Toten bei der überfallenen Karawane sprechen eine andere Sprache. Ich glaube, wir haben rein zufällig etwas, was ihr auch gerne hättet, das euch aber eigentlich nicht gehört."
„Unwichtig."
„Ich glaube nicht, dass die Bewohner dieser Siedlung das genauso sehen wie ihr."
Der Späher warf einen Blick nach links und nach rechts und zuckte mit den Schultern. „Auch egal. Ich soll euch ausrichten, dass wir abziehen werden, wenn ihr uns gebt, was wir haben wollen. Keinem wird was passieren und wir alle sind glücklich."
„Und wenn nicht?"
„Dann werden wir es uns holen. Du weißt genauso gut wie ich, dass die Leute hier keine Gefahr sind. Die werden den Schwanz einziehen und euch hängen lassen."
„Was du nicht sagst. Aber irgendwie schätze ich, dass ihr uns trotzdem über den Haufen schießen werdet, wenn wir euch das geben, was ihr haben wollt. Und sei es nur deswegen, weil ihr wegen uns in den letzten paar Tagen wie kopflose Hühner durch den Wald geirrt seid."
„Mein Anführer gibt euch sein Wort, dass …"
Eris ließ seine flache Hand klatschend auf den Tisch fallen und unterbrach den Mann barsch. „Ich schätze, das Wort eines Mannes, der ohne Vorwarnung auf eine Karawane feuern lässt und bereit ist, jemanden zu Tode zu foltern, hat keinen Wert."
Der Mann schwieg, schien zu überlegen und holte hörbar Luft, bevor er sprach.

„Dann wird es also die harte Tour."
Eris lächelte kalt.
„Es wird mir eine Freude sein."
Der Späher nickte, machte auf dem Absatz kehrt und ging zügigen Schrittes in Richtung Tor, den stechenden Blick des Hochgewachsenen im Rücken. Mit jedem Meter, den er machte, fiel die Anspannung von Eris' Körper ab und ihm wurde klar, auf was er sich gerade eingelassen hatte. Es würde kein einfacher Tanz werden. Dennoch galt es keine Zeit zu verlieren und sich mit den anderen zu besprechen.

+++

Alexander warf einen missmutigen Blick auf das weit geöffnete Tor der Siedlung. Diese Angelegenheit kostete ihn mehr Zeit als gedacht. Ihr Auftrag war einfach, klar und deutlich gewesen. Die Karawane überfallen, die Datenspeicher sichern und sie abliefern. Ein einfaches Rein und Raus, mehr nicht. Dass sie dabei an eine Gruppe von Hinterwäldlern geraten würden, die die Soldaten zum Narren hielten und vorführten, damit hatte er schlichtweg nicht gerechnet.
Jetzt war es, wie es war. Er würde nicht mit leeren Händen zurückkehren können. Der Anführer der Hinterwäldler – zumindest, wenn er Dans Worten glauben konnte – hatte das Angebot, die Angelegenheit unblutig zu klären, abgelehnt.
Der glatzköpfige Alexander hatte keine Probleme damit. Es gehörte zu seinem Geschäft, über Leichen zu gehen. Doch wie man es auch betrachtete: Geschichten von blutigen Überfällen auf Dörfer waren keine gute Propaganda. Andererseits war seine Zeit begrenzt. Er konnte es sich nicht erlauben, hier draußen zu warten, bis die Hinterwäldler sich durch das Tor wagten. Vielleicht würden sie auch in einem unbeobachteten Moment am anderen Ende der Siedlung über die Palisaden klettern und sich davonmachen. Er hatte einfach zu wenig Männer dabei, um die Siedlung abriegeln zu können.

Ganz offensichtlich befand er sich mit seinen Soldaten in der schlechteren Position, sie waren gezwungen, den ersten Schritt zu machen, während die Hinterwäldler in der Siedlung einfach nur warten und reagieren mussten. Die ganze Situation war inakzeptabel.
Die sieben Soldaten kauerten hinter ihm und warteten auf seine Anweisungen. Keiner von ihnen sagte etwas, entweder aus Angst, Alexanders Zorn auf sich zu ziehen, oder weil es einfach nichts zu sagen gab. Alexander hatte keine Zweifel. Wenn er von seinen Soldaten verlangen würde, die Siedlung zu stürmen, würden sie ohne mit der Wimper zu zucken gehorchen. Die Männer dachten nicht in den weiten Bahnen ihres Anführers – für sie war es eine namenlose Siedlung unter vielen, irgendwo im Nirgendwo. Ihnen war nicht klar, dass Geschichten über einen solchen Überfall sich wie ein Lauffeuer verbreiten konnten. Für die Soldaten zählten präzise Anweisungen und ihre regelmäßige Bezahlung – Menschlichkeit spielte eine untergeordnete Rolle.
Alexander ging die ihm verbleibenden Alternativen im Geist durch. Er konnte es auf einen Frontalangriff anlegen, das war aber die Lösung, die er als letztes in Betracht ziehen wollte.
Die Gefahr von Verletzten und Toten auf der eigenen Seite war ihm zu hoch, ganz abgesehen davon, dass er sich auch nicht unbedingt eine Kugel fangen wollte.
Die zweite Möglichkeit bestand darin, im Schutz der Dunkelheit zu versuchen, ungesehen in die Siedlung einzudringen. Am Tag waren ihre Chancen dazu praktisch nicht vorhanden, doch in der Nacht würden sie sicher unbemerkt an die Palisaden heran- und darüber hinwegkommen. Doch da tat sich das nächste Problem auf. Keiner von ihnen war jemals in dem Dorf gewesen und wusste, wie es im Innern aussah. Alles, was sie hatten, war ein schneller Bericht von Dan. Zwar hatte der Späher die unschätzbare Gabe, sich Details zu merken, aber einen ganzen Angriff einzig und allein auf diese Informationen zu stützen, das erschien wahnsinnig. Davon abgesehen, Alexander hatte keine

Ahnung, wo sich die Gesuchten aufhielten. Somit hätten sie Haus für Haus durchsuchen müssen, was die Wahrscheinlichkeit, entdeckt zu werden, rapide nach oben trieb. Sobald man sie dann entdeckt hatte, gäbe es die gleichen Probleme wie zuvor. Nur dass sie diesmal in einem geschlossenen Bereich festgenagelt wären, auf Terrain, das sie nicht kannten, und noch dazu in der Dunkelheit. Auch diese Idee verwarf er.
Hätte er mehr Männer mitgenommen, wäre das alles viel einfacher. Dann würde er sich auch auf einen Frontalangriff einlassen, denn mehr Soldaten bedeuteten einerseits mehr Feuerkraft und andererseits wären Ausfälle viel leichter zu verschmerzen gewesen.
Knurrend wendete sich der kahlköpfige Mann von der Siedlung ab und gab seinen Männern Anweisungen, sich zu verteilen. Bis er zu einer Lösung gekommen war, sollten sie die Siedlung im Auge behalten.

+++

Einige hundert Meter entfernt stand Eris auf dem Wachturm und spähte hinüber zu der Position, an der die Soldaten sich eingerichtet hatten. Mit zusammengekniffenen Augen konnte er die Schemen mehrerer Personen erkennen, die sich entlang des Waldrandes verteilten.
Er fragte sich, was sie vorhatten. Fragte sich, ob der glatzköpfige Anführer der Truppe sich wirklich auf ein Gefecht einlassen würde. Wenn, dann waren Eris und seine Begleiter klar im Vorteil. Sie konnten sich hier gut verschanzen und die Hölle auf alle niederregnen lassen, die sich zu nah heranwagten. Andererseits bestand dabei die Gefahr, dass irgendein Siedler zwischen die Fronten geriet. Es widerstrebte Eris zutiefst, diese Menschen in den Konflikt mit hineinzuziehen, wo sie doch überhaupt nichts damit zu tun hatten. Die andere Möglichkeit jedoch, eine offene Auseinandersetzung mit der Söldnertruppe, war ihm genauso zuwider. Er zweifelte weder an den Fähigkeiten seiner

Begleiter noch an seinen eigenen. In den vergangenen Jahren hatte die kleine Gruppe Auseinandersetzungen überstanden, die auswegloser waren. Doch die Gegenseite machte einen harten Eindruck, als ob sie genau wussten, wie sie mit ihren Waffen umzugehen hatten. Sich wegen ein bisschen Schrott aus der Zeit DAVOR mit einem Gegner anzulegen, den er kaum einschätzen konnte, gefiel Eris nicht.

Eris' Blick löste sich von der Situation, ging erst zu der abgewetzten Armbanduhr an seinem Handgelenk, dann noch einmal zur Überprüfung zur Sonne. Es würden noch ein paar Stunden Tageslicht bleiben.

Sein Blick schweifte über die Dächer der Siedlung und Eris erspähte Perrys alten Bekannten, den rundlichen Händler, unter dem Dach der Tankstelle. Dort hatte der Mann sich mit vier anderen Personen zusammengesetzt und schien ihnen die Situation zu erklären. Eris konnte zwar nicht hören, was dort gesprochen wurde, konnte aber anhand der wilden Gesten und der Mimik erahnen, mit welcher Inbrunst dort diskutiert wurde. Zweifelsohne ging es um die Vorfälle der letzten Stunde, um ihn und seine Gefährten und die Soldaten vor dem Tor. Auch wenn Ian sich wahrscheinlich für die kleine Truppe einsetzen würde, so standen die Chancen nicht gut. In Gemeinden wie Station zog man es vor, die Nase unten zu halten und sich nicht in Konflikte von Fremden hineinziehen zu lassen. Wahrscheinlich würde der Rat, nach einer langen Debatte, genau zu dem Schluss kommen und Eris und seine Begleiter kurzerhand aus der Siedlung werfen. Wenn sich Leute vor den Palisaden die Köpfe einschlugen oder zusammenschossen, dann war das ganz offensichtlich kein Problem, das Station betraf. So einfach war das.

Sal erklomm die Plattform und stellte sich neben den hochgewachsenen Mann. Während Eris hinunter in die Siedlung blickte, sahen die Augen der Schützin zum Waldrand.

„Und was hast du jetzt vor?", erkundigte sie sich.

„Ich weiß es noch nicht", gestand Eris ein und drehte sich langsam zu ihr um.

„Dann solltest du dir was einfallen lassen. Perry meinte gerade, dass sein Freund zwar alles versuchen würde, um die anderen Ratsmitglieder zu überzeugen, aber es sähe wohl nicht gut für uns aus."

„Ich weiß. Sie wollen mit solchen Sachen nichts zu tun haben und einfach in Frieden ihr Leben leben. Wer kann es ihnen verübeln?"

Sal verzog böse das Gesicht.

„Die Kerle da hinten haben eine Karawane auseinandergenommen. Leute wie die sind eine Bedrohung für Station. Aber trotzdem geben die Bewohner bei solchen Sachen immer wieder klein bei, anstatt zu kämpfen. Daher kommen solche Bastarde durch und die Überfälle werden immer mehr."

„Alles richtig. Aber die Bewohner haben eben Angst. Angst, dass sie auch etwas abbekommen könnten, Angst, dass sie dabei sterben könnten. Es gibt Frauen und Kinder hier, sowas hat immer einen großen Einfluss auf die Entscheidungen von Männern."

„Da wo ich herkomme, gibt es auch Frauen und Kinder. Trotzdem haben wir uns immer mit allem, was wir hatten, gegen solche Bedrohungen gestellt."

„Das ist wahrscheinlich der falsche Maßstab. Wenn die Geschichten, die du über dein Dorf erzählt hast, stimmen, ist das Leben dort einige Nummern härter als hier in Station. Dort ist man Gefahr und Verlust gewöhnt, hier gehört das wahrscheinlich nicht zum Alltag."

Sal schnaubte verächtlich, und Eris schwieg. Eine kleine Ewigkeit verging, in der die beiden einfach nur still dort oben auf dem Turm standen.

„Was auch immer", meinte Sal. „Das bringt uns jetzt auch nicht weiter. Was hast du nun vor?"

Auch wenn sie immer wieder die gleiche Frage stellte, änderte das wenig daran, dass Eris keinen Plan hatte, der sie ungeschoren aus dieser Angelegenheit herausbrachte. Resigniert zuckte er mit den Schultern.

„Ich habe keine Ahnung, ehrlich. Ich glaube, ich habe uns diesmal wirklich in einen großen Haufen Scheiße treten lassen."

Sal kicherte, wandte sich zu ihm um und küsste ihn zärtlich auf die Wange.
„Das passiert, wenn man euch Kerlen die Führung überlässt. Wie wäre es, wenn du einfach erst mal herausfindest, ob der Kram, den wir da bekommen haben, es wert ist, sich auf einen Kampf mit den Jungs da unten einzulassen. Perry hat Tyler schon auf die Suche nach diesem François geschickt. Der Junge läuft sich wahrscheinlich gerade die Hacken wund. Also raff dich auf und finde heraus, was geht. Solange noch Zeit dafür ist."

Entgegen der Vermutungen hatte Tyler nicht lange suchen müssen. François fiel mit seinem ganzen Gebaren unter den Bewohnern von Station auf, womit es ein Leichtes war, ihn zu finden. Nun saß er schon eine gefühlte halbe Ewigkeit bei dem Mann und lauschte seinen Worten gebannt. Wie sich herausstellte, wusste François eine ganze Menge über die Zeit DAVOR, und war bereit, sein Wissen mit dem neugierigen Jungen zu teilen. Eine völlig neue Erfahrung. Bisher hatte Tyler das, was er über die Zeit DAVOR wusste, immer nur aus zweiter Hand. Irgendwer erzählte ihm von einem Gespräch, in dem er irgendwas gehört hatte. Diese Geschichten waren meist ausgeschmückt und Tyler zweifelte gerade deshalb an ihrem Wahrheitsgehalt.
Bei François war das etwas völlig anderes. Der Mann erzählte in einem Plauderton und mit einem erzählerischen Geschick, das den Zuhörer fesseln konnte. Und er tat das alles, obwohl er von Tyler kaum mehr als den Namen wusste. Auch das war eine völlig neue Erfahrung für den Jungen. In der Welt, in der er aufgewachsen war, tat man nichts aus freien Stücken – man erwartete immer eine Gegenleistung oder einen persönlichen Vorteil davon. Gerade von einem Fremden. Zwar hatte der bebrillte Kauz keine Informationen ausgeplaudert, die dazu in der Lage gewesen wären, die Welt in ihren Grundfesten zu erschüttern, aber es bestand wenig Zweifel daran, dass er ein Quell des Wissens war.

François machte mit all seinen Eigenarten einen verschrobenen und übellaunigen Eindruck, aber Tyler mochte ihn eigentlich vom ersten Moment an. Eine dieser verwirrenden Eigenarten bestand darin, bei fast jedem Satz den Sitz seiner Brille zu korrigieren.
Oftmals nahm er die unförmige Sehhilfe ab und polierte die dicken Gläser mit einem Zipfel seines Hemdes. François hörte währenddessen nicht mit dem Sprechen auf, und als er die Brille wieder auf die Nase gesetzt hatte, fand er etwas anderes, um seine Hände in Bewegung zu halten. Einmal durch eine Frage – egal, wie unpräzise sie auch sein mochte – in eine Richtung gestoßen, schien der Mann ganze Bücher mit Antworten füllen zu können. Und alles, was Tyler tun musste, war, ihm einfach zu lauschen.
Es zeigte sich, dass auch François keine ultimative Wahrheit über die Ereignisse kannte, die die Welt DAVOR zur Welt DANACH gemacht hatten. Er räumte ein, dass es wahrscheinlich mehrere Faktoren gleichzeitig gewesen sein mussten, die sich gegenseitig bedingten und damit eine Ereigniskette in Gang setzen, an deren Ende der Untergang der bis dahin bekannten Welt stand.
Als er bemerkte, das Tyler mit dem, was er sagte, kaum etwas anfangen konnte, wurde er präziser. Seiner Auffassung nach musste es ein schwerwiegendes Ereignis gegeben haben, das die ganze Welt irgendwie betroffen hatte – vielleicht eine Naturkatastrophe, ein Krieg, eine Seuche oder eine Rohstoffknappheit. Aus diesem anfänglichen Ereignis mussten dann zwangsläufig andere Probleme entstehen, welche letzten Endes zum Kollaps geführt hatten. Wenn das, was er sagte, stimmte, dann hatte das Chaos zwar überall auf der Welt im Grunde den gleichen Ursprung, äußerte sich aber immer anders. Vielleicht eine Erklärung dafür, dass es so viele Geschichten darüber gab. Vielleicht waren all diese Geschichten irgendwie wahr – oder aber in den verängstigten Köpfen der Menschen entstanden, die zu überleben versuchten.

Während Tyler dem Mann zuhörte, vergaß er langsam, warum er eigentlich hier war. Zuerst plagte ihn noch das schlechte Gewissen, und eigentlich wollte er diese wandelnde Bibliothek nur noch einen Satz sprechen lassen, doch dann ergaben sich immer wieder neue Fakten, immer wieder neue Fragen, die er hatte. Und so löste sich sein eigentliches Vorhaben bald in Wohlgefallen auf.
Jäh hielt François inne und Tyler blinzelte verwundert. Sein Gegenüber blickte über seinen Kopf hinweg. Der Junge brauchte einen Moment, um sich zu sortieren, dann drehte er sich in seinem Stuhl um und erstarrte, als er Eris erblickte. Genau das war der Moment, an dem ihm wieder einfiel, warum sein Onkel ihn eigentlich losgeschickt hatte.
„Du bist fündig geworden, Tyler?", erkundigte Eris sich knapp, und der Junge bestätigte die Frage mit einem eifrigen Nicken.
„Wunderbar. Ich dachte schon, du hättest dich irgendwo in der Siedlung verlaufen." Er lächelte freundlich und klopfte dem Jungen auf die Schulter, während er sich François zuwendete. „Darf ich mich setzen?"
François musterte die beiden durch seine dicken Brillengläser. Seine vergrößerten Augen verliehen ihm dabei etwas unfreiwillig Komisches. Zaghaft nickte er zur Bestätigung. Eris zog einen Stuhl zurück und setzte sich.
„Ich bin Eris, und wenn das stimmt, was wir gehört haben, musst du François sein."
Der Angesprochene blickte für einen Moment nervös zwischen dem Jugendlichen und dem Mann hin und her, als wittere er Gefahr. Eris hob beschwichtigend die Hände. „Keine Panik. Wir wollen dir nichts Böses. Ich glaube sogar, wir sitzen im gleichen Boot. Vorausgesetzt natürlich, du bist François."
Der Mann nickte vorsichtig, immer noch unschlüssig, ob Eris eine Gefahr darstellte. Sein Redefluss und seine Sicherheit, die er noch wenige Augenblicke vorher gehabt hatte, waren wie weggeblasen. Als Eris bemerkte, dass der Mann mit der Situation überfordert schien, ergriff er wieder das Wort.

„Gut, gut. Du hast hier auf eine Karawane gewartet, richtig?" Die Augen des Mannes weiteten sich und der Effekt wurde durch die dicken Brillengläser noch verstärkt. François begann, nervös an seinem Kragen zu nesteln, und obwohl er nichts sagte, wertete Eris auch das als Zustimmung.

„Dann wirst du noch bis in alle Ewigkeit hier warten. Die Karawane ist überfallen worden. Wir waren da, haben es gesehen, konnten mit dem Händler sprechen, bevor er starb."

Eris sparte geflissentlich aus, dass er und seine Begleiter es waren, die die Karawane als Erstes überfallen hatten. Er beobachtete sein Gegenüber genau und bemerkte die echte Bestürzung in dem Mann, sah, wie seine Schultern unter einer unendlich schwer erscheinenden Last zusammensackten. Es machte den Eindruck, als ob Eris ihm mit diesen wenigen Worten alle Hoffnung genommen hatte. Resigniert blickte der Kauz auf seine Hände.

„Wir glauben zu wissen, warum die Karawane überfallen wurde. Und wir haben wahrscheinlich genau das, worauf du wartest."

François riss den Kopf hoch und atmete auf, doch bevor er etwas sagen konnte, fuhr Eris fort.

„Das Problem ist, dass die Kerle, die die Karawane überfallen haben, wissen, dass wir es haben. Sie sind uns in den letzten Tagen gefolgt, auch wenn wir uns bemüht haben, sie in die Irre zu führen. Und jetzt hocken sie da draußen vor der Siedlung und warten darauf, dass wir rauskommen. Und wenn nicht, dann werden sie sicher zu uns kommen und versuchen, es sich zu holen. Also sag mir, sind die Dinger es wert?"

Mit den letzten Worten zog Eris den kleinen Plastikbeutel aus der Tasche, in dem die noch viel unscheinbareren Relikte aus der Zeit DAVOR waren. Behutsam legte er den Beutel auf die Tischplatte, und kaum dass er seine Hand weggezogen hatte, tastete François danach, fingerte am Verschluss herum. Als er den Beutel geöffnet hatte, nahm er die einzelnen Datenspeicher vorsichtig heraus, betastete sie mit zittrigen Fingern, hob jeden einzelnen dicht vor seine Brille, versuchte, die Zahlen und

Buchstaben auf den kleinen Gegenständen zu erfassen. Dabei war er derartig konzentriert, dass er die Welt um sich zu vergessen schien. Tyler warf Eris einen fragenden Blick zu, doch mehr als mit den Schultern zu zucken tat Eris auch nicht.
Er hatte keine Ahnung von dem, was François dort tat – aber er verstand, dass es sicher nicht helfen würde, wenn er ihn dabei unterbrach.
Minuten später blickte der Kauz auf, und es war so etwas wie ein verhaltenes, ehrliches Lächeln auf seinen Lippen zu erkennen.
„Ja, sie sind es", murmelte er bedeutungsschwanger und warf damit mehr Fragen auf, als er beantwortete. Eris und Tyler blickten den Mann verwirrt an, warteten auf eine Erklärung.
„Sind was?", hakte Eris nach, als François nicht weitersprach.
„Die Datenspeicher, die wir brauchen", entgegnete der kauzige Mann, als würde diese Antwort alle offenen Fragen klären.
„Für was brauchen? Und wer ist ‚wir'?"
Eris wurde langsam ungeduldig und das spiegelte sich auch in seiner Tonlage wieder. Immerhin saßen er und seine Begleiter für den Moment in einem ganz schönen Schlamassel, und da halfen ihm nichtssagende Andeutungen kaum weiter. Tyler berührte Eris am Unterarm und versuchte ihm so zu bedeuten, Ruhe zu bewahren.
„Mit diesen Datenspeichern kann man die Welt verändern, sie zu einem besseren Ort machen", sagte der Mann ernst und mit einem Funkeln in den Augen, das Alarmglocken in Eris zum Klingen brachten. Es erinnerte ihn an einen Wahnsinnigen. Er mahnte sich zur Ruhe, holte einmal tief Luft und versuchte es wieder, diesmal in einer ruhigeren Tonlage. „Das hilft mir auch nicht weiter. Ein paar präzise Informationen wären schön. Ansonsten werde ich den Schrott einfach an die Kerle da draußen übergeben, so leid es mir tut. Dann haben wir zumindest ein Problem weniger."
François erschrak und seine Finger umklammerten den Plastikbeutel. „Nein! Das dürfen wir nicht! Es … es ist kein Schrott … es ist …"

„Ja, was ist es? Rück endlich mit der Sprache raus, Mann! Vier Menschen sind wegen den kleinen Dingern bisher ermordet worden und im Moment sieht es danach aus, als könnten noch einmal mindestens genauso viele dafür ins Gras beißen! Ich will Antworten, und ich will sie jetzt!"
Eris war wieder lauter geworden und hielt nun kurz inne, um seinen Worten Nachdruck zu verleihen, dann sprach er mit ruhiger Stimme weiter.
„Warum ist jemand hinter diesem Schrott her?"
François schien bei jedem von Eris' Worten um einen Millimeter kleiner geworden zu sein, und er brauchte ein paar Sekunden, um wieder Mut zu fassen und auf die Frage zu antworten.
„Auf den Datenspeichern sind Pläne. Anleitungen. Steuerungsprogramme."
„Also gut, es ist kein Schrott. Soviel habe ich verstanden. Aber was ist an dem Inhalt so wichtig? Wie soll man damit die Welt verändern können?"
François befeuchtete sich die Lippen und schien über jedes seiner Worte gut nachzudenken. Verschwörerisch beugte er sich zu Eris und Tyler vor und flüsterte: „Es ist verlorenes Wissen. Wissen, das aus der Zeit DAVOR stammt und im Chaos vergessen wurde. Mit diesem Wissen können wir endlich viele der Relikte aus dieser Zeit verstehen – und wahrscheinlich wieder benutzen."
Diese Antwort klärte zwar nicht alle Fragen, die Eris hatte, aber es war ein Anfang, mit dem er arbeiten konnte.
„Und warum sollte irgendwer dafür töten?"
„Weil Wissen Macht ist, ganz einfach", meinte François.

+++

Alexander wurde durch den Pfiff aus seinen Gedanken geholt. Der Glatzkopf blickte in Richtung des Geräuschs und sah einen seiner Soldaten, der in Richtung der Siedlung deutete. Er folgte der Bewegung des Mannes mit den Augen und sah, wie eine Person aus dem Tor der Siedlung trat.

Der Offizier musterte den Mann interessiert. Er war hochgewachsen und kräftig, seine Bewegungen waren federnd und agil. Er trug einfache und vor allem saubere Kleidung, sauberer als bei den meisten Bewohnern einer Siedlung üblich. Das Schulterlange Haar hatte er zu einem Zopf gebunden und auf dem Kopf trug er ein abgegriffenes, ausgeblichenes Baseballcap, während eine dunkle Sonnenbrille seine Augen verbarg. Bis auf einen großen, schweren Revolver an der Seite schien der Mann unbewaffnet. Und obwohl er sich geradewegs auf eine Gruppe bis an die Zähne bewaffneter Soldaten heranwagte, schien er weder zögerlich oder ängstlich.
Während seine Soldaten auf den Fremden anlegten, huschte Dan heran.
„Das ist ihr Anführer. Mit dem habe ich vorhin gesprochen."
Dass es wahrscheinlich der gleiche Mann war, der ihn vor ein paar Tagen niedergeschlagen hatte, behielt der Späher für sich.
Alexander nickte und biss sich nachdenklich auf die Unterlippe.
„Also will er doch verhandeln", murmelte er mehr zu sich selbst.
Der Fremde kam auf gut fünfzig Meter an die Position der Söldner heran, blieb mitten auf der alten Straße stehen und hob seine Hände in die Höhe, als Zeichen, dass er in friedlicher Absicht kam. Einer der Soldaten warf Alexander einen fragenden Blick zu, wollte wissen, ob er schießen sollte. Es wäre ein Leichtes gewesen, dem Mann ein paar Kugeln in den Körper zu jagen, aber das brachte Alexander im Moment um keinen Schritt weiter. Sein Blick ging an Eris vorbei, in Richtung der Siedlung. Wahrscheinlich warteten dort ein paar Schützen darauf, dass es hier eskalieren würde. Er schüttelte den Kopf und erhob sich, klopfte sich den Staub vom dreckigen Tarnanzug und prüfte mit ein paar Handgriffen den korrekten Sitz seiner Ausrüstung. Ohne seinen Männern eine Erklärung zu geben, machte er sich mit großen Schritten auf den Weg zu Eris.
Dieser wiederum hatte mittlerweile die Arme wieder gesenkt.
Während Alexander auf ihn zuschritt, korrigierte er seine Einschätzung. Das waren sicher keine Hinterwäldler.

Ein paar Meter vor ihm blieb er stehen. Beide Männer begutachteten sich von oben bis unten. Der Fremde war tatsächlich noch ein kleines Stück größer als Alexander. Dafür waren seine Schultern ein wenig schmaler, was vielleicht einen natürlichen Ausgleich schuf. Die Blicke der Männer trafen sich und für eine halbe Ewigkeit sondierten sie sich. Der Offizier konnte durch die dunkle Sonnenbrille nicht erkennen, wo die Blicke des Fremden landeten, spürte sie aber genau. Auf ein Duell im Niederstarren ließ er sich jedoch nicht ein.
„Ich bin Alexander Leicester", sagte er.
„Mein Name ist Eris. Ich bin hier, um zu verhandeln."
In einer freundschaftlichen Geste breitete Alexander die Arme aus, doch sein Gesicht blieb unverändert. „Das freut mich. Es muss kein Blut vergossen werden."
„Schade, dass der Grundsatz nicht auch bei der Karawane gegolten hat, was?"
Alexander blickte Eris an. Er stichelte, versuchte ihn aus der Reserve zu locken, doch der Offizier beschloss, sich nicht darauf einzulassen.
„Das Geschäft ist nun einmal blutig. Und manchmal kommen Menschen dabei um."
„Ja, zu tragisch. Die drei Wachen und der Händler hätten sich wahrscheinlich bis zur letzten Patrone gegen euren Haufen gewehrt", bemerkte Eris sarkastisch.
„Um diese Gefahr schon im Vorfeld zu verhindern, haben wir sie eben präventiv niedergeschossen", entgegnete Alexander trocken und wartete auf Eris' nächsten Vorstoß, doch dieser blieb aus. Stattdessen blickten sich die beiden wieder einige Sekunden schweigend an.
„Bist du nun gekommen, um mit mir zu verhandeln oder um zu riskieren, dass meine Leute dich gleich hier erschießen, Eris?"
„So dumm bist du nun auch nicht. Du weißt genau, dass du dich irgendwie mit dem halben Dorf rumschlagen musst, wenn du mich ohne Grund hier über den Haufen ballerst. Du wirst auch wissen, dass ich euren Kram sicherlich nicht bei mir habe.

Und noch besser wirst du wissen, dass ein paar Leute dort hinten in der Siedlung nur darauf warten, endlich abdrücken zu können. Es sind vielleicht keine guten Schützen und wahrscheinlich sind deine Männer zwischen den Bäumen sicher. Aber du stehst hier bei mir auf offener Straße. Dich würden sie sicher treffen."
Alexander sah an seinem Gegenüber vorbei in Richtung der Siedlung. Er konnte tatsächlich mehrere Personen auf den Palisaden und auf dem Wachturm erkennen. Ohne ein Fernglas war es natürlich schwierig zu sagen, ob sie bewaffnet waren und in ihre Richtung zielten, aber er hatte letztlich keinen Zweifel daran, dass sein Gegenüber alle Register gezogen hatte.
Beschwichtigend hob er die Hände.
„Wir sollten aufhören, uns wie kleine Kinder zu verhalten, und endlich anfangen. So haben wir beide nichts davon."
Eris bekundete seine Zustimmung mit einem Kopfnicken, sagte sonst aber nichts. Also war der Offizier wieder am Zug.
„Gut. Von Anfang an. Was kannst du uns bieten?"
Die Frage war rein obligatorisch. Beide Männer wussten genau, worum es ging.
„Den Schrott aus der Zeit DAVOR, den wir der Karawane ein paar Stunden vor euch abgenommen haben und wegen dem ihr uns gefolgt seid."
„Und was verlangst du dafür?"
„Sobald ihr den Kram bekommt, werdet ihr euch verziehen. Keine Nachhut, keine Überraschungen. Ihr verschwindet einfach, und wir werden euch nicht nachsetzen. Ihr bekommt das, was ihr haben wollt, und lasst uns dafür in Ruhe."
Alexander überlegte einen Moment und hakte dann nach.
„Das sind ja ganz andere Dinge, als mein Späher mir berichtet hat. Was hat dich zu der schnellen Einsicht gebracht?"
Eris warf einen knappen Blick über seine Schulter und nickte in Richtung der Siedlung.
„Es widerstrebt mir, Unbeteiligte mit in diese Sache zu ziehen. Wenn wir aufeinander losgehen, wird es unweigerlich Tote und

Verletzte unter ihnen geben. Das ist nie gut." Innerlich grinste Alexander, doch nach außen präsentierte er weiterhin seine harte, steinerne Maske. „Ein Mann mit Prinzipien also. Das ist selten geworden in dieser Welt."
„Vielleicht. Aber sie sorgen dafür, dass ich mich noch wie ein Mensch fühle und nicht wie blutrünstiger Abschaum."
Jetzt zischte Alexander böse. „Schwachsinn. Prinzipien sind es, die dich früher oder später ins Grab bringen werden, soviel ist sicher."
„Sag, was du meinst. Es wird an meiner Einstellung nichts ändern. Du kennst nun meine Bedingungen. Ich warte auf eine Antwort."
Alexander brauchte eigentlich nicht lange, um zu antworten, dennoch ließ er sich dabei Zeit. Der vorgeschlagene Handel wäre genau das, was sie brauchten. Ohne viel Aufwand würde er die Datenspeicher bekommen und könnte sich endlich auf den Weg machen. Zwar gab es einen Teil in ihm, der Eris und seinen Begleitern noch auf eine ganz besondere, unfreundliche Art und Weise für die letzten Tage danken wollte, doch der Offizier in ihm drängte diese Stimme beiseite.
„Ich wüsste nicht, was gegen deine Bedingungen spräche, Eris. Obwohl, eine Bedingung würde ich gerne hinzufügen, wenn ich darf."
„Bitte, noch ist die Verhandlung nicht abgeschlossen."
„Sollten wir noch einmal aufeinandertreffen – an einem anderen Ort, zu einer anderen Zeit, dann wird es keine Verhandlung geben. Diesmal haben du und deine Begleiter vielleicht noch einmal Glück gehabt. Aber wenn ihr die Nase noch einmal zu tief in unsere Arbeit steckt, dann legen wir euch um."
„Damit kann ich leben."
„War doch gar nicht so schwer. Also haben wir einen Deal?"
Ohne auf die Antwort zu warten, machte Alexander zwei Schritte nach vorne und streckte Eris die Hand entgegen. Eris tat es dem Glatzkopf gleich und sie besiegelten ihr Abkommen mit einem Handschlag.

Perry, Tyler und Sal standen oben auf der Plattform und blickten Eris nach, der sich in der beginnenden Abenddämmerung wieder auf den Weg zu den Soldaten machte.
„Glaubst du, es ist eine gute Idee, gerade ihn in dieses Halbdunkel zu schicken?“, fragte der Arzt, ohne seinen Blick abzuwenden.
„Nein, aber anders ging es nicht. Wenn nun einer von uns gegangen wäre, hätte das Aufsehen erregt und die Kerle würden es sich vielleicht anders überlegen“, antwortete Sal. Sie hatte ihr Gewehr in den Händen, die Finger am Abzug, und folgte Eris‘ Schritten durch ihre Zieloptik.
„Außerdem bin ich ja noch da und werde ihm schon Deckung geben, falls es knallt“, fügte sie erklärend hinzu.
„Daran zweifle ich gar nicht. Ich befürchte nur, dass Eris schlimmstenfalls in die falsche Richtung rennt“, grinste Perry.
„Werden sie das schlucken?“, fragte Tyler neugierig und kniff die Augen zusammen, um zu erspähen, was bei den Söldnern vorging.
Seine beiden Begleiter flüsterten etwas und zuckten mit den Schultern. Besonders viel Zuversicht verströmten sie damit nicht gerade, doch Eris schien von seinem Plan überzeugt gewesen zu sein. Und darauf war es letzten Endes angekommen.
Die alte Straße lag im Halbdunkel der untergehenden Sonne, als die beiden Männer sich erneut gegenüberstanden. Keiner der drei Beobachter auf dem Wachturm konnte hören, was dort gesprochen wurde, aber nach dem zu urteilen, was sie sahen, beschränkte sich die Kommunikation auf das Nötigste. Nachdem Eris und der Offizier ein paar Floskeln ausgetauscht hatten, zog Eris den Plastikbeutel aus der Tasche und reichte ihn dem Glatzkopf.
Dieser nahm den Beutel kurz in Augenschein, nickte und steckte ihn dann weg. Für ein paar Sekunden standen die beiden sich gegenüber und schienen noch ein paar Worte zu wechseln, dann drehten sie sich gleichzeitig um und marschierten auf ihre Ausgangspositionen zurück, ohne Eile.

Als Eris Station wieder erreicht hatte, wurde das Tor hinter ihm geschlossen und verriegelt. Wie an jedem anderen Abend auch. Seine drei Begleiter kletterten von dem Ausguck herunter und nahmen ihren Freund in Empfang.
„Und, werden sie es schlucken?“, platzte es wieder aus Tyler heraus, als die vier sich auf den Weg zur Tankstelle machten.
Eris grinste breit.
„Mir fällt kein Grund ein, warum sie zweifeln sollten. Und selbst wenn sie es bemerken, sind wir bereits über alle Berge. Tyler, die Idee war großartig.“
Der Junge winkte ab und lächelte verlegen, als er merkte, wie ihm die Röte ins Gesicht stieg. Doch Eris und die anderen ließen nicht locker und beglückwünschten ihn immer wieder für seinen Einfall. Offensichtlich hatte er die Schwelle überwunden. Er war nun einer von ihnen.

Ein paar Stunden später saßen die vier in einer gemütlichen Runde unter dem Dach der Tankstelle. Ian und François hatten sich im Laufe des Abends zu ihnen gesellt und so war die Stimmung ausgelassen. Die vier waren froh, unbeschadet aus der Angelegenheit gekommen zu sein, während Ian stolz darauf war, bei der Lösung mitgearbeitet zu haben. Für den Händler waren die letzten Stunden ein wenig so wie früher gewesen, als wäre er zurück im Sattel. In jedem Fall aber war es eine gern angenommene Abwechslung zur tristen Monotonie von Station, so friedlich es auch sein mochte. François war der Einzige, der nicht ganz in die kleine Runde passte. Der kauzige Gelehrte gehörte offensichtlich zu dem Schlag von Menschen, die solche Anlässe aus den verschiedensten Gründen mieden. Vielleicht wegen des Alkohols, vielleicht wegen der Gespräche und Prahlereien, vielleicht wegen der überschäumenden Stimmung.
Dennoch hatte er die Einladung an den Tisch nicht abgelehnt, obwohl er zwischen den anderen einen verlorenen Eindruck machte, wie er da seit viel zu langer Zeit vor einem halbvollen Glas saß, aus dem er immer wieder nippte.

„Das ist das erste Mal, dass der ganze Schrott, den Ian in seinem Lager so sammelt, wirklich hilfreich ist!", lachte Perry in die Runde hinein.
Er hatte schon Einiges getrunken, und auch wenn er eine bemerkenswerte Standhaftigkeit besaß, was Alkohol anging, so erkannte man gut an seiner Stimme, dass die letzten Stunden auch nicht spurlos an ihm vorübergegangen waren.
„Ich hab' immer gesagt, dass alles, was ich dort habe, irgendwann nützlich sein kann", rechtfertigte sich Ian. Auch er war deutlich angeheitert.
Eris hob die Hand, doch als er merkte, dass die anderen sich davon nicht beeindrucken ließen und ungehemmt weiter lachten, klopfte er ein paar Mal auf die Tischplatte.
„Alles schön und gut. Aber keiner von euch beiden ist auf die Idee gekommen. Das verdanken wir unserem Jungen hier."
Damit packte Eris Tylers Schulter und schüttelte den jungen Mann durch. Was wie eine Anerkennung wirken sollte, nahm etwas groteske Formen an, gerade weil Tyler nicht weniger als die anderen getrunken hatte. Doch trotz des aufkommenden Schwindelgefühls lächelte er breit. Gleich mehrmals setzte er dazu an, etwas zu sagen, doch es dauerte, bis die Worte in einer verständlichen Art und Weise seinen Mund verließen.
„Hätte Onkel Perry mich nicht gestern mitgenommen, hätte ich die Dinger doch gar nicht gesehen!"
„Was hattest du eigentlich mit den alten Computern vor?", warf Sal ein und wand sich Ian zu. Sie schien neben François die Person am Tisch zu sein, die man noch am ehesten als nüchtern bezeichnen konnte, doch hatte auch sie, im Gegensatz zu dem seltsamen Kauz, schon einiges getrunken.
„Ich weiß nicht. Ich habe sie bei irgendeiner Karawane vor vielen Jahren gekauft, wollte sie weiterverkaufen. Doch das Geschäft ist geplatzt. Und so standen sie bei mir. Wegschmeißen kann ich ja nichts – immerhin hatte ich dafür bezahlt", erklärte Ian und leerte sein Glas. „Und wie man sieht, hat es sich gelohnt."

Perry schlug seinem alten Freund herzlich auf den Rücken, sodass dem Händler für einen Augenblick die Luft wegblieb und er husten musste. „Aber nicht dass du uns jetzt ein Vermögen dafür abknüpfen willst, ja?“

Als Ian wieder zu Luft gekommen war, kicherte er auf und winkte einfach nur ab.

„Was ist eigentlich, wenn auf den Datenspeichern, die wir aus den alten Dingern ausgeschraubt haben, auch irgendwas Wichtiges ist?“ Tyler sah François fragend an.

Der Mann verzog nachdenklich das Gesicht, während es still in der ganzen Runde wurde. Dann schüttelte er bedächtig den Kopf.

„Mich würde wundern, wenn nach all den Jahren noch was auf den Speichern ist. Und wenn, dann wird es Kleinkram sein. Private Dokumente, Rechnungen, Briefe, Bilder, aber nichts, was man wirklich gebrauchen kann.“

Es dauerte, bis jeder in der Runde begriffen hatte, was der Gelehrte da gesagt hatte, und Perry warf lallend in die Raum: „Gut. Nicht dass wir ihnen was viel Wichtigeres gegeben haben und uns damit ins eigen Knie geschossen haben!“

François wirkte zuerst nachdenklich, doch als er bemerkte, wie die Runde ihn fragend anblickte, schüttelte er umso beherzter den Kopf. „Ausgeschlossen.“

„Hoffen wir, dass du recht hast!“, grinste Eris verschwörerisch.

„Sehr sicher“, bestätigte der Kauz und begann wieder, seine Brille zu polieren.

„Kann denen morgen nicht schon auffallen, dass wir ihnen die falschen Teile gegeben haben?“, wollte Ian wissen.

„Nur, wenn sie einen Computer dabei haben. Also eher nicht.“

Der Morgen danach war wie immer das Schlimmste. Die Feier ihres kleinen Triumphes hatte Spuren hinterlassen. Ian ließ sein Geschäft von Leela öffnen und lag bis weit in die Mittagsstunden im Bett. Perry hatte es ganz offenbar nicht mehr bis in sein Bett geschafft und es vorgezogen, auf einem der Tische unter dem Vordach der Tankstelle zu schlafen. Der schnarchende, bärtige Mann, der durch nichts zu wecken war, war für diesen Morgen das Gesprächsthema in der kleinen Siedlung. Und selbst als der Arzt dann endlich aus dem komatösen, alkoholisierten Schlaf erwachte, brauchte es noch Stunden, bis er wieder fit war. Tyler, zum ersten Mal in seinem Leben wirklich betrunken, hatte am ehesten von allen zu kämpfen. Noch in der Nacht hatte er sich gleich mehrfach übergeben, und als er nach einem unruhigen Schlaf am nächsten Morgen erwachte, gab er auch den letzten Inhalt seines gepeinigten Magens auf diese Art von sich.

Eris und Sal hatten es noch irgendwie gemeinsam in ein Bett geschafft, und wie die wild verstreute Kleidung und die zerwühlten Decken zeigten, hatten die beiden nicht gleich ihren Rausch ausgeschlafen.

Eris erwachte mit Kopfschmerzen und sah, wie Sal zusammengerollt und mit einigem Abstand auf der anderen Seite des Bettes lag. Wieder einmal nahm er sich vor, das Thema mit ihr anzugehen, aber für den Moment hatte er zu sehr mit den Folgen des gestrigen Gelages zu kämpfen. Einzig François schien den Abend unbeschadet überstanden zu haben, aber er war auch derjenige gewesen, der die ganze Zeit nur an einem Glas festgehalten hatte.

Erst gegen Abend war jeder einzelne von ihnen wieder fit und klar genug, dass sie ihr weiteres Vorgehen planen konnten. Diesmal hatten sie dazugelernt und trafen sich bei Ian, wo sie es sich bei gutem Essen und nichtalkoholischen Getränken unter seinem Vordach gemütlich machten.

Leela hatte für die Gruppe gekocht und aus Pilzen und anderen einfachen Zutaten eine schmackhafte Mahlzeit bereitet. Der Abend floss dahin, und als sich das Knurren ihrer Mägen in Wohlgefallen aufgelöst hatte, war es wirklich Zeit, an die Zukunft zu denken.

„So sehr ich die Gastfreundschaft hier auch genieße“, meinte Eris und erhob anerkennend sein Glas Wasser Leelas Richtung, „wir sollten es uns nicht mehr lange gemütlich machen. Keiner von uns weiß wirklich, wo Alexander und seine Leute herkommen. Wenn sie aus der Nähe kommen, dann könnten sie die falschen Datenspeicher schneller als gedacht überprüfen und darauf kommen, dass wir sie aufs Kreuz gelegt haben. Und wenn nicht – dann haben wir vielleicht mehr Zeit, aber letzten Endes bleibt es beim Gleichen. Früher oder später werden die Kerle dahinterkommen, dass wir ihnen nicht die richtigen Speicher gegeben haben, und dann werden sie uns suchen. Fairerweise sollte man sagen, dass Alexander sich wohl durch die letzten Tage gekränkt gefühlt haben muss und geschworen hat, dass wir alle das nächste Mal nicht mehr so einfach davonkommen. Sollte es also dazu kommen, dass wir nochmal auf sie treffen – warum auch immer –, ist Verhandlung keine Möglichkeit."

„Dann lass uns schnell unsere Sachen zusammenraffen und verschwinden", fasste Sal zusammen.

Eris nickte und wollte mit einer weiteren Erklärung ansetzen, doch Ian unterbrach ihn.

„Das ist ja alles schön und gut für euch. Aber was ist, wenn die Arschlöcher völlig wütend zurück nach Station kommen? Nach dem, was Perry erzählt hat, schrecken die nicht davor zurück, ihre Antworten aus den Leuten herauszuholen, wenn es sein muss. Glaubst du nicht, die werden zurückkommen, und wenn nötig die ganze Siedlung niederbrennen, um zu erfahren, wohin es euch verschlagen hat? Ich meine, nimm es mir nicht übel, aber ich würde sowas ungern erleben."

Eris hatte mit den Einwänden des Händlers gerechnet und konnte sie gut verstehen. Niemand wollte, dass seine Heimat in Gefahr war.

„Ich würde lügen, wenn ich dir versprechen würde, dass die Bande es dann nicht wieder hier versuchen würde. Würde ich wahrscheinlich genauso machen. Für solche Fälle gibt es in jeder Siedlung eigentlich ein paar Leute mit Waffen, aber ich schätze, eure Wachen haben keine echte Chance gegen diesen Haufen. Aber auch daran habe ich gedacht. Es gibt in der Gegend noch ein paar Leute, die mir was schuldig sind, und ich

denke, sie wären dankbar, wenn sie ihre Schulden loswerden könnten, indem sie den Babysitter hier spielen."
Ian zog die Augenbraue hoch und blickte erst in Richtung Perry, dann wieder zu Eris.
„Und du meinst, dass ein paar deiner Freunde Station vor den Kerlen schützen können, wenn sie denn wiederkommen?"
„Ich verbürge mich für sie. Söldner, Kampferprobte eben. Es kommt in unserem Geschäft manchmal vor, dass man den Arsch eines Kollegen rettet – und dafür hat man im Gegenzug was gut."
„Und der Umstand, dass sie dir was schulden, weil du sie retten musstest, soll mich jetzt überzeugen, dass sie die beste Wahl wären, um diese Siedlung zu schützen?"
„Ian, du weißt genauso gut wie ich, wie schnell das passieren kann. Einige Leute schulden uns, schulden Eris noch etwas, und andersherum schulden wir manchen Leuten eben noch was. Das ist völlig normal." Perry hatte sich eingeschaltet und versuchte, seinen alten Freund zu überzeugen.
„Söldner sind nicht gerade dafür bekannt, sich an ihr Ehrenwort zu halten", murmelte der Händler verdrießlich.
„Mag sein. Aber es gibt auch noch einen ganz anderen Schlag von Söldnern. Und mit denen haben wir eben zu tun", setzte Perry nach.
Ian blickte nachdenklich in die Runde, kratzte sich am Kinn und nickte dann knapp.
„Also gut. Besser ist es so allemal."
Eris holte tief Luft.
„Wenn das nun also geklärt wäre ... Wir werden zusammen mit François hier weiterziehen. Ich hab' so das Gefühl, dass unser Freund, allein auf sich gestellt, in der Wildnis nicht weit kommen würde." Er warf einen kurzen entschuldigenden Seitenblick zu dem Gelehrten, aber dieser schien in der Äußerung keinen Angriff zu sehen. „Außerdem interessiert mich nun doch brennend, was auf den verdammten Datenspeichern ist, wegen denen wir beinah in Teufels Küche gelandet sind. Da François

bisher nur Erklärungen gegeben hat, mit denen ich nichts anfangen konnte, hoffe ich doch sehr, sie da zu finden, wo sie hingebracht werden sollen."
Eris schwieg und die Anwesenden wendeten sich François zu, der überrumpelt schien. Der kauzige Gelehrte nahm wieder einmal seine Brille von der Nase und spielte an den Bügeln herum.
„Also, wohin führt uns die Reise?", ergriff Perry das Wort, als der Gelehrte immer noch nervös in die Runde blickte.
François, scheinbar mit seiner Brille fertig, räusperte sich. „Erst nach Norden bis nach Yard, von da aus dann nach Westen in die Berge."
„Und dann?"
„Dort steht die Technik, mit der wir die Datenspeicher auslesen können."
„Und das soll es dann gewesen sein?"
François grinste und winkte ab. „Nein, bei weitem nicht. Was auf den Speichern ist, können wir dort nur auslesen, nicht aber einsetzen."
„Also geht's danach noch weiter?"
„In der Tat."
„Versteh mich nicht falsch." Wieder war es Eris. „Wir machen nun also einen Marsch von drei oder vier Wochen, zu einem abgelegenen Ort, dort schauen wir, was genau auf den Dingern ist, und dann soll es nochmal weitergehen?"
„Genau."
„Heißt das, du, ihr, wer auch immer, haben keine wirkliche Ahnung, was eigentlich auf den Dingern drauf ist?"
„Nicht ganz. Aber es ist möglich – sehr wahrscheinlich sogar –, dass einige der Daten in den letzten Jahren beschädigt wurden. Die Datenspeicher sind eben nicht für solche Extreme wie die Welt, in der wir leben, erdacht worden. Daher muss erst gesichtet werden, bevor Weiteres geschieht."
Perry knurrte entnervt, und Eris verbalisierte das Geräusch seines Begleiters. „Und wenn nichts mehr auf den Dingern drauf

ist, dann haben wir umsonst ein paar Meilen gemacht und uns mit Alexander und seinen Leuten angelegt?"
„Auch das ist möglich, aber unwahrscheinlich." Die Worte hatten nicht die Kraft, Perrys Unmut zu besänftigen. Der bärtige Mann ballte seine Faust, und auch der Rest der Anwesenden starrte den Gelehrten ungläubig an.
„Nicht gerade die besten Aussichten. Je mehr ich darüber erfahre, umso eher bin ich geneigt, dich allein ziehen zu lassen und bloß in die entgegengesetzte Richtung zu reisen", murmelte Eris.
„Oh nein, das ist nicht nötig. Ich … wir … wir können euch auch für eure Dienste entlohnen", bemühte sich der Gelehrte.
Eris sah den Mann eindringlich an. „Klingt schon besser. Aber wer ist ‚wir'? Und mit was meinst du, uns bezahlen zu können?"
François wiegte nachdenklich seinen Kopf hin und her, bevor er antwortete.
„Wir sind … naja, das ist schwer zu sagen. Im Grunde sind wir nichts anderes als Überlebende der Katastrophe, wie alle anderen auch. Unsere Vorfahren waren Wissenschaftler. Gelehrte. Ihr Arbeitsplatz lag abgeschieden, sodass sie die eigentliche Krise gut überstanden haben."
Eris blickte den Gelehrten verwirrt an.
„Das bedeutet was genau?"
„Das wir einen kleinen Schatz gefunden haben, Eris", sagte Perry halblaut in das Schweigen am Tisch hinein. François machte einen verlegenen Eindruck.
„Ich verstehe nicht, was du meinst", gab Eris zu.
„Ganz einfach. François' Heimat war in der Zeit DAVOR irgendeine Einrichtung, in der kluge Köpfe gearbeitet haben. Die haben eine ganze Menge Wissen gehabt, und es wahrscheinlich auch an ihre Kinder weitergegeben, schätze ich. Und Wissen …"
„… ist der Schlüssel, sagst du immer. Ich weiß. Du glaubst also, es lohnt sich?"
„Ich habe ernstlich vorgehabt, meinen alten Knochen Ruhe zu gönnen, Eris, und hier in Station zu bleiben. Kannst Ian fragen,

wenn du es nicht glaubst. Aber wenn das stimmt, was François sagt, dann würde ich dafür nochmal alle Strapazen auf mich nehmen."

Eris blickte fragend in die Runde, und auch Tyler nickte hektisch und zustimmend, mit diesem neugierigen Glanz in den Augen. Sal zuckte mit den Schultern.

„Wenn ihr geht, werde ich wohl mitkommen. Bessere Begleiter als euch werde ich wahrscheinlich eh nicht finden, ganz egal, wie sehr ich es mir manchmal wünschen würde."

„Also gut. François, damit hast du unsere Entscheidung. Und womit wollt ihr uns bezahlen?"

„Naja, wir haben unser Wissen in den letzten Jahren zum Tausch gegen Waren eingesetzt. Unsere Lager sind voll, auch mit Waffen und Ausrüstung."

„Die kann ich aber bei jedem Händler bekommen."

„Ich schätze nicht, nein." François lächelte fein, und diese Geste reichte aus, um den vieren die Gewissheit zu geben, dass seine Worte wahr waren.

Ian räusperte sich. „Ich will nicht schon wieder den Spielverderber spielen. Aber irgendwie habe ich das Gefühl, ich könnte leer bei der Sache ausgehen."

Perry grinste breit, hatte er diesen Einwand seines Freundes doch erwartet. Eris setzte zu einer Erklärung an, doch diesmal war es der kauzige Gelehrte, der ihm zuvorkam.

„Das soll kein Problem sein. Du bist wahrscheinlich daran interessiert, in Zukunft ein paar erstklassige Waren zu bekommen. Damit ließe sich sicher eine ganze Menge Profit machen, oder?"

Skeptisch nickte der rundliche Händler. „Dann werde ich dafür sorgen, dass eine Karawane als Dank losgeschickt wird, sobald wir ankommen. Darüber hinaus würde ich mich dafür einsetzen, dass auch in Zukunft Handel mit Station getrieben wird."

Ian warf all das, was er die Jahre zuvor kultiviert hatte, über Bord, grinste breit und reichte François die Hand. Ein gutes Geschäft sollte man eingehen, wenn man die Möglichkeit dazu hatte.

Schon am nächsten Morgen waren sie bereit, aufzubrechen. Sal machte mit weitausholenden Schritten den Anfang und marschierte mehr als fünfzig Meter vor den anderen. Danach kam Eris, gefolgt von Perry. Der Bärtige führte François' altes Pferd am Zügel, während der Gelehrte mühsam versuchte, sich im Sattel zu halten. Den Abschluss bildete Tyler, zusammen mit dem Muli, dass durch nichts aus der Ruhe zu bringen war.
Ihr Gepäck hatten sie so gut wie möglich auf dem Laststier verteilt, sodass sie selbst außer ihren Waffen nicht viel tragen mussten. Wahrscheinlich wäre es einfacher gewesen, wenn sie sich alle Pferde besorgt hätten, doch einerseits gab es in der ganzen Siedlung nur zwei Pferde, andererseits waren die Tiere unverkäuflich gewesen. Außerdem hätten die Preise wahrscheinlich weit über dem gelegen, was sie hätten bezahlen können.
Während die Sonne langsam aus ihrem Schlaf erwachte und ihre ersten Strahlen hinunterschickte, machte die kleine Gruppe sich auf den Weg gen Norden.

Kapitel 3

Nach Norden

„Meine Mutter war immer der Meinung, dass es eine Strafe Gottes gewesen ist. Für – naja, all das, was wir Menschen eben falsch gemacht haben“, erklärte Perry.

„Ja, so eine Erklärung ist nicht unüblich.“ François hielt sich immer noch verkrampft und angespannt auf dem Rücken des Pferdes fest.

„Aber?“, fragte der Arzt, der die Skepsis in der Stimme des Gelehrten nicht überhört hatte.

„In der Welt DAVOR hat ein Gott, egal, wie er genannt wurde, immer mehr an Stellenwert verloren. Je besser die Menschen die Welt um sich verstanden, umso weniger glaubten sie an etwas Übergeordnetes, an einen Gott. Sobald der Mensch verstanden hatte, dass für ein Unwetter ganz andere Phänomene verantwortlich waren als eine nicht fassbare Macht, dass eine Dürre andere Gründe hatte als der Zorn eines allmächtigen Wesens, umso mehr verstanden sie auch, dass es anderer Wege bedurfte, als fromme Wünsche auszusprechen.“

Perry warf einen Blick über die Schulter. Ihm war noch nicht ganz klar, worauf der kauzige Gelehrte mit seinen Ausführungen hinauswollte.

„Solange alles so lief, wie der Mensch sich es vorstellte, wie er es begriff, spielte Gott normalerweise eine geringe Rolle in seinem Leben. Je mehr die Wissenschaft in der Lage war, alles zu durchdringen und zu erklären, umso geringer wurde der Anteil jener, die wirklich an einen Gott glaubten.“

Der Arzt verzog das Gesicht.

„Soll das heißen, dass es letzten Endes doch einen Gott gab, der sich den Menschen so gezeigt hat, weil er wütend darüber war, dass sie den Glauben an ihn verloren hatten?“

„Das habe ich nicht gesagt. Worauf ich hinauswill: Immer dann, wenn es den Menschen besonders schlecht ging, schworen sie der Logik ab, mit der sie sich alles erklären konnten, und begaben sich wieder in die Hände Gottes. Immer dann, wenn es bergab ging und es düster aussah, sollten Gebete alles retten. Vielleicht weil sie merkten, dass es doch Dinge gab, die sie nicht erklären konnten – oder weil sie nicht verantwortlich sein wollten für das, was passiert ist."

„Die Verantwortung abgeben?"

„Naja, du darfst dir das jetzt nicht so vorstellen, als dass jene, die wirklich für etwas verantwortlich waren – die Menschen, die Befehle gegeben oder Knöpfe gedrückt haben oder was weiß ich –, auf einmal gläubig wurden. Aber die Masse all jener, die keinen direkten Einfluss darauf gehabt hatte, die wurden es."

„Wie kann die Masse für etwas verantwortlich sein, wenn sie keinen direkten Einfluss hat?" Perry versuchte, den Erklärungen des Gelehrten zu folgen.

„Einfach. Sie ist indirekt verantwortlich."

„Das hilft mir nicht viel. Warum?"

„Weil sie aller Wahrscheinlichkeit nach etwas gegen das Übel hätten tun können, es aber unterlassen haben. Nehmen wir an, es hat einen großen Krieg gegeben, der das Ende der Welt DAVOR bedeutet hat. Ein Krieg wird nicht von einzelnen Personen entschieden. Dazu braucht es Soldaten, Techniker, Arbeiter in den Fabriken, Bauern auf den Feldern. Obwohl sie also nicht entschieden haben, in den Krieg zu ziehen, und obwohl sie es vielleicht auch nicht wollten, waren die Menschen auf einmal Teil des Krieges, führten ihn. Auch der Bauer auf seiner abgelegenen Farm, denn seine Ernte ernährte wiederum die Soldaten an der Front. Also ist auch er indirekt dafür verantwortlich, dass Krieg geführt werden kann."

„Geht er nicht seinem normalen Handwerk nach, dieser Bauer? Würde er nicht vor dem Ruin stehen, wenn er sich weigern würde?"

„Natürlich würde er das. Und aus Angst davor, dass es ihm wirklich so gehen könnte, dass er all die Sicherheit verlieren kann, die sein Leben bisher ausmacht, stimmt er zu, und seine Ernte geht an die Soldaten an der Front. Er hat eine Entscheidung getroffen und ist damit indirekt verantwortlich."
Perry brauchte einige Momente, um das, was er gehört hatte, zu verarbeiten und zu begreifen. Letzten Endes war der Ansatz sicherlich streitbar, doch er sah ein, dass sie sich wahrscheinlich im Kreise drehen würden, wenn er damit nun beginnen würde. Im Grunde verstand er, was François meinte.
„Ich versuche es einmal: Der Bauer besinnt sich dann wieder auf Gott, wenn er sieht, dass eine große Katastrophe bevorsteht. Er weiß aber, dass er auch für diese Katastrophe verantwortlich ist, auf die eine oder andere Art und Weise, vielleicht nicht wirklich offensichtlich."
„Korrekt."
„Das klingt für mich nicht unbedingt logisch."
„Die Logik dahinter ist einfach. In dem Moment, in dem das, was man durchleiden muss, nicht mehr von einem selbst ausgelöst wurde – so klein der Beitrag auch gewesen sein mag –, ist es wahrscheinlich einfacher, es zu ertragen. Es gibt einen Grund, auf den man die Schuld abladen kann, einen Verantwortlichen. Und wenn es Gott ist, ist man letzten Endes aus dem Schneider."
„Wie das?"
„Der Lösungsansatz ist bestechend. Gott ist allmächtig und allwissend. Und die Logik hinter seinen Handlungen, seine Motive, sind für den einfachen Geist des Menschen nicht zu verstehen. Es ist also ein unnötiger Aufwand, verstehen zu wollen, warum gerade genau das passiert, was passiert – der Mensch ist unfähig, den Sinn dahinter zu begreifen."
Perry verzog nachdenklich das Gesicht.
„Der Mensch entmündigt sich also gewissermaßen selbst?"
„So einfach ist das nicht. Für ihn gibt es nun jemanden, der verantwortlich ist. Das macht es vielleicht einfacher zu ertragen.

Und in dem Moment, in dem diese Instanz anerkannt wird, bedeutet das ja auch, dass man die Allwissenheit anerkennt, die man gar nicht in der Lage ist, zu begreifen. Der Mensch nimmt an, Gott handele nach einem Plan, also muss das, was gerade passiert, auch einen Sinn haben. Und an diesem Punkt ist es dann tatsächlich so, dass das Leid, das man gerade ertragen muss, viel einfacher zu ertragen ist. Auf einmal gibt es einen übergeordneten Plan, dem die feste Annahme vorausgeht, dass man per Definition nicht in der Lage sein kann, zu begreifen."
Perry schüttelte den Kopf als Zeichen seines Unglaubens, sagte jedoch nichts, sodass François ungehindert fortfuhr.
„Weiterhin ist der Glaube, Gott wolle den Menschen nicht zwangsläufig schaden. Die Menschen sind seine Schöpfung, vielleicht sogar nach seinem Abbild. Er kann zwar zornig auf sie sein und sie ihren Zorn spüren lassen, aber er ist so gütig, dass er niemals seine Schöpfung vernichten wird."
„In dem Moment, in dem ich also anfange, zu glauben, hoffe ich, zu denen zu gehören, die – weil sie glauben – überleben werden?"
„Vielleicht."
„Das klingt alles ein bisschen wild, wenn ich das mal sagen darf."
„Nicht besonders. Es ist … wie eine Idee. Man akzeptiert eine Idee, steht hinter ihr, erkennt sie an und glaubt, dass diese Idee umsetzbar ist."
„Eine Idee? Also wenn einer von uns eine Idee hat, einen Plan, und die anderen überzeugen kann, dann ist das genauso wie mit dem Glauben?"
„Prinzipiell gibt es große Ähnlichkeiten."
„Meinst du nicht, es ist stark vereinfacht?"
„Das ändert nicht viel. Im Grunde geht es um ein und dasselbe."
Die beiden verfielen wieder in Schweigen. Perry, weil er über das Gespräch nachdenken musste, und François, weil er genau merkte, wie der Arzt das Gesagte im Geiste bewegte. Davon ab-

gesehen kostete es den Gelehrten schon genug Mühe, sich im Sattel zu halten.
Die kleine Truppe marschierte nun schon seit einigen Tagen gen Norden, immer der Eintönigkeit der schnurgeraden Straße folgend. Links und rechts lag der dichte grüne Wald. Manchmal wurde dieses ewig gleiche Bild durch weitere Zeugnisse der menschlichen Zivilisation aus der Zeit DAVOR aufgelockert. Verwitterte Straßenschilder, Fahrzeugwracks oder ein windschiefer Schuppen.
Irgendwann wurde der Wald zu beiden Seiten der Straße lichter. Das Dickicht verschwand und bald konnte man, anstelle einer massiven Wand aus Grün und Braun, ein gutes Stück weit in den Wald hineinblicken.
Tyler war bisher bemüht gewesen, an Perry und François dranzubleiben. Er saugte jeden Tropfen an Information auf, auch wenn er ernste Schwierigkeiten hatte, den Unterhaltungen der beiden Männer zu folgen. Immer, wenn sich die Möglichkeit ergab, klinkte er sich in das Gespräch ein – und Perry war wegen der Neugier und des Wissensdurstes seines Neffen stolz.
Eris und Sal hatten, seit dem Verlassen von Station, nur wenige Worte miteinander gewechselt. Eris wusste, dass es an der Zeit war, das Gespräch zu suchen, doch irgendwie fiel ihm nicht ein, wo er anfangen sollte. Er erinnerte sich an den letzten Vorstoß, den er gewagt hatte, und das Debakel, das gefolgt war. Bis heute hatte er es nicht verstanden – und sie hatte sich nie darum bemüht, sich zu erklären. Er hatte Angst davor, sich erneut die Finger zu verbrennen.
Letztlich war ein Gespräch zwischen beiden schon längst überfällig. Wo standen sie, was hatten sie gemeinsam? Ging es lediglich darum, von Zeit zu Zeit die körperlichen Bedürfnisse zu befriedigen, wenn ihnen gerade danach war? Darum, aus reiner Geilheit übereinander herzufallen? Oder war da eigentlich noch etwas anderes im Spiel?
Eris hatte sich die Frage schon öfter gestellt. Ihr Verhältnis war in den letzten Jahren immer besser geworden und hatte sich zu

dem entwickelt, was es nun einmal war – einem Gespinst, das er nicht fassen, nicht vollständig begreifen konnte. Doch je häufiger er sich die Frage gestellt hatte, umso sicherer war er sich geworden.

Sal bedeutete ihm eine ganze Menge. Sie war es, die ihm ein Lächeln auf die Lippen zaubern konnte, obwohl es schlecht stand, sie war es, die ihn zu neuem Einsatz und zu Höchstleistungen motivieren konnte.

Über die Jahre hatten sie einander immer besser kennengelernt, von Schwächen und den wunden Punkten des anderen erfahren. Sie wussten, was dem anderen gefiel, was ihn glücklich machen konnte. Oftmals war es sogar so, dass sie wortlos miteinander kommunizieren konnten – ein Blick reichte und der andere wusste genau, worum es ging.

Eindeutig, er liebte sie. Darüber war Eris sich mittlerweile im Klaren. Aber wie stand es mit ihr? Wie sah es in ihrem Inneren aus? Und warum fiel es ihm eigentlich so schwer, sie darauf anzusprechen?

Auch hier brauchte Eris nicht lange, um sich selbst die Antwort zu geben. Er hatte das Gespräch schon einmal gesucht – wenn vielleicht auch auf eine etwas unbeholfene Art und Weise – und diesem Versuch war das reine Chaos gefolgt. Die nächsten Wochen waren nicht zum Aushalten gewesen, und während die beiden kaum ein Wort miteinander wechselten, schien nicht mehr viel zu fehlen, bis sie getrennte Wege gegangen wären. Damals hatte es Perry irgendwie geschafft, seine Begleiter wieder auf Kurs zu bringen. Über den eigentlichen Vorfall hatten Eris und Sal seitdem kein Wort verloren – er war einfach stillschweigend hingenommen worden.

Tatsächlich hatte er Angst, dass es wieder so kommen könnte. Der Gedanke war unerträglich und daher hatte er es bisher immer vorgezogen, ihr gegenseitiges Verhältnis besser nicht zu thematisieren und alles lieber beim Alten zu lassen, als ihren Verlust zu riskieren. Doch mittlerweile kamen seine Gedanken kaum noch zur Ruhe. Sie kreisten immer wieder um das Thema.

Selbst nachts hatte er in den letzten Tagen häufig Probleme, einzuschlafen. Der Schlafmangel tat sein Übriges und machte die ganze Angelegenheit nur noch schlimmer. Er bemerkte mittlerweile sogar, wie das Thema ihn nicht losließ, wie er sich gedanklich darin verlor und unaufmerksam wurde. Manchmal marschierte er vor sich hin, in Gedanken verloren, und bemerkte erst später, dass Stunden vergangen waren.
Es musste eine Lösung dafür her. Auf dem schnellsten Wege.

Der gebrochene Asphalt war langsam und unmerklich angestiegen und führte nun eine Hügelkuppe hinauf. Der Wald links und rechts war vereinzelten Baumgruppen und Sträuchern gewichen. Sie hatten das Ende des schier endlosen Waldes erreicht.
Von hier oben bot sich ein grandioser Anblick. Die Straße verlief weiter gen Norden, beschrieb jedoch in einigen Kilometern Entfernung eine sanfte Kurve nach Westen. Beidseitig der Straße erstreckte sich ein Meer aus Grün. Eine ebene, endlos erscheinende Graslandschaft, nur hier und dort von kleinen Baumgruppen und Sträuchern durchbrochen.
Westlich von ihnen stieg die Ebene zu sanften Hügeln an, und dahinter ließ sich das Gebirge bereits schemenhaft am Horizont erkennen. Das grüne Meer war hier und da von Hinterlassenschaften aus der Welt DAVOR gesprenkelt. Verrottende Fahrzeuge entlang der Straße, aber auch nackte Ruinen und verwitterte Gerippe längst aufgegebener Gebäude waren in der Nähe der Straße und inmitten der Graslandschaft zu erkennen. Die untergehende Abendsonne verlieh all dem ein malerisches Panorama.
„Von hier ist es nicht mehr weit bis nach Yard", fasste Sal knapp zusammen.
Eris stimmte ihr nickend zu und drehte sich dann zu den anderen herum.
„Maximal zwei Tagesmärsche sind es noch, dann sollten wir Yard erreichen."

„Wunderbar, dann habe ich also die Chance, endlich wieder was Ordentliches zwischen die Zähne zu bekommen und in einem richtigen Bett zu schlafen, wie?“, murrte Perry herum.
„Hab dich nicht so. So schlimm waren die letzten Tage nun auch wieder nicht.“
„Ich weiß“, schmunzelte Perry. „Aber meine Nörgelei gibt dir sicher die Gewissheit, dass ich langsam, aber sicher wirklich zu alt für sowas bin.“
Eris verdrehte grinsend die Augen.
„Alter Mann, es hat dir freigestanden, mit uns zu kommen. Und wenn du ehrlich bist, hättest du es in Station nicht lange ausgehalten.“
„Wahrscheinlich hast du recht. Noch steckt Kraft in diesen morschen Knochen, auch wenn sie dauernd knacken und wenn ich dauernd klage. Außerdem habe ich das Gefühl, unsere Reise ist den ganzen Aufwand noch einmal wert.“
„Ich hoffe doch. Falls nicht, weißt du ja, wer in Zukunft das Ziel deiner Verwünschung werden wird.“ Mit einem frechen Grinsen deutete Eris auf François. Doch der Gelehrte war viel zu sehr damit beschäftigt, sich sein Hinterteil zu reiben und von einem Bein aufs andere zu treten, was ihm eine ungewollt komische Note verlieh.
Während die anderen langsam zu einer Baumgruppe hinübergingen, um sich dort für die Nacht einzurichten, verharrte Eris und blickte auf die Ebene hinaus, als würde er etwas suchen. Perry hielt auf halbem Weg inne und drehte sich um.
„Nach was suchst du?“
„Nach einer Bande angetrunkener Wegelagerer, die irgendwo dort unten auf die nächste Karawane warten“, entgegnete Eris.
„Was?“, fragte der Arzt verständnislos und sah seinen Begleiter entgeistert an.
„Moody und seine Leute treiben sich normalerweise zu dieser Jahreszeit in der Gegend herum. Der Bastard ist der festen Überzeugung, dies sei ein guter Ort, um Karawanen zu erleichtern, bevor sie nach Yard kommen.“

Perry verzog angewidert das Gesicht, als er sich an die letzte Begegnung mit dem grobschlächtigen Mann erinnerte. Damals war nicht alles gut gelaufen, und er hatte kein großes Bedürfnis danach, sich noch einmal mit Moody einzulassen.
„Glaubst du, er wird uns Probleme machen?"
„Moody? Nein, nicht im Geringsten. Ich schätze, er wird sich freuen, uns zu sehen", lächelte Eris seinen Begleiter an.
„Außerdem schuldet er uns noch was", fügte er nach einer Pause hinzu.
Perry riss die Augen auf, als er Begriff, was Eris da sagte.
„Das ist nicht dein Ernst! Als du Ian gesagt hast, du würdest ihm ein paar Leute schicken, die ein Auge auf Station haben, kannst du nicht an Moody gedacht haben!"
„Eigentlich habe ich genau das."
„Eris, Moody und seine Leute sind ein Albtraum. Sie haben keine Manieren, fressen dir die Haare vom Kopf und saufen wie die Tiere. Sie werden Station auf den Kopf stellen, und am Ende wird Ian sich wünschen, er hätte lieber auf Alexander und seine Leute gewartet. Die würden nämlich weniger Verwüstung hinterlassen."
„Ach, du schätzt ihn falsch ein, Perry."
„Was mache ich?" Perrys Stimme überschlug sich.
„Du schätzt ihn falsch ein. Moody mag wie ein Ekelpaket wirken, aber das bringt unser Handwerk eben mit sich. Ich glaube, er hat sich diesen Ruf konsequent über die Jahre aufgebaut. Im Kern lebt er aber nach den gleichen Grundregeln, wie wir es tun."
Der Arzt verdrehte die Augen und stöhnte zornig auf.
„Und wie kommst du auf den Mist?"
„Die Art und Weise, wie wir Karawanen überfallen, Perry."
Jetzt hatte der Arzt völlig den Faden verloren und starrte seinen Begleiter fragend an.
„Was ist damit?"
„Glaubst du, ich bin irgendwann von selbst auf die Idee gekommen? Ich hab' sie mir abgeschaut. Von Moody."

Tyler saß mit dem Rücken an einen schmalen Baum gelehnt und blickte hinunter in die nächtliche Ebene. Während der Rest der Truppe in Wolldecken eingerollt lag und schlief, hatte der Junge die erste Wache übernommen, so wie in den letzten Tagen auch.
Seit sie Station hinter sich gelassen hatten und sich sicher sein konnten, dass Alexander mit seinen Leuten wirklich nicht mehr hinter ihnen her war, waren die Nächte ruhig und beschaulich geworden. Nur hin und wieder wurde die Ruhe durch ein nachtaktives Tier gestört, das sich neugierig an ihr Lager herangewagt hatte, doch davon abgesehen bestand die einzige Herausforderung der Nachtwache darin, auch wirklich zwei Stunden lang wach zu bleiben und sich nicht der süßen Verlockung des Schlafes hinzugeben. Eris, Perry, Sal und Tyler hatten wie gewohnt die Wachen unter sich aufgeteilt und François ganz bewusst außen vor gelassen. Der Gelehrte schien absolut keine Qualitäten mitzubringen, die ihn für diese Arbeit hätten prädestinieren können – und mit seinen Augen war er als Wache nutzlos, von seinen nicht vorhandenen kämpferischen Fähigkeiten einmal ganz abgesehen.
Tyler war dankbar darum, dass er jede Nacht die erste Wache übernehmen konnte. So hatte er wenigstens noch die Möglichkeit, mehr als nur eine Handvoll Stunden am Stück zu schlafen. Für den Jugendlichen war es unbegreiflich, wie Perry und Sal mit den mittleren Wachen klar kamen, wo sie ihren Schlaf doch jeweils unterbrechen mussten.
Wahrscheinlich war es die jahrelange Gewöhnung an diesen unsteten Rhythmus, der das alles so spurlos an ihnen vorbeigehen ließ.
Während das Lager hinter ihm schwach von einem Knicklicht erhellt wurde, lag die Ebene vor ihm in absoluter Dunkelheit. Nirgendwo war auch nur ein Lichtpunkt zu erkennen, lediglich am Horizont im Norden, dort wo Yard liegen sollte, schimmerte es schwach am Himmel. Die wolkenlose Nacht sorgte dafür, dass Tyler trotz alledem einen relativ guten Überblick hatte,

auch wenn er sich völlig im Klaren darüber war, dass dies keine Sicherheit bedeutete.
Er erinnerte sich an eine Geschichte, die Sal ihm erzählt hatte. Die drei hatten einen Auftrag von einem Händler angenommen, sich einer Räuberbande anzunehmen, die zu einem echten Problem für die Karawanenrouten geworden war. Die Bande hatte ihren Unterschlupf gut gewählt, in unzugänglichem Gelände, zu dem es nur zwei gangbare, beleuchtete und gut bewachte Pfade gab. Und trotz alledem erzählte die Schützin, wie es ihr gelungen war, unter den Augen der Wachen vorbei mitten ins Lager zu schleichen. Dort kundschaftete sie die Lage aus, machte einen Großteil der Waffen unbrauchbar und schaffte es ungesehen zu den anderen zurück. Als Tyler wissen wollte, wie sie es geschafft hatte, gab die Schützin ihm zwei Erklärungen. Einerseits lag es natürlich an ihrer Erfahrung und ihrem Können, entscheidend war aber, dass die Bande sich sicher fühlte. Sie glaubten, in einer guten, unangreifbaren Position zu sein und bestmöglich dafür gesorgt zu haben, dass sie niemand überraschen konnte. Diese Sicherheit, in der sie sich wähnten, ließ sie nachlässig werden. Und das war der Schlüssel.
Er beschloss, nicht den gleichen Fehler zu machen, stand auf und streckte sich. Es war Zeit, eine Runde um das Lager zu machen, auch wenn sie wahrscheinlich so ergebnislos bleiben würde wie die Nächte zuvor. Davon abgesehen waren diese Runden aber auch immer perfekt dazu geeignet, sich irgendwo in der Nähe zu erleichtern.
Tyler machte seine Runde gemessenen Schrittes und verlor sich zwischenzeitlich immer wieder in seinen Gedanken. Als er wieder bei seiner Ausgangsposition angekommen war, schob er die Wolldecke zu einem Kissen zurecht und setzte sich. Gerade hatte er sich bequem gemacht, da gab es irgendwo in der Dunkelheit vor ihm ein Geräusch.
Er horchte auf. Er konnte es nicht einordnen oder benennen, aber irgendetwas hatte sich verändert, seit er seine Runde gemacht hatte. Er kniff die Augen zusammen und spähte in die

Dunkelheit, doch so sehr er sich auch bemühte, er erkannte nichts Ungewöhnliches. Er überlegte, ob er sich geirrt hatte, hielt die Luft an, schloss für einen Moment die Augen und konzentrierte sich wieder, versuchte, das Geräusch erneut herauszufiltern.

Ruckartig öffnete er die Augen. Ja, da war es wieder. Immer noch war ihm nicht klar, was dieses Geräusch sein konnte oder wer es verursacht hatte. Es hob sich klar vom nächtlichen Rauschen der Graslandschaft, dem Rascheln der sich sanft wiegenden Bäume und dem neugierigen Huschen der Nachttiere ab.

Tyler war hin- und hergerissen davon, dem Geräusch selbst auf den Grund zu gehen, aufzuspringen und Alarm zu schlagen oder ruhig zurück zum Lager zu gehen und einen der anderen zu wecken. Die letzte Möglichkeit hatte klare Vorteile. Er begab sich nicht selbst in Gefahr, wenn dort wirklich etwas war – denn davor hatten die anderen ihn immer eindringlich gewarnt. Und er verhielt sich nicht wie ein kleines Kind, das vielleicht völlig ohne Grund Alarm schlug. Tyler hatte tatsächlich Angst, wegen so etwas von den anderen wieder belächelt zu werden. Für den Fall, dass aber tatsächlich irgendwas in der Dunkelheit vor sich ging, wäre das Alarmieren der anderen die einzig richtige Alternative. Wenn er aufstand und möglichst unauffällig zurück zum Lager ging, konnte er einen Beobachter vielleicht in Sicherheit wiegen. Oder dafür sorgen, dass das, was immer dort draußen war, gerade diesen Moment nutzen und ihm in den Rücken fallen würde. Innerlich fluchte er. Ein Risiko blieb bei jeder Entscheidung, und er musste zwangsläufig eine Wahl treffen.

Er kam wieder in die Höhe, gähnte demonstrativ und angelte nach der zusammengefalteten Decke, klemmte sie sich unter den Arm und ging langsamen Schrittes zum Lager zurück. Während er versuchte, einen völlig ahnungslosen Eindruck zu machen, konzentrierte er sich weiter auf sein Gehör und registrierte, dass das Geräusch immer noch da war, wahrscheinlich sogar näher gekommen war. Es kostete ihn Mühe, nicht reflexartig seinen Schritt zu beschleunigen, sondern weiter in gleichem Tempo zu den anderen zu schlendern. Die rege Fantasie des Jugendlichen bekam in dieser Situation einen kreativen Aufschwung. Er malte sich aus, was in der Dunkelheit war. Es war nicht das Geräusch, das ihn ängstigte, vielmehr war es das, was sein Verstand aus dem Geräusch machte. Vor seinem geistigen Auge bauten sich wahre Schreckensszenarien auf, wurde die Nacht lebendig, begannen die Schatten, sich zu bewegen. Sein Herz begann, wie wild zu schlagen, und das Adrenalin schoss durch seinen Körper. Tyler wäre die letzten Meter am liebsten gerannt, doch er zwang sich eisern dazu, weiter langsam Schritt für Schritt zu machen. Beiläufig bemerkte er, wie er völlig unbewusst nach einer seiner Pistolen gegriffen hatte, wie sich seine Hand um den Griff schloss. Das kühle Metall verlieh ihm Sicherheit, gab ihm Zuversicht, doch reichte nicht aus, um die Horrorszenarien in seinem Kopf beiseite zu drängen.

Er hatte das Lager erreicht, legte seine Decke neben die schlafende Schützin und kniete sich langsam hin. Mit einer sanften Berührung an ihrer Schulter weckte er Sal. Sie öffnete die Augen und ließ ihren Blick schweifen, ohne sich zu bewegen. Das tat sie immer so, ganz im Gegensatz zu Perry oder Eris, die als Erstes irgendetwas Unverständliches murmelten und sich dann grummelnd aufsetzten.

„Da draußen ist irgendwas. Ich hab was gehört“, flüsterte Tyler und sah sie an.

Mit einem Blinzeln zeigte Sal, dass sie ihn verstanden hatte und schloss die Augen, schien sich zu konzentrieren. Lange Sekunden später öffnete sie ihre Augen wieder und schüttelte unmerklich den Kopf. Mit einer knappen, kaum wahrnehmbaren Bewegung seines Kopfes deutete Tyler in die Richtung, aus der er gekommen war. Sie konzentrierte sich erneut und nickte dann knapp. Tyler war erleichtert. Er hatte sich nicht geirrt.

„Leg dich ruhig hin. Ich bin dran“, sagte sie laut und setzte sich auf. Er nickte und streckte sich auf seiner Decke aus, legte sich auf die Seite und behielt sie im Blick. Mit einer beachtenswerten Ruhe schnürte sie ihre Stiefel, griff sich ihr Gewehr, streckt

sich einmal und verschwand dann in die Nacht. Tyler war nicht ganz klar, was seine Aufgabe bei dieser Sache war. Das Adrenalin durchflutete immer noch seinen Körper, wenn sein Herz auch langsam, aber sicher wieder einen normalen Rhythmus fand. So blieb er liegen und achtete weiter auf die Geräusche.
Eine halbe Ewigkeit später hörte er das leise Gemurmel von Stimmen. Tyler traute sich immer noch nicht, sich aufzusetzen und Ausschau zu halten, doch er drehte sich einmal um, wie er es im Schlaf auch getan hätte. Er kniff die Augen zusammen und versuchte, in der Dunkelheit zu erkennen, wo die Stimmen herkamen. Obwohl sein Gehör gut war, konnte er diesmal nichts verstehen. Es brauchte seine Zeit, doch dann sah er, wie zwei Schemen abseits standen, dort, wo er vorher Wache gehalten hatte. Einer von beiden war Sal, unverkennbar, doch den anderen konnte Tyler nicht zuordnen, es schien aber ein Mann zu sein.
Nachdenklich beobachtete Tyler das Gespräch zwischen den beiden Personen. Sal unterhielt sich einige Minuten mit dem Fremden, dann ging dieser wieder fort in die Nacht, hinunter in Richtung der Ebene.
Unschlüssig überlegte der Junge, was er tun sollte, realisierte dann aber, dass er keinen Schlaf finden würde, solange er dieses Rätsel nicht aufgeklärt hatte. Er schob die Decke beiseite, erhob sich und ging hinüber zu Sal. Die Schützin lehnte mit dem Rücken an einem Baum und blickte in Richtung der Ebene. Sie musste ihn gehört haben, doch ihr Blick blieb unverändert, fokussierte irgendetwas in der Dunkelheit.
Tyler ging neben der Frau in die Knie und blickte sie fragend an. „Und wer war das?“
„Ein alter Bekannter“, antwortete sie knapp und löste ihren Blick aus der Dunkelheit.
„Welcher alte Bekannte schleicht sich denn mitten in der Nacht an ein Lager an?“
„Die besondere Variante von neugierigen und vorsichtigen alten Bekannten, Tyler“, sagte sie, doch er wurde daraus nicht schlau.

„Was hat das zu bedeuten?“
„Er war neugierig, wer wir denn sind. Jetzt wo er weiß, dass es bei uns nichts zu holen gibt, wird er uns am Tag wahrscheinlich einen Freundschaftsbesuch abstatten.“
„Du wirst mir nicht sagen, wer es war, oder?“
„Tyler, das kann ich nicht. Also, ich meine, nichts hält mich davon ab, aber ich bin einfach nicht in der Lage, diesen Kerl auch nur im Ansatz angemessen zu beschreiben. Man muss ihn selbst gesehen haben.“ Das freche Grinsen, das ihre Lippen umspielte, war für Tyler zumindest das Signal, dass die Situation wirklich ungefährlich war.
„Hat der Kerl denn auch einen Namen?“
„Moody“, nickte sie bestätigend.
„Und mehr als den Namen kannst du mir nicht verraten, was?“
„Wie ich schon sagte, du musst ihn kennenlernen.“
Tyler war immer noch ratlos und verwirrt und Sal genoss es offensichtlich, damit zu spielen.
„Und bevor du Wurzeln schlägst, Tyler, geh und leg dich wieder hin. Alles ist in Ordnung, keine Gefahr, die uns droht. Glaub mir einfach, wenn ich dir sage, dass du Schlaf brauchst.“ Tatsächlich schrie jede Faser seines Körpers nach Ruhe – nach Schlaf. Er hatte sich gerade auf dem Absatz herumgedreht und wollte zurück zu den anderen gehen, als Sal ihn noch einmal aufhielt.
„Ach, und Tyler?“
„Ja?“
„Deine Ohren sind erstklassig.“
„Danke.“

Entspannt auf einigen Trümmern sitzend, im Schatten eines großen, verwitterten Straßenschilds, dessen Inschrift beim besten Willen nicht mehr zu entziffern war, saß ein Mann und erwartete die kleine Reisegruppe. Er war untersetzt, mindestens zwei Köpfe kleiner als Eris, verfügte aber über ein unheimlich breites, fast unmenschliches Kreuz. Er hatte Arme wie andere

Menschen Oberschenkel und es bestand kein Zweifel daran, dass er die Kraft, über die er verfügte, auch einzusetzen wusste. Seine Haut war blasser als üblich und stand in starkem Kontrast zu seinem unbändigen, feuerroten Haar. In seinem Gesicht wucherte ein wilder Bart, der sich anscheinend allen Versuchen, geordnet zu werden, erfolgreich entzogen hatte.
Die Kleidung des Mannes machte einen wild zusammengewürfelten Eindruck, beinah so, als hätte man einige seiner Sachen gleich aus mehreren Kleidern zusammengenäht, um überhaupt etwas zu bekommen, was ihm passte. Eine Vielzahl undefinierbarer Flecken sprenkelten seine Kleider, und ein Beobachter konnte nur vermuten, woher dieses Muster stammen mochte. Das ungepflegte und verkommene Bild setzte sich fort, wenn man auf weniger als ein paar Meter an den Mann herangekommen war. Die Duftwolke, die ihn umgab, hätte man bestenfalls als streng bezeichnen können, doch viele Menschen neigten dazu, es beim Namen zu nennen: Es stank.
Eine doppelläufige Schrotflinte war locker in Griffweite an einen der Felsen gelehnt, während ein Beil im Gürtel des Mannes hing. Er hielt seine Feldflasche in der Hand und nippte immer wieder daran, während er wartete.
„Ich kann seinen Gestank schon jetzt riechen“, grunzte Perry.
„Stell dich nicht so an“, schmunzelte Eris.
„Doch. Und so wie ich das sehe, scheint er sich seit unser letzten Begegnung nicht gewaschen zu haben.“
„Könntest du sogar recht mit haben.“
„Eris, wann haben wir ihn das letzte Mal getroffen? Wie lange ist das her? Acht Monate, vielleicht neun?“
„Letztes Jahr im Herbst, also eher neun Monate.“
„Welcher normale Mensch …“, setzte Perry an, doch Eris hob die Hand und schnitt dem Arzt das Wort ab.
„Jaja, ich habe schon verstanden“, versetzte Eris. „Du kannst ihn nicht leiden. Die Botschaft ist angekommen.“
„Ich verstehe immer noch nicht, wie du auf den Gedanken kommen konntest, er sei eine gute Wahl für Station.“

Eris blieb seinem Begleiter eine Antwort schuldig, und Perry verfiel wieder in sein verärgertes Gemurmel. Mittlerweile waren sie bis auf Rufweite an Moody herangekommen.
„Moody, du alter Kotzbrocken, was für eine Überraschung!"
Der Angerufene erhob sich träge und streckte sich, machte aber keine Anstalten, der kleinen Gruppe entgegenzukommen.
„Eris, du Hurenbock! Bist also immer noch nicht unter der Erde!"
„Das Grab, in das ich passe, muss erst noch gefunden werden", lachte Eris. Die ungleichen Männer standen sich gegenüber und musterten sich für einige atemlose Sekunden, dann, völlig unerwartet, breitete Moody die Arme aus und packte Eris, drückte ihn und stemmte ihn dabei ein ganzes Stück in die Höhe. Die Luft wurde aus Eris Lungen gepresst. Moody ließ sich von dem Keuchen seines alten Bekannten nicht beirren. Erst nach ein paar Sekunden ließ er Eris wieder hinunter. Dieser taumelte einige Schritte nach hinten, dankbar darüber, wieder atmen zu können.
„Ein bisschen schwach auf der Brust, was?", lachte Moody und schlug Eris zur Begrüßung viel zu fest auf die Schulter.

Moody führte die Reisegruppe abseits der Straße, durch das kniehohe Gras, vorbei an einigen Sträuchern und vereinzelten Büschen, und hielt zielstrebig auf ein kleines Gehöft zu. Eine Handvoll verfallener Gebäude gruppierte sich im Halbkreis und bildeten so einen einigermaßen geschützten Hof. An den Gebäuden hatte der Zahn der Zeit genagt. Wind und Wetter hatten die Dächer großflächig abgedeckt. Farbe und Putz waren von den Wänden geplatzt. Auf dem Hof zwischen den Gebäuden stand ein alter verrosteter Traktor. Die Fensterscheiben der Gebäude waren schon vor langer Zeit zerstört worden, und hier und da klafften Löcher in den Wänden. Dennoch gab es schlechtere Orte, um ein Lager aufzuschlagen.
Als sie auf gute hundert Schritt an die Häuser herangekommen waren, zeigte sich ein Schütze zwischen den Dachbalken des

höchsten Gebäudes. Moody hatte ihm knapp gewunken. Die Wache hatte den Gruß erwidert und sich dann wieder ihrer eigentlichen Aufgabe zugewandt.
Wie sich herausstellte, beherbergten die verfallenen Gebäude mehr als zwei Dutzend Menschen, Männer und Frauen bunt gemischt. Aus einem der Gebäude klang sogar der gedämpfte Schrei eines Säuglings. Sie alle blickten nur kurz auf, als ihr Anführer mit der kleinen Truppe auf den Hof trat, dann wandten sie sich wieder ihrer Arbeit zu. Es machte den Eindruck, als könnten sie hier ein ganz erträgliches Leben führen, keiner von ihnen machte einen besonders ausgezehrten Eindruck.
Im Hauptgebäude wurden sie von Fiona empfangen. Sie war eine kräftige, vollbusige und untersetzte Frau, mit ebenso wildem und orangerotem Haar wie Moody. In ihren Armen hielt sie ein kleines Bündel Mensch, dass sie mit sanftem Wiegen und dem Summen einer angenehmen Melodie zu beruhigen suchte.
Fiona und Moody waren schon einige Jahre ein Paar, doch das Glück schien höchstens einige Wochen alt. So kratzbürstig und grobschlächtig Moody auch wirken mochte, all das bröckelte, als er verzückt sein Kind betrachtete und mit seiner Frau sprach, nachdem Eris und die anderen einen Platz gefunden hatten.
Das glückliche Elternpaar bewohnte einige Räume in dem großen Bauernhaus. Die Fenster waren mit Plastikplanen vernagelt worden, und grobe Möbel aus alten Kisten und Brettern füllten die Räume. Auch wenn der Einrichtung jede Ästhetik fehlte, so war doch Handwerkskunst in ihnen zu erkennen.
„Glückwunsch“, meinte Eris anerkennend, als Moody sich wieder zu der Gruppe gesellt hatte. Fiona war mit dem Nachwuchs mittlerweile in einem der anderen Räume verschwunden und hatte die windschiefe Tür hinter sich geschlossen.
„Danke, danke!“, strahlte Moody. „Eigentlich wollte ich nicht, dass sie diesen Sommer mit uns kommt. Sie sollte schön im Dorf bleiben und das Kind dort zur Welt bringen. Aber glaubst du, Fiona hat sich davon abbringen lassen, uns zu begleiten? Pfft! Gelacht hat sie über mich. Ich dachte, sie könnte mit dem

Bauch, den sie hatte, nicht Schritt mit uns halten, aber was soll ich sagen. Meine hochschwangere Frau marschierte mit der Waffe in der Hand mit uns hierher. Sie sagte, es wäre eine Schande, wenn unser Kind mich erst im Winter kennenlernen würde."
Eris grinste, als er das Glück im Gesicht des grobschlächtigen Söldners sah und in seiner Stimme hörte. „So wie du dich anhörst, bist du mittlerweile auch der Meinung."
„Ja. Ja, sie hatte recht. Wie so oft."
„So ist das mit den Frauen", bemerkte Eris schmunzelnd.
„Ich bin dankbar drüber. Ohne sie hätte ich ein paar Dummheiten mehr gemacht, als gut für mich gewesen wären."
Eris nickte. Moody war bekannt dafür, einige Entscheidungen über das Knie zu brechen und sich Hals über Kopf in Ärger zu stürzen. In solchen Momenten gab es schlichtweg nichts, was ihn aufhalten konnte, weder Argumente noch schiere körperliche Kraft oder gar Waffengewalt. Nichts, außer Fiona. Die Frau kannte ihren Mann und wusste genau, wie sie ihn wieder zur Ruhe bringen konnte, wie sie ihn davon abhalten konnte, wirklich dumme Dinge zu tun.
„Einen Säugling auf den Raubzügen dabei zu haben ist sicher keine einfache Sache", merkte Eris an.
„Na, Fiona kümmert sich ja die meiste Zeit darum. Aber im Gegensatz zu den letzten Jahren bleiben wir diesen Sommer an einem Ort, anstatt immer wieder die Position zu wechseln. Ich dachte erst, das könnte unsere Ausbeute schmälern, aber bisher läuft es ganz gut."
„Letzten Endes müssen die meisten Karawanen wohl über die Straße, Moody."
„Ja, sicher. Aber die Gefahr, dass irgendwer darauf kommt, wo wir sitzen, und uns ein Aufräumkommando auf den Hals hetzt, ist größer, wenn wir an einem Ort bleiben."
„Hast du deshalb so viele um dich geschart? Damit ihr euch im Falle eines Falles gut verteidigen könnt?"
Moody winkte ab.

„Das hat eigentlich einen anderen Grund. Weißt du, in unserem Dorf gibt es mittlerweile eine ganze Reihe hungriger Mäuler. Das ist an sich was Gutes, aber all die Bälger wollen ja auch irgendwie satt werden. Also sind diesen Sommer mehr Leute als sonst mit mir gekommen, damit wir den Winter überstehen können."

Das beschrieb Moodys Leben ganz gut. Im Sommer irgendwo in der Wildnis als Räuber, im Winter in seinem Dorf. Es schien ein ertragreiches Geschäft – ertragreicher zumindest, als sein Leben ganz auf ehrlicher, harter Arbeit aufzubauen.

„Und du sagst, das Geschäft läuft gut?"

„Ja, besser als gedacht. Die Karawanen kommen und gehen, und das, obwohl wir schon seit ein paar Wochen hier sind. Wahrscheinlich sind wir denen kein so großer Dorn im Auge, immerhin veranstalten wir keine Massaker. Meistens geht es ohne Blutvergießen."

Moody sagte das nicht ohne Stolz. Männer wie er, die Karawanen überfielen und dabei kein Blutbad anrichteten, waren eine Seltenheit in der Welt DANACH.

„Ich weiß. Schnell zuschlagen, Einschüchtern, ein bisschen mit den Muskeln spielen, und bevor sie wissen, was sie getroffen hat, auch schon wieder auf dem Sprung sein."

„Haargenau. So gibt es weniger Verletzte, weniger Tote und weniger Leute, die auf Rache sinnen, weil du ihre Eltern, Geschwister oder Kinder erschossen hast."

„Ja. Nur wirklich sicher ist es erst, wenn du unterwegs bist. Dann kann dich auch niemand finden, der seine Ware wieder haben will."

Der Rothaarige zuckte mit den Schultern.

„Was soll ich denn machen? Ich kann mit dem Kleinen nicht wild in der Gegend herumziehen. Und Fiona ist nicht dazu zu bringen, schon einmal zurück ins Dorf zu reisen. Also muss ich das Beste daraus machen."

„Pass einfach auf. Und bring deine Leute wieder in einem Stück zurück in dein Dorf, Moody."

Moody schwieg und nickte. Die Verantwortung, die als Anführer auf ihm lastete, war drückend. Man vertraute ihm, und deshalb begleitet man ihn auf den Beutezügen. Bisher hatte er immer genug mitgebracht, damit das Dorf gut über den Winter kam. Trotzdem konnte er nie lächeln, wenn er im Spätherbst zurück in die Heimat kam, denn immer musste er auch die Nachricht überbringen, dass Einige, die mit ihm aufgebrochen waren, auf ewig in der Wildnis bleiben würden. Moody hatte in seinem Leben schon viele Menschen sterben sehen und eine nicht geringe Anzahl davon durch seine Hände – aber es war immer etwas anderes, wenn es einen aus seinem Dorf erwischte. Sie hatten sich ihm anvertraut, waren mit ihm gezogen, und er hatte nichts daran ändern können. Da half auch alles Schönreden nicht viel – ein Stück von ihm fühlte sich immer mitverantwortlich für diese Toten. Oft zweifelte er an sich, fragte sich, ob er sie vielleicht hätte retten können, wenn er besser geplant hätte. Doch wie es auch kam, ein Frühjahr später scharten sie sich wieder um ihn und erneut zog er mit ihnen auf die Jagd nach Beute aus. Ein immerwährender Kreislauf.
In diesem Sommer hatte es bisher zwei Tote und eine Verletzte gegeben. Die beiden waren bei Scharmützeln ums Leben gekommen, als einige Karawanenwachen ihre Waffen nicht niederlegen wollten. Moody hasste diese Momente, denn sie bedeuten unweigerliches Blutvergießen, bis der Widerstand gebrochen war. Und sie bedeuteten auch Vergeltung. Bei solchen Überfällen gab es in der Regeln wenige Überlebende. Zu der Verletzten war es bei einem dummen Zwischenfall gekommen. Sie hatten gerade eine Karawane ohne Blutvergießen hochgenommen und sichteten die Beute auf den Lasttieren. Das Tier musste durch den Überfall in Panik geraten sein, ging durch und stieß die junge Frau um. Sie brach sich dabei das Bein und es war noch fraglich, ob sie jemals wieder richtig würde laufen können.
Moody schüttelte unmerklich den Kopf, versuchte seine Gedanken zu ordnen und hörte Eris gespannt zu, als dieser anfing, zu berichten.

Die lebhafte Unterhaltung war zwischenzeitlich von Fiona unterbrochen worden. Nachdem ihr ganzer Stolz offensichtlich zur Ruhe gekommen war und in einem der Nebenräume schlummerte, ließ sie es sich nicht nehmen, für ihre Gäste aufzutischen. Das, was einige Zeit später auf dem Tisch landete, war einfache, aber nahrhafte Kost aus Kartoffeln, Bohnen, Tomaten und Speck. Sie hatte schon einige Sommer mit ihrem Mann außerhalb des Dorfes verbracht, und sie wusste, was man hier draußen im Nirgendwo brauchte, um bei Kräften zu bleiben.
„Du weißt, ich stehe zu meinen Schulden", sagte Moody, während er die letzten Reste aus seiner Schüssel kratzte. „Aber ich sehe da ein paar Probleme. Die Wochen, die wir auf Station aufpassen sollen, fehlen uns hinterher. Uns gehen so wahrscheinlich einige fette Karawanen durch die Lappen, und ich bin auf die Beute angewiesen. Ich kann schwerlich in mein Dorf kommen und sagen: Tut mir leid, aber diesen Winter müssen wir hungern. Ich musste meinem alten Freund Eris noch einen Gefallen tun. Ich meine, ich habe gerne ein leichtes Gewissen, aber ein voller Magen ist dann doch wichtiger."
Eris wiegte den Kopf hin und her. Er hatte nicht damit gerechnet, dass Moody in diesem Jahr so viele Leute um sich geschart hatte, und er hatte auch nichts von den Zuständen in Moodys Heimat gewusst, als er den Plan gefasst hatte, den Söldner um Hilfe zu bitten. Das Bild, das sich ihm hier bot, veränderte die Lage natürlich dramatisch.
„Und wenn du einen Teil deiner Leute nach Station schickst und der Rest hierbleibt und weitermacht?"
„Das geht nicht. Ohne mich wird es nicht gehen. Entweder schlagen meine Leute in Station dann vielleicht über die Stränge, oder sie vermasseln es bei irgendeiner Karawane und gefährden damit auch unsere ganze Ausbeute."
„Ich glaube nicht, dass Ian …", begann Eris und sah fragend zu Perry. Der Arzt hatte die ganze Zeit nichts gesagt und trotz aller Aufforderungen auch nur wenig gegessen. Er schüttelte den

Kopf. Eris sparte sich den Rest des Satzes. Moody schaute auf, musterte Eris und warf dann einen Blick auf Perry.
„Ach verdammt, Perry, jetzt hab dich nicht so. Wir hatten unsere Meinungsverschiedenheiten, aber jetzt …"
Perry hämmerte auf den Tisch und sprang auf. Schlagartig war es still.
„Meinungsverschiedenheiten? Du verdammter Bastard! Du hast mir die Schuld an seinem Tod gegeben!"
Mit einer wütenden Handbewegung fegte der Arzt seine Schüssel vom Tisch, fuhr herum und stapfte zum Ausgang. Betroffen und fragend sahen die anderen ihm nach, bis die Tür ins Schloss knallte.
Das Schweigen hielt, keiner traute sich, etwas zu sagen. Im Nebenraum begann das Baby zu schreien. Fiona schnellte hoch und eilte aus dem Raum, während Moody immer noch auf die Tür blickte.
„Moody, du solltest mit ihm reden", meinte Eris vorsichtig und sagte damit das Offensichtliche.
„Aber …", begann Moody, doch Eris schnitt ihm das Wort ab.
„Als wir euch letzten Herbst auf dem Heimweg getroffen haben, hat Perry wirklich alles getan, was in seiner Macht stand, um ihn zu retten. Ich kenne Perry und er ist ein guter Arzt. Glaub mir, er hat nichts unversucht gelassen, aber es war einfach zu spät. Oder die Verletzungen waren zu schwer. Keine Ahnung. Er ist gestorben, aber das war ganz sicher nicht Perrys Schuld. Er hat bis zum letzten gekämpft, um deinen Mann zu retten."
Moody schob nachdenklich sein Kinn vor und hörte Eris weiter zu.
„Und alles, was dir eingefallen ist, war, ihn dafür verantwortlich zu machen. Du hast behauptet, er wäre schuld daran gewesen, er hätte sich nicht genug Mühe gegeben. Du hast ihn einen Stümper genannt, einen schlechten Arzt."
„Verfluchte Scheiße, ich war eben wütend!" Moodys Stimme war lauter geworden und er starrte Eris lauernd an. Eris ließ sich nicht beirren und sprach ruhig weiter.

„Das ist normal in solchen Momenten. Wahrscheinlich warst du gedanklich schon in der Heimat, und du wolltest nicht mit noch mehr schlechten Nachrichten nach Hause kommen. Ich kann das verstehen. Nichts ist schlimmer als einer Mutter, einer Frau oder Kindern zu sagen, dass ihr Sohn, Mann oder Vater nicht mehr kommt. Nichts ist schlimmer als ihr anklagender Blick. All das weiß ich. Das ist die schwerste Bürde, die ein Anführer wie du hat. Aber du darfst doch nicht jemand anderen dafür verantwortlich machen. Nicht, wenn er alles getan hat, was in seiner Macht stand."

„Aber wessen Schuld war es denn dann?", zischte Moody.

„Du bist lang genug in diesem Handwerk, um zu wissen, wie dumm diese Frage ist. Zwischenfälle passieren nun mal. Man kann nicht immer alles berücksichtigen, und man weiß nie, wie das Gegenüber reagiert, ob er seine Waffe wegwerfen wird oder doch abdrückt."

„Ich habe nie darum gebeten", murmelte der grobschlächtige Söldner und blicke abwesend in seine leere Schale.

„Und trotzdem sind sie zu dir gekommen und wollten mit dir ziehen. Und sie sind es in diesem Sommer wieder. Und ich schätze, sie werden auch in den nächsten Sommern mit dir ziehen, Moody. Sie vertrauen dir – und sie wissen, dass es gefährlich ist. Und sie wissen auch, dass es notwendig ist, sich in Gefahr zu begeben, wenn das Dorf überleben soll."

Moody knurrte etwas Unverständliches und schob seinen Stuhl zurück.

Entschlossen erhob er sich, wischte sich die Essensreste aus dem verklebten Bart und ging in Richtung Tür. Auf halbem Weg blieb er stehen und berührte den sitzenden Eris kurz an der Schulter. Dankbar nickte er, dann folgte er Perry nach draußen.

„Wie wird er sich entscheiden?", fragte Sal, als er verschwunden war.

„Ich weiß es nicht. Er hat eine ganze Menge Verantwortung und er tut sich schwer damit."

„Hast du einen Plan B?", wollte die Schützin wissen.

„Nicht direkt. Er ist auf die Karawanen angewiesen. Sein Dorf kommt nur mit den fetten Fängen aus dem Sommer über den Winter."
„Und was ist, wenn sie sich in Station bezahlen lassen?", mischte Tyler sich in die Unterhaltung ein.
„Sie werden in Station bezahlt. Normalerweise sorgt eine Siedlung immer für Unterkunft und Verpflegung, wenn sie Wachen anheuert. Und wahrscheinlich wird es darüber hinaus Bezahlung geben. Die kann die Beute der Überfälle aber in keinem Fall ersetzten. Glaubst du, Moody würde Karawanen überfallen, wenn er als Söldner genau das Gleiche erreichen könnte?"
Tyler schüttelte den Kopf.

Moody fand Perry draußen auf der teilweise verrotteten Veranda. Der Arzt hatte sich auf einen Kistenstapel gesetzt und sein Blick fixierte einen imaginären Punkt in der Ferne. Der zerbeulte Flachmann lag in seiner Hand.
Schweigend blickte der ungehobelte Rotschopf den verbitterten Mann an. Nach einigen Minuten setzte er sich wortlos neben Perry.
„Es tut mir leid", räumte Moody ein.
Perry schüttelte abfällig den Kopf und schnaubte, nahm dann einen langen Schluck aus dem Flachmann.
„Ich hätte …", begann Moody, stockte und setzte neu an. „Ich war einfach so wütend damals. Weißt du, wir waren gerade auf dem Weg nach Hause. Ein oder zwei Wochen Marsch noch, und dann wäre es das gewesen. Es hatte schon genug Tote in dem Sommer gegeben. Ich wollte nicht noch einer Frau die schlechten Nachrichten überbringen."
„Und deshalb hast du mich verantwortlich gemacht?", knurrte Perry verbittert.
„Scheiße, ich hatte gehofft, dass du es wieder richten kannst. Ich war einfach sauer."
„Moody, ich konnte nichts dafür, dass der Kerl sich einen Bauchschuss gefangen hat. Die Überlebenschancen sind bei sol-

chen Verletzungen eh gering, das weißt du auch. Vielleicht hätte es geholfen, wenn wir schon da gewesen wären, als es passiert ist, und nicht erst einen Tag später. Es war eh ein Wunder, dass er noch nicht den Löffel abgegeben hatte."
Perry machte eine Pause und genehmigte sich einen weiteren Schluck aus dem zerbeulten Flachmann.
„Die verdammte Blutvergiftung war schon weit vorangeschritten. Der Kerl hat gekämpft wie ein Tier, er wollte überleben. Und ich schwöre beim Grab meiner Mutter, ich habe alles gegeben. Aber dann ist er mir unter den Händen verreckt. Ich habe viel Scheiße in den Jahren gesehen, aber die Art und Weise, wie er um sein Leben kämpfte, die hat mich berührt. Und trotzdem war alles umsonst." Perry atmete tief durch und schloss die Augen. „Und als ich merkte, dass ich nichts mehr für ihn tun konnte, dass ich diesen Kampf verloren hatte, da kamst du und hast mich gleich zusammengeschissen. Für dich war ich Schuld daran, dass er gestorben war."
„Es war nicht deine Schuld. Heute weiß ich das, aber damals …", versuchte es Moody.
„Damals hätte nicht mehr viel gefehlt und du hättest mir den Arm ausgerissen, um mich damit zu verprügeln. Oder mir auch in den Bauch geschossen, damit mir das Gleiche passiert wie ihm", beendete Perry den Satz.
Der rothaarige Söldner sagte nichts dazu, denn er wusste, wie recht der Arzt hatte.
„Weißt du, ich war damals so kurz davor, es darauf ankommen zu lassen. Einfach nach meiner Waffe zu greifen und dir Blei um die Ohren zu jagen. Wahrscheinlich hätte es aber mit dem gleichen Resultat geendet", meinte der Doktor tonlos. „Und selbst wenn ich dir ein paar hätte verpassen können, hätten mich deine Leute auseinandergenommen. Oder deine Frau wäre wie eine Furie über mich hergefallen."
Moody blickte seinen Nebensitzer an. Er erinnerte sich noch zu gut daran, wie Eris sich zwischen die beiden gedrängt und versucht hatte, sie zu trennen, während Sal den Arzt davonzog.

„Es ist scheiße gelaufen. Und es tut mir Leid, Mann!", knirschte Moody. Entschuldigungen waren nicht seine Stärke, und es kam ihm nur schwerlich über die Lippen. Nicht, weil er nicht daran glaubte, sondern weil es so ungewohnt war.
Perry warf ihm einen Seitenblick zu, dann reichte er dem Rothaarigen wortlos den Flachmann als Zeichen der Versöhnung. Moody griff danach und nahm einen Schluck. Schweigend saßen die beiden Männer da und beobachteten das Treiben auf dem verfallenen Gehöft. Die Männer und Frauen hier gingen ungerührt ihrer Arbeit nach, niemand schien groß Notiz von den beiden auf der Veranda zu nehmen.
„Auch von mir einen Glückwunsch an den Vater", durchbrach Perry das Schweigen und schlug Moody anerkennend auf die Schulter.
„Danke."
„Junge oder Mädchen?"
„Eine Tochter. Wir haben sie nach Fionas Mutter benannt. Arleen."
„Und, was sagt der Arzt?"
Moody lachte auf und sah Perry verschmitzt an:
„Wir haben keinen richtigen Arzt dabei. Alles, was wir können, ist, ein paar Verbände zu legen und so etwas. Was darüber hinaus geht, ist zu viel."
„Was für ein Zufall", murmelte Perry.
„Willst du vielleicht, dass ein richtiger Arzt einmal einen Blick auf deine Tochter wirft?"
„Das wäre wünschenswert", gab Moody zu.
Perry erhob sich und klopfte sich den Staub von den Kleidern.
„Ach, und Perry? Ich hätte auch noch jemandem mit einem gebrochenen Bein."
„Kaum reicht man dir den kleinen Finger, nimmst du gleich die ganze Hand, was?"

Nervös nestelte François an seiner Brille herum.
„Das war nicht Teil der Abmachung."

„Ich weiß. Und ich bedauere das. Aber was mich angeht, so halte ich mich an ein einmal gegebenes Wort. Und Station haben wir zugesagt, für Schutz zu sorgen. Immerhin ist die Siedlung wegen uns – und strenggenommen auch wegen dir – in Gefahr."
„Das ist nur Spekulation. Wir wissen doch nicht, ob Alexander mit seinen Söldnern wieder auftauchen wird", versuchte es der Gelehrte.
„Richtig. Aber Vermutungen sind hier nichts wert. Was zählt, ist, dass Station mit heruntergelassenen Hosen dastehen wird, wenn Alexander wirklich auftaucht. Und ich habe mein Wort gegeben, dafür zu sorgen, dass das nicht passiert."
„Und wenn wir in Yard versuchen, andere Söldner zu bekommen?"
„Das können wir natürlich. Nur kenne ich die nicht und weiß nicht, wie weit man ihnen trauen kann. Außerdem werden sie bestimmt ihren Preis haben", gab Eris zu bedenken.
„Moody und seine Leute machen das ja auch nicht umsonst", warf François ein.
„Du hast noch nicht viel mit Söldnern zu tun gehabt, oder? Normalerweise zahlst du einen Teil im Voraus, und wenn du Pech hast, brennen die damit durch, ohne einen Finger für dich krumm zu machen. Außerdem würde es uns mehr Zeit kosten. Es dauert noch ein paar Tage, bis wir in Yard sind, dann nochmal mehr, bis wir dort jemanden gefunden haben, und die müssen dann auch noch zurück nach Station marschieren."
François machte ein hilfloses Gesicht.
„Das sehe ich ein. Aber ich kann nichts versprechen, was wir nicht haben. Nahrungsmittel sind immer so eine Sache. Ausrüstung oder Waffen, davon sind unsere Lager voll, aber Nahrung kann ich nicht einfach so verschenken. Und wenn, dann habe ich das erst recht nicht zu entscheiden."
„Ich kann Moody schlecht mit irgendeinem Versprechen vertrösten. Hinterher verlässt er sich auf mich und dann entscheidet jemand bei euch, dass ihr doch nichts abliefern werdet."

„Eris, die Dinge sind, wie sie sind, was soll ich da groß machen?"
„Naja, nachdenken, schätze ich. Das ist doch deine Spezialität. Wir brauchen eine Lösung. Andernfalls müssen wir dich ab sofort allein weiterziehen lassen. Denn dann gehe ich mit den anderen zurück nach Station, egal, ob Alexander dort wieder auftauchen wird oder nicht. Das gehört sich einfach."
Eris mochte es nicht, dem Gelehrten zu drohen, aber ihm blieb kaum eine andere Wahl. Er war nicht bereit, womöglich eine ganze Siedlung den Rachegelüsten eines Offiziers auszuliefern, vor allem deshalb nicht, weil er nicht wusste, was sich auf den Datenspeichern befand. Letzten Endes schien François der einzige Ausweg zu sein.
Der Gelehrte kramte ein Notizbuch hervor und begann mit einem kleinen Bleistift zu kritzeln, hielt immer wieder mit einem angestrengten, konzentrierten Gesichtsausdruck inne, als er etwas im Geiste nachzuprüfen schien. Neugierig beobachtete Eris das Treiben des Mannes, auch wenn er daraus nicht wirklich schlau wurde. Kaum fünf Minuten später klappte François das kleine Buch wieder zu.
„Vielleicht gibt es doch eine Möglichkeit."
„Jetzt bin ich aber ganz Ohr, François."
„Was ist, wenn Moody und seine Leute Ausrüstung und Waffen anstatt Nahrungsmittel und Medikamente von uns bekommen?"
„Ich würde erstmal sagen, dass man aus einer Pistole im Winter keinen Eintopf machen kann, aber darauf willst du sicher nicht hinaus."
Der Gelehrte blinzelte irritiert und schien Eris' sarkastische Bemerkung erst einige Momente später zu begreifen.
„Ich meine natürlich als Tauschwaren", erklärte er.
„Ja, natürlich meinst du das. Könnte vielleicht gehen. Für ein paar Gewehre und Munition kann man schon ein bisschen was zusammen bekommen. Für mehr Gewehre und mehr Munition erhält man vielleicht genug, um ein ganzes Dorf versorgen zu

können. Es müsste nur sicher sein, dass die Sachen dann noch vor dem Herbst zu Moody kommen. Immerhin muss er dann ja noch ein paar Siedlungen abklappern und Tauschpartner finden."
„Die Zeit ist kein Problem. Es wird doch eh eine Karawane für Ian geben. Da hängen wir einfach noch ein paar Lasttiere an und schaffen die Ausrüstung so nach Station."
„Könnte funktionieren. Jetzt muss nur noch Moody überzeugt werden, die Idee gut zu finden."

Es war an Eris, die Verhandlung mit Moody zu einem glücklichen Ende zu bringen. Während Tyler zusammen mit François draußen auf der Veranda saß und den Geschichten des Gelehrten lauschte, vertrat Sal sich die Beine und sah sich das Gehöft genauer an. Perry hingegen war voll in seinem Element. Zuerst untersuchte er, zur Überraschung aller, das kleine Kind, dann wandte er sich der Verletzten zu und besah sich das gebrochene Bein. Moody und Eris saßen allein an der langen Tafel.
„Du kannst mir also weder Nahrung noch Medikamente noch warme Decken versprechen." Moody kratzte sich am Kopf. „Dafür aber eine bunte Auswahl an Waffen, Munition und anderer Ausrüstung?"
„Genau", antwortete Eris. „Es ist merkwürdig, aber an den Kram kommen wir besser ran als an das, was du eigentlich brauchst."
„Und verrätst du mir auch, wie du dieses Wunder anstellst?"
„Unser Begleiter – François – erzählte davon. So wie es aussieht, hat er da, wo er herkommt, eine Hand auf all den netten Spielsachen."
„Dann ist er Quartiermeister?"
„Sowas in der Art. Naja, um es kurz zu machen: Er hat zugesagt, dich und deine Leute mit dem Zeug zu versorgen. Damit habt ihr genügend Tauschware, um euch für den Winter einzudecken. Ich schätze sogar, dass ihr euch mit der ein oder anderen ordentlichen Flinte ausstatten könntet."

„Und was ist sein Wort wert?“, fragte Moody unumwunden.
„Sehr gute Frage. Für den Moment glaube ich ihm.“
„Das ist ja schön, Eris, aber Glaube kann keine leeren Mägen füllen. Was macht dich so sicher?“
„Mein Gefühl. Die jahrelange Erfahrung mit Leuten, die mich über den Tisch ziehen wollten. Und nicht zuletzt der Umstand, dass François zwar Spezialist auf seinem Gebiet ist, aber wahrscheinlich ein bisschen Angst vor mir hat.“
„Angst. Vor dir?“
„Ja, schwer vorzustellen, was? Ich muss wohl einen bleibenden Eindruck bei unseren ersten Gesprächen hinterlassen haben. Ganz davon abgesehen ist er auf uns angewiesen. Mittlerweile scheint er kapiert zu haben, dass es ein bisschen gefährlich ist, sich allein auf den Weg zu machen. Vor allem dann, wenn man Datenspeicher dabei hat, an denen schwer bewaffnete Kerle interessiert sind.“
„Du hast ihn erpresst?“, wunderte sich Moody.
„Kannst du so nicht sagen. Ich sagte ihm, dass die anderen und ich umdrehen und zurück nach Station gehen würden, wenn wir hier keine Lösung finden.“
„Und, würdest du das wirklich?“
Eris blickte auf und überlegte einen Moment. „Ich weiß es nicht einmal genau. Einerseits sind da diese Datenspeicher, auf denen irgendwas Wichtiges sein muss. Es juckt mich in den Fingern, herauszubekommen, um was es eigentlich geht. Aber auf der anderen Seite kann das alles nur Spinnerei sein – und dann haben wir ein paar Wochen vergeudet.“
Moody schüttelte den Kopf. „Das war nicht meine Frage, Eris.“
„Ach, Station, ja. Schwer zu sagen. Immerhin sind Alexander und seine Leute wegen uns nach Station gekommen. Ich kenne diese Art von Typen. Er steht auf Rache und Vergeltung. Wir haben ihn in Station gelinkt, und deshalb muss wahrscheinlich Station dran glauben, ganz egal, ob wir da sind oder nicht.“
„Das sind nicht gerade die besten Argumente, um mich davon zu überzeugen, dorthin zu gehen“, grinste Moody.

„Ich sage dir nur, wie es ist. Vielleicht taucht Alexander auch gar nicht wieder auf. Für mich sah es so aus, als stünde jemand hinter ihm, als würde er Befehle bekommen. Vielleicht schickt man ihn in eine ganz andere Richtung. Oder, was das Beste wäre, dafür, dass er wertlosen Schrott anstelle der Datenspeicher mitbringt, fällt er in Ungnade und ist nicht mehr länger unser Problem, weil ihn sein Auftraggeber über die Klinge springen lässt."
„Und selbst wenn er kommt, wie schlimm kann es denn schon werden? Die meisten meiner Leute sind nicht zum ersten Mal mit mir unterwegs, einige von ihnen schon seit fünf Sommern. Ich kann mich auf sie verlassen. Sie wissen, was zu tun ist, und werden diesem Alexander schon zeigen, dass sie die Finger von Station lassen sollen."
„Also machst du es?"
„Deine Beharrlichkeit sagt mir, dass es wichtig ist. Und wer wäre ich denn, wenn ich eine gute Chance ausschlagen würde. Es würde unserem Dorf gut tun, wieder mal die Hände an neue Ausrüstung zu bekommen. Davon abgesehen wird es wahrscheinlich einfach, das Zeug gegen alles, was wir brauchen, zu tauschen."
„Auf dich kann man sich also immer noch verlassen."
„Auf wen, wenn nicht auf mich?"

Moody geleitete die fünf am nächsten Morgen, nach einem schnellen, aber nahrhaften Frühstück, wieder zur Straße zurück. Auf der alten Straße kamen sie gut voran, und es schien, als würden sie ihr nächstes Ziel vielleicht sogar schneller erreichen können als zuerst angenommen. Einzig das Wetter konnte ihnen noch einen Strich durch die Rechnung machen.
Während es am Morgen ihres Aufbruchs angenehm war, zogen sich in den darauffolgenden Stunden immer mehr Wolken zusammen und türmten sich am Himmel auf. Am späten Nachmittag war nirgendwo mehr auch nur ein Fetzen blauer Himmel zu erkennen. Bis zum Horizont erstreckte sich eine trübe, graue Wolkendecke. Auch der Wind nahm zu und wandelte sich

von einer angenehmen, leichten und kühlen Brise zu einem stürmischen Rauschen und Pfeifen. Die Windböen jagten ungebremst über die grüne Ebene und machten das Vorankommen schwerer.

Ein Unwetter braute sich zusammen. Ohne dass es einer Aufforderung bedurft hätte, scherte Sal von der Gruppe aus und schlug sich in das Grün abseits der Straße. Die Schützin wusste nur zu gut, wie schlimm und gefährlich ein solches Unwetter werden konnte, wenn man es unter freiem Himmel erleben musste. Ein Unterschlupf musste noch vor Einbruch der Nacht her. Die Wetterfront wirkte zwar bedrohlich, doch einzig der Wind machte ihnen im Moment wirkliche Probleme. Sal wusste, wie schnell sich das ändern konnte – und wenn sich Sturzbäche aus dem Himmel ergossen und ein Weiterkommen unmöglich machen würden, wollte sie nicht auf der Straße festhängen.

Sie suchte die Umgebung ab, während sie sich so gut wie nur möglich parallel zur Straße und den anderen bewegte. Es bestand kein Zweifel daran, dass die Männer nicht in der Lage waren, im einsetzenden Dämmerlicht auch nur weiter als ein paar Meter zu sehen. Doch bei ihr war es anders. Ihre Augen waren bemerkenswert scharf und hatten mit wenig Licht weniger zu kämpfen. Natürlich war sie auch nicht in der Lage, in absoluter Dunkelheit etwas zu sehen – dann war sie genauso blind und auf ihre restlichen Sinne angewiesen wie jeder andere auch. Doch solange es noch ein wenig spärliches Licht gab, kam sie eigentlich gut zurecht. Dabei setzte sich ihre gute Wahrnehmung aus mehreren Elementen zusammen. Da war ihr ausgeprägtes Gefühl für Entfernungen, das Talent, Details auch nur bei einem schnellen und flüchtigen Blick zu erkennen, und der Umstand, dass sich ihre Augen schnell an die Lichtverhältnisse der Umgebung anpassen konnten. Zusammengenommen formte all das eine Gabe, die in einer Welt wie dieser unschätzbar wertvoll war. Oft genug waren es ihre Augen, die die anderen vor schwerwiegenden Fehltritten bewahrten. Durch Sals Talent war die kleine Truppe oftmals in der Lage, Ärger weitläufig zu umgehen oder ihn so frühzeitig zu erkennen, dass sie sich darauf einstellen konnten. Sie entdeckte Hinterhalte und Verfolger oft, bevor diese sich zu einem ernsthaften Problem entwickeln konnten, auch wenn sie natürlich nicht unfehlbar war.

Sal blieb stehen und betrachtete ihre Umgebung angestrengt. In der Nähe erhoben sich ein paar vereinzelte Sträucher und einige Baumgruppen, aber das war nicht das, was sie suchte. Es ging darum, ein Dach über dem Kopf zu haben, wenn das Unwetter losbrechen würde. Dabei war es wieder mal einer dieser ironischen Momente. Über den Tag hinweg waren sie immer wieder an verfallenen Häusern, links und rechts von der alten Straße verstreut, vorbeigekommen. Doch mit dem einsetzenden Abend verschwanden diese Zeichen aus der Zeit DAVOR. Ganz so, als hätte es niemals Bewohner dieser Region gegeben. Lediglich der brüchige Asphalt der Straße, die unleserlichen Straßenschilder und die vereinzelten Autowracks erinnerten an die Zivilisation. Notfalls könnten sie wahrscheinlich auch in einem alten Autowrack Zuflucht vor dem Unwetter finden, aber diese Lösung war nicht optimal. Zu fünft wurde es darin ungemütlich eng, wenn sie nicht gerade das Glück hatten, einen alten Sattelschlepper zu finden. Doch sie erspähte nirgendwo die Überreste eines LKWs.

In der Ferne wurde der Himmel von einem Blitz erhellt. Sal schloss die Augen und zählte die Sekunden, bis das Donnern heranrollte. Sie kam bis zwanzig, dann wogte der Donner über die Ebene hinweg. Das waren etwa sechs Kilometer, die sie noch von dem Unwetter trennten, und in Anbetracht des immer kräftiger wehenden Windes eine geradezu lächerliche Distanz. Es wurde höchste Zeit, dass sie etwas fand.

Gerade hatte sie sich mit dem Gedanken abgefunden, dass sie wohl tatsächlich in irgendeinem engen Autowrack Zuflucht suchen mussten, da erspähte sie etwas im Halbdunkel, einige Meter entfernt. Neugierig machte sie ein paar Schritte und erkannte die Grundmauern eines Hauses aus der Zeit DAVOR. Ein Feuer musste hier schon vor Jahren ganze Arbeit geleistet haben,

und so war, abgesehen von einigen rußgeschwärzten Steinen und verkohlten Balken, nichts übrig, was ihnen hätte Schutz bieten können. Die Schützin wollte sich schon abwenden zurück zur Straße, da fiel ihr an einer Seite der Ruine ein Treppenansatz auf. Offenbar ein Kellereingang. Sal ließ es auf einen Versuch ankommen und lächelte zufrieden, als sie sah, dass die Stufen tatsächlich noch intakt waren und in die Dunkelheit unter der Ruine führten. Ohne zu zögern, zog sie zwei große Knicklichter hervor, brach sie auf und warf sie die alten Treppenstufen hinab in die Dunkelheit.
Im schwach fluoreszierenden Licht sah sie einen kleinen Kellerraum. Längst vergessenes Gerümpel stand kreuz und quer im Raum verteilt, dazu mischte sich der Schmutz der Jahrzehnte. Es war sicherlich kein Hauptgewinn, aber das Beste, was sie in diesem Moment finden konnte. Nachdem sie bei einer ersten oberflächlichen Überprüfung nichts finden konnte, das ihre Alarmglocken zum Schrillen brachte, stieg sie die Treppen wieder hinauf und eilte Richtung Straße, während es zu regnen begann.

„Wollen wir hoffen, dass das Kellerloch nicht mit Wasser vollläuft und wir hier elendig ersaufen." Eris mühte sich mit einem großen Stück Wellblech ab, das er in der Ruine gefunden hatte. Vorsichtig stieg er rückwärts die nassen Stufen herunter, während er versuchte, das Wellblech so vor den Kellereingang zu ziehen, dass es den Regen abhalten würde.
Wirklich zufrieden war er mit dem Ergebnis seiner Arbeit nicht, aber besser bekam er es nicht hin. Draußen tobte mittlerweile das Unwetter und der Regen trommelte krachend gegen das Stück Wellblech. Der Wind war stärker geworden und drang heulend durch die Ritzen. Irgendwie war es ihm gelungen, das Stück so festzuklemmen, dass der Wind es nicht wegriss.
Im spärlichen Schein einiger Knicklichter versuchten die anderen derweil, in dem kleinen Kellerraum ein wenig Platz zu schaffen, und schoben das Gerümpel und den Dreck so weit wie

möglich beiseite. Hier unten würden sie wahrscheinlich von den schlimmsten Auswirkungen des Unwetters verschont bleiben, doch ihre Tiere hatten weniger Glück. Es war ihnen nichts anderes übriggeblieben, als den alten Gaul und das Muli im strömenden Regen anzubinden und zu hoffen, dass sie das Gewitter in einem Stück überstehen würden.

Der Kellerraum maß nur ein paar Quadratmeter und das Gerümpel und der Dreck machten die Platzverhältnisse nicht gerade besser – auch wenn sie sich redliche Mühe gegeben hatten, alles in eine Ecke des Raumes zu schieben, viel Platz hatten sie hier unten nicht. Aber es reichte, um sich auszustrecken und dabei nicht auf jemand anderem liegen zu müssen.

Eris bezog Platz in der Nähe eines Knicklichts, doch das half wenig. Die schummrige Dunkelheit machte ihm zu schaffen und so begnügte er sich damit, sich in der Nähe der Treppe auszustrecken und ein wenig Schlaf zu suchen.

Abgesehen von der Zubereitung des Abendessens, um das sich Perry kümmerte, gab es hier unten schlichtweg nichts zu tun.

Während Perry sich mit dem kleinen Gaskocher abmühte, stieg Sal umständlich über die anderen und ihr Gepäck hinweg und krabbelte zum vor sich hindösenden Eris unter die Decke. François schien mit sich selbst und seinen Gedanken beschäftigt, während Tyler immer wieder mit einer Mischung aus Faszination und Aufregung zur Kellertreppe blickte. Es war das erste Mal, dass er ein solches Unwetter abseits einer Siedlung erlebte.

Vorsichtig stieß er seinen beschäftigen Onkel an und flüsterte: „Stimmt das, was Eris gesagt hat? Können wir hier absaufen?"

Perry blickte von dem kochenden Topf auf und zuckte einmal mit den Schultern.

„Na, wir sitzen in einem Keller. Das ist nichts anderes als ein Loch im Boden, Junge."

„Also kann das hier wirklich volllaufen?"

„Durchaus."

Tyler beunruhigte die Vorstellung, doch Perry schien ganz ungerührt.

„Aber ist das nicht gefährlich?"
„Wäre es dir lieber gewesen, dieses Dreckswetter im Freien zu ertragen? Glaub mir, unter unserer Zeltplane wäre es ganz schnell ungemütlich geworden." Perry rührte in dem Topf und schmeckte das, was er da fabrizierte, einmal ab. „Dann lieber ein Dach über dem Kopf und die Gefahr in Kauf nehmen. Außerdem werden wir es schon merken, wenn der Keller vollläuft."
Tyler schien nicht ganz überzeugt und blickte hinüber zur Treppe, wo einige Rinnsale an dem Wellblech vorbei die Treppe hinabflossen.
Perry bemerkte den Blick des Jungen und schüttelte den Kopf, währen er ihm aufmunternd auf die Schulter klopfte.
„Das ist gar nichts. Wenn es laufen sollte wie ein Bach, dann müssen wir uns Gedanken machen."
Der Junge sah seinen Onkel an und nickte dann zögerlich. Immerhin hatte der Arzt schon das eine oder andere Unwetter überstanden.
„Wie lange wird es wohl dauern?", flüsterte er und blickte zur Decke.
„Junge, du gibst wohl nie Ruhe, was? Es kann nur ein paar Stunden dauern und morgen früh schon wieder verschwunden sein. Oder es kann ein paar Tage dauern. Je länger es dauert, umso größer ist die Chance, dass der Keller wirklich vollläuft und wir nass werden."
„Was machen wir dann?"
„Wie ich schon sagte, ersaufen werden wir bestimmt nicht. Dann müssen wir eben raus ins Freie. Das kann unangenehm werden. Das Schlimmste daran ist eigentlich, dass du bis auf die Knochen durchnässt wirst. Deine Kleider halten dich dann nicht mehr warm. Und schlimm wird es auch, wenn die Ausrüstung zu viel Wasser abbekommt. Die Munition sollte nicht nass werden – das Wichtigste sind aber die Vorräte. Wenn die Wasser ziehen, dauert es nicht lange, bis sie verderben. Und es ist noch ein Stück bis Yard."
Perry bemerkte das verunsicherte Gesicht des Jungen.

„Keine Angst, wir werden dann schon nicht verhungern. Sal wird schon etwas Essbares vor die Flinte bekommen. Nur möchte ich mich darauf nicht verlassen müssen. Ich habe hier in der Ebene weniger Viecher gesehen als noch im Wald. Außerdem ist das immer so eine Sache. So ein Tier kann irgendeine üble Krankheit haben."

Der Arzt bemerkte, dass er mit seinen Erzählungen nicht unbedingt Zuversicht in Tyler säte, und biss sich auf die Unterlippe, bevor er weitersprach.

„Weißt du, wir haben hier draußen nicht die Möglichkeit, so ein Viech richtig zu zerlegen. So genau habe ich da keine Ahnung von, da müsstest du 'nen Fachmann fragen. Aber ich erinnere mich an eine Reisegruppe, die wir vor ein paar Jahren nach dem Winter getroffen haben."

Wieder schmeckte er das ab, was er kochte, schien sichtlich zufrieden und drehte die Flamme des kleinen Gaskochers herunter.

„Sie waren eingeschneit, abgeschnitten von der Außenwelt. Sowas kann immer vorkommen. Aber der Winter war ungewöhnlich lang und hart, sodass ihnen irgendwann die Vorräte ausgingen. Sie hatten genug Brennstoff, um Schnee zu schmelzen und an Wasser zu kommen, aber das macht ja nicht satt. Als sie die Kräfte verließen und die Rationen kleiner wurden, machten sich die beiden Kräftigsten auf, um draußen in Eis und Schnee ein Tier zu schießen. Haben dabei auch Glück gehabt und einen stattlichen Wolf vor die Flinte bekommen. Sie nahmen ihre Beute mit zu den anderen, und dort machte man sich natürlich daran, das Vieh zu schlachten. Das Überleben schien sicher."

Perry zog den Flachmann aus seiner Tasche und genehmigte sich einen Schluck. Der Alkohol vertrieb das klamme Gefühl aus den Knochen.

„Doch ein paar Tage, nachdem sie die ersten Brocken verspeist haben, fing es auch schon an. Der erste von ihnen klagte über Schmerzen in den Beinen, konnte irgendwann nicht mehr aufstehen. Kopfschmerzen, Übelkeit, Erbrechen, Durchfall, die ganze Palette. Und bei dem einen sollte es nicht bleiben. Nach und nach zeigte auch der Rest der kleinen Truppe ähnliche Zeichen. Einer von ihnen verlor sogar das Augenlicht. Keiner von ihnen war Arzt, und Medikamente hatten sie auch kaum dabei. Muss schlimm gewesen sein, das Gefühl, sich irgendeine Pest eingefangen zu haben und gleichzeitig die Gewissheit haben, sich selbst nicht helfen zu können. Irgendwann kam das Fieber und dem Fieber folgte, unter den unzureichenden Umständen, schnell der Wahnsinn. Es muss die Hölle gewesen sein."

Perry schloss die Augen und ließ vor seinem geistigen Auge die Bilder wieder aufleben.

„Als der Schnee zu schmelzen begann, fanden wir sie. Keiner von ihnen schien wirklich in der Lage, mehr als noch ein paar Meter zu laufen, zwei von ihnen waren verstorben, ein weiterer war kurz davor, den Löffel abzugeben. Sie waren wahnsinnig, brabbelten etwas von Verrat, von Dieben, von Monstern. Einer von ihnen wollte sogar mit einer Waffe auf uns losgehen."

Tyler folgte den Erzählungen seines Onkels gespannt, hing förmlich an seinen Lippen.

„Und? Was war passiert?", platzte es aus ihm heraus.

„Hmpf. Damals hatte ich noch keine Ahnung. Ich hatte sowas noch nie gesehen. Ich wusste mit Schussverletzungen umzugehen, Knochen zu richten und solche Dinge, aber das war etwas anderes. Es gelang uns, die Überlebenden ruhig zu stellen, und so hatte ich Zeit, mir einen der Toten anzusehen. Das kalte Wetter hatte ihn gut konserviert, aber es war natürlich eine recht unangenehme Veranstaltung. Aber sie hat sich gelohnt. In seinem Körper fand ich Larven und Würmer. Parasiten. Eier. Es war so, als wäre der Kerl zu einer Brutkolonie dieser verdammten Viecher geworden und letzten Endes an ihnen krepiert."

Tyler verzog angeekelt das Gesicht und Perry lächelte spöttisch.

„Haargenau das Gesicht machte ich damals auch – und wie Eris und Sal geschaut haben, kannst du dir vorstellen. Wie ich schon sagte, es war nicht gerade angenehm. Aber es brachte mich weiter. Denn so wusste ich, was die anderen befallen hatte und konnte entsprechend dagegen angehen."

„Und was macht man dagegen?", wollte Tyler wissen.

„Man braucht die richtigen Medikamente. Nicht, dass wir die damals dabei gehabt hätten. Aber unsere Vorräte reichten aus, um die Überlebenden so weit zu stabilisieren, dass wir sie in die nächste Siedlung schleppen konnten. Dem Arzt dort beschrieb ich, was ich herausgefunden hatte, und er wusste, welche Medikamente man einsetzen musste. Wir verscherbelten die Ausrüstung der Überlebenden, um ihnen die Medikamente zu besorgen und unsere Ausgaben wieder hereinzuholen. Ein paar von den Tableten nahmen wir für unsere Vorräte, nur für den Fall. Wie auch immer, sie kamen wieder auf die Beine. Waren nicht besonders glücklich darüber, ohne Ausrüstung in einer Siedlung gestrandet zu sein, aber immerhin waren sie noch am Leben."

„Und woher kamen die Viecher?"

Tylers Neugier war geweckt.

„Die Parasiten? Naja, ich sagte ja, ich hatte damals nicht wirklich Ahnung, dafür aber der Kollege, den wir in der Siedlung fanden. Es hat mich ein bisschen Überzeugungsarbeit und ein paar Tauschgegenstände gekostet, aber er ließ mich an seinem Wissen teilhaben. Der Grund waren Larven im Fleisch des Tiers. Das Tier selber scheint resistenter gegen diese Larven gewesen zu sein als ein Mensch. In dem Moment, in dem du infiziertes Fleisch isst, können die Dinger aber in deinen Körper geraten und sich dort festsetzen."

„Stecken diese Larven in jedem Tier?"

„Keine Ahnung. Meistens reicht es, wenn du das Fleisch richtig lange zubereitest und erhitzt. Das tötet die Larven ab. Ich habe aber auch schon von Fällen gehört, wo das nicht geholfen hat. Die Larven müssen besonders resistent sein. Es ist also keine absolute Sicherheit."

„Aber wenn das so gefährlich ist, warum verlässt du dich dann auf Vorräte aus den Siedlungen?"

„Weil so eine Erkrankung in einer Siedlung sicher auffallen würde. Du musst dich halt ein bisschen umhören, bevor du deine Vorräte aufstockst. Solange es keine Geschichten gibt, die dich an meine erinnern, stehen die Chancen gut. Und jetzt weck die anderen, Essen ist fertig."

Eris saß mit dem Rücken an der klammen Kellerwand. Die Knicklichter waren schwächer geworden und außer trüben, nebligen Schlieren sah er so gut wie nichts. Der Regen hämmerte noch immer gegen die improvisierte Tür aus Wellblech und die Rinnsale waren zu einer beachtlichen Pfütze am Fuß der Treppe zusammengeflossen. Das alles konnte er freilich nicht sehen, lediglich eine unbedachte Bewegung mit seinem Bein hatte dafür gesorgt, dass sein Knie mitten in der Pfütze gelandet war. Als er sich vergewissert hatte, dass es sich tatsächlich nur um eine Pfütze gehandelt hatte, war er wieder in seine Position zurückgesunken.

Hier Wache zu halten war eine Herausforderung, die wirklich alles von ihm abverlangte. Er konnte nicht aufstehen und ein paar Meter gehen, um die Müdigkeit aus den Knochen zu bekommen, und die schummrige Dunkelheit, die ihn umgab, verlockte schnell dazu, die Augen einfach zu schließen. Schon mehrmals hatte er sich dabei ertappt, wie er ein paar Sekunden – vielleicht auch Minuten – eingenickt sein musste. Doch so sehr er auch versuchte, seinen Geist wach zu halten, es gelang ihm nur schwer. Die abgestandene, verbrauchte Luft in dem kleinen Keller tat ihr Übriges. Immer wieder massierte er sein Gesicht, griff in die Pfütze und versuchte, mithilfe des kalten Regenwassers wach zu bleiben, doch es war ein schwerer Kampf. Er fragte sich, welchen Sinn es überhaupt machte, bei diesem miesen Wetter Wache zu halten. Egal, was dort draußen unterwegs sein mochte, es hatte sich wahrscheinlich genau wie sie irgendwo verkrochen. Niemand, der klaren Verstandes war, würde bei diesem Unwetter im Freien herumlaufen, schon gar nicht mitten in der Nacht. Als er sich bei diesen Gedankengängen erwischt, trieb er sie immer wieder in die hinterste Ecke seines Verstandes. Seine Erfahrung lehrte ihn, dass in einer Welt wie dieser alles möglich war. Ein Unwetter, so schwer es auch sein mochte, hielt niemanden auf, der es wirklich darauf anlegte. Zwar wusste er nicht, ob sie überhaupt verfolgt wurden, aber das war an diesem Punkt völlig irrelevant. Sich dem Schlaf hinzugeben, bedeutete gleichzeitig, seine Kameraden einer großen Gefahr auszusetzen.

Er verlagerte sein Gewicht, streckte seine Glieder und versuchte so, wach zu bleiben. Wenn er sich konzentrierte, konnte er über das Prasseln des Regens hinweg die anderen atmen hören. Sie schliefen alle seelenruhig. Vorsichtig berührte er Sal, die sich zu ihm unter die Decke gelegt hatte, an der Schulter und weckte sie. Sal sagte nichts, aber er bemerkte, wie sich ihr Körper anspannte.

„Sal?", flüsterte er.

„Was ist los?", fragte sie, wobei sie erstaunlich wach klang.

Er schwieg, wusste nicht genau, wo er ansetzen sollte. Jetzt fiel ihm auf, dass er sie instinktiv geweckt hatte, ohne sich wirklich im Klaren darüber zu sein, was er sagen sollte. Sein Herz begann zu schlagen. Eigentlich wusste er doch ganz genau, warum er sie geweckt hatte. Er wusste nur nicht, wie er es beginnen sollte.

„Hast du was entdeckt?", fragte sie, als er nicht antwortete, und setzte sich geräuschlos auf.

Eris schüttelte den Kopf, während in seinen Gedanken hunderte von Möglichkeiten kreisten, das Gespräch zu beginnen. Doch er konnte sich nicht konzentrieren, sich nicht für eine Möglichkeit entscheiden.

„Was ist denn?", flüsterte sie.

„Ich … ach verdammt", murmelte Eris.

Er kam sich in diesem Moment wie ein kleines Kind vor. Mehrfach in seinem Leben hatte er brenzlige Situationen erlebt, hatte dem Tod buchstäblich ins Auge gesehen. All das war Routine, all das brachte ihn kaum noch aus der Ruhe. Aber wenn er hier bei ihr saß, dann fiel es ihm schwer, seine Gedanken zu ordnen und die richtigen Worte zu finden.

„Eris, ich habe vorhin Wache geschoben und wollte die letzten paar Stunden der Nacht noch genießen."

Sie klang gereizt.
„Ja, ich weiß. Wahrscheinlich wäre es besser gewesen, dich schlafen zu lassen."
„Super. Hast du aber nicht. Sagst du mir jetzt, warum?"
„Es … ich … ich wollte über uns sprechen …", stammelte Eris und merkte, wie ihm die Röte ins Gesicht schoss.
„Du bist ein Idiot. Anstatt mir noch ein paar Stunden Schlaf zu gönnen, weckst du mich deswegen", murmelte sie, offensichtlich weniger verärgert, und kuschelte sich wieder an seine Brust.
„Ich …", begann er. Schon wieder hatte er den Faden verloren. Die Worte waren da, aber sie wollten nicht über seine Lippen.
„Was? Willst du mir erzählen, dass du gleich an Herzversagen sterben wirst?", kicherte sie, mit dem Ohr an seiner Brust. Erst jetzt bemerkte er das rasende Pochen seines Herzens und lächelte verlegen.
Je länger es dauerte, desto verlorener kam Eris sich vor. Was konnte denn im schlimmsten Fall passieren? Sie konnte verneinen, und vielleicht würden wieder einige Wochen eisige Stimmung zwischen ihnen einziehen. Er glaubte, hoffte, dass sie sein zaghafter Vorstoß nicht so weit bringen konnte, dass sie gehen würde. Aber wie es auch kommen würde, immerhin hätte er dann Gewissheit. Wüsste, woran er war. Und das war in allen Fällen besser als die Situation, in der er sich jetzt befand.
„Sal, wir beide …", begann er wieder.
„Eris, ist das wahr? Du bist doch sonst nicht auf den Mund gefallen", neckte sie und stupste ihn in die Seite. „Ich glaube es nicht. Der gestandene Eris, ansonsten kühn, todesmutig und gewitzt, klappt vor einer Frau zusammen?" Sie kicherte weiter, und Eris bemerkte, wie sein dürftiger Mut ein Stück weiter in sich zusammensank.
„Sal, ich …", begann er wieder, brach ab und holte Luft. „Ich liebe dich", brachte er hervor. Nun war es heraus.
„Ich weiß", flüsterte sie und schmiegte sich enger an ihn.
„Und?", brachte er atemlos hervor, als eine weitere Reaktion von ihr ausblieb.

„Ich hatte schon vermutet, dass du niemals mit der Sprache herausrücken würdest, du Idiot."
„Das letzte Mal …", setzte Eris an.
„Das letzte Mal liegt mehr als ein Jahr zurück. Dinge ändern sich."
„Aber du bist ausgerastet, hast ein paar Wochen lang nicht mit mir gesprochen. Ich hatte Angst, du würdest uns verlassen und dich auf eigene Faust durchschlagen."
„Ich sage ja, Dinge ändern sich. Du hast damals ein verflucht schlechtes Timing gehabt."
Er legte verwirrt die Stirn in Falten.
„Was? Wie meinst du das?"
„Ein paar Tage davor waren wir in dieser Siedlung. Jefferson war es, glaube ich."
Eris nickte knapp. Er erinnerte sich gut daran.
„Du hast mich und Perry dort immer wieder verlassen und bist allein losgezogen. Hast ein großes Geheimnis aus dem gemacht, was du vorhattest."
Langsam, aber sicher klärte sich der Nebel vor Eris Augen. Stück für Stück begann sein Geist zu realisieren, warum Sal damals so reagiert hatte. Was sie gesehen haben musste und was sie falsch verstanden hatte.
„Es gab nicht viel Ablenkung für mich in Jefferson, und da bin ich dir einmal hinterher gestiegen. Du bist schleunigst zu dieser anderen Frau. Ihr habt so vertraut gewirkt, so nah …" Sals Stimme wurde leiser.
„Natürlich haben wir das", sagte Eris tonlos.
„Ja verdammt. Ich habe gesehen, dass du eine andere hast. Und ein paar Tage später fragst du mich, wie es mit uns wäre."
Eris stöhnte auf.
„Sal, die Frau war Dana. Und sie ist meine Schwester."
Sal ruckte hoch und betrachtete ihn im Halbdunkel. Während er kaum mehr als verschwommene Konturen wahrnahm, musste sie fast jedes Detail seines Gesichtes erkennen können.
„Das ist ein Witz", stammelte sie.

„Nein. Und auch keine Ausrede. Wenn du mir nicht glaubst, kannst du sie ja fragen. Ich hatte eh vor, im kommenden Herbst wieder nach Jefferson zu gehen und dort den Winter zu verbringen."
Diesmal war es Eris, der lächelte. Offensichtlich kam nun endlich Licht in die Angelegenheit.
„Aber du hast nie von ihr erzählt", bemerkte Sal.
„Ich habe wenig von meiner Familie erzählt", entgegnete Eris knapp.
Beide starrten sich in der Dunkelheit an, dann begannen sie fast gleichzeitig zu lachen.
„Also, was ist nun?", fragte er, als sie wieder zu Luft gekommen waren.
„Verflucht nochmal. Ja. Natürlich. Ich liebe dich."
Sal schob ihren Kopf vor und ihre Lippen berührten sich. Zum ersten Mal wussten beide, woran sie bei diesem Kuss waren.

+++

Jonathan Banner blickte auf die Datenspeicher, die fein säuberlich auf dem massiven Schreibtisch vor ihm aufgereiht waren.
„Was zum Teufel soll das sein?", zischte er.
Alexander straffte sich, den Blick geradeaus. „Das sind die Datenspeicher, General Banner."
„Das ist ein schlechter Witz, oder?" Jonathan blickte auf und sah den glatzköpfigen Mann eindringlich an.
Alexander erwiderte seinen Blick nicht und starrte weiter an die Wand hinter dem Schreibtisch. „Keineswegs. Das sind die zehn Datenspeicher, die wir beschaffen sollten, Sir."
„Das?" Jonathans Stimme war zu einem Flüstern geworden, bevor er bei den nächsten Worten förmlich explodierte und mit unbändiger Gewalt auf den großgewachsenen Söldner einschlug.
„Das ist nichts anderes als Schrott! In jedem Computer kannst du diesen Schrott finden!"

Alexander war irritiert, wandte seinen Blick aber nicht ab und behielt Haltung. „Sir, das sind die Speicher, die Sie uns beschrieben haben."
„Komm ja nicht auf die Idee, mir deinen Fehler in die Schuhe schieben zu wollen", knurrte der General.
Er nahm wahllos einen Speicher aus der Reihe und hielt ihn hoch.
„Ich habe dir die Speicher genau beschrieben. Ich habe dir sogar ein Bild von ihnen gegeben. Wieder und wieder habe ich dir erklärt, nach was du suchen musst. Und du hast es nicht in deinen Schädel bekommen!"
Jonathan schritt um den Tisch herum und baute sich vor dem Söldner auf. Er war mindestens einen Kopf kleiner als der Mann und bei weitem nicht so muskulös gebaut. Überhaupt machte er keinen trainierten Eindruck. Dafür hatte er eine Präsenz, der man sich nicht entziehen konnte. Seine grünen Augen waren kalt und bösartig, und niemand hatte diesem durchdringenden Blick bisher standhalten können. Es war, als könne er bis auf den Grund der Seele schauen, als könne er allein mit seinem Blick die intimsten Geheimnisse, die größten Schwächen und die Ängste seines Gegenübers sehen. Dieses Gefühl war allgegenwärtig, und es schien nichts zu geben, das man ihm hätte entgegensetzen können. Seine Stimme kannte viele Nuancen – und er wusste sie genauso einzusetzen, wie es ihm in diesem Moment dienlich war. Mal konnte sie umschmeicheln und loben, mal klang sie wie die zornige Stimme eines Gottes, schmetterte nieder und konnte Menschen zum Erzittern bringen. Vor ihm hatte man Angst. Und ihm folgte man.
Er schob den Datenspeicher in das Sichtfeld des Söldners.
„Sag mir, was du siehst."
Alexander spulte seinen Text ab.
„Einen Datenspeicher aus der letzten Generation. Die Baureihe gab es erst wenige Jahre vor der Katastrophe. Große Speicherkapazität, robuste und widerstandsfähige Verarbeitung. Es handelt sich um einen optischen Speicher mit einer MTTF von prognos-

tizierten einhundert Jahren Haltbarkeit bei korrekter Handhabung."
Jonathan lächelte kühl. Seine zweite Hand kam hervor und tätschelte die Wange des Offiziers wie die eines kleinen Kindes. „Wunderbar. Du hast dir also wortgenau gemerkt, was ich dir gesagt habe."
Alexander sagte nichts, und Jonathan schob den kleinen Datenspeicher langsam an das Auge des Söldners heran.
„Und was habe ich dir noch gesagt?"
Mechanisch wiederholte Alexander das, was er sich gemerkt hatte. „Es handelt sich um portable Speicher, die man beliebig zwischen den Schnittstellen verschiedener Computer austauschen kann. Das Design ermöglicht eine Anwendung mit nahezu allen damals gängigen Geräten." Auch wenn er sich Mühe gab, war ein leichtes Zittern seiner Stimme nicht zu überhören.
„Und was siehst du hier? Am unteren Ende?"
„Dort sind Löcher, Sir."
„Und wo mögen die herkommen?"
„Ich habe keine Ahnung, Sir."
Jonathan hielt den Datenspeicher nun nur noch wenige Millimeter von dem Auge des Mannes entfernt.
„Dann schau genau hin."
„Es sind Gewinde, Sir."
Jetzt war das zittern der Stimme wirklich nicht mehr zu überhören. Alexander bemühte sich, nach außen ein standfestes Bild zu präsentieren, aber eine einzelne Schweißperle trat ihm auf die Stirn und rann verräterisch zwischen seinen Augen hinab.
„Und was bedeutet das?"
„Dass dieser Datenspeicher ein festes Bauteil eines Computers gewesen sein muss, Sir."
„Und warum fällt dir das erst jetzt auf?" Jonathans Stimme war nicht mehr sanft, sondern brutal und gewalttätig, er brüllte Alexander direkt ins Ohr. Der große Mann zuckte zusammen.
„Ich habe nicht darauf geachtet, Sir."
„Und?"

„Es war folglich mein Fehler."
„Siehst du, war doch gar nicht so schwer." Jonathans Stimme hatte wieder eine normale Lautstärke angenommen, wieder tätschelte er dem Söldner die Wange. Der General ließ den Arm sinken, schloss die Finger um den Datenspeicher und blickte nachdenklich auf seine Faust.
„Du hast dich also hinters Licht führen lassen. Von ein paar Kerlen, die deiner Meinung nach keine Ahnung davon hatten, was sie da in den Händen hielten. Ganz offensichtlich hatten sie sie doch."
Er schritt um den Schreibtisch herum und ließ den wertlosen Datenspeicher achtlos auf die Tischplatte fallen, dann setzte er sich in den massiven Ledersessel.
Die Kieferknochen des glatzköpfigen Offiziers mahlten, als wolle er dem etwas entgegensetzen, doch seine Lippen brachten keinen Ton hervor.
„Du hast es verbockt. Und du wirst es wieder in Ordnung bringen."
„Geben Sie mir zwanzig Mann und ich mache diese Siedlung dem Erdboden gleich, Sir."
Jonathan zog die Augenbraue hoch und betrachtete den Söldner. „Nicht, dass ich dein Engagement nicht schätzen würde, aber was soll uns das bitte helfen?"
„Wenn sie noch dort sind, dann werde ich sie finden. Und wenn nicht, dann werde ich die Antworten von den Siedlern bekommen."
„Oh, ich bezweifle nicht, dass du das könntest. Aber ich bezweifle, dass unsere Freunde noch dort sein werden. Sie scheinen zu wissen, wie wertvoll die Datenspeicher sind. Es gibt wenige funktionierende Computer in der Region. Wenn sie schlau sind, dann haben sie sich auf den Weg zu einem gemacht."
Er hielt inne und fegte mit einer Bewegung die wertlosen Datenspeicher von der Tischplatte. Darunter kam eine Karte zum Vorschein. Jonathan studierte sie angestrengt. Nach einigen Minuten blickte er wieder auf.

„Die Terminals, von denen wir wissen, kontrollieren wir auch. Wenn sie auf dem Weg dorthin sind, laufen sie uns in die Arme. Vielleicht stimmen die Geschichten aber auch und wir haben all die Jahre etwas übersehen."
„Das Institut, Sir?"
„Ich habe nie viel darauf gegeben. Die Akten sind verloren oder schon in der Zeit DAVOR geschwärzt worden. Nach allem, was wir wissen, ist es schon ein Jahrzehnt vor der Katastrophe aufgegeben worden. Mein Vater allerdings war besessen von der Geschichte. Er hat lange geforscht und gesucht und glaubte sogar, den Standort gefunden zu haben. Er war da. Ich war da. Es gibt ein paar alte Gebäude, alles verfallen und längst aufgegeben. Keine Spur von Bewohnern oder irgendwelcher Technik."
Nachdenklich trommelte Jonathan mit seinen Fingern auf der Karte.
„Vielleicht sollten wir dem noch einmal nachgehen."
„Sir, ich werde sofort alles veranlassen, um …"
Jonathan unterbrach den Offizier mit einer raschen Handbewegung.
„Nein. Du wirst dich nicht darum kümmern. Ich gebe dir zwanzig Mann und die nötige Ausrüstung. Und du wirst diese Siedlung dem Erdboden gleichmachen. Es wird nicht mehr lange dauern, bis wir über dieses Gebiet hier herrschen. Setz ein Zeichen unserer Ankunft, sorge dafür, dass alle erfahren, was mit denen passiert, die sich uns in den Weg stellen."
Alexander salutierte.
„Jawohl, General Banner, Sir!"
„Du kannst gehen. Ach, und schick mir deinen Späher. Ich habe das Gefühl, ich werde seine Fähigkeiten jetzt viel mehr brauchen als deine. Wollen wir hoffen, dass er mich nicht genauso enttäuscht wie du. Und jetzt verschwinde und wasch deinen Namen rein."

„Was ist denn so besonders an Yard?“ Tyler blickte Eris fragend an, während sie weiter über die alte Straße nach Norden zogen. Am Horizont waren die Lichter einer großen Siedlung zu erkennen.
„Yard? Es heißt, du musst dagewesen sein, um es zu glauben“, meinte Eris.
Der Junge verzog das Gesicht. „Das hilft mir kein Stück.“
„Ja, ich weiß. Ich wollte nur einmal das sagen, was man mir immer gesagt hat, bevor ich das erste Mal nach Yard kam.“
Eris kniff die Augen zusammen und spähte in Richtung der Lichter. Heute Nacht würden sie das letzte Mal in der offenen Ebene lagern müssen, doch morgen sollten sie die Siedlung endlich erreichen.
„Wo soll ich da anfangen? Am besten wohl beim Namen. Yard ist wie so oft eine Verkürzung des eigentlichen Namens. Der ist in der Zeit DANACH schnell in Vergessenheit geraten, aber auf ein paar von den alten Schildern hier kannst du es noch lesen, wenn du dich anstrengst. Das, was ich entziffern konnte, war ‚Classification Yard‘, aber da gehört wohl mindestens noch ein Wort davor. Ist aber auch nicht so wichtig. Wie ich es verstanden habe, war das ein Ort, an dem die Züge zusammengestellt wurden, je nachdem, welche Aufgabe man für sie vorsah.“
„Züge? Wie der, in dem wir die Nacht verbracht haben?“
„Ja, genau. In Yard stellte man in der Zeit DAVOR die Züge zusammen, bevor die Reise weiterging. Dabei scheint der Ort so eine Art Treffpunkt, eine Drehscheibe gewesen zu sein.“
Tyler sah Eris fragend an, konnte er doch wenig mit der Erklärung anfangen.
„Ganz einfach“, setzte Eris weiter an. „Yard ist ein riesiger Ort. Aber alles dort scheint nur mit Zügen zu tun gehabt zu haben. Verstehst du? Keine Wohnhäuser, nichts, was darauf schließen lässt, dass in der Zeit DAVOR Menschen dort gelebt haben. Es gibt auch keine große Fabrik in der Nähe, für die man die Züge vielleicht gebraucht hat. Dafür kommen von überall her Schienen nach Yard. So als ob es eine Zentrale gewesen wäre. Die Zü-

ge starten irgendwo, fahren nach Yard, werden dort mit weiteren Waggons versehen und gehen dann auf ihre eigentliche Reise. Ich kann mir vorstellen, dass sowas das Leben und die Arbeit in der Zeit DAVOR ziemlich vereinfacht haben muss."
Der Junge nickte, als er langsam zu verstehen schien, was Eris meinte.
„Und was ist es heute?"
„Immer langsam, Junge, ich erzähle dir die ganze Geschichte. In der Zeit DANACH sammelten sich Überlebende dort. Yard war weitestgehend intakt, und so konnte man einfach in die alten Gebäude ziehen und hatte schon mal eine Sorge weniger. Mit der Zeit wurden es immer mehr Bewohner, und wo viele Leute sind, gibt es eine ganze Menge Spannung. Wie ich gehört habe, gab es aber niemals eine Person, die sich als Anführer aufspielen konnte. Es gab immer eine Reihe von Gruppen, die für sich genommen zwar etwas in der Stadt zu sagen hatten, aber nie mächtig genug waren, um Yard vollständig zu kontrollieren. Untereinander konnten sich diese Gruppen nie wirklich riechen."
„Das klingt ungemütlich", murmelte Tyler.
„Ja, das war es. Wobei, ist es immer noch. Yard ist ein brandgefährlicher Ort, wo sie dir auf offener Straße ‘ne Kugel verpassen, nur um an deine Stiefel zu kommen. Aber darum geht es erstmal nicht. Es gab also diese Gruppen, die alle darum kämpften, möglichst viel von Yard zu kontrollieren, aber immer zu schwach waren, um den ganzen Ort zu kontrollieren. Irgendwann kam es dann zu einer Art Einigung. Also man vertrug sich nicht auf einmal wie durch ein Wunder. Aber man erkannte, dass die ganzen internen Querelen Yard angreifbar machten und schwächten. Tatsächlich zogen die Kämpfe um die Stadt immer mehr Gesocks an, das seinen Teil vom Kuchen haben wollte. Die Lage war bestenfalls unübersichtlich."
„Und was hat man gemacht?"
„Man kam zu einer einfachen Lösung. Man sah ein, dass man irgendwie zu einer Art Einheit kommen musste. Und da kamen die Gleise ins Spiel."

„Was haben die damit zu tun?"
„Ganz einfach: In Yard gibt es insgesamt achtzehn Gleise, auf denen die Züge in der Zeit DAVOR zusammengestellt wurden. Und damals gab es fünf große Banden in der Stadt. Man einigte sich darauf, dass die Gruppe, die die meisten Gleise kontrollieren konnte, über die Stadt herrschen sollte."
„Das verstehe ich nicht."
„Ganz einfach. Die Leute in Yard leben auf den Gleisen. In alten Waggons, in Werkstätten und in den Lagerhallen. Wer ein Gleis kontrolliert, der kontrolliert einen Teil der Stadt."
„Und so haben die damals alles gelöst?"
„Wer spricht denn von damals? Die Regelung gibt es heute immer noch. Das bringt eine unheimliche Dynamik in die Stadt. Wer mehr Gleise als die anderen kontrolliert, dem gehört die Stadt. Immer wieder kommt es dazu, dass Gleise den Besitzer wechseln. Manchmal geht das unbemerkt vor sich, manchmal wird bis zur letzten Patrone darum gekämpft."
„Aber warum kann nicht eine Gruppe, die einmal die Oberhand hat, sich auf Dauer festsetzen und beweisen?"
Eris lachte auf.
„Ich glaube, das ist ein niederträchtiger Streich der Leute, die den Vertrag damals geschlossen haben. Wer die meisten Gleise kontrolliert, der stellt die offiziellen Wachen der Stadt. Auf einmal hat man also nicht mehr genug Leute, um seine eigenen Gleise zu schützen, sondern muss die Mauern der Stadt bemannen. Damit macht man sich wieder angreifbar."
„Aber warum sollte dann irgendwer das Risiko eingehen, wenn er doch weiß, dass er danach angegriffen wird und alles verlieren kann?"
„Das ist der Clou. Wer die Stadt kontrolliert, kontrolliert auch die Tore. Er bestimmt nicht nur, wer hereinkommt, sondern er bestimmt auch, was hereinkommt. Er erhebt nach eigenem Ermessen Zoll, beschlagnahmt Waren, wenn ihm danach ist. Das ist natürlich ein erheblicher Vorteil, auch wenn man es nicht übertreiben sollte. Spielt man sich dabei nämlich zu sehr auf,

bringt man die anderen Banden schnell gegen sich auf. Und dann rotten sie sich womöglich zusammen und schlagen zu. Eine Teufelsküche voller Überraschungen."

Kapitel 4

Yard

Yard lag inmitten der grasbewachsenen Ebene. Sternförmig verliefen zahlreiche Gleise von hier aus in alle Himmelsrichtungen. Niemand wusste mehr genau, wohin die endlosen Stränge aus Stahl führten oder woher sie kamen. Viele von ihnen verliefen irgendwann im Nichts, waren von der Natur überwuchert, bei einem Unwetter verschüttet oder unterspült worden.

Der Rangierbahnhof war in der Welt DAVOR als Knotenpunkt angelegt worden, und ein filigranes Netz aus Schienen überzog das gesamte Areal, führte zu den achtzehn Rangiergleisen und von dort aus wieder auf die Verteilerstrecken. Unzählige Waggons standen auf den Schienen, und die meisten von ihnen waren seit Jahrzehnten nicht mehr bewegt worden. Vielmehr dienten sie der Bevölkerung von Yard als Heimat, als Geschäft – als das, was gerade nötig war. Zwischen den Gleisen verliefen Bahnsteige, einige aus Beton und damit aus der Zeit DAVOR, die meisten jedoch waren ein wildes Durcheinander aus Holz und Trümmern. Immer wieder wuchsen Gebäude auf dem Gelände empor. Große Reparaturhallen, Lagerschuppen, kleine Dienstgebäude und Werkstätten. Ein undurchschaubares Netz aus Kabeln und Oberleitungen verlief zwischen den einzelnen Gebäuden und Waggons. In Yard gab es dank einiger intakter Sonnenkollektoren tatsächlich Strom, auch wenn die Nachfrage immer höher als das Angebot und Strom damit ein Luxusgut war.

Die so gewonnene Elektrizität reichte gerade aus, um die Stadt mit einem Mindestmaß an Strom zu versorgen. Einen Zug damit zu betreiben, war unmöglich. Aber diesen Traum schienen die meisten Bewohner der Siedlung schon lange aufgegeben zu haben.

In der Zeit DAVOR war das gesamte Gebiet von einem einige Meter hohen Maschendrahtzaun umgeben gewesen, doch dieser war erwartungsgemäß keine ernstzunehmende Barriere für die neuen Bedürfnisse von Yard. Über die Jahre hinweg hatte man den maroden und durchlässigen Zaun mit Trümmern und Teilen alter Waggons verstärkt, sodass sich dort nun ein meterhoher Wall aus Metall und Holz erhob. In regelmäßigen Abständen durchbrachen Plattformen und Wachtürme diesen Wall. Yard war ein Bollwerk.
An vier Stellen war der Wall durchlässig. Hier konnte man mächtige Waggons durch ausgeklügelte Mechanismen bewegen und so als uneinnehmbare Tore nutzen, wenn es nötig war. Es war in den letzten Jahren nicht vorgekommen, dass man mehr als zwei der Tore gleichzeitig offengehalten hatte.
Die Stadt war unter fünf Gruppen aufgeteilt. Den Zugführern, den Mechanikern, den Sicherheitsleuten, den Landstreichern und den Lagerarbeitern.
Die Zugführer kontrollierten Yard nun bereits seit fast einem Jahr. Sie brachten es nicht nur fertig, über fünf der achtzehn Gleise zu herrschen, bisher hatten sie auch jeden Versuch, sie von ihrer Position zu verdrängen, erfolgreich abwehren können. Dabei setzten sie auf eine lockere Allianz mit den Mechanikern und verstanden es, die drei anderen Gruppen gegeneinander auszuspielen, sodass es keinen konzentrierten Widerstand geben konnte. Den Geschichten nach führte diese Elite ihren Ursprung auf eine Gruppe von Zugführern zurück, die sich zusammengeschlossen hatten, um in der Welt DANACH besser überleben zu können. Ob dem wirklich so war, konnte niemand genau sagen – aber es war auch nicht besonders ratsam, den Ursprung dieser Gruppe laut anzuzweifeln. Die Mitglieder der Zugführer waren an den abgewetzten, großen Schirmmützen gut zu erkennen – und je wichtiger sie waren, umso prächtiger war das Abzeichen auf der Mütze. Dabei würde es wahrscheinlich für immer ein Rätsel bleiben, wo sie den schier endlosen Vorrat jener antiquierten Kopfbedeckungen aufgetan hatten.

Die Mechaniker hingegen waren an ihren blauen, dreckverkrusteten Overalls zu erkennen. Sie behaupteten von sich selbst, dass sie die ersten Bewohner von Yard seien, und wahrscheinlich hatte diese Geschichte von allen den größten Wahrheitsgehalt. Besser als alle anderen verstanden sie es, die Relikte und die fragile Technik aus der Zeit DAVOR am Laufen zu halten. Vier der achtzehn Gleise trugen das Zeichen der Mechaniker und sie schienen sich gut mit den Zugführern arrangiert zu haben. Zumindest hatte es innerhalb des letzten Jahres keine größeren Brüche zwischen den beiden Gruppen gegeben. Die Techniker hatten es verstanden, sich unabdingbar für Yard zu machen. Sie kontrollierten die meisten der Solarkollektoren, die die Stadt mit Strom versorgten, und es hieß, dass sie in einer der großen Werkshallen mindestens einen funktionsfähigen Zug versteckt hielten. Allein an der Versorgung mit ausreichend Elektrizität mangelte es.
Glaubte man den Geschichten, so wurde der Grundstein der Sicherheitsleute durch Mitglieder einer privaten Sicherheitsfirma gelegt, die den Auftrag hatte, den Rangierbahnhof zu bewachen. Ein Überbleibsel aus der Zeit DAVOR war nicht nur die straffe Organisation mit Befehlsketten und Dienstgraden, sondern auch die erstklassige Ausstattung der Sicherheitsleute. Bis vor einem Jahr waren sie es gewesen, die den Ton in Yard angegeben hatten.
Damals waren auch sie mit den Technikern verbündet gewesen, doch der militärische, fast schon diskriminierende Ton der Sicherheitsleute führte dazu, dass die Mechaniker Verrat begingen und sich mit den Zugführern verbrüderten. Dabei verloren die Sicherheitsleute gleich drei Gleise. Zwei gingen in blutigen Gefechten an die Zugführer und eins schnappten sich die Mechaniker, als sich die Niederlage abzeichnete. Tatsächlich wogen die Verluste der Fraktion damals schwer, denn die Sicherheitsleute setzten eher auf Klasse denn auf Masse. Wer die Ehre haben wollte, die schwarze Sicherheitsweste zu tragen, musste strengen Anforderungen genügen.

Die Gleise der Landstreicher in Yard machten den unorganisiertesten, dreckigsten Eindruck. Die Landstreicher galten als Sammelbecken für Neuankömmlinge. Wenn jemand nach Yard kam und sich niederlassen wollte, konnte er das am einfachsten dort. Somit lebten dort mehr als genug Menschen auf engstem Raum zusammen. Die Landstreicher bestachen durch ihre schiere Anzahl, doch ihnen mangelte es an Organisation und Ausrüstung. Alle paar Jahre war die Zahl der Landstreicher so groß geworden, dass sie zwangsläufig auf andere Gleise drängten. Dann kam es entweder zu wirklich blutigen Auseinandersetzungen oder aber die anderen Fraktionen entschieden sich, so viele von ihnen bei sich aufzunehmen, wie nötig war, um die Eskalation zu verhindern. Der letzte dieser Ausbrüche lag nun schon zwei Jahre zurück und war damals von den herrschenden Sicherheitsleuten blutig niedergeschlagen worden. Es gab Stimmen, die behaupteten, dass es noch in diesem Jahr zu einem neuen Ausbruch der halstuchtragenden Landstreicher kommen konnte – und es galt als sicher, dass sie dabei versuchen würden, sich auf einem Gleis der Sicherheitsleute festzusetzen.
Genauso wie die Techniker beanspruchten die Lagerarbeiter den Ruhm, die ersten Bewohner von Yard gewesen zu sein, für sich. Ihrer Geschichte nach waren es ihre Vorfahren, die hier für das Verladen von Gütern zuständig gewesen waren – ein Umstand, der schon deshalb oftmals zu hitzigen Debatten führte, weil es sich bei Yard um einen Rangierbahnhof und nicht um einen Güterbahnhof handelte. Dieser Streit war Jahrzehnte alt und hatte immer wieder dazu geführt, dass die Lagerarbeiter und die Techniker aufeinander losgegangen waren. Diese Auseinandersetzungen waren aber im Vergleich zu den anderen eher von einer Art verdrehtem Patriotismus geprägt. Es ging darum, dass die andere Seite die eigene Version der Geschichte anerkannte, und nicht etwa um die Herrschaft über Gleise. Vielleicht war das der Grund, warum dieser Konflikt weit weniger blutig geführt wurde. Die Lagerarbeiter kontrollierten nicht nur drei Gleise, sondern auch vier der großen Werkshallen. In der Men-

schenmenge fielen sie, genau wie die Zugführer, durch ihre Kopfbedeckungen auf. Sie trugen nämlich blaue Sicherheitshelme.

Der Zugführer blickte von seinem Buch auf.
„Name, Waren und Einreisegrund?“, spulte er gelangweilt ab.
Der Mann saß hinter einem Klapptisch, unterhalb des Torbogens. Zu beiden Seiten des Tisches standen Wachen, ihre Schirmmützen tief ins Gesicht gezogen, die Hände lässig auf den Sturmgewehren.
„Eris, normales Reisegepäck, wir wollen Vorräte aufnehmen.“
Langsam trug der Zugführer die Angaben in die dafür vorgesehenen Spalten in seinem Buch ein.
„Zollpflichtige Ware?“ Der Mann schob seine Schirmmütze zurecht.
„Normale Ausrüstung.“
„Unter zollpflichtige Ware fallen Waffen, Munition, Medikamente, Schutzkleidung und Technologie jeder Art.“ Der Mann blickte auf.
„Wie ich sagte, normale Ausrüstung“, beharrte Eris und sah dem Mann unbewegt ins Gesicht.
Die Blicke der beiden trafen sich für wenige Sekunden, dann schaute der Zugführer an Eris vorbei. „Die gehören zu dir?“ Er deutete mit einer Kopfbewegung hinter Eris und es war klar, wen er meinte.
„Ja. Wir reisen in einer Gruppe. Fünf Personen, ein Reittier und ein Lasttier.“
„Gruppe, wie? Und warum sagst du das nicht von Anfang an?“
„Du hast nach mir gefragt“, antwortete Eris wahrheitsgemäß.
Am Tor war es immer das Gleiche. Wenn man nicht genau auf das antwortete, was man gefragt wurde, war es falsch. Wenn man aber nicht genau das sagte, was der Wachmann hören wollte, war es ebenso falsch.
„Du hast die Pflicht, mich zu informieren, klar?“ Der Mann machte sich mit einer bemerkenswerten Langsamkeit daran,

Eris' Angaben behutsam aus der Zeile zu radieren, und schlug dann eine andere Seite in dem Buch auf.
„Also noch einmal. Gruppengröße?"
Schikanen am Tor waren normal, und so beschloss Eris, das Prozedere erst einmal über sich ergehen zu lassen.
„Fünf Personen."
„Namen?"
„Eris, Sal, Perry, Tyler und François."
Der Wachmann trug in aller Ruhe ein und schüttelte dabei auffällig den Kopf.
„Keine Nachnamen", murmelte er bedeutungsschwanger, doch Eris ging nicht auf sein plumpes Spiel ein, sodass der Mann ungerührt fortfuhr.
„Tiere?"
„Ein Pferd und ein Maultier."
„Vergangene Aufenthalte in Yard?"
„Ja. Das gilt für mich und …" Eris wollte Zeit sparen, doch der Wachmann unterbrach ihn.
„Schön nacheinander, ja?" Genervt verdrehte Eris die Augen.
„Also gut. Ich war schon mal hier."
„Wann?"
„Im letzten Jahr."
„Nächster."
„Sal. Auch im letzten Jahr. Zusammen mit mir."
„Hm-hm", murmelte der Wachmann zur Bestätigung.
„Perry. Auch im letzten Jahr. Zusammen mit Sal und mir."
„Weiter?"
„François war auch hier. Vor ein paar Wochen erst."
Der Wachmann notierte, blickte auf und musterte den kauzigen Gelehrten, als versuche er, sich an ihn zu erinnern. Offensichtlich gelang es ihm nicht.
„Zollpflichtige Waren?"
„Natürlich, wir …"
Weiter kam Eris nicht. Der Wachmann hob die Hand und ließ abfällig die Zunge schnalzen.

„Jeder separat, bitte."
Für einen Moment übermannte Eris die Wut. Er presste die Lippen aufeinander. „Hör mal", setzte er an, „wir sind einfache Reisende. Gibt es nicht eine Möglichkeit, das irgendwie zu beschleunigen?"
Der Wachmann sah auf und musterte die ganze Gruppe.
„Und wie soll das deiner Meinung nach gehen?"
Eris atmete hörbar aus und winkte Perry herbei. Der Arzt kramte aus einer Tasche ein Bündel Medikamentenblister hervor und drückte es Eris in die Hand. Eris nickte und schob die Medikamente über den Tisch.
Der Wachmann legte seine Hand auf das Bündel und blickte nach rechts und links. Die Wachen blickten demonstrativ in eine andere Richtung, ein Zeichen dafür, dass dieses Vorgehen durchaus üblich war. Mit einem knappen Blick prüfte er die Blister und nickte dann.
„Ich stelle euch eben noch eure Karten aus", sagte er mit einem Lächeln. Damit griff er zu einer Rolle bunter Fahrkarten aus Papier und riss sauber fünf ab. Mit einer Zange stanzte er Löcher in jede einzelne Karte und schob sie dann über den Tisch.
„Willkommen in Yard. Mit den Karten habt ihr Zugang zu allen Gleisen. Auf Verlangen sind die Karten den Wachen zu zeigen. Ein Verlust wird empfindlich bestraft."

„Ich mag diesen Ort nicht." Auf Perrys Stirn bildete sich eine steile Zornesfalte.
„Ich weiß, Perry, aber wir brauchen Vorräte. Und eigentlich wären ein paar Pferde auch nicht schlecht", beschwichtigte Eris ihn.
„Und wie willst du an die Tiere kommen? Die werden ein Vermögen dafür verlangen."
„In Yard ist alles machbar, also lassen wir uns überraschen."
Die Gruppe bahnte sich ihren Weg durch die enge Siedlung. Anders als in Station gab es hier kaum freie Fläche. Es schien so, als würde jeder Quadratmeter irgendwie genutzt. In den engen

Gassen zwischen den Waggons und den Gebäuden drängten sich die Menschen und gingen ihrem Tagewerk nach. Der Lärm war unbeschreiblich und in der Luft hing ein Dunst aus einer Vielzahl von Gerüchen.
Die fünf blieben so dicht wie möglich beieinander. Sie hatten das bepackte Muli in ihre Mitte genommen. François führte es am Zügel, während die vier versuchten, einen schützenden Ring darum zu bilden. Den Anfang machte Eris, die Hand auf dem Revolver, links Perry, rechts Sal, die Waffen in den Händen. Am Ende kam Tyler, in einer Hand die Zügel des Pferdes, die andere Hand auf einer Pistole.
Yard war ein Ort, an dem der erste Eindruck darüber entscheiden konnte, ob man in Ärger geriet oder nicht. Aus diesem Grund versuchten sie alle, einen gefährlichen, kampfbereiten Eindruck zu machen.
Man beobachtete sie abschätzend. In Yard waren Reisende kein ungewöhnlicher Anblick, doch wenn man nicht aufpasste, konnte man schon auf den ersten Metern in der Stadt sein Todesurteil unterschreiben. Dann nämlich, wenn man den Eindruck hinterließ, leichte Beute zu sein. In solchen Fällen dauerte es meist nur noch Minuten, bis es zum ersten Überfall kam. Das lief immer gleich ab. An einer unübersichtlichen Stelle kam es zum Angriff. Meist peitschten ein paar Schüsse, die eine Panik auslösten, und wenn der Tumult sich legte, blieb auf der Straße oftmals eine Handvoll Tote zurück. Neben Ausrüstung und Medikamenten waren Fahrkarten immer ein sehr begehrtes Beutegut, vor allem, weil man mit ihnen in alle Bereiche der Stadt durfte. Eris machte sich keine Illusionen darüber, dass sie wahrscheinlich irgendjemand am Tor beobachtet hatte und auf ihre Karten aus war.
Vor ihnen gab es einen wütenden Aufschrei. Instinktiv blieb Eris stehen und seine Begleiter taten es ihm gleich. Die Menschenmenge wich auseinander, drückte sich zwischen die Waggons, versuchte, sich in Deckung zu bringen. Einige Meter vor ihnen kam ein Mann gerade wieder auf die Knie und brüllte ei-

ner Frau wütend eine Beleidigung hinterher. Noch währenddessen zog er seine Pistole. Ohne ein Wort der Warnung drückte er gleich mehrmals ab. Die Umstehenden schrien panisch, warfen sich zu Boden, als die Schüsse durch die schmale Gasse peitschten. Die Frau riss getroffen die Arme in die Luft und stürzte nach vorne, blieb liegen. Der Schütze rappelte sich auf, schaute sich suchend nach einer weiteren Bedrohung um und ging dann zu der Sterbenden hinüber. Wütend entwand er ihren Fingern eine blutige Fahrkarte und steckte sie in seine Brusttasche.
„Mit mir nicht! Habt ihr verstanden? Mit mir nicht!“, brüllte er die Menschen in der Nähe an und trat der Sterbenden zur Bekräftigung seiner Worte noch einmal in die Seite. Dann ging er davon. Es dauerte keine Minute, dann waren die Leute in der Nähe wieder zu ihren Beschäftigungen zurückgekehrt. Es war, als hätte es den tödlichen Zwischenfall nie gegeben.
„Ich sage es doch: ein Hexenkessel“, murmelte Eris und setzte sich wieder in Bewegung.
Nach einer knappen halben Stunde erreichten sie eine der großen Werkshallen. Vor dem Tor hielten vier Lagerarbeiter, gut zu erkennen an ihren blauen Schutzhelmen, die Stellung. Nach einer Kontrolle ihrer Karten gelangten sie ins Innere der Halle.
Auch hier standen einige Waggons herum, aber ein Großteil der Halle war mit Wellblech, Planen oder Maschendraht in unterschiedlich große Abteilungen unterteilt worden. Hier gab es nicht weniger Menschen als in den Gassen, aber alles machte einen geordneten Eindruck. Die Lagerarbeiter gaben hier den Ton an und viele Personen trugen den blauen Schutzhelm.
Mit einem weiteren Blister Medikamente bezahlten sie für die nächsten paar Tage ihre Unterkunft. Es handelte sich um ein kleines Abteil in der Halle, mit ungemütlichen und fleckigen Matratzen.
„Und, was machen wir nun?“, wollte Perry wissen, nachdem er sich auf einer der Matratzen niedergelassen hatte.
„Wir brauchen Vorräte. Dafür sind die Lagerarbeiter wahrscheinlich die beste Anlaufstelle. Heißen ja nicht umsonst so.“

„Ich habe nur das Gefühl, dass wir keine Medikamente mehr haben, wenn wir hier fertig sind“, knirschte Perry.
„Ich würde auch gerne was anderes eintauschen, aber ich fürchte, das meiste von unserem Kram brauchen wir noch.“
„Schon, aber wenn du so weitermachst, werde ich nicht mehr genug haben, um euch zusammenzuflicken, wenn wir Yard verlassen haben.“
„Keine Angst. Ich hatte nicht vor, alles einzutauschen.“
„Jaja ...“, murmelte der Arzt, verschränkte demonstrativ die Arme hinter dem Kopf und schloss die Augen.
„Wenn möglich, bleiben wir hier in der Halle. Tyler und François, ihr macht euch nicht allein auf die Socken. Ich habe keine Lust darauf, euch angeschossen oder mit einem Messer im Rücken irgendwo aufgabeln zu müssen. Am besten bleibt ihr hier. Meinetwegen seht euch in der Halle um, aber seid verdammt nochmal vorsichtig. Verlasst die Halle auf keinen Fall, ist das klar?“
Tyler und François nickten. Sie schienen fast dankbar über diese Anweisung, und wahrscheinlich trug das immer noch präsente Schauspiel auf der Straße erheblich dazu bei.
„Ich schaue mich einmal nach einem Händler um, bei dem wir Vorräte bekommen, ohne dass er uns bis auf den nackten Arsch auszieht. Und Sal, wenn du bei deinen Streifzügen darauf achten kannst, ob hier irgendwer Pferde verkauft, wäre uns geholfen.“
Sal nickte, während sie in ihrem Rucksack kramte. In Yard, wo die Platzverhältnisse so beengt waren, war ihr Gewehr nicht die richtige Waffe. Sie zog eine in Stoff eingeschlagene Pistole und ein paar Magazine hervor, wog die Waffe nachdenklich in der Hand und steckte sie in den Gürtel. Einen wirklich zufriedenen Eindruck machte sie damit nicht. Ohne ihr Präzisionsgewehr kam sich die Schützin immer so nackt und verletzlich vor.
„Und ich weiß, dass ich damit wieder auf taube Ohren stoßen werde, aber wahrscheinlich seid ihr besser beraten, die Schutzwesten zu tragen, wenn ihr euch bewegt.“

Sal quittierte seine Bemerkung mit einem Verdrehen der Augen, doch Eris störte sich nicht daran und zwängte sich in die alte Flakweste. Er verstaute alles Notwendige in den unzähligen Taschen der Weste und streckte sich noch einmal. Es war tatsächlich nicht bequem.
„Ich hoffe, in ein paar Stunden alles zusammenzubekommen", sagte er. „Mit Glück müssen wir nicht länger als nötig hier bleiben."

Tyler blickte immer wieder von der einfachen Holztür hinüber zu den klobigen Schutzwesten und dann zu François. Der Gelehrte hockte auf seiner Matratze, zupfte umständlich an seiner Kleidung, wenn er nicht gerade seine Brille polierte. Perry döste in aller Ruhe, die Schrotflinte schussbereit auf der Brust liegend.
„Was ich nicht verstehe", sagte Tyler, „wenn Yard so gefährlich ist, wie Eris sagt, wie konntest du dann vor ein paar Wochen ohne einen Kratzer durchkommen?"
François blinzelte, als er merkte, dass er der Angesprochene war, und schob seine Brille wieder auf die Nase.
„Das ist kein großes Geheimnis", meinte der Kauz. „Bei den Toren gibt es Leute, die dir anbieten, dich in Yard zu beschützen. Ich habe dem kräftigsten ein bisschen was in die Hand gedrückt, und er hat dann halt auf mich aufgepasst."
„Und?"
„Ich hatte erst Panik, dass er mich vielleicht an der nächsten Ecke über den Haufen schießt. Würde mich nicht wundern, wenn das hier nicht auch so eine Masche ist, um zu Reichtum zu kommen. Offensichtlich habe ich Glück gehabt." François lächelte verlegen.
„Wenn du mich fragst, hast du mehr Glück als Verstand", merkte Tyler mit einem schiefen Grinsen an.
Der Gelehrte verzog das Gesicht. „Wie meinst du das?"
„Naja, man schickt dich los, um die Datenspeicher zu holen. Dabei musst du eine Reise von mehr als ein paar Kilometern machen. Du machst nicht gerade den Eindruck, als ob du auf

dich aufpassen kannst – und ohne deine Brille bist du wahrscheinlich blind."

„Ach, das. Ja, vielleicht war das nicht die beste Idee."

„Gab es denn bei euch niemand anderen, der sich darum kümmern konnte?"

François kicherte. „Du meinst, jemanden, der für das Leben hier draußen besser geeignet ist als ich?"

„Ich wollte es nicht so sagen, aber wenn du es schon machst – ja."

„Doch, die gab es. Aber ich habe alles in Bewegung gesetzt, damit ich gehen darf."

„Und warum?"

„Ich wollte die Welt noch einmal sehen. Weißt du, ich habe fast mein ganzes Leben im Institut verbracht. Das hat seine Vorteile, aber irgendwann wirst du wach und fragst dich, ob du vielleicht nicht etwas verpasst haben könntest. Und dann willst du raus."

„Und da tut es keine kleine Tour zum benachbarten Ort. Da musst du dich gleich zu was Größerem auf den Weg machen, was?"

„Rückblickend betrachtet war meine Entscheidung überstürzt und kindisch. Und nach einer halben Woche unterwegs habe ich mich schon dafür verflucht. Aber ich wollte nicht wieder umdrehen, ich wollte mich beweisen."

Tyler überlegte kurz, dann nickte er zustimmend. Dieses Gefühl kannte er nur zu gut.

„Aber wenn die Datenspeicher so wichtig sind, warum habt ihr dann nicht dafür gesorgt, dass eine Karawane sie zu euch bringt?"

„Weil es ein gut gehütetes Geheimnis ist, wo wir leben. Und das soll auch so bleiben."

„Auch das verstehe ich. Aber du hast doch gesagt, dass es bei euch Anführer gibt. Befehlsketten oder so. Warum hat man dich – wenn man dich schon auf den Weg schickt – allein ziehen lassen? Warum hat man dir nicht wenigstens ein paar Leute zum Schutz mitgegeben?"

Der Gelehrte lächelte frech.
„Oh, das hat man. Zwei kräftige Wachen."
„Und was ist mit denen passiert?"
Das Lächeln des Mannes wurde immer breiter. „Ich bin mir vorgekommen wie ein Riesenbaby! François, tu dies nicht, François, tu das nicht! Ich konnte nicht einmal ohne Bewacher Wasser lassen. Da packten mich Wut und Abenteuerlust. Ich wollte zeigen, dass es die richtige Entscheidung war, mich auf den Weg zu schicken. Also habe ich mich in der Nacht davongeschlichen, nachdem ich ihre Pferde vertrieben hatte. Als sie am Morgen wach wurden, war ich schon ein paar Kilometer weiter. Und da sie ihre Pferde suchen mussten, kamen sie wohl nicht hinterher."
Tyler schüttelte verständnislos den Kopf.
„Das klingt wahnsinnig. Mein Onkel sagt immer, die Welt DANACH ist kein Spiel, sie ist bitterer Ernst. Deine Geschichte hört sich anders an. Du hast dich also ganz allein auf die Tour gemacht, deine Bewacher verscheucht und bist ohne eine Waffe weitergezogen?"
„Genau."
„Und was ist mit deinen Bewachern? Werden sie nicht zurück in deine Heimat gegangen sein und berichtet haben?"
„Ja, wahrscheinlich. Aber da mache ich mir keine Gedanken."
„Und warum nicht? Vielleicht hat man Leute ausgeschickt, um dich zu suchen oder deine Aufgabe zu übernehmen?"
„Ich glaube nicht. Die wären ja auch nach Station gegangen."
Tyler fiel nichts ein, was er dieser einfachen Logik entgegenzusetzen hatte. „Aber wenn die Datenspeicher so wichtig sind, warum hat man dir niemanden hinterhergeschickt, wo man doch wusste, wohin du willst?"
„Gute Frage. Also, pass auf. Das ist nicht das erste Mal, dass wir Datenspeicher suchen und sammeln. Wir glauben, dass auf diesen Speichern etwas Wichtiges ist. Und der Überfall auf die Karawane legt das ja nahe. Aber – und das ist entscheidend – es sind nicht die einzigen Datenspeicher auf dieser Welt. Es gibt

viele davon, und wahrscheinlich findet man die gleichen Informationen noch einmal an anderer Stelle. Wenn es diesmal nicht geklappt hätte, dann vielleicht später."

„Also sind die Daten auf den Speichern doch nicht so wichtig?"

„Doch, ohne Frage. Aber sie sind vermutlich nicht einzigartig."

„Und du wirst mir wahrscheinlich nie verraten, was auf den Speichern ist, oder?"

François sah ihn nachdenklich an. „Wir kann ich das denn? Ich weiß es selbst nicht genau ohne Computer. Wenn sie beschädigt wurden oder wir uns geirrt haben, was hilft es dir dann, zu wissen, was auf den Speichern ist?"

„Weil es mir erklären kann, warum wir uns auf diesen Weg gemacht haben, François."

„Aber ich habe es euch doch schon in Station gesagt. Pläne, Anleitungen und Steuerungsprogramme."

„Ein paar mehr Informationen wären hilfreich. Pläne für was genau?"

François presste die Lippen zusammen und sah verlegen zu Boden. Er schwieg und begann wieder, an seiner Kleidung zu fummeln.

„Also?", hakte Tyler nach.

„Ich … weiß es nicht genau", gestand der Gelehrte kleinlaut.

Tyler schnappte hörbar nach Luft. „Nicht ernsthaft. Du hast genauso wenig Ahnung, was eigentlich auf den Dingern ist?"

Betroffen und zaghaft nickte François.

„Das wird ja immer besser", stöhnte der Junge auf.

Mit prall gefüllten Taschen auf dem Rücken verließ Eris den Laden des Händlers. Es war sicher nicht das beste Geschäft gewesen, aber es hätte viel schlimmer kommen können. Immerhin hatte er alles zusammenbekommen, was sie für die nächsten Wochen brauchten, und hatte dabei nicht – wie von Perry prophezeit – all ihre Medikamente eingetauscht.

Er wählte den schnellsten Weg zurück zu der großen Werkshalle, in der sie sich einquartiert hatten. Es war nicht selten, dass

Leute, die offensichtlich von außerhalb stammten und allein unterwegs waren – noch dazu schwer bepackt –, Opfer von Überfällen wurden. Seine Blicke waren daher wachsam, er hatte das Holster des Revolvers geöffnet und seine Hand lag auf dem schweren Holzgriff, jederzeit bereit.
Doch irgendetwas stimmte nicht. Zwar machte er durchaus einen so bedrohlichen und sicheren Eindruck, dass die meisten Diebe abgeschreckt wurden, aber normalerweise gab es immer ein paar Hitzköpfe, die trotzdem auf Ärger aus waren. Meist handelte es sich um kleine Gruppen, von denen es unzählige in Yard gab. Alle darauf aus, ein leichtes Spiel zu haben und möglichst einfach durch den Tag zu kommen. Die letzten Male, die sie in Yard gewesen waren, hatten sie öfters Bekanntschaft mit solchen Grüppchen gemacht. Es war nie etwas Ernstes gewesen, meistens hatte eine schnell gezogene Pistole oder ein harter Faustschlag die Situation klären können, bevor sie wirklich eskalierte.
Diesmal aber schien es niemanden zu geben, der auf Ärger aus war. Zwar merkte Eris immer wieder, wie man ihn beobachtete, doch seltsamerweise blieb es bei diesen Blicken. Er war zu selten hier gewesen, um sich einen Namen unter den Bewohnern zu machen, und die letzten Male hatten es ein paar Halbstarke trotz seines aggressiven Gebarens versucht.
Während er sich also seinen Weg zurück bahnte, versuchte er krampfhaft, den Grund dafür zu finden, dass diesmal alles anders ablief. Möglichst unauffällig beobachtete er die Menschen in den Gassen, versuchte, hier und da ein paar Wortfetzen aufzuschnappen.
Die Bewohner unterhielten sich leise und schienen entweder das Thema zu wechseln, wenn er näher kam, oder sprachen dann flüsternd weiter, sodass er nichts verstehen konnte. Aber da war etwas in ihrem Blick, das ihn aufmerken ließ. Sie waren nervös, immer wieder huschten ihre Augen nach links und nach rechts, als hätten sie vor irgendetwas Angst. An einer engen Kreuzung vor ihm versuchten ein Mann und eine Frau, eine

Schubkarre durch das Gedränge zu schieben. Die Karre war hoffnungslos mit jedem nur denkbaren Plunder überfüllt. Es handelte sich um Schrottsammler, wie es sie überall in Yard gab. Sie sammelten nicht nur den allgegenwärtigen Schrott und achtlos fortgeworfenen Müll, sie hatten auch die Eigenart, sich am herumliegenden Eigentum anderer zu vergreifen. Die meisten der Schrottsammler kamen von den Gleisen der Landstreicher, doch gab es sie überall in der Siedlung.

Der Mann schob die Karre, während die Frau vorweg ging und versuchte, Platz zu schaffen. Immer wieder griff sie nach hinten und korrigierte die Fahrtrichtung oder versuchte, den abenteuerlichen Stapel auf der Karre zusammenzuhalten. Bei einem dieser Versuche achtete sie nicht auf ihre Schritte und stolperte. Sie versuchte, sich festzuhalten, doch war der Berg an undefinierbarem Schrott auf der Schubkarre dafür denkbar ungeeignet. Mit einem ohrenbetäubenden Scheppern riss sie die Karre um. Bei diesem plötzlichen und unerwarteten Lärm zuckten die Menschen in der Umgebung zusammen, einige warfen sich sogar zu Boden. Hier und da waren nervöse Aufschreie zu hören.

Eris zog die Augenbrauen hoch und betrachtete die Szenerie für einen Moment. Schrottsammler waren kein seltener Anblick, und genauso oft passierte ihnen in der Stadt sicher ein ähnliches Missgeschick wie dem Paar an der engen Kreuzung. Er konnte sich nicht vorstellen, dass die Bewohner von Yard darauf immer so reagierten, wie sie es gerade taten.

Während er die Kreuzung passierte, sah er mit einem Seitenblick, dass der Krach dafür gesorgt hatte, dass einige der Umstehenden ihre Waffen gezückt hatten. Das war selbst für eine Stadt wie Yard eine Reaktion, die nicht ins Bild passte.

Die Menschen hier hatten Angst. Mehr als sonst. Irgendetwas schien sich über der eigentümlichen Stadt wie ein Gewitter zusammenzubrauen und drohte sich bald zu entladen. Die Frage war nur, was im Busch war.

Nachdenklich erreichte er die Werkshalle und hielt kurz inne, als er die Wachen passiert hatte. Dafür, dass die Gleise den Lagerarbeitern gehörten, hatte er auffallend viele Sicherheitsleute in ihren charakteristischen schwarzen Schutzwesten gesehen. Es kam natürlich immer wieder vor, dass die Fraktionen sich untereinander besuchten und Geschäfte machten, aber grundlegend misstraute man sich eben doch. Normalerweise würde man den Rivalen im Kampf um die Gleise, und damit um die Macht in dieser Stadt, nicht in so überwältigender Zahl ins eigene Gebiet lassen.

Konnte es wirklich sein, dass die Lagerarbeiter und die Sicherheitsleute sich verbündet hatten? Das wollte eigentlich so gar nicht zu den straff organisierten Sicherheitsleuten passen. Doch auf der anderen Seite hatte sie der Machtkampf im letzten Jahr eine ganze Menge Ressourcen gekostet, die sie in so kurzer Zeit sicher nicht ersetzen konnten. Sie waren auf Bündnisse angewiesen, wenn sie wieder zu einem entscheidenden Faktor in der Stadt werden wollten. Die Frage war nur, was das Ziel eines solchen Bündnisses war.

Wenn sich die beiden Fraktionen zusammengerottet hatten – und danach sah alles aus –, würden sie sich dann stark genug fühlen, um die Vorherrschaft der Zugführer und der Techniker anzugehen, oder würden sie vielleicht gegen die Landstreicher vorgehen und so mehr Macht gewinnen? Die Landstreicher hatten das Massaker der Sicherheitsleute vor zwei Jahren sicher noch nicht vergessen und schieden daher als Bündnispartner aus.

Irgendetwas würde passieren – nur was, das sollte Eris vorerst noch ein Rätsel bleiben.

Sal lag in der abendlichen Dämmerung bäuchlings auf dem Dach eines Waggons und spähte durch ein Loch im Dach ins Innere. Unter ihr hatten es sich zwei Personen bequem gemacht und unterhielten sich leise.

Es waren ihre Augen gewesen, die sie in diese Situation gebracht hatten. Auf ihrem Streifzug durch die Stadt hatte sie einen Zugführer entdeckt, der in einem unbeobachteten Moment seine

Schirmmütze unter seinem Mantel verbarg und sich auf seltsamen Umwegen durch die Stadt stahl. Sie war ihm gefolgt, und er hatte sie direkt hierhin geführt, zu einem abgelegenen Waggon am Ende der Stadt, ganz in der Nähe der Gleise der Sicherheitsleute. Hier wurde er von einer drahtigen Frau in schwarzer Sicherheitsweste erwartet. Die beiden verschwanden im Waggon, während in der Nähe einige Wachleute unauffällig Stellung bezogen.

Sal hatte sich an diesem Punkt entschlossen, der Sache nachzugehen. Dabei erwischt zu werden, war zwar brandgefährlich, aber die ganze Angelegenheit schien ihr zu außergewöhnlich, als dass sie sich einfach hätte umdrehen können.

„Die Zugführer werden langsam nervös. Es ist ihnen nicht entgangen, dass ihr mit den Lagerarbeitern gemeinsame Sache macht." Der Mann legte die breite Schirmmütze beiseite und fuhr sich einmal über die Halbglatze. Er mochte vielleicht vierzig oder fünfzig Jahre alt sein.

„Das ist Yard, da sind Bündnisse aller Art an der Tagesordnung", entgegnete die Frau gelassen.

„Das schon. Aber immerhin hat man euch im letzten Jahr eine blutige Nase verpasst und hat Angst davor, dass ihr auf Rache aus seid."

„Natürlich hat man Angst davor. Sie wissen genau, wozu wir in der Lage sind. An Schlagkraft sind wir allen anderen weit überlegen. Auch wenn wir sehr viel verloren haben und wenige sind, macht uns das gefährlich. Das ist gut."

„Ich glaube nicht, dass es gut ist. Die Zugführer überlegen genau, was sie als nächstes machen werden."

„Und? Werden sie losschlagen?"

„Dazu fehlen die Beweise. Sie wissen nicht, was das zwischen euch und den Lagerarbeitern ist, und sie wissen auch nicht, was die Landstreicher planen. Und über die Mechaniker wollen wir gar nicht erst sprechen. Die haben euch vor einem Jahr hintergangen und man fürchtet, sie könnten genau das Gleiche noch einmal tun."

„Bedauerlich. Das ist eben der ewige Makel des Verrats."
„Ernsthaft. Es wird nicht mehr lange dauern, bis sie etwas unternehmen. Da man ohne handfeste Beweise noch keinen offenen Waffengang wagen wird, wird es wahrscheinlich strenge Einschränkungen geben."
„So?"
„Man wird den Warenverkehr genau überwachen und vielleicht sogar von euren Gleisen abschneiden. Wahrscheinlich drehen euch dann die Techniker den Saft ab."
„So sehr sind wir auf den Strom nicht angewiesen."
„Vielleicht. Aber reichen eure eigenen Kollektoren, um eure Gleise nachts hell zu halten? So wollen sie euch dazu zwingen, mehr Wachen einzusetzen, um eure Gleise zu schützen. Macht ihr es nicht, seid ihr verwundbar."
„Mir ist schon klar, was sie damit bezwecken wollen."
„Und wie lange könnt ihr durchhalten, wenn sie den Warenstrom wirklich abbinden?"
„Aus dem Grund haben wir uns ja die Lagerarbeiter ins Boot geholt. Ihre Vorräte sind legendär, und die Zugführer werden es nicht wagen, auch ihnen den Nachschub zu kappen. Denn damit machen sie sich ganz sicher einen Feind."
„Ja, man ist sich noch nicht sicher, wo die Loyalität der Lagerarbeiter liegt. Man hofft wohl, dass sie sich aus einer Auseinandersetzung letzten Endes heraushalten werden."
„Sollen sie das weiter hoffen. Aber gibt es nun mehr als Vermutungen? Vielleicht auch konkrete Pläne?"
„Darüber wird im Moment beraten."
„Ist der Zeitpunkt für unser Treffen dann nicht etwas unpassend gewählt?"
Der Mann winkte ab.
„Überhaupt nicht. Wenn ich jetzt herumschnüffeln würde oder vielleicht sogar versuchen wollte, das Treffen zu belauschen, wäre das auffällig. Aber in ein oder zwei Tagen, da haben sich die Pläne auch bis auf meine Ebene durchgesprochen. Was immer sie vorhaben, es wird in der Befehlskette weitergereicht.

Die Informationen kommen also zu mir und ich muss sie nicht mühsam sammeln und dabei Gefahr laufen, entdeckt zu werden."

„Klüger, als ich es dir zugetraut hätte."

Er lachte dumpf und tonlos.

„Ich bin dabei, meine Leute zu verraten. Wenn das rauskommt, wird man mir eine Kugel durch den Kopf jagen, aber erst, nachdem man mir alle Knochen bei lebendigem Leib gebrochen hat. Glaubst du etwa, ich würde mich einfach so auf dieses Abenteuer einlassen?"

„Wahrscheinlich nicht, nein. Aber auf der anderen Seite steht dir ja eine blühende Zukunft bevor."

„Wenn alles klappt, ja."

„Hast du Bedenken?"

„Hochverrat ist nichts Alltägliches. Natürlich habe ich Bedenken."

„Musst du nicht. Es ist alles vorbereitet. Es gibt nichts mehr, was uns aufhalten kann."

„Und wann geht es los?"

„Bald."

„Du traust mir immer noch nicht, oder?"

„Gesundes Misstrauen hat noch keiner Verhandlung geschadet. Außerdem ist ein genauer Zeitpunkt nicht so wichtig. Sobald die Landstreicher von ihren Gleisen strömen und in Richtung der Zugführer und der Mechaniker drängen, weißt du, dass es losgeht."

„Es ist mir immer noch ein Rätsel, wie ihr die Landstreicher überzeugen konntet."

„Einfach. Sie sind sehr schnell bereit, über die paar Toten bei ihrem letzten Ausbruch hinwegzusehen, wenn man ihnen zwei Gleise verspricht."

„Aber sie sind nicht organisiert."

„Richtig. Sie sind ein Haufen stinkenden Abschaums, der Yard verdreckt. Aber es sind viele. Sie werden die Zugführer und die Techniker schon beschäftigt halten, sodass man kaum noch in

der Lage ist, auf uns zu achten. Außerdem bringt ihr Ausbruch einen weiteren Vorteil mit sich."
„Welchen?"
„Wenn sich der Qualm gelegt hat und wir endlich wieder über Yard herrschen, haben sich die Landstreicher ausgedünnt. Dann werfen wir diesen Abschaum ein für alle Mal aus der Stadt."
„Und was ist mit den Lagerarbeitern? Werden sie sich raushalten oder werden sie euch unterstützen?"
„Wir haben ihnen zwei Gleise versprochen. Eins dafür, dass sie nicht das Fähnchen im Wind spielen und sich aus der Sache heraushalten, und das andere dafür, dass sie uns mit Vorräten versorgen."
„Meinst du, sie werden sich daran halten?"
„Wir haben ihnen zwei Gleise der Mechaniker versprochen. Das sollte Motivation genug sein in ihrem kleinlichen Streit."
„Aber das bedeutet doch letzten Endes, dass ihr es allein mit den Zugführern und den Mechanikern aufnehmen wollt. Eure Ausbildung und Bewaffnung in allen Ehren, aber das bedeutet drei gegen neun Gleise. Selbst wenn die Landstreicher vorher Verwirrung stiften, klingt das für mich nach einem starken Missverhältnis."
„Für mich nicht."
„Ich habe das Gefühl, du verheimlichst mir irgendetwas ganz Wichtiges."
„Es sind die kleinen Geheimnisse, die das Leben erst lebenswert machen."
Sal schob sich ein paar Millimeter nach vorne, um einen besseren Blick auf die zwei zu haben. Sie fluchte innerlich, als das Dach dabei hörbar knackte. Schlagartig hörten die zwei auf zu sprechen und die Frau blickte nach oben, direkt zum Loch im Dach.
Sal verlor keine Zeit, schnellte in die Höhe, drehte sich auf dem Absatz um und hastete davon. Die Frau im Waggon schrie etwas, zerrte ihre Pistole hervor und schoss. Die Kugeln stanzten Löcher in die Decke und zischten an Sal vorbei. Sie machte ei-

nen Satz auf das Dach des nächsten Waggons, während sie hinter sich die wütenden Schreie und eiligen Stiefel der Sicherheitsleute hörte. Es war sicher nicht das Klügste, gut sichtbar über die Dächer zu hasten, aber so war sie immer noch schneller, als wenn sie durch die engen Gassen hätte fliehen müssen. Wieder setzte sie zum Sprung an, doch diesmal standen die Waggons weiter auseinander. Sie schaffte es gerade noch, auf der Dachkante zu landen, und drohte das Gleichgewicht zu verlieren. Mit aller Kraft warf sie sich nach vorne, rollte sich ab und kam wieder in die Hocke. Gerade wollte sie einen Blick über die Schulter werfen, da knatterte irgendwo hinter ihr eine Maschinenpistole los. Die Salve pfiff ihr um die Ohren, war aber zu hoch angesetzt gewesen.

Instinktiv lief sie geduckt weiter. Damit hatte sich aber auch ihr Plan zerschlagen, auf den Dächern zu bleiben, denn so würde sie niemals schnell genug sein, um den nächsten Sprung zu schaffen. Ihre Hände griffen nach der Kante und sie schwang sich die zwei Meter zum Boden hinab. Sie orientierte sich kurz, dann hastete sie weiter. An der nächsten Kreuzung bog sie nach links ab. Die Gassen waren trotz der abendlichen Stunde gut gefüllt und ihr war klar, dass sie so nur schwer vorankommen würde. Noch im Laufen zog sie ihre Pistole, hielt sie nach oben und gab einen Schuss ab. Die Bewohner wichen schreiend auseinander, warfen sich in Deckung. So kam sie zwar ungehindert voran, aber für ihre Verfolger war es auch ein Leichtes, ihre Spur nicht zu verlieren.

Sal bog um eine weitere Ecke und blieb abrupt stehen. Sie drückte sich an die Wand und glitt hinunter in die Hocke, schloss die Augen und nahm zwei tiefe Atemzüge. Dann schob sie ihren Kopf langsam nach vorn.

Vier Sicherheitsleute bahnten sich einen Weg durch die Gasse, durch die sie gerade gekommen war, stiegen und sprangen über die verängstigten Einwohner hinweg. Sal zählte innerlich herunter, legte ihre Waffe dann im linken Ellbogen an, um besser zielen zu können und schob sich blitzartig aus der Deckung.

Der erste Wachmann war vielleicht zehn Schritte von ihr entfernt und schrie auf, als die Schützin aus der Deckung kam. Sal ließ ihm keine Zeit, noch etwas anders zu tun. Sie drückte dreimal ab und schob sich zurück um die Häuserecke. Die Kugeln trafen den Mann in die Brust und rissen ihn von den Beinen. Es war völlig egal, ob eine Schutzweste das Schlimmste verhindert hatte oder nicht. So oder so würde er nicht mehr in der Lage sein, Sal zu verfolgen. Seine Begleiter drückten sich an die Seiten der Gasse, gingen in Deckung. Einer von ihnen feuerte dorthin, wo Sal aufgetaucht war, und die aufspritzenden Splitter waren Zeichen genug für die Schützin. Sie lief weiter.
Ihre Verfolger waren nun gewarnt und gingen vorsichtiger vor, aber es bedurfte augenscheinlich mehr als ein bisschen Gegenwehr, um sie von ihren Plänen abzubringen. Noch dazu zog der Schusswechsel die Aufmerksamkeit anderer Sicherheitsleute in der Umgebung auf sich.
Sal bog wieder um eine Ecke, rannte einige Meter weiter und tauchte dann unter einen der unzähligen Waggons ab. Sie rollte unter dem schweren Waggon hindurch, kam auf der anderen Seite wieder in die Höhe und folgte der Gasse weiter, während sie versuchte, die Orientierung zu behalten. Jetzt zu den anderen zu laufen, wäre blanker Wahnsinn gewesen. Sie musste es irgendwie schaffen, ihre Verfolger abzuschütteln – wahrscheinlich waren die Gleise der Zugführer oder der Landstreicher dafür am besten geeignet. Die Sicherheitsleute würden ihr dorthin sicher nicht folgen.
Sie erreichte eine langgezogene, schmale Gasse, die von einem einzelnen Scheinwerfer erleuchtet wurde. Die Menschen hier liefen panisch umher, sodass sie von dem erwartungsgemäß erfolglosen Versuch absah, sich mit einem weiteren Warnschuss Platz zu verschaffen. Diesmal würde sie sich damit viel eher schaden, als dass es ihr helfen könnte. Gerade hatte sie die Hälfte der Gasse hinter sich gebracht, war mit Sprüngen und unsanften Stößen weitergekommen, da sah sie, wie am gegenüberliegenden Ende zwei Wachleute in die Gasse einbogen. Sal

bremste ab und wirbelte auf dem Absatz herum, doch am anderen Ende schoben sich ihre drei Verfolger gerade in die Gasse hinein. Es galt, keine Zeit zu verlieren. Sie riss die Pistole hoch und legte mit beiden Händen auf den Scheinwerfer an. Ein Atemzug, um sich zu sammeln, dann jagte sie zwei Kugeln los. Die Schüsse peitschten, und fast im gleichen Moment stoben Funken auf, als der Scheinwerfer seinen Geist aufgab und die Gasse in schummrige Dunkelheit getaucht wurde. Sie nutzte das Überraschungsmoment und drängte sich in einen der Waggons hinein, in der Hoffnung, auf der anderen Seite hinauszukommen.

Der Waggon diente ganz offensichtlich einer Großfamilie als Wohnung – ein gutes Dutzend Augenpaare starrte sie panisch aus dem Halbdunkel an. Ohne den Bewohnern Zeit für eine Reaktion zu geben oder sich zu erklären, machte sie einen beherzten Satz auf die andere Seite des Waggons. Mit Schrecken stellte sie fest, dass es nur die eine Tür gab, durch die sie hereingekommen war, und keine Luke auf der anderen Seite.

Doch der Waggon schien aus Holz, Jahrzehnte alt. Sie hatte nur diese Chance, wenn sie ihren Verfolgern entkommen wollte. Mit der Schulter voran warf sie sich gegen die morsche Innenwand des Waggons. Es knirschte und knackte, aber durchgebrochen war sie nicht. Sal taumelte zwei Schritte zurück, dann warf sie sich erneut nach vorne. Diesmal knackte das Holz und zerbarst. Sal verlor das Gleichgewicht und stürzte durch das Loch in der Holzwand auf der anderen Seite aus dem Waggon. Mühsam kam sie wieder hoch und registrierte zufrieden, dass es lediglich ihre Schulter war, die schmerzte, und dass sie noch laufen konnte.

Sie rannte weiter, doch jetzt hatte sie vollständig die Orientierung verloren. Ihre Schritte brachten sie auf einen weitläufigen Platz, irgendwo zwischen den Gleisen. Viele Menschen waren hier, offenbar war es eine Art Markt. Hinter sich hörte sie die wütenden Schreie der Sicherheitsleute. Während sie rannte, suchten ihre Augen nach der nächsten Möglichkeit, die Verfolger abzuschütteln. Langsam, aber sicher merkte sie, wie kräftezehrend die kurze, aber wilde Verfolgungsjagd war, ihre Lungen begannen zu brennen. Ihr geschultes Auge flog über die Menschenmenge und sie wurde fündig. Am gegenüberliegenden Ende des Platzes erblickte sie eine Gruppe von Zugführern, die sich um einen Ausschank die Zeit vertrieben.

Ohne Zögern beschleunigte sie noch einmal ihre Schritte und hielt genau auf die Gruppe zu. Die ersten Zugführer bemerkten die Frau, die wie vom Teufel gehetzt mit einer Pistole in der Hand auf sie zusteuerte, und griffen nach ihren Waffen. Dann aber passierte genau das, worauf Sal gehofft hatte. Kurz nachdem man sie gesehen hatte, entdeckte man auch ihre Verfolger. Offenbar war eine Gruppe lärmender, fluchender und waffenschwingender Sicherheitsleute viel interessanter als Sal. Die Zugführer ließen Sal passieren und empfingen die Sicherheitsleute mit erhobenen Waffen. Die hielten auf halber Strecke inne, als sie sahen, was sie erwartete. Offenbar wollten sie keinen Schusswechsel mit den Zugführern riskieren und zogen sich über den Platz zurück.

Sal bemerkte das alles nicht mehr. Sie war um die nächste Ecke gebogen.

„Die Schulter ist in Ordnung. Das wird einen schönen blauen Fleck geben, aber ansonsten wohl keine Probleme. Und die paar Schrammen werden dich sicher nicht umbringen."

Perry betastete behutsam Sals Schulter. Sal nickte ihm zu und zog ihr T-Shirt wieder an.

„Das ist ja eine dicke Geschichte", sagte Eris nachdenklich, während er dem Arzt bei der Arbeit zusah. Sal hatte in jedem Detail geschildert, was ihr passiert war, während Perry sich ihre Verletzungen ansah. „Meinst du, dass dich einer von ihnen erkannt hat?"

Sal schürzte nachdenklich die Lippen.

„Ich weiß nicht. Im Waggon wahrscheinlich nicht. Aber vielleicht hat einer der Verfolger ein gutes Auge gehabt.

Perry schüttelte den Kopf, während er seine Sachen wieder zusammenpackte. „Unwahrscheinlich“, mischte er sich ein.
Eris und Sal sahen ihn fragend an.
„Jetzt tut mal nicht so“, murmelte der Arzt in seinen Bart. „Es ist nicht das erste Mal, dass ihr das erlebt. Bei so einer Verfolgung kommt das, was man Biochemie nennt, zum Tragen. Der Körper schüttet Adrenalin aus und außerdem ist man so damit beschäftigt, an seinem Ziel dranzubleiben, dass man für Details keine Zeit hat. Die Sicherheitsleute werden sich also ziemlich sicher dran erinnern, dass sie eine Frau verfolgt haben, aber bei allen anderen Sachen gehen die Geschichten dann auch schon auseinander. Größe, Haarfarbe, Kleidung und so weiter.“
Perry tippte der Schützin auf die Stirn.
„Keiner von uns würde bezweifeln, dass Sals Augen erstklassig sind. Vielleicht sogar perfekt. Sie kann Dinge sehen, die uns entgehen. Sie merkt sich die kleinsten Details. Aber wenn ich dich nun bitte, uns deine Verfolger zu beschreiben? Jeden einzelnen?“
Sal schloss die Augen und schüttelte den Kopf.
„Es waren Sicherheitsleute. Schwarze Westen, automatische Waffen. Da hört es aber auch schon auf.“
„Bitte. Beweisführung beendet“, lächelte Perry, schlenderte zu seiner Matratze und ließ sich nieder.
„Und könntest du ihn wiedererkennen?“ Eris blickte Sal fragend an.
„Ich bin ihm vorher durch die halbe Stadt gefolgt. Ja, ich denke, den Zugführer könnte ich wiedererkennen. Bei der Frau bin ich mir nicht so sicher. Die habe ich nur von oben gesehen und sie hat eine Mütze getragen.“
„Es ist doch völlig egal, wer hier wen wiedererkennen kann und wer nicht. Ich denke, wir sollten unsere Chance nutzen und verduften, bevor es losgeht. Vorausgesetzt, das, was Sal aufgeschnappt hat, stimmt“, mischte Perry sich wieder ein.
Eris ging ein paar Schritte auf und ab, dann schüttelte er den Kopf.

„Das passt mir nicht. Wenn die Sicherheitsleute wirklich durchziehen, was sie da planen, und damit durchkommen, dann wird Yard ein ziemlich ungemütlicher Ort."
„Eris, du kannst nicht auf zig Hochzeiten gleichzeitig tanzen. Ich dachte, wir bringen François und diese Datenspeicher in seine Heimat. Es war nie die Rede davon, sich in den Kampf um eine Siedlung verwickeln zu lassen. Vor allem nicht, wenn es Yard ist." Missmutig verzog Perry das Gesicht.
Noch bevor Eris darauf antworten konnte, schaltete Sal sich ein. „Du hast schon recht, Perry. Aber was machen wir dann in Zukunft? Yard ist die einzige große Stadt im Umkreis von ein paar Tagesreisen, sonst sind da nur noch Siedlungen. Es gibt bessere Orte als diese Stadt, ja. Aber in Yard bekommen wir nun mal die Sachen, die wir hin und wieder brauchen. Die Händler hier sind erstklassig ausgestattet."
„Ja glaubst du denn, sobald die Sicherheitsleute an der Macht sind, werden sie nicht mehr handeln und alles für sich behalten?", polterte Perry los. „Das ist Schwachsinn! Yard ist groß, aber auch Yard ist auf die Versorgung durch Karawanen angewiesen. Also wird es auch Händler geben, mit denen man Geschäfte machen kann."
Eris hob die Hände und drängte sich zwischen seine Begleiter, um weitere Wortgefechte zu verhindern.
„Gut, gut. Lasst uns darüber jetzt nicht streiten. Vielleicht können wir aus der Sache auch Profit schlagen, uns nicht in irgendetwas hineinziehen lassen und Yard verlassen, bevor es losgeht."
„Oh, jetzt bin ich aber gespannt", grummelte Perry mit einem sarkastischen Unterton.
„Ich schätze", begann Eris, ohne auf den Arzt zu reagieren, „dass es bei den Zugführern ein paar Leute gibt, die an der Geschichte interessiert wären."
„Super. Und hast du auch darüber nachgedacht, wie sehr die unser Geschichte glauben werden? Ich meine, wir sind immerhin Unbekannte von außerhalb, das trägt nicht gerade zu unserer Glaubwürdigkeit bei."

„Man könnte es versuchen."
„Versuchen? Du willst es auf einen Versuch ankommen lassen? Eris, die Lage hier in Yard ist angespannt. Der Versuch kann ganz schnell nach hinten losgehen und schon stellen die uns an die Wand. Wahrscheinlich geraten wir an irgendeinen paranoiden Zugführer, der in unserer Geschichte Verrat wittert, mit dem wir ihn auf die falsche Spur schicken wollen."
Perry hielt inne und holte tief Luft. „Leute, ihr wisst, dass ich sonst immer dabei bin. Wir haben das eine oder andere durchgestanden. Aber wir haben streng genommen nichts mit der Sache hier zu tun. Ich bin dafür, wir halten uns da raus und sehen zu, dass wir Yard möglichst schnell verlassen. Alles andere wird einfach nur darin enden, dass wir uns die Finger verbrennen."

Mit dem ersten Tageslicht waren sie aufgebrochen. Perry hatte sich dafür ausgesprochen, Yard schon in der Nacht zu verlassen, musste aber einsehen, dass sie damit erst recht ungewollte Aufmerksamkeit auf sich gezogen hätten. Ganz davon abgesehen war Eris in der Dunkelheit keine große Hilfe.
Ihr Ziel lag im Westen. Dort zeichnete sich eine Bergkette am Horizont ab. Die alte Straße, die ihnen in den letzten Wochen so gute Dienste geleistet hatte, verlief parallel zu den Bergen und war ihnen damit keine große Hilfe mehr. Bald schon mussten sie den brüchigen Asphalt verlassen und sich durch das hohe Gras der Ebene schlagen. Sie machten einen kleinen Trampelpfad aus, der in die gewollte Richtung führte, folgten ihm und kamen so immerhin besser voran. Hin und wieder passierten sie Relikte aus der Zeit DAVOR, verrottete Überreste von Landmaschinen, alte Zaunpfähle, deren Draht längst dem Zahn der Zeit anheimgefallen war, und hin und wieder Ruinen von kleinen Gebäuden.
In der Zeit DAVOR hatte man hier offenbar Landwirtschaft betrieben, aber die Katastrophe musste die Bauern aus ihrer Heimat vertrieben haben, sodass in den folgenden Jahren alles verfallen war.

Es war noch nicht Mittag, da wurde die kleine Gruppe durch einen Pfiff von Sal alarmiert. Wie so oft war die Schützin einige Meter vor ihren Begleitern unterwegs, doch ihr warnender Pfiff galt nicht etwa einer Besonderheit vor ihnen. Sal hatte sich umgedreht und blickte zurück in Richtung Yard. Die Silhouette der Stadt war mittlerweile ein gutes Stück kleiner geworden.

Die Gruppe war irritiert, versuchte zu erkennen, was die Schützin meinte. Es dauerte nicht lange, da hatte es auch der Letzte unter ihnen entdeckt. Eine Staubwolke auf der alten Straße, von Yard kommend. Während Perry und Tyler mutmaßten und François aufgrund seiner Augen kaum was erkannte, beeilte Eris sich, seinen alten Feldstecher hervorzuholen. Vorsichtig stellte er die Optik ein und kniff die Augen zusammen.

„Reiter, vielleicht zwei Kilometer“, bemerkte Sal hinter ihm. Die Schützin hatte wieder zur Gruppe aufgeschlossen.

„Elf Stück, Entfernung stimmt“, kommentierte Eris den scharfen Blick der Schützin anerkennend. Er reichte ihr den Feldstecher hinüber. Nun kam es auf Sekunden an. Sal griff nach dem Gerät, presste es an die Augen und beobachtete.

„Fast. Es sind zwölf Reiter. Schwarze Sicherheitswesten und bewaffnet“, fasste die Schützin knapp zusammen.

„Wo wollen die hin?“, fragte Perry. Der Arzt hatte es aufgegeben, etwas erkennen zu wollen.

„Zu uns“, sagte Sal tonlos und reichte Eris den Feldstecher zurück.

„Wie kommst du …“, begann Eris.

„Elf Sicherheitsleute und ein Zugführer. Unpassende Kombination, findest du nicht?“

Alle weiteren Erklärungen hatten zu warten. Eris hastete zum Muli und zerrte seine Schutzweste aus dem Gepäck. Sal nahm ihr Gewehr in beide Hände und sprintete ohne ein erklärendes Wort davon. Zurück blieben Perry, Tyler und François, die Eris fragend anblickten. Der Hochgewachsene zwängte sich in die Schutzweste und sah sich um. Keine hundert Meter von ihnen entfernt stand die Ruine eines alten Schuppens aus Wellblech,

und davor, von der Natur fast vollständig überwuchert, ein alter Traktor.
„Schnell, da rüber!“, brachte Eris hervor. Während die drei Männer im Laufschritt zu dem Gebäude hasteten, die Tiere samt Reiter hinter sich herziehend, versuchte Eris, einen Plan zu entwickeln.
„Perry, gib mir deine Granaten. Ihr beide geht mit François in den Schuppen, dort habt ihr am meisten Deckung. Zieht die Schutzwesten an. François nimmt die von Sal. Wenn es hier draußen wild werden sollte, mischt euch ein. Vorher nicht!“
Die Truppe hatte den alten Schuppen erreicht. Das Wellblech war verrostet, an vielen Stellen klafften Löcher in der Wand, doch es musste als Deckung genügen. Eris hob den nervösen Gelehrten aus dem Sattel und stieß ihn in den Schuppen, während Tyler und Perry ihre Rucksäcke vom Muli nahmen und durch die Tür in die Dunkelheit warfen. Danach drängten die Männer auch in das Gebäude. Eris nahm Pferd und Maultier am Zügel, lief mit ihnen einige Meter vom Schuppen weg und trieb sie mit einigen raschen, ungezielten Schlägen hinaus in die grüne Ebene. Für den Moment wären die Tiere nur hinderlich gewesen – und wenn sie das hier überstehen sollten, hatten sie später genügend Zeit, die Viecher wieder einzusammeln.
Er wandte sich um und betrachtete den alten Traktor. Mit schnellen Schritten war er bei der verrotteten, überwucherten Maschine. Ohne zu zögern, kroch er darunter und hinter das große Hinterrad, war nun durch sprießendes Gras vor feindlichen Blicken verborgen.

+++

„Sie haben sich aufgeteilt. Ein paar sind zu dem Schuppen, die anderen sind mit den Tieren davon“, kommentierte der Späher, was er durch das alte, kaum noch zu gebrauchende Fernglas sah.
„Prächtig. Dann sind sie es auf jeden Fall.“ Der kräftige Sicherheitsmann, der die Truppe anführte, kniff die Augen zusammen

und betrachtete das Geschehen in der Ferne. Da war unverkennbar der marode Schuppen, während rechts davon, in der Ebene, Bewegung zu erkennen war. Auf die Entfernung konnte er keine Details ausmachen, aber der Größe nach mussten das die Pferde sein, die der Späher gemeint hatte. Er gab drei seiner Leute einen Wink, und wortlos ritten sie los, um die mutmaßlich Flüchtenden abzufangen.

„Wir schnappen uns den Rest beim Schuppen", befahl er den anderen.

„Siehst du, dann habe ich doch recht gehabt", bemerkte der alte Zugführer, der zu ihm aufgeschlossen hatte.

„Wenn du es gestern Abend nicht völlig vermasselt hättest, müssten wir jetzt nicht irgendwem in dieser beschissenen Ebene nachjagen", murmelte der Sicherheitsmann abweisend.

„Warum denn ich? Kann doch sein, dass diese Schlampe euch gefolgt ist!", verteidigte sich der Zugführer.

„Unwahrscheinlich. Wir passen auf."

„Deshalb ist sie euch auf dem Dach des Waggons ja auch sofort aufgefallen, nicht?", entgegnete der Zugführer zynisch.

„Ach, halt's Maul! Und hoffe einfach, dass unsere kleine Spionin darunter ist. Ansonsten …" Der Sicherheitsmann sprach nicht weiter, sondern fuhr sich mit dem Daumen langsam über den Hals. Dann gab er seinem Pferd die Sporen und ritt mit seinen Männern los.

Etwa fünfzig Schritte vom Schuppen entfernt hielten die neun Reiter. Sieben von ihnen stiegen ab und machten ihre Waffen bereit, während ihr Anführer auf seinem Pferd sitzenblieb. Auch der Zugführer blieb im Sattel und versuchte, ein Stück weit hinter den kampferprobten Männern zu bleiben. Zögerlich zog er eine kleinkalibrige Pistole, was angesichts der schweren Bewaffnung seiner Begleiter einer gewissen Komik nicht entbehrte.

Der Anführer musterte den Schuppen, dann formte er die Hände zu einem Trichter und schrie: „Wir wissen, dass ihr dort drinnen seid! Wir wollen nur die Frau, der Rest kann weiterziehen!"

Niemand antwortete ihm. Er kniff seine Augen zusammen, um eine Bewegung im Schuppen zu erkennen, aber alles lag still.
„Wenn wir euch dort herausholen müssen, sieht es anders aus!“
Wieder gab es keine Antwort. Er hasste diese Situationen, wenn sich der Gegner wie ein zäher Hund aufspielte und die ganze Angelegenheit verkomplizierte.
„Also gut. Ihr hattet eure Chance!“, brüllte er und zog eine große Pistole, neben der die Waffe des Zugführers wie Spielzeug erschien.
Er gab seinen Männern einen Wink und die sieben rückten in zwei Gruppen vor. Sie machten Halt an dem alten Traktor, wo eine Gruppe in Stellung ging und mit ihren Waffen auf den Schuppen zielte. Die andere Gruppe hingegen fächerte sich auf und näherte sich in breiter Formation dem Schuppen. Sie waren keine fünf Schritte mehr von dem Schuppen entfernt, als ein greller Lichtblitz am Traktor aufzuckte und die Männer dort für einen Sekundenbruchteil in ein gleißendes Licht tauchte. Mit dem Blitz kam ein ohrenbetäubender Knall, der über die Sicherheitsleute hinwegfegte. Zwei der Männer taumelten orientierungslos nach hinten.

+++

Eris kniff die Augen zusammen und öffnete den Mund weit, als die Explosion der Betäubungsgranate über ihn hinwegrollte. Zwar schluckte das große Rad, hinter dem er sich verbarg, den Großteil der Wucht, doch der Knall erwischte auch sein Gehör. Knackend und schmerzend meldeten sich seine Trommelfelle, dann war da dieses Pfeifen, das alle anderen Geräusche übertönte. Er kämpfte gegen die Desorientierung an und rollte sich zur Seite, den schweren Revolver in der Hand. Jeder Schuss musste sitzen. Sein Revolver fasste sechs Kugeln, und Zeit zum Nachladen würde ihm nicht bleiben.
Einer der Sicherheitsleute war nach vorn gesackt und kniete orientierungslos und benommen an dem überwucherten Trak-

tor. Eris machte mit einem Blick den Klettverschluss aus, der die Schutzweste des Mannes zusammenhielt, rammte dem Mann den Lauf seines Revolvers genau an dieser Stelle in die ungeschützte Seite und drückte ab. Der Sicherheitsmann schrie gurgelnd auf und kippte seitlich weg.

Die Explosion war das Zeichen für Perry und Tyler gewesen. Während die Angreifer sich verwirrt nach der Explosion hinter ihnen umdrehten, schob sich Perry in den Türrahmen. Bellend entlud sich der erste Lauf seiner Schrotflinte. Der Angreifer, der das Pech hatte, dem Eingang am nächsten zu sein, wurde von den Beinen gerissen. Ohne zu zögern, legte Perry auf den nächsten Mann an und drückte ab. Dieser versuchte noch, beherzt zur Seite zu springen, doch die Schrotladung riss üble Wunden in sein rechtes Bein. Perry huschte aus der Schusslinie der Angreifer.

In dem Moment, als Perry in der Tür erschienen war, eröffnete Tyler das Feuer. Der Junge hatte sich in dem Schuppen bäuchlings hingelegt und schob seine Waffen nun durch eines der Löcher in der Wellblechwand. Ohne zu zielen, drückte er in rascher Abfolge ab und nahm den Bereich vor dem Schuppen dabei unter Sperrfeuer. Tödlich getroffen sank ein weiterer Sicherheitsmann zu Boden, während sich sein Begleiter noch rechtzeitig flach auf den Bauch warf. Die Kugeln rasierten über ihn hinweg.

Von dem Kampfeslärm aufgeschreckt, wieherten die Pferde der Angreifer nervös und stoben auseinander. Der Anführer der Sicherheitsleute und der Zugführer hatten Mühe, nicht von den Tieren geworfen zu werden, während sie versuchten, zu begreifen, was passierte. Gerade wollte der stämmige Sicherheitsmann seinen Leuten einen Befehl zuschreien, da donnerte hinter ihm ein Schuss. Die Kugel pfiff heran und traf den Mann im Genick, ließ ihn vornüber vom Pferd stürzen. Er war tot, noch bevor er den Boden berührte.

Eris legte auf den nächsten Gegner an, der schockiert auf seinen erschossenen Kameraden blickte. Die Hektik machte es unmöglich, zu zielen, und so visierte er lediglich die Brust des Mannes an und drückte zweimal ab. Der Sicherheitsmann stürzte nach hinten.

Währenddessen hatte der Verwundete vor dem Schuppen seine Maschinenpistole in Anschlag gebracht und feuerte ungezielte, lange Feuerstöße auf den Eingang des Schuppens. Die Kugeln durchschlugen mit Leichtigkeit das rostige Wellblech. Im Innern des Schuppens versuchte Perry hastig, eine neue Patrone in seine Flinte zu schieben, während Staub und Splitter auf ihn herabregneten. Auch Tyler hatte innerhalb von Sekunden seine Magazine verschossen und mühte sich nun damit ab, seine Pistole nachzuladen.

Panisch sah er, wie der unverletzte Angreifer, den er vor wenigen Sekunden so haarscharf verfehlt hatte, sein Sturmgewehr unter seinem Körper hervorzerrte und auf ihn anlegte. Es war eine Frage von Augenblicken, und obgleich es Tyler wie eine halbe Ewigkeit vorkam, die er brauchte, um eine seiner Pistolen schussbereit zu bekommen, waren es tatsächlich nur Sekundenbruchteile. Sekundenbruchteile, die über Leben und Tod entscheiden würden. Er realisierte, dass die Waffe bereit war, hielt sie grob in Richtung des Angreifers und drückte ab. Über das Knallen des Schusses und das Aufblitzen des Mündungsfeuers nahm er wahr, wie auch bei seinem Gegner einmal das Mündungsfeuer aufblitze. Dann explodierte Schmerz in seinem linken Arm.

Wie in Zeitlupe sah der Zugführer den Sicherheitsmann umfallen und er entschied, dass dies nicht der Tag war, an dem er sterben wollte. Hastig wendete er sein Pferd und gab ihm die Sporen. Er war keine fünf Meter weit gekommen, da blitzte es im Gras vor ihm auf. Während sein Gehirn noch damit beschäftigt war, den Reiz zu verarbeiten, traf ihn ein Präzisionsgeschoss in die Brust. Seine Hände verkrampften sich in den Zügeln des Pferdes und so zog er das Tier mit sich, als er nach hinten aus dem Sattel stürzte. Das Pferd stieg in die Höhe, verlor das Gleichgewicht und begrub ihn unter sich.

Eris schwenkte den Arm herum und legte auf den nächsten Sicherheitsmann an. Dieser schien in dem Chaos um ihn herum noch am besten die Orientierung behalten zu haben und riss die Maschinenpistole hoch. Mitten in seiner Bewegung stockte Eris, fluchte innerlich und rollte sich wieder hinter das schwere Metallrad, während der Mann abdrückte. Funken stoben auf, als die Geschosse in den uralten Traktor einschlugen. Ein brennender Schmerz schoss durch Eris' rechte Wade und er unterdrückte einen Schmerzensschrei.
Mit einem Seitenblick registrierte Perry den Aufschrei seines Neffen. Wut wallte in ihm auf, und ohne auf seine Deckung zu achten, schob er sich in einer kurzen Pause zwischen den Feuerstößen wieder in den Türrahmen. Er legte an und drückte ab. Die Schrotladung traf den verwundeten Schützen mitten ins Gesicht. Noch im gleichen Moment ließ Perry die Waffe fallen, drehte sich um und eilte zum angeschossenen Tyler hinüber.
Sal stand auf, das Präzisionsgewehr immer noch im Anschlag. Ruhig, völlig unbeeinflusst von dem Chaos, das hundert Meter von ihr entfernt stattfand, legte sie auf einen der beiden letzten Sicherheitsleute bei dem Traktor an. Sie zielte, hielt den Atem an und drückte ab. Tödlich getroffen sank der Mann ins Gras.
Eris zog sich, vor Schmerz stöhnend, unter dem alten Traktor hervor, setzte sich auf und lud hastig seinen Revolver. Noch war dieser Kampf nicht vorüber, die Gefahr nicht gebannt. Irgendwo in der Nähe waren noch die drei anderen Reiter.
Sal hatte sie als Erste entdeckt. Die Männer waren von der Explosion und den Schüssen alarmiert worden und hielten nun auf den Schuppen zu. In aller Ruhe legte die Schützin auf den ersten Reiter an und drückte ab. Dreihundert Meter vom Schuppen entfernt stürzte er aus seinem Sattel. Einen Augenblick darauf drückte Sal erneut ab. Diesmal hatte die Zeit nicht gereicht, um richtig zu zielen, und so traf sie statt des Reiters sein Pferd. Seine Wirkung verfehlte dieser Treffer trotz alledem nicht. Das Tier geriet ins Straucheln und stürzte, der Reiter wurde aus dem Sattel geschleudert und landete unsanft einige

Meter entfernt im Gras. Er musste schon unheimliches Glück gehabt haben, wenn ihm der Sturz nur ein paar Knochen gebrochen hatte. Der dritte Reiter hingegen entschied, dass dies nicht sein Kampf war, und riss sein Pferd nach links. In vollem Galopp entfernte er sich vom Kampfplatz, hielt wieder auf das entfernte Yard zu.

Sal atmete tief durch und folgte dem Mann durch ihr Visier. Sie schätzte kurz ab, hielt die Waffe vor und drückte ab. Zufrieden sah sie, wie der Flüchtende aus dem Sattel gerissen wurde.

Es waren weniger als dreißig Sekunden seit der Explosion vergangen.

„Und, wie geht's dem Kleinen?", knurrte Eris, während Perry sein Bein untersuchte.

„Streifschuss. Mach dir um Tyler mal keine Sorgen."

„Dafür hat er aber ziemlich geschrien. Hab' gedacht, es sei schlimmer."

„Der Junge hat gerade eben die erste Schussverletzung seines Lebens bekommen. Der Schock dabei ist nicht von schlechten Eltern. Ich habe ihm zwei Tableten gegeben, der schläft sich erst einmal aus."

Behutsam betastete der Arzt die Wunde im Unterschenkel seines Begleiters.

Eris biss die Zähne zusammen, doch er konnte das Stöhnen nicht unterdrücken.

„Soll ich es dir betäuben?", erkundigte sich Perry, obwohl er die Antwort nur zu gut kannte.

„Wie schlimm ist es denn?"

„Du hast Glück gehabt. Sauberer Durchschuss. Blutet übel, aber ansonsten nichts Bedrohliches."

„Danke, dann kann ich drauf verzichten."

„Hab' ich mir fast gedacht."

Perry zog seinen zerbeulten Flachmann hervor und reinigte die Wunde seines Begleiters mit dem hochprozentigen Alkohol. Dann nahm er eine Feldflasche und spülte die Verletzung noch ein-

mal. Offensichtlich zufrieden mit seiner Arbeit verpasste er dem Unterschenkel noch eine Injektion und verband ihn.
„Solange du das Bein die nächsten Tage schonst, wird es dir schon nicht abfallen. Ich gebe dir ein paar Tableten zur Vorsorge. Eine morgens und eine abends für die nächsten drei Tage. Wäre eine Schande, wenn die Wunde sich entzünden würde, oder?"
Damit reichte er Eris einen angebrochenen Tabletenblister.
„Jawohl", murmelte Eris und lehnte sich erschöpft zurück.
„Und ich werde dir trotzdem was gegen die Schmerzen geben. Nimm es jetzt, danke mir später."
Missmutig nahm Eris die Tablete und spülte sie mit einem großen Schluck aus der Feldflasche hinunter.
Zwölf Angreifer und ein Pferd lagen tot um den Schuppen herum. Sal machte sich daran, den Toten ihre Waffen abzunehmen und sie zu sammeln. Perry schloss sich ihr an. François saß abseits des Schlachtfeldes. Für den Gelehrten war das alles einfach zu viel. Zu viel Lärm, zu viele Schüsse, zu viel Gefahr, zu viel Blut und letzten Endes auch zu viele Leichen. Bleich saß er im Gras. Perry hatte Tyler aus dem Schuppen herausgezogen und an die durchlöcherte Wand gesetzt. Dort döste der Junge nun vor sich hin, den linken Oberarm verbunden.
Eris wartete einige Minuten, bis die Tablete zu wirken begann, dann stemmte er sich umständlich und stöhnend in die Höhe und belastete das Bein vorsichtig. Schlagartig war der Schmerz wieder da und mit einem unterdrückten Fluch klammerte er sich an dem Traktor fest und wartete, bis es erträglicher wurde. Nach einigen Sekunden humpelte er zu den anderen. Perry blickte kurz auf, während er sich an den Taschen eines Toten zu schaffen machte. Für einen Moment wollte er Eris etwas zurufen, doch dann schüttelte er den Kopf. Der Mann war eh unverbesserlich und würde sich nicht schonen, egal, was er sagte.
Sal hatte sieben der herrenlosen Pferde zusammentreiben können und ein Stück abseits, in aller Seelenruhe grasend, das Muli gefunden. Von dem alten Gaul des Gelehrten hingegen fehlte

jede Spur. François war nach einiger Zeit zu Perry, Eris und Tyler herübergekommen, während er es peinlich genau vermied, einen Blick auf die Erschossenen zu werfen.
„War das wirklich nötig?“, fragte er und ließ sich neben dem dösenden Tyler nieder.
Eris, gerade damit beschäftigt, die Waffen der Männer zu prüfen, blickte kurz auf.
„Die sind nicht gekommen, um mit uns zu verhandeln, weißt du?“
„Aber hätte man nicht …?“, begann der Gelehrte zaghaft und nahm sich wieder einmal die Brille von der Nase.
„Was? Reden? Offensichtlich haben sie nach Sal gesucht, weil sie zu viel gehört hat. Glaub mir, die hätten ihr nicht auf die Finger geklopft, die hätten sie erschossen. So löst man heute eben die meisten Probleme.“
„Aber …“, begann François, während er nervös die Brille zwischen den Fingern hin und her schob.
„Es gibt kein Aber. Sie hätten Sal erledigt, und uns auch, wenn wir uns ergeben hätten. Damit hätten sie ein Problem weniger gehabt. Und um nichts anderes ging es.“
„Musstet ihr sie denn alle töten?“
Eris zuckte mit den Schultern und prüfte die nächste Waffe.
„Sie hätten das Gleiche mit uns gemacht. Es gibt manchmal Momente, da musst du dich ganz schnell entscheiden, wenn du überleben willst. Klar wäre es schön gewesen, nicht alle von ihnen niederzuschießen, und verdammt, ja, ich hätte mich gefreut, noch ein paar Antworten zu bekommen.“
Er war bei den letzten Worten lauter geworden, und als er es bemerkte, hielt er inne und sah den Gelehrten entschuldigend an. François war wieder ein Stück in sich zusammengesackt.
„Aber wir hatten nun mal nicht die Chance, darauf zu achten. Es kam auf jede Sekunde an, und während wir den Kerlen vielleicht nur in die Beine geschossen hätten, hätten die alle Zeit der Welt gehabt, uns über den Haufen zu pusten. In solchen Momenten immer erst auf sich selbst achten, das hält dich am Leben.“

François schien von der Antwort immer noch nicht überzeugt, doch er war aus seiner ängstlichen Haltung heraus und nickte.
„Vielleicht", begann er, „hast du recht. Ihr seid die Spezialisten und habt sicher schon den einen oder anderen Überfall hinter euch. Ihr wisst, worauf es ankommt."
Eris hielt inne und nickte.
„Wenn es anders sicherer gewesen wäre, hätte ich es anders gemacht. Glaub mir."
Er hatte aus den Waffen der Angreifer ein Sturmgewehr gezogen. Er wog die Waffe in den Händen, prüfte sie ausgiebig. Zufrieden nickte er und legte die Waffe zur Seite.
Sal kam zu den Männern zurück, nachdem sie die Tiere am Traktor angebunden hatte. Sie kniete sich neben Eris und drückte ihm einen langen Kuss auf den Mund. Es war ihre Art, sich darüber zu freuen, dass sie es überstanden hatten, und er hatte dagegen nichts einzuwenden.
„In den Satteltaschen ist ein bisschen was zu Beißen und Wasser. Genug für einen Tag, mehr nicht. Die wollten wirklich nicht lange aus Yard weg", setzte sie an, als sie sich ins Gras fallen ließ.
„Irgendwie werden sie uns – oder eher dich – erkannt haben, als wir heute Morgen aus Yard raus sind. Das spricht übrigens gegen deine Theorie, Perry." Er lächelte den Arzt an.
Perry holte tief Luft und wollte zu einer Erklärung ansetzen, doch dann winkte er einfach nur ab. Ihm war es zu dumm, jetzt die möglichen Zusammenhänge zu erklären – und ihm war auch nicht nach einer langen Diskussion zumute.
Stattdessen stand er auf und blickte über die Ausrüstung der Toten.
„Also gut. Wir haben sieben Pferde und ein Maultier, einen Haufen Waffen und Munition. So wie ich das sehe, können wir unsere beschissenen Schutzwesten gegen ihre eintauschen. Die sind bequemer und leichter und halten wahrscheinlich mehr aus. Ein paar Medikamente und Verbandszeug, ansonsten persönlicher Kram."
Eris nickte zustimmend.

„Sucht euch aus den Waffen und der Munition das, was ihr braucht. Perry, am besten nimmst du für deinen Neffen hier 'ne Maschinenpistole mit. Genug Munition dafür hatten die Kerle dabei und das Ding macht von allen Waffen immer noch den besten Eindruck. Damit kann er das nächste Mal besser Sperrfeuer legen als mit seinen Pistolen."

Perry nahm die Waffe, die ihm herübergereicht wurde, und hängte sie sich über die Schulter, dann warf er einen Blick auf die erbeuteten Waffen und schien alle Vorzüge abzuwägen. Eris folgte seinem Blick und deutete auf eine Flinte.

„Am besten, du nimmst die und tauschst sie gegen deine alte. Ist auch 'ne Schrotflinte, schluckt aber mehr Munition als deine doppelläufige Antiquität. Wenn ich mich nicht irre, ist das sogar das gleiche Kaliber."

Der Arzt tat, was Eris ihm riet, und wog die Beute in den Händen. Die Waffe war schwerer und etwas klobiger, aber er verließ sich auf den Rat des Anführers.

„Wenn wir alles haben, sollten wir schleunigst los. Brennt die Sonne erst einmal ein paar Stunden, wird es hier nicht mehr so angenehm sein." Eris stemmte sich hoch und deutete auf einen der Toten in der Nähe.

Zwei Tage später erreichten sie die Ausläufer des Gebirges. François führte sie einige Kilometer am Fuße der Berge entlang, bis sie an eine schmale Straße kamen. Von dort aus führte ihr Weg geradewegs in die Berge. Die Straße erklomm in weitläufigen Serpentinen die Hänge, führte an hochaufragenden, schroffen Felswänden vorbei und suchte sich ihren Weg durch das Felsmassiv.

Tyler hatte den Streifschuss gut überstanden und den Verband schon einen Tag nach dem Kampf wieder abgenommen. Wahrscheinlich würde eine Narbe bleiben, aber das störte den Jungen nicht.

Er hatte seine Feuertaufe überstanden, seinen ersten Schusswechsel überlebt und dabei mindestens zwei Männer erschos-

sen. Die Erkenntnis darüber hatte ihn stiller und nachdenklicher werden lassen.
Eris' Wunde machte – nicht zuletzt aufgrund der guten Versorgung durch Perry – einen guten Eindruck, auch wenn er noch sehr weit davon entfernt war, sein Bein wieder voll belasten zu können. Doch angesichts der Situation hätte es viel schlimmer kommen können und so hielten sich seine Klagen in Grenzen. Es war nicht das erste Mal, dass er in einem Kampf verletzt worden war, und es würde wahrscheinlich nicht das letzte Mal sein. Doch solange es so glimpflich wie in diesem Fall ausging und am Ende kaum mehr als ein paar unschöne Narben blieben, hatte Eris keinen Grund, sich zu beschweren.
Sie ritten unbeschwerter als noch in der Ebene. Hier in den Bergen waren Karawanen selten und damit war natürlich auch die Gefahr, überfallen zu werden, gering. Wachsam waren sie trotz alledem, die letzten Wochen hatten sie das gelehrt.
„Kaum zu glauben, dass irgendwelche Wissenschaftler aus der Zeit DAVOR in einem Bergdorf überlebt haben sollen", meinte Perry gut gelaunt. Seit er nicht mehr seine eigenen Beine bemühen musste, um voranzukommen, war seine Stimmung merklich besser geworden.
„Es ist kein Bergdorf."
François schüttelte den Kopf.
„Ich bin schon ein paar Mal durch die Berge gekommen, auch über diese Route. Es gibt hier nichts als ein paar kleine Siedlungen. Die nächste große Stadt liegt jenseits der Berge", beharrte Perry.
„Naja, wir haben es verstanden, in den letzten Jahren unter uns zu bleiben."
Der Arzt verzog nachdenklich das Gesicht. Es gab tatsächlich genügend Dörfer, die versuchten, mit dieser Art der Isolationspolitik zu überleben. Meist ging das nur einige Zeit gut, dann verirrten sich Reisende oder eine Karawane dorthin. Oder man benötigte dringend etwas von außerhalb und war gezwungen, seine Isolation aufzugeben.

„Hast du nicht gesagt, eure Lager sind voll mit Dingen, die ihr eingetauscht habt? Gegen Wissen?"
„Ja, natürlich. Aber wir waren klug genug, solche Geschäfte immer abseits der Heimat zu machen. Schon in den ersten Jahren nach der Katastrophe war uns klar, dass unsere Heimat, dass wir wichtig waren. Wir waren Wissenschaftler und saßen in einer intakten Forschungseinrichtung. Uns war klar, dass es irgendwann Menschen geben würde, die verstehen würden, wie wichtig unser Wissen ist. Leider neigen die Bewohner dieser Welt dazu, sich mit Gewalt das zu nehmen, was sie wollen."
Perry dachte über die Worte des Mannes nach. „Ihr seid also in die Isolation gegangen, um euch zu schützen", bemerkte er.
„Korrekt. Über die Jahre war es nicht immer einfach, das Geheimnis zu wahren. Es gab mehr als nur ein paar Vorfälle, bei denen alles auf Messers Schneide stand und man uns beinahe entdeckt hätte."
„Aber wie kann man dann überleben? Ihr seid doch auf Waren von außerhalb angewiesen, oder nicht?"
„Wie ich schon sagte. Wir handelten meistens mit unserem Wissen. Wir halfen anderen Siedlungen, einen Notstromgenerator wieder flott zu bekommen, kümmerten uns um ein Bewässerungssystem für Felder oder reparierten andere Relikte aus der Zeit DAVOR. Im Gegenzug erhielten wir, was wir brauchten – oder Dinge, die wir vielleicht irgendwann gebrauchen könnten. Deshalb sind unsere Lager so voll."
„Das habe ich schon verstanden. Aber irgendwie muss das alles doch zu euch gekommen sein."
„Ja, natürlich. Wir haben es immer von unseren Leuten abholen lassen."
„Das klingt aufwändig."
„Es war die Mühe wert."
„Und dabei ist euch nie jemand gefolgt? Ich meine, wenn ich herausbekomme, dass es Leute gibt, die viel über die Zeit DAVOR wissen, und wenn ich einigermaßen klug bin, dann würde ich doch versuchen, herauszubekommen, wo sie leben."

„Das sind die besagten Momente, in denen es auf Messers Schneide stand. Uns ist es bisher immer gelungen, ungesehen zu bleiben. Der beste Beweis dafür ist, dass unsere Siedlung noch keinen Kontakt mit irgendeinem Besucher hatte."
„Entschuldigung, aber das klingt alles etwas unvorstellbar, François."
„Ich weiß, aber wenn du siehst, wie wir leben, wirst du es verstehen."
„Das will ich hoffen. Aber wenn du sagst, es stand auf Messers Schneide, dann haben Leute es also auf Gedeih und Verderb versucht?"
„Uns zu finden? Ja, natürlich. In der Zeit DANACH gab es ein paar Überlebende, die sich daran erinnerten, dass es unsere Einrichtung gab. Unsere Heimat war schon in der Zeit DAVOR eine Art Geheimnis. Sie lag versteckt und war gut bewacht. Das alles zusammengenommen führte zu einer Art Mythos, einer Legende, der Überlebende immer wieder hinterherjagten, die sie aber nie wirklich enthüllen konnten."
Der Arzt legte die Stirn in Falten und blickte den Gelehrten eindringlich an.
„Ich kenne solche Legenden. Sie kursieren überall, meist von irgendwelchen Halbwahnsinnigen in Umlauf gebracht. Aber an allen Legenden ist etwas Wahres, wie deine Geschichte nur zu gut beweist. Ich bin ehrlich. Ich habe an diese Legenden gedacht, als du das erste Mal von deiner Heimat erzählt hast. Und vor ein paar Jahrzehnten habe ich, glaube ich, auch die Legende über so einen Ort hier in den Bergen gehört."
„Was das angeht, so hast du nun Gewissheit. Das ist keine Legende."

+++

Dan lag bäuchlings auf dem schmalen Felsvorsprung. Ein graues Tarnnetz schützte den Späher vor einer Entdeckung, auch wenn es eher unwahrscheinlich war, dass überhaupt jemand

hinauf zu seiner Position blicken würde. Unten, verstreut im weitläufigen Tal, verbargen sich dreißig Soldaten in kleinen Grüppchen. Das überwucherte, grüne Tal bot genügend Möglichkeiten dafür.
Seine Soldaten, die auf sein Wort hörten. Dieser schnelle und unerwartete Aufstieg in der Hierarchie hatte den Späher schlichtweg überrascht. Doch vom ersten Moment an gefiel ihm der Gedanke, dass andere auf sein Wort hören mussten, dass er Anweisungen geben durfte und nicht mehr einfacher Befehlsempfänger war. Ohne Frage war es Macht, die er in vollen Zügen genoss. Mit der Macht, die der General ihm zugesprochen hatte, kam aber auch die Verantwortung. Unmissverständlich hatte er ihm klargemacht, dass er ein Versagen nicht dulden würde. Natürlich hatte er nicht erwähnt, was in diesem Fall genau passieren würde, aber das war auch nicht nötig. Dan konnte sich nur zu gut ausmalen, wie der General mit Leuten umging, die seine Erwartungen nicht erfüllten – er war tatsächlich schon mehrmals Zeuge von Bestrafungen geworden. Die Schreie, die Gesichter, die zerschundenen Körper jener, die beim General in Ungnade gefallen waren, hatten sich tief in sein Gedächtnis eingebrannt. Er würde – nein, er musste – alles dafür tun, dass ihn dieses Schicksal nicht ereilte.
Zwei Tage war es nun her, dass ihr Späher die kleine Reisegruppe gemeldet hatte. Dan war auf Befehl des Generals mit seinen Leuten in die Berge gereist und hatte Stellung in diesem Tal bezogen. Am gegenüberliegenden Ende der Senke lagen Ruinen eines großen Komplexes aus der Zeit DAVOR: das Institut. Er war selbst schon einige Male hier gewesen – und deshalb hatte er die Anweisungen nicht verstanden. Hier befanden sich trostlose, überwucherte und völlig verlassene Ruinen. Vielleicht war es in der Zeit DAVOR einmal ein wichtiger Ort gewesen, doch jetzt, heute, war es das sicher nicht mehr. Aber der General war sich sicher gewesen. Er hatte mit so festem Glauben von der Sache gesprochen, dass Dan angesteckt wurde. Der Anführer hatte prophezeit, dass die kleine Truppe mit den Datenspeichern

wahrscheinlich genau an diesen Punkt reisen würde. Als der Späher, den sie auf dem Weg hierher zurückgelassen hatten, über das alte Funkgerät wirklich die Meldung durchgab, gab es für Dan keinen Grund, an der offensichtlichen Unfehlbarkeit ihres Anführers zu zweifeln. Alles, was sie jetzt noch tun mussten, war, zu warten.

Dan hatte es nicht versäumt, seinen Männern klare Anweisungen zu geben. Sie sollten die kleine Truppe passieren lassen und erst auf sein Zeichen hin zuschlagen. Denn hier ergab sich gleich eine zweifache Chance. Einerseits konnten sie die Datenspeicher erbeuten und andererseits konnte die Reisegruppe der Schlüssel zum Institut sein. Es musste ja einen Grund geben, warum sie die weite Reise auf sich genommen hatten – wahrscheinlich nicht nur wegen eines Gerüchts. Vielleicht wussten sie mehr, kannten ein Geheimnis. Damit würde Dan gleich in mehrfacher Hinsicht triumphieren und im Ansehen des Generals steigen. Er wäre nicht nur derjenige, der dem General die lang erwarteten Datenspeicher brachte, er wäre auch derjenige, der das Mysterium um das Institut endlich aufklärte und den Zugang dazu ermöglichte. Er lächelte beim Gedanken daran.

Doch vor dem Triumph stand die harte Arbeit. Er befeuchtete seine Lippen und nahm den Feldstecher wieder an die Augen, blickte in Richtung des gut einsehbaren Eingangs zum Tal. Bisher hatte sich noch nichts gerührt, und langsam merkte er, wie Unruhe in ihm Aufstieg. Was war, wenn er selbst auf dem Weg hierher etwas übersehen hatte, irgendeinen verborgenen Pfad? Hatte die Reisegruppe ihnen vielleicht ein Schnippchen geschlagen und einen ganz anderen Weg gewählt?

Dan überlegte zwanghaft, versuchte, sich die Route, die er mit seinen Soldaten genommen hatte, noch einmal ins Gedächtnis zu rufen, doch er kam immer wieder zum gleichen Ergebnis. Es gab keine Abzweigung. Penibel hatte er genau auf diese Details geachtet – und hätte in solchen Fällen einen Späher zurückgelassen, der sie darüber hätte informieren können. Warum aber warteten sie hier dann schon so lange? Bei normalem Tempo hätte die kleine Gruppe das Tal schon längst erreicht haben müssen. Waren sie wieder umgekehrt? Er schalt sich selbst einen Idioten. In diesem Fall hätte der Späher ihn bestimmt kontaktiert und unterrichtet. Dan schüttelte den Kopf, als er merkte, wie wild und unlogisch seine Gedanken waren. Es gab für ihn keinen Grund, all das anzunehmen, aber die Nervosität, die Verunsicherung und die Erwartungen, die er an sich selbst stellte, sorgten dafür. Er ließ seinen Blick zum gegenüberliegenden Ende des Tals wandern. Hier erhoben sich mehrere blockartige Bauten aus Beton einige Stockwerke hoch in den Himmel. Die Gebäude wirkten eher wie Rohbauten oder längst entkernte Gebäude kurz vor dem Abriss, aber nicht wie dieses mysteriöse Institut. Der ganze Komplex war in den letzten Jahren von der Natur zurückerobert worden. Der hohe Zaun war zusammengefallen, die kleine Straße und der große Parkplatz waren von Grasbüscheln, kleinen Bäumen und Sträuchern überwuchert. An vielen Stellen war der Asphalt aufgebrochen und aus den großen Rissen spross die Natur in voller Pracht. Der Zahn der Zeit hatte auch vor den Gebäuden selbst keinen Halt gemacht: Die trostlosen Fassaden wirkten verwittert, auf den Wetterseiten wucherte unübersehbar Moos. Einige Kletterpflanzen rankten sich wild die Fassade empor und suchten sich ihre Wege durch Fenster, Mauerritzen und Risse im Beton. Auf den Dächern, den Fenstersimsen und einigen Vorsprüngen trieben Büsche oder gar Bäume aus. Ein untrügliches Anzeichen dafür, wie lange der Komplex schon in Vergessenheit geraten sein musste.

Eine Bewegung im Augenwinkel ließ den Mann aufmerken und er blickte hinüber zum Taleingang. Dort waren fünf Reiter erschienen, die sich ihren Weg hinunter suchten.

+++

Am Rande des Komplexes, auf Höhe des verfallenen Zauns, machten sie halt. Eris begutachtete skeptisch die riesigen Betonbauten aus der Zeit DAVOR.

„Und das ist deine Heimat? Macht keinen besonders wohnlichen Eindruck."
„Nicht ganz", lächelte François.
„Ich sehe auch nirgendwo Menschen. Kein Lebenszeichen, nicht das kleinste."
Eris blickte hinüber zu Sal. Auch die Schützin schüttelte den Kopf. Auf ihren Blick war normalerweise Verlass.
„Hier könnt ihr auch gar nichts sehen", erklärte François knapp.
„Und wo bitte dann? Wir sind schon am Ende des Tals."
„Immer mit der Ruhe. Was ihr hier seht, war tatsächlich mal der Arbeitsplatz meiner Vorfahren: das Institut. Aber schon Jahre vor DANACH hat man beschlossen, die Anlage zu verlegen. Es hatte etwas mit Geheimhaltung zu tun. Dafür reichte das Tal hier nicht mehr aus, so abgelegen es auch ist."
„Und was hat man dann getan?"
„Man hat die Anlage hier geschlossen. Mit großem Aufwand schlachtete man die Gebäude aus, bis sie nichts anderes mehr als Ruinen waren – kein Kabel und keine Leitung ließ man in der Wand. Alles sollte den Anschein haben, als hätte man hier ganze Arbeit geleistet, wenn doch jemand zu Neugieriges nachschauen würde."
„Ja, gut. Das habe ich schon verstanden. Aber was hilft uns das jetzt?"
„Eigentlich war es nur eine große Lüge. Ablenkung eben. Wenn jemand nach der Einrichtung suchte, sollte er genau diese Ruinen finden und davon überzeugt sein, dass das alles war. Dabei befand sich die Anlage eigentlich genau vor seiner Nase."
„Aber hier ist nichts!"
„Genau. Hier nicht. Aber als die Anlage damals gebaut wurde, entdeckte man unterhalb eine weitläufige Höhle, die man kurzerhand in den Bau miteinbezog. So sparte man sich ein gutes Stück Arbeit. Aber der eigentliche Knüller kommt noch. Es zeigte sich, dass das Höhlensystem in ein benachbartes Tal führt. Und nicht nur das. Dieser Zugang war der einzige passierbare Zugang, den man zu dem Tal finden konnte. Also der

perfekte Ort für eine Einrichtung wie diese. Da man das alles aber erst herausgefunden hatte, nachdem man schon mit dem Bau vor uns angefangen hatte, ließ man alles so, wie es ist. Erst einige Jahre später kam man auf die Idee, die Einrichtung in das Tal zu verlegen. Das geschah alles im Geheimen."
„Das klingt alles sehr … fantastisch …", murmelte Eris.
„Es ist schwer vorstellbar für uns heute, ich weiß", gestand François.
„Aber gut, ich muss dir ja erstmal glauben. Und wie kommen wir jetzt dahin?"
„Über den Keller der Gebäude. Dort gibt es einen Zugang."
„Und der ist über all die Jahre noch nicht gefunden worden?"
„Es gab genügend, die genau davor standen und ihn nicht erkannt haben."
„Dann hat man wirklich ganze Arbeit geleistet."

Sie hatten ihre Pferde bis in eines der Gebäude geführt und sie in einem großen Raum angebunden. Dann waren sie zu Fuß weitergegangen, wobei François die Führung übernahm.
Er passierte ein paar Räume mit ihnen und hielt auf einen alten Treppenschacht zu, der hinab in die Dunkelheit führte. Schon waren die Freunde damit beschäftigt, Lichtquellen aus ihren Rucksäcken zu kramen, doch François kam ihnen zuvor. Der Gelehrte tastete an der Wand entlang und schien fündig zu werden. Mit einem metallischen Klicken schob er eine unscheinbare Platte an der Wand beiseite und berührte ein dahinter verborgenes Tastenfeld. In diesem Moment wurde die dunkle Treppe von einer schwachen Beleuchtung erhellt. Das Licht war gerade hell genug, um einige Schritte weit zu sehen, nicht mehr. Aber es würde reichen.
Erstaunt und anerkennend blickten die vier zum Gelehrten. So etwas konnte nur aus der Zeit DAVOR stammen.
Mit vorsichtigen Schritten machten sie sich daran, die Treppe hinunterzusteigen. Es ging gleich mehrere Etagen hinab, bevor sie ein Gewirr aus Kammern und Gängen betraten. Das schwa-

che Licht blieb, aber davon abgesehen machten die Räume alle einen verlassenen Eindruck. Hier und da tropfte es von der Decke und der Dreck und Staub der vergangenen Jahrzehnte lag herum. Es roch muffig. Sie hatten ein regelrechtes Labyrinth betreten.
„Fantastisch", murmelte Perry.
„Heb dir das für später auf", lächelte der Gelehrte und nahm eine Abzweigung.
Sie erreichten eine große Halle, die sich kaum von denen unterschied, durch die sie bisher gekommen waren. Zielstrebig ging François zu der gegenüberliegenden Wand. Auch hier gab es ein gut verstecktes Paneel auf Bodenhöhe, hinter dem ein Nummernfeld lag. In schneller Abfolge flogen die dürren Finger des kauzigen Gelehrten über die Tasten.
Einige Sekunden passierte nichts, dann bestätigte ein kaum hörbarer, kurzer Pfeifton, dass der eingegebene Code der richtige war.
Geräuschlos fuhr ein Teil der Mauer zur Seite und gab den Blick auf eine schwere Stahltür frei. In aller Ruhe ging François zu der Tür hinüber und betätigte auch hier ein Tastenfeld. Mit einem dumpfen Geräusch wurde die schwere Schutztür entsichert.
„Es ist mir eine …", begann François, nachdem er sich wieder zu seinen Begleitern umgewandt hatte, doch hörte er mitten im Satz auf.
Eris, Sal und Perry sahen den Mann fragend an, doch dann bemerkten sie, wie Tyler die Hand erhoben und damit François zum Innehalten bewegt hatte. Gerade wollte Perry fragen, was das zu bedeuten hatte, da hörten sie es alle. Irgendwo aus der Ferne erklang das Rascheln von Stoff, vorsichtige Schritte, ein metallisches Klicken.
Ungläubig blickte François in das fahle Halbdunkel, dann setzte er hektisch einen Fuß vor den anderen, drückte sich durch die vier hindurch, wollte an ihnen vorbei. Mit einer schnellen Kopfbewegung bedeutete Eris Tyler, dem Gelehrten zu folgen. Ohne ein Wort zu verlieren, gehorchte der Junge und versuchte, mit

dem Gelehrten Schritt zu halten, während die anderen hier zurückblieben.
Es war kaum eine Minute vergangen, da hörten sie aus dem dunklen Gang einen erschrockenen Aufschrei.
„Runter!", ertönte Tylers Stimme in einiger Entfernung, dann knatterte die Maschinenpistole. Das Mündungsfeuer blitzte auf und erhellte die dunklen Kellerräume gespenstisch. Das Rattern der Waffe brach sich tausendfach an den Wänden und erzeugte eine unwirkliche Geräuschkulisse. Eris, Perry und Sal warteten nicht länger. Sie packten ihre Waffen fester und hasteten zum Ausgang. Sal stürmte vorweg, während Perry in der Nähe des halbblinden Eris blieb.
Irgendwo in der Dunkelheit donnerten weitere Schüsse. Am Klang war zu erkennen, dass es nicht Tylers Waffe war, die Tod und Verderben spie. Im halbdunklen Keller war ein regelrechtes Feuergefecht im Gange. Sal sprintete voraus, bog um eine Ecke und stieß dabei mit dem erschrockenen Tyler zusammen. Der Junge stützte François, der Gelehrte machte einen ermüdeten Eindruck. Schüsse prasselten in der Nähe nieder, Kugeln schlugen in eine Kellerwand ein, Beton spritzte auf. Sal zögerte nicht lange und griff unter den Arm des Gelehrten, zerrte ihn zusammen mit Tyler zurück zu der schweren Panzertür. Perry und Eris versuchten, den dreien derweil Deckung zu geben.
Während der Arzt nach einer seiner Betäubungsgranaten griff, ließ Eris sich in die Hocke sinken und hielt das Sturmgewehr einfach um die Ecke. Mit beiden Händen an der Waffe gab er ungezielte Feuerstöße ab, die jeden Verfolger zwingen mussten, in Deckung zu gehen. Perry passte einen Feuerstoß aus der Waffe ab und schleuderte die entsicherte Granate in die Dunkelheit. Das war das Zeichen. Beide sprangen auf und rannten ebenfalls in Richtung der Panzertür, Perry vorweg, während Eris sich am Waffengürtel des Arztes festhielt und einfach nur Schritt halten musste.
Sal und Tyler hatten den blutüberströmten Gelehrten vor der Tür auf den Boden gelegt und spähten nun in die Dunkelheit.

Als sie sahen, wie ihre Begleiter heranrannten, ließen sie ihre Waffen sinken. Eris und Perry packten den Mann links und rechts unter den Armen und zogen ihn eilig zur Panzertür, während Sal und Tyler ihnen folgten. Eris schob die schwere Tür auf. Dahinter lag eine Schleuse, in einigen Metern Entfernung wieder eine Sicherheitstür. Der ganze Bereich war von grellem, unnatürlichem Licht erhellt. Die vier wichen in die Schleuse zurück und zogen das Schott hinter sich zu. Mit einem dumpfen Geräusch verriegelte sich die Tür und von der anderen Seite fuhr die Wand wieder aus ihrem Versteck und verbarg den Zugang.
Behutsam legten sie François auf den Boden und Perry kümmerte sich um seine Verletzungen.
„Was war das?“ Eris hatte sich zu dem Gelehrten gekniet.
François‘ Augen flatterten, er hustete und blutiger Schaum rann aus seinem Mundwinkel.
„Sie … sie müssen uns gefolgt sein“, hustete er schwach.
„Wer?“
„Nicht … nicht wichtig. Ihr müsst …“ François fischte in einer verkrampften Bewegung den Plastikbeutel mit den Datenspeichern aus seinen Taschen hervor. Zittrig reichte er Eris den Beutel.
„Lasst es … nicht … umsonst gewesen sein.“
Eris warf einen Seitenblick zu Perry, doch der Arzt schüttelte betroffen den Kopf, während er eine Kompresse auf die Wunden des Mannes drückte.

Kapitel 5

Belagert

„Das interessiert mich einen Scheißdreck!" Moody hatte sich in voller Pracht vor dem Tresen des Händlers aufgebaut. „Entweder meine Leute bekommen genug zu fressen und sind in der Lage, dieses Kaff zu schützen, oder ihr habt Pech gehabt."

Ian schlug sein großes Buch zu und stand auf. „Es war nicht die Rede davon, dass ihr uns die Vorräte wegfresst. Deine Männer stopfen das Zeug in sich hinein, als ob sie seit Wochen nichts mehr zwischen die Zähne bekommen hätten."

„Gute Leute müssen auch gut im Futter stehen, Mann!", blaffte Moody.

„Das mag sein. Aber wo ist der Beweis für euer Können? Du kommst mit deiner ganzen Bagage in diese Siedlung und hältst mir einen Wisch unter die Nase, der von meinen Bekannten unterzeichnet wurde. Das sagt gar nichts über eure Fähigkeiten aus", beharrte der Händler.

„Eris bürgt für uns. Ist dir das nicht Beweis genug?"

„Eris hat von ein paar Leuten gesprochen. Nicht von einem halben Dorf!"

„Er weiß eben, was gut für euch ist. Wenn ihr in Schwierigkeiten kommen solltet, dann werdet ihr dankbar sein."

„Hat er dir zufällig auch gesagt, wie wir euch mit durchfüttern sollen?"

„Das ist nicht mein Problem."

„Das ist es aber ganz bestimmt."

Moody lachte auf und warf den Kopf in den Nacken.

„Händler, erzähl doch keinen Mist. Wenn wir nicht hier sind und ihr angegriffen werdet, ist diese Siedlung verloren. Ihr braucht uns. Du brauchst uns, wenn du im Geschäft bleiben willst. Das ist eine Tatsache. Also sorg einfach dafür, dass meine

Leute und ich genug zu beißen bekommen, und alles ist gut. Wir verlangen für unsere Dienste sonst ja nichts anderes."
Ohne auf Ians Antwort zu warten, drehte Moody sich um, stapfte aus dem Laden und knallte die Tür hinter sich ins Schloss.
Nun waren sie seit etwas mehr als einer Woche hier, und es hatte – ganz wie Perry und Eris es prophezeit hatten – schon Ärger gegeben. Es ging in der Tat um nichts anderes als um die Verpflegung. Zuerst hatte Moody Ian nur unter Schwierigkeiten dazu bewegen können, etwas herauszurücken, und jetzt fing der Händler schon damit an, Rationierungen zu veranlassen. Dabei war es immer das gleiche Spiel. Am Anfang des Tages marschierte Moody in den Laden des Händlers, dann führte ein Wort zum nächsten. Letzten Endes erhielten die Söldner dann immer das, was sie brauchten – doch am nächsten Morgen ging das Ganze von vorne los. Diese Auseinandersetzung zehrte an seinen Nerven, und es würde sicherlich nicht mehr lange dauern, bis er dem Händler gegenüber einmal richtig ausfällig werden würde. Vielleicht würde das ja helfen.
Übellaunig stapfte Moody hinüber zu der alten Tankstelle und setzte sich unter das große Vordach. Ein paar seiner Leute hatten es sich hier ebenfalls bequem gemacht, doch keiner von ihnen beging den Fehler, jetzt mit Moody zu sprechen. In solchen Momenten war es einfach besser, zu warten, egal wie wichtig es sein mochte.
Moody setzte sich in einen der alten Stühle und legte seine Füße demonstrativ auf den Tisch. Mürrisch ließ der Rotschopf seinen Blick durch die Siedlung wandern. Eigentlich ging es ihm und seinen Leuten hier gar nicht schlecht. Sie hatten ein festes Dach über dem Kopf, mussten nicht fürchten, dass irgendein ausgeraubter Händler ihnen ein Mordkommando auf den Hals hetzte, und würden auch noch überdurchschnittlich gut bezahlt werden. Wenn es nicht täglich diesen blöden Affentanz mit Ian gäbe. Moodys Blick blieb beim Tor hängen. Nachdenklich legte sich seine Stirn in Falten. In einer raschen Bewegung war er auf

den Beinen und klatschte einmal mit der flachen Hand auf den Tisch. Die Söldner in der Nähe blickten zu ihm auf und er bedeutete ihnen mit einem Wink, mit ihm zu kommen. Mit fragenden Blicken griffen sie nach ihren Waffen und folgten ihm.
„Hey!", brüllte Moody aus Leibeskräften, als er noch etwa zwanzig Schritte vom Tor entfernt war. Schlagartig hatte er damit die Aufmerksamkeit. Die Bewohner in der Nähe drehten sich hastig um und betrachteten die Szene verwirrt.
Am Tor hielten zwei von Moodys Leuten Wache. Ein Mann und eine Frau, beide in diesem Jahr zum ersten Mal auf Beutezug. Erschrocken fuhren sie zusammen. Bei ihnen standen zwei Gestalten in langen Mänteln, die offenbar durch das Tor in die Siedlung wollten. Die Frau wollte gerade nach dem Grund für Moodys unerwarteten Ausbruch fragen, da polterte dieser auch schon los.
„Euch meine ich!" Dabei deutete er mit einer Bewegung des Kopfes auf die Mantelträger. Diese wichen unmerklich ein kleines Stück zurück und strafften sich.
„Was?", blaffte einer von ihnen in dem Versuch, die Situation wieder unter Kontrolle zu bekommen.
Moody kam bis auf zehn Schritte an das Paar heran und baute sich dann breitbeinig auf.
„Es ist ein bisschen warm für solche Mäntel, nicht?"
Die Angesprochenen blickten sich gegenseitig an, dann antworteten sie mit Selbstsicherheit in der Stimme: „Es ist nicht verboten, Mäntel zu tragen. Wir können anziehen, was wir wollen."
Moody lachte auf.
„Natürlich. Wenn ihr wollt, könnt ihr auch Frauenkleider tragen!"
Einer der Männer ballte wütend die Fäuste und wollte dem Rotschopf etwas entgegenrufen, doch sein Kamerad hielt ihn mit einem beschwichtigenden Druck auf die Schulter zurück.
„Hast du ein Problem mit unseren Mänteln?"
„Nicht direkt."
„Sondern?"

„Ich habe ein Problem mit dem, was ihr darunter tragt."
Die beiden tauschten wieder Blicke aus.
„Von was redest du?"
Sie stellten sich unwissend, wichen aber sicherheitshalber noch ein bisschen zurück.
„Verkauft mich nicht für dumm! Es wird heute brütend heiß und ihr beiden Vogelscheuchen lauft in Wintermänteln herum. Außerdem hat dein Kollege einen Buckel."
Die Mantelträger blieben ungerührt stehen.
„Also. Was habt ihr da unter den Mänteln?"
Moody hatte mit seinem Auftreten den Plan der Männer offensichtlich völlig aus der Bahn geworfen. „Das geht dich einen Scheiß an!"
„Falsche Antwort", lachte Moody. Bis auf sein Beil trug er keine Waffen bei sich, aber er bezweifelte, dass er mehr brauchen würde. Mit einer geübten Bewegung hatte er die Waffe in der Hand, hielt sie locker.
Jetzt wichen die beiden Kerle merklich zurück. Während der eine immer noch versuchte, Ruhe zu bewahren, brannten die Sicherungen des zweiten durch. Er warf seinen Mantel beiseite und zog eine Maschinenpistole hervor. Unter dem Mantel trug er eine schwere Schutzweste und einen Waffengürtel.
„Hab' ich doch richtig gesehen!", rief Moody triumphierend und deutete mit dem Beil auf die Männer.
Die Enttarnung seines Kameraden zeigte dem anderen Mantelträger, dass es sinnlos war, noch etwas anderes zu behaupten. Mit einem schnellen Handgriff hatte auch er seine Waffe gezogen. Es klickte, als Moodys Leute ihrerseits die Waffen in Anschlag brachten.
„Also habt ihr Bastarde wirklich den Mut gehabt, zurückzukommen", stellte Moody ruhig fest.
Die Soldaten antworteten nicht und machten stattdessen einen weiteren Schritt nach hinten. Moody schüttelte den Kopf.
„Ihr glaubt doch nicht, dass wir euch jetzt wieder gehen lassen können?"

Die beiden zielten zur Antwort auf Moodys Brust. Dieser lächelte. Dann hob er das Beil blitzschnell über den Kopf und schleuderte es ihnen entgegen. In einer fließenden Bewegung warf er sich zu Boden, während seine eigenen Leute das Feuer auf die Eindringlinge eröffneten.
Es hatte nur Sekundenbruchteile gedauert, und als Moody den Kopf wieder hob, lagen die Eindringlinge durchlöchert auf dem Boden. Er stand auf, klopfte sich den Staub ab und zerrte das Beil aus der Brust des Toten.
„Nehmt ihnen die Waffen ab und macht das Tor zu. Das war nur der Anfang."
„Was? Was war das?", fragten die verdutzten Wachleute, das Gewehr immer noch im Anschlag.
„Die Vorhut. Der Spaß fängt gerade erst an."

„Und?"
Moody stand unten an der Leiter, die hinauf zu dem kleinen Wachturm führte. Oben hielt einer seiner Männer mit einem Fernglas Wache.
„Bisher noch nichts."
„Das kann nicht sein. Die beiden waren nicht ausgerüstet wie Reisende. Ich bin mir sicher."
„Ja, Boss. Aber ich sehe einfach nichts. Entlang der Straße ist es ruhig wie immer."
„Dann sperr deine Augen weiter auf."
Moody schüttelte den Kopf und blickte hinüber zum Laden. Unter dem Vordach hatte sich der Rat der Stadt versammelt und debattierte aufgeregt über den Vorfall dieses Morgens. Dabei deuteten sie immer wieder in Moodys Richtung. Wahrscheinlich würden sie erst glauben, dass ihre Siedlung in Gefahr war, wenn die Angreifer ihnen die Türen eintraten und über sie herfielen.
Der Rothaarige dachte nach. Die Späher waren außergewöhnlich gut ausgerüstet gewesen. Ihre Waffen waren in bestem Zustand, sie hatten genug Munition und ihre Schutzwesten waren

fast wie neu. Es gab ihm einen schalen Vorgeschmack auf das, was da noch kommen mochte.

„Was ist nun?“, zischte er ungeduldig die Leiter empor.

„Alles ruhig. Nein. Moment.“

Der Wachhabende drückte das Fernglas an die Augen, während Moody wartete. Ein paar lange Sekunden später erklärte er: „Da ist Bewegung am Waldrand, zweihundert Meter vom Tor weg. Ich kann es nicht genau erkennen.“

„Streng dich an, verflucht!“

„Zwei ... nein, drei Personen. Keine Ahnung, was die da machen.“

„Sicher kein Picknick“, knurrte Moody. „Bring sie in Bewegung. Zeig ihnen, dass wir es ernst meinen.“

Der Mann über ihm nickte und legte das Fernglas beiseite. Er griff nach dem Gewehr, zielte kurz und gab einen Schuss ab. Ein paar Bewohner von Station erschraken und sahen nervös zum Wachturm. Moody kümmerte sich nicht um sie – es würde später noch Zeit für Erklärungen geben. Ohne eine weitere Anweisung schoss die Wache ein zweites, dann ein drittes Mal.

„Halten ihre Köpfe unten, Boss“, kommentierte der Schütze seine Arbeit und grinste zufrieden.

„Immerhin. Das müssen aber noch mehr sein.“

„Ich werde die Augen aufhalten. Soll ich unsere drei Freunde weiter unter Druck setzen?“

„Blöde Frage. Natürlich. Aber verpulvere nicht zu viel Munition.“

„Keine Sorge.“

Der Mann brachte sein Gewehr wieder in Anschlag und feuerte.

Moody wusste genau, dass das alles nur Geplänkel war. Im Moment ging es darum, die Schwächen des Gegners auszuspähen, und um nichts anderes. Ein erster Angriff würde wahrscheinlich erst später kommen. Wann, das war eine Frage der Zielsetzung. Wenn der Gegner das Dorf einnehmen wollte, dann würde er bei Tageslicht angreifen müssen, um die eigenen Verluste gering

zu halten. Immerhin kannte er das Terrain nicht. Ging es um einen Vernichtungsschlag, dann wäre die Nacht der ideale Zeitpunkt, um ungesehen an die Siedlung heranzukommen.
„Das ist wie Zielschießen!", rief die Wache und gab wieder ein paar Schüsse ab.
Plötzlich klatschte etwas dumpf auf. Der Mann taumelte nach hinten und brach zusammen. Moody fluchte, griff nach den Sprossen der Leiter und schwang sich hinauf. Oben angekommen blickte er in das blutige, kaum noch zu erkennende Gesicht seines Untergebenen. Offenbar gab es irgendwo dort draußen einen Heckenschützen, der das Feuer erwidert hatte. Damit war zumindest die Frage geklärt, über die der Rat so hitzig debattierte.
Moody griff nach dem Gewehr des Toten und schob den Kolben langsam, Millimeter für Millimeter nach oben aus der Deckung. Irgendwo donnerte ein Schuss, und im nächsten Moment wurde ihm die Waffe aus der Hand gerissen. Holz splitterte und mit einem Aufschrei drückte er sich tiefer in Deckung Der Heckenschütze dort draußen wartete nur auf das nächste Ziel. Ächzend ließ Moody sich auf den Bauch sinken und zog sich über den Toten hinweg zur Leiter. Hastig griff er danach, schwang sich hinunter, mehr rutschend als kletternd. Er fand keinen wirklichen Halt und sein Körper gehorchte der Schwerkraft. Unsanft landete er am Fuß der Leiter und stöhnte auf. Aber immerhin war er am Leben.

Die fünf Ratsmitglieder sahen Moody schweigend an. Ian war der erste, der nach dem knappen Vortrag des Rotschopfs das Wort erhob.
„Das ist dein Ernst?"
Moody verdrehte die Augen.
„Ja, habe ich mich denn unverständlich ausgedrückt? Eure Leute sollen in ihren Häusern bleiben und nicht nach draußen kommen. Ganz einfach."
„Und für wie lange?"

„So lange, bis wir den verdammten Heckenschützen da draußen ausfindig gemacht haben. Wir haben keine Ahnung, wo er sitzt. Vielleicht ist er auf einen Baum geklettert und kann die ganze Siedlung einsehen. Willst du ihm wirklich Zielschieben liefern? Oder womöglich selbst eine sein?"
Ian presste die Lippen aufeinander, dann schüttelte er den Kopf. „Natürlich nicht. Aber das wird die ganze Siedlung in Panik versetzen."
Moody knurrte.
„Ach, du meinst, das ist noch nicht passiert?"
Ian schnitt eine abfällige Grimasse und machte eine vielsagende Handbewegung.
„Doch, ja, natürlich. Euer kleiner Zwischenfall am Tor hat schon für genug Aufregung gesorgt."
„Kleiner Zwischenfall? Das waren verdammte Späher. Vielleicht sollten sie die Lage auskundschaften, vielleicht sollten sie das Tor aber auch im Handstreich nehmen und offenhalten, damit der Rest der Truppe einrücken kann. Er hat euch wahrscheinlich den Arsch gerettet, klar? Ein bisschen mehr Respekt, ja?"
Moody hämmerte mit seiner mächtigen Pranke auf den Tisch, seine Stimme war laut.
Ian hob beschwichtigend die Hände. „Ist ja gut. Ich wollte nicht abfällig klingen."
„Schon passiert", nuschelte Moody.
Es wurde still und die Ratsmitglieder warfen sich fragende Blicke zu. Moody bemühte sich, seinen Zorn verrauchen zu lassen. Das war einigermaßen schwer, denn sein Bein schmerzte seit dem Sturz dumpf. Ian räusperte sich in dem Versuch, die Situation zu retten.
„Also gut. Wir haben uns vielleicht auf dem falschen Fuß erwischt. Du bist der Spezialist, was den Kampf angeht. Deine Entscheidungen werden richtig sein."
Im ersten Moment wollte Moody wieder mit einem bissigen Kommentar antworten, doch das verkniff er sich. Wenn sie das hier überstehen wollten, dann war es wichtig, dass alle in der

Siedlung an einem Strang zogen und nicht in Grabenkämpfe untereinander verwickelt waren.
„Danke."
„Also, was genau ist jetzt der Plan?"
„Ihr bleibt in den Häusern. Für alle Fälle schaut, dass in jedem Haus auch mindestens ein Bewaffneter ist. Sollten sie irgendwie in die Siedlung kommen, gilt das Gleiche. Die Bewaffneten bleiben in den Häusern und nehmen jeden Angreifer von da aus unter Feuer. Das ist sicherer und wird ihnen das Vorankommen schwer machen."
„Du glaubst, sie können in die Siedlung kommen?"
„Hör mir doch zu. Das habe ich nicht gesagt. Ich sagte, wenn es dazu kommen sollte. Nur damit wir für den Fall Klarheit haben, wie wir vorgehen."
Der Händler nickte knapp.
„Ich bleibe mit meinen Leuten draußen. Im Moment arbeiten wir daran, den Schützen ausfindig zu machen, aber das ist schwer ohne einen höhergelegenen Beobachtungsposten und irgendjemanden, der freiwillig Zielscheibe spielt."
„Hört sich nach einer verdammt gefährlichen Nummer an."
„Wie gesagt, wir arbeiten daran. Habt ihr einen Arzt in der Siedlung?"
Eines der Ratsmitglieder, ein hagerer Mann mit spitzen Wangenknochen, hob die Hand.
„Wunderbar, der Fachmann ist gleich hier. Ich werde dir unser Verbandsmaterial zukommen lassen. Du solltest dir ein paar Leute suchen, die dich bei deiner Arbeit unterstützen. Ich schätze, unser Gegner wird absichtlich ein paar Leute schwer verwunden."
„Hast du nicht gesagt, du gehst davon aus, dass sie die Siedlung einäschern wollen?", fragte der Mann.
„Ja. Aber trotzdem werden sie wahrscheinlich so vorgehen. Jeder Verwundete bei uns braucht Leute, die sich um ihn kümmern, Helfer, die ihn aus der Schussbahn ziehen, welche, die ihn versorgen. Jeder Verwundete bedeutet also, dass wir mehr an

Schlagkraft verlieren als nur einen Mann. Davon abgesehen ist ein Kämpfer, der einen schweren Treffer abbekommt und blutend und schreiend daliegt, Gift für die Moral seiner Kameraden."

Ian stimmte dem Rothaarigen nickend zu. Moody nahm kaum Notiz davon und sprach weiter.

„Bevor sie uns wirklich die Hölle heiß machen, werden sie vorfühlen. Sie wollen sehen, wie gut wir aufgestellt sind, und ob es Schwachstellen in der Verteidigung gibt. Wahrscheinlich werden sie das mehr als einmal machen, bevor sie zum richtigen Sturm ansetzen."

„Weißt du denn, wie viele von denen da vor den Palisaden hocken?", schaltete Ian sich wieder ein.

„Es sind mindestens zwei weniger", entgegnete Moody düster, dann schüttelte er den Kopf.

„Der Junge, den der Heckenschütze vorhin erledigt hat, hat drei von ihnen am Waldrand gesehen. Aber das ist ganz sicher noch nicht alles."

„Also gut. Wir machen es so, wie du sagst", fasste Ian das Gespräch zusammen. Moody nickte zustimmend und warf jedem der Ratsmitglieder einen Blick zu, dann drehte er sich um und humpelte davon.

Einen seiner Leute hatten sie schon erwischt. Er würde in der Heimat also einer weiteren Frau eine schlechte Nachricht überbringen müssen. Ihm war wie immer nicht wohl bei dem Gedanken. Doch wenn er daran dachte, dass dies wahrscheinlich nicht der letzte Tote war, den es in den nächsten Tagen zu beklagen gab, dann wurde ihm ganz flau im Magen.

Es war kaum Mittag, als die Belagerer erneut vorstießen. Ein schwer gepanzerter Soldat schob sich ungesehen aus seiner Deckung und näherte sich Station, zuerst von der Straßenseite. Er kam auf etwa fünfzig Meter an das Tor heran, dann wurde das Feuer eröffnet. Obwohl die gepanzerte Gestalt mehr als einmal getroffen wurde, schien das keine großen Auswirkungen zu

haben. Kaum dass ihm das Abwehrfeuer entgegengeschlagen war, zog er sich in seine Deckung zurück. Einige Minuten später begann das gleiche Schauspiel von Neuem, diesmal von einer ganz anderen Seite. Es war genauso, wie Moody es vorausgesagt hatte. Die Angreifer waren dabei, Schwachpunkte in der Verteidigung zu finden. Dabei lieferte der schwer gepanzerte Soldat schon einen Vorgeschmack darauf, was auf die Verteidiger zukommen würde.
Eine Stunde verging, während sich die Verteidiger bemühten, jeden Versuch der Gegenseite möglichst frühzeitig abzuschlagen. Moody hatte seine Leute entlang des Palisadenzauns Aufstellung nehmen lassen und ihnen eingeschärft, aufmerksam zu sein. Für den Moment funktionierte diese Taktik, doch einem wirklichen Angriff konnte man so kaum standhalten. Die Verteidiger waren zu weit verstreut, mussten so ganz allein einen Abschnitt von zwanzig Metern und mehr bewachen.
Als der Schwergepanzerte sich endgültig in seine Deckung zurückzog und nicht mehr auftauchte, atmete Moody auf. Er fragte sich, zu welchen Erkenntnissen die Gegenseite durch das Vorgehen gekommen war. Hatten sie schon einen Schwachpunkt in der Verteidigung ausmachen können? Immerhin hatte sich der Heckenschütze nicht eingemischt und ihnen das Leben zur Hölle gemacht. Doch ob dies ein gutes oder ein schlechtes Zeichen war, vermochte Moody nicht zu sagen.
Fieberhaft überlegte er. Die Angreifer würden sich einen Zugang in die Siedlung verschaffen wollen. Selbst wenn sie ungesehen bis an die Palisaden herankamen, stellte der Wall ein Hindernis dar. Die Baumstämme waren mehr als einen Meter tief im Boden versenkt und machten einen stabilen Eindruck, sodass sie wahrscheinlich nur schwerlich niederzureißen waren. Ein Angreifer müsste also über die Palisaden klettern, um in die Siedlung zu kommen. Moody hoffte, dass dieser Versuch so viel Zeit kosten würde und so auffällig wäre, dass sie ihn frühzeitig bemerkten. Die logische Konsequenz daraus war aber, dass das Tor Ziel des Angriffes werden musste. Naturgegeben waren Tü-

ren, Tore und Fenster in Gebäuden immer die größte Schwachstelle, denn sie konnten niemals so stark sein wie die eigentliche Mauer. Das war bei den Palisaden nicht anders. Das Tor wurde von drei mächtigen Angeln gehalten und durch einen schweren Riegel gesichert, doch es war eben nicht in der Erde versenkt. Ein entschlossener Angreifer würde wahrscheinlich genau diesen Punkt wählen, der ganz nebenbei auch noch der anfälligste für eine Sprengung war. Normalerweise waren Tore und Eingänge immer die Punkte, die am stärksten verteidigt wurden, doch der Heckenschütze draußen machte es schier unmöglich, eine Verteidigung aufzubauen.
Moody blickte zu dem kleinen Wachturm. Wenn es ihnen nur gelingen würde, den zu besetzten, dann hätten sie wieder einen Vorteil in der Hand. Moody eilte geduckt zu dem Gebäude, in dem er mit Frau und Kind untergekommen war. Fiona würde sein Plan nicht gefallen, soviel war sicher.
Eine halbe Stunde später mühte er sich damit ab, in die schwere und unbequeme Schutzweste zu kommen. Fiona half ihrem Mann dabei, rückte die Weste zurecht und zog die Gurte straff. Als sie fertig waren, kramte die Frau aus dem Gepäck zusätzliche Keramikplatten hervor und schob sie in die dafür vorgesehenen Fächer der Schutzweste. Damit sollte die Weste den meisten Treffern widerstehen können. Die Panzerweste wurde damit noch unförmiger und klobiger, machte die Bewegung schwerer. Aber wahrscheinlich würden ihm die Platten im Falle eines Falles wirklich das Leben retten können. Außerdem hatte Fiona darauf bestanden, wenn sie ihren Mann schon nicht von dem waghalsigen Versuch abringen konnte. Dies war sicher nicht der beste Zeitpunkt, um mit ihr darüber zu streiten, und so ließ er die Prozedur ohne Murren über sich ergehen.
„Ich halte die Idee immer noch für zu gefährlich“, stellte Fiona fest, nachdem sie die letzte Panzerplatte in seine Weste geschoben hatte.
„Mir geht es nicht besser. Aber eine andere Chance haben wir nicht.“

„Kannst du das nicht einen der Männer machen lassen, Moody?"
„Das haben wir doch schon gehabt. Zu gefährlich."
„Ach, aber du nimmst die Gefahr auf dich?"
„Ich bin ihr Anführer. Ich will sie nicht in größere Gefahr bringen als nötig."
„Und was ist, wenn es dich erwischt, Moody?" Ihr Blick war anklagend.
„Das wird es schon nicht. Ich glaube nicht, dass einer unserer Leute die Nerven hat, das durchzuziehen. Die werden dabei wahrscheinlich eher nervös und dann geht's womöglich nach hinten los. Nein, da vertraue ich lieber auf mich und meine Fähigkeiten."
„Du bist unverbesserlich. Und ich dachte, unsere Tochter könnte dich von solchen Dummheiten abhalten."
„Sie sorgt dafür, dass ich sowas mache. Versteh doch. Wenn wir den Turm nicht wieder besetzen, dann sind wir so gut wie blind. Und dann können wir vielleicht ein paar Stunden oder Tage durchhalten, aber wir stehen hier auf verlorenem Posten."
Seine Frau schüttelte skeptisch den Kopf.
„Es kommt mir immer mehr so vor, als hättest du Eris' Angebot ablehnen sollen."
„Vielleicht hätte ich das, ja. Aber jetzt sind wir hier und es lässt sich nichts mehr daran ändern. Also müssen wir das Beste daraus machen."
Moody wandte sich seiner Tochter zu, die selig schlief, hob das kleine Kind hoch und drückte ihm einen Kuss auf die Stirn. Behutsam legte er es zurück, dann drehte er sich zu seiner Frau um. Wortlos blickten sich beide für einen Moment an, dann breitete sie die Arme aus und drückte ihn an sich.
„Pass auf dich auf. Und komm in einem Stück wieder."
„Das werde ich", schwor er und sie küssten sich leidenschaftlich.

Moody hockte am unteren Ende der Leiter und blickte hinauf zum Turm. Es waren sechzehn Sprossen bis nach oben – vier

Meter. Wahrscheinlich war der letzte Meter schon im Sichtfeld des Heckenschützen. Vier Leitersprossen also, auf denen er sich beeilen musste. Noch einmal überprüfte er den Sitz der schweren Schutzweste. Die kurze Distanz würde durch das zusätzliche Gewicht auf seinen Schultern wahrscheinlich kein Spaziergang werden. Mürrisch verzog er das Gesicht und griff nach der ersten Sprosse.

Vorsichtig und langsam erklomm er nun die ersten Leitersprossen und versicherte sich mit einem Blick zu allen Seiten, dass er noch nicht in den Sichtbereich des Heckenschützen gekommen war. Je weiter er sich jedoch nach oben zog, umso schneller schlug sein Herz. Das Adrenalin durchflutete seinen Körper und er wurde mit jedem Zentimeter angespannter und nervöser. Vor dem letzten Meter hielt er noch einmal inne und schloss die Augen. Er versuchte, sich genau vorzustellen, wie er sich bewegen musste, wohin er seine Hände legen musste, wo seine Füße den besten Halt finden würden. Doch das Gedankenspiel war eben genau das – nicht mehr als eine Trockenübung. Ob er damit schnell genug wäre, konnte nur die Praxis zeigen. Noch einmal atmete er tief durch.

Schnell griff er nach den Leitersprossen und zog sich empor. Seine Bewegungen waren mechanisch, seine Hände fanden Halt und mit kräftigen Bewegungen kam er voran. Tatsächlich mochte es weniger als eine Sekunde dauern, bis er die Plattform erreicht hatte, doch diese kurze Zeitspanne kam ihm vor wie eine Ewigkeit. In seinen Ohren rauschte das Blut und er erwartete, dass jeden Augenblick irgendwo der Knall eines Schusses hallte.

Seine Hände griffen nach der Kante der Plattform und mit einer fließenden, kraftvollen Bewegung zog er sich hinauf. Hastig zog er die Beine an den Körper und krabbelte nach vorne. Dabei musste er sich wieder über den Toten ziehen, den der Heckenschütze hier vor einigen Stunden erwischt hatte. Moody kniff die Augen zusammen und versuchte, nicht auf den deformierten Schädel des Toten zu blicken, der nur wenige Zentimeter an

seinem Gesicht vorbeizog. Er setzte sich an der Wand der Plattform auf und atmete durch.
Kein Schuss. Entweder war er schnell genug gewesen, der Heckenschütze mit etwas anderem beschäftigt oder vielleicht nicht auf seinem Posten. Moody nutzte seine Beine, um den Toten beiseite zu schieben. Wahrscheinlich wäre es das Beste gewesen, ihn gleich von der engen Plattform zu werfen, doch das brachte er nicht fertig.
Er angelte nach dem Gewehr des Mannes. Die Waffe war nach dem Treffer des Scharfschützen völlig unbrauchbar. Aber sie würde für das, was Moody vorhatte, sicherlich reichen.
Wieder schob er die Waffe wie schon am Morgen vorsichtig aus der Deckung und damit ins Sichtfeld des Schützen. Doch diesmal passierte nichts. Langsam begann er, die Waffe von links nach rechts zu schwingen, in der Hoffnung, dass die Bewegung dem Schützen draußen auffallen musste.
Nichts passierte. Moody fluchte und nahm die Waffe wieder herunter. Sollte er sich etwa geirrt haben? Er konnte sich nicht vorstellen, dass ihr Gegner wirklich so unvorsichtig war und einen einmal errungenen Vorteil wieder aus der Hand geben würde. Vielleicht hatte man ihn aber auch beobachtet und ließ sich nicht auf dieses tödliche Spiel ein? Sein Blick blieb an dem Toten hängen. Knurrend und angewidert griff er nach dem Gürtel des Mannes und zog den Leichnam zu sich heran.
„Vergib mir“, murmelte er und starrte dabei in die blutigen Überreste des Gesichts. „Aber es geht ums Überleben.“
Der Rothaarige verharrte noch ein paar Sekunden, ganz so, als erwarte er eine Antwort von der Leiche, dann griff er nach dem Hut des Toten und zog ihn über den deformierten Kopf. Wieder hielt er inne und betrachtete die Leiche, schien mit sich zu ringen. Er schüttelte den Kopf, um seine Gedanken zu klären.
Mühsam hob er den starren Körper in die Höhe und schob ihn Stück für Stück nach oben. Vorsichtig hob er den Kopf des Toten für Sekunden aus der Deckung, ließ ihn dann wieder sinken. Das wiederholte er zweimal, ließ dazwischen immer ein

paar Sekunden verstreichen. Ein Beobachter sollte den Eindruck haben, dass hier jemand wirklich versuchte, vorsichtig zu sein. Beim nächsten Durchgang stemmte er die Leiche höher. Jetzt musste es draußen klar erkennbar sein.

In der Entfernung donnerte ein Schuss, und Moody zuckte unweigerlich zusammen. Keine Sekunde später ging ein Ruck durch seine Arme, als der Tote neuerlich von einer Kugel getroffen wurde. Eingeklemmt zwischen der Balustrade und Moody kippte die Leiche jedoch nicht nach hinten, wie es ein Mensch nach einem solchen Treffer getan hätte.

Ein weiterer Schuss löste sich. Einen Augenblick darauf wurde die Balustrade des Turms von einer Kugel durchschlagen. Holz splitterte und mit einem dumpfen Klatschen grub sich das Projektil in den Toten. Moody stemmte sich mit aller Kraft nach vorne, um von der Wucht des Aufpralls nicht umgeworfen zu werden. Er nutzte den Toten einerseits als Köder, andererseits als Schutzschild.

Das widerspenstige Ziel, das immer noch nicht den Gesetzen der Physik gehorchen wollte, schien den Scharfschützen in Rage zu versetzen. Erneut bellten in kurzer Abfolge Schüsse. Die Kugeln sirrten heran, diesmal weniger präzise. Sie schlugen in den kleinen Wachturm ein und ließen Holzsplitter und Staub auf den rothaarigen Mann niederregnen. Er registrierte, wie die Leiche vor ihm eine weitere Kugel abfing. Mühsam stemmte er sich nach vorne. Der Heckenschütze schien sich eingeschossen zu haben und belegte den kleinen Turm wieder und wieder mit Feuer. Moody fluchte und versuchte verbissen, seine Position zu halten, während die Welt um ihn herum im Chaos versank.

Die Zeit verlor ihre Bedeutung. Die Sekunden, die vergingen, kamen dem kräftigen Mann wie quälend lange Stunden vor. Das Adrenalin jagte durch seinen Körper, sein Herz raste, in seinen Ohren rauschte es. Hastig schnappte er nach Luft, während das Brennen in seinen Muskeln unerträglich wurde.

Plötzlich gab es ein dumpfes, glucksendes Geräusch, als die Leiche neuerlich voll getroffen wurde. Die Wucht riss Moody aus dem Gleichgewicht und ließ ihn nach hinten stürzen. Er registrierte, wie das Projektil blutig aus dem Rücken des Toten austrat. Im nächsten Moment traf ihn etwas mit einer ungeheuren Wucht an der Brust und trieb ihm die Luft aus den Lungen und schon schlug er auf dem Rücken auf. Sterne begannen, vor seinen Augen zu tanzen, und Schwärze breitete sich vom Rand seines Sichtfeldes aus. Das Rauschen in seinen Ohren wurde lauter, schlug um in ein ekelerregendes, hohes Summen.

Hastig schnappte Moody nach Luft, merkte, dass etwas Schweres auf ihm lag. Er kämpfte mit aller Macht gegen die aufwallende Ohnmacht an, mobilisierte seine Kraftreserven und stemmte den durchlöcherten Toten von sich. So bekam er besser Luft. Hektisch und zittrig begannen seine Hände fast automatisch, seine Brust abzutasten. Seine Finger fanden den Einschuss, tasteten, fühlten.

Spannung fiel von ihm. Er spürte unter seinen Fingerspitzen eine zerbrochene Keramikplatte. Nicht mehr.

Der Heckenschütze hatte aufgehört zu feuern, wahrscheinlich begutachtete er das Werk seiner Zerstörung durch die Vergrößerung seiner Zieloptik. Für einige Sekunden legte sich Stille über die Siedlung. Dann bellte ein Schuss irgendwo aus der Siedlung. Der Knall brach sich an den Gebäuden, hallte wider. Stille.

„Ich habe ihn erwischt!“, kam der Ruf.

Moody drehte seinen Kopf zur Seite. Verschwommen konnte er einen seiner Schützen erkennen. Der Mann stand triumphierend auf einem der Dächer in der Nähe und schwenkte sein Gewehr durch die Luft. Für einen Moment lächelte Moody zufrieden. Dann stemmte er sich schmerzhaft in die Höhe.

„Dann beweg deinen Arsch hierher und besetz den Turm!“, brüllte er dem Mann zu.

Seit dem Duell mit dem Heckenschützen waren einige Stunden vergangen, und der Abend kündigte sich langsam an. Der kleine Wachturm war wieder besetzt und so gut es ging mit Sandsäcken und Schrott verstärkt worden. Es blieb zu hoffen, dass

die Übergangslösung ihren Dienst erfüllen würde. Zusätzlich hatte Moody seine besten Schützen auf den Dächern der Siedlung in Stellung gehen lassen. Er hatte den Befehl erteilt, ohne Vorwarnung auf alles zu feuern, was sich in der Nähe der Siedlung auch nur bewegte – noch einmal wollte er den Vorteil der Übersicht nicht an die Angreifer verlieren.
Der von dem Söldner beschworene erste Angriff war bisher ausgeblieben und es hatte den Anschein, als wollten die Belagerer tatsächlich erst im Schutze der Dunkelheit einen Vorstoß wagen. In Station gab es keinen Strom, und so waren die Verteidiger in der Nacht auf Fackeln angewiesen. Das war eindeutig ein Schwachpunkt, den ein beherzter Angreifer ausnutzen würde.
Für den Moment aber war alles gespenstisch still in und um die Siedlung. Moody saß mit dem Rat zusammen.
„Den ersten Tag haben wir fast überstanden, aber das ist kein Grund zum Jubeln", beschrieb er die Situation und massierte seine Brust. Die Schutzweste hatte die Kugel zwar abgefangen, aber dort, wo sie getroffen hatte, befand sich ein unschöner, blauer Fleck von handtellergroßem Ausmaß. Davon abgesehen hatte er ein paar Schrammen und Kratzer.
Ian, der ganz offensichtlich zum Sprachrohr des Rats geworden war, nickte beipflichtend.
„Es könnte eine harte Nacht werden", erklärte er.
Moody sah den beleibten Händler skeptisch an, stimmte dann aber zu. Offensichtlich hatte er eingesehen, wie notwendig es war, an einem Strang zu ziehen.
„Ich glaube nicht, dass sie es über die Palisaden versuchen werden, am Tag schon gar nicht. Das sind immerhin vier Meter, die sie überwinden müssen, und dazu brauchen sie Seile oder Leitern, das macht sie langsam. So schwer bepackt erst einmal heranzukommen, mitten durch unser Schussfeld, das wäre Wahnsinn. Sie werden es daher wahrscheinlich am Tor versuchen."
Die Ratsmitglieder tauschten fragende Blicke aus, doch gerade als Moody erklären wollte, nahm ihm einer der Männer das ab. Es war ein untersetzter, stämmiger Bursche mit grauen Haaren

und einem ordentlich gestutzten Vollbart. So wie Moody es verstanden hatte, handelte es sich um den Ingenieur der Siedlung.
„Er hat recht. Tore sind der natürliche Schwachpunkt von Befestigungen“, sagte der Ingenieur.
Dankbar blickte der Söldner den untersetzen Mann an. Wahrscheinlich würde der Rat eher auf eines seiner Mitglieder als auf ihn hören.
„Können wir“, begann der hagere Arzt, „nicht etwas dagegen tun? Das Tor irgendwie verstärken?“
„Im Prinzip geht das, Stan“, bestätigte der Ingenieur. „Wir könnten versuchen, das Tor von innen zu blockieren und damit mehr Stabilität bekommen. Irgendetwas Großes, Sperriges und Schweres, das wir dagegen stellen können, wird ausreichen.“
Stan schien genau diese Antwort erwartet zu haben und blickte die einzige Frau in der Runde an. Es handelte sich um die Besitzerin der Tankstelle, die Herrin über die Kneipe von Station. Die Frau bemerkte den Blick und knirschte mit den Zähnen.
„Ich wohne darin!“, brachte sie hervor.
Moody zog die Augenbraue hoch, verstand nicht. Er beschloss jedoch, die Arbeit den anderen Mitgliedern zu überlassen.
„Natürlich, Margaret.“ Ian schaltete sich ein. „Aber dein Haus ist beweglich. Es ist am besten dafür geeignet.“
„Seit ich denken kann, lebe ich mit meiner Familie dort. Und davor hat meine Mutter es getan! Sie ist in der Zeit DAVOR mit dem Laster durch das Land gefahren!“, polterte die Frau los.
Ian ließ ihren Wutausbruch verrauchen und legte ganz bewusst eine Pause ein. Die Versammelten starrten die Frau an.
„Alles schön und gut. Aber das ist im Moment nichts wert. Der alte LKW scheint das Beste zu sein, was wir haben. Wir alle verstehen, dass du damit verbunden bist. Aber glaube mir, wenn die Soldaten einmal nach Station hineinkommen, dann ist es zu spät. Deine Verbundenheit wird dich nicht vor ihnen schützen.“
Die Stimme des Händlers war kalt.
Margaret warf hastig Blicke zu den Seiten, schien nach Unterstützern im Rat zu suchen.

Als ihr bewusst wurde, dass sie mit ihrer Position allein dastand, schüttelte sie ärgerlich den Kopf.
„Ihr wollt mein Haus nehmen! Und was ist mit euch? Welche Opfer bringt ihr?“
Stan, der Arzt, schaltete sich ein. „Margaret, es geht nicht, darum, wer bereit ist, Opfer zu bringen, oder wer das größere Opfer aufbringt. Das ist kein Wettstreit. Es geht darum, zu überleben. Station ist unsere Heimat. Willst du deine Heimat verlieren?“
Margaret holte Luft, ihr Mund öffnete sich, als ob sie etwas sagen wollte, dann hielt sie jedoch inne. Hörbar verließ die Luft wieder ihre Lungen und kraftlos sank sie zusammen, wurde ein gutes Stück kleiner.
„Nein. Natürlich nicht“, sagte sie halblaut.
„Wir versichern dir, dafür zu sorgen, dass du wieder ein ordentliches Haus bekommst, wenn das alles vorbei ist“, pflichtete der Ingenieur bei. „Wenn möglich, nehmen wir wieder den Laster – und wenn nicht, dann schwöre ich dir, mein Bestes zu geben und dir ein Haus zu bauen, wie es Station noch nicht gesehen hat.“
Der Versuch der Beschwichtigung kam bei der Frau nicht richtig an. Sie nickte nur schwach und sah dann in die Runde.
„Gebt mir eine Stunde Zeit, damit ich die wichtigsten Sachen herausholen kann. Dann gehört der Laster euch.“
Sie stand auf und ging, ohne sich zu verabschieden. Moody blickte ihr einen Moment hinterher, dann wandte er sich wieder dem Rat zu.
„Damit wäre eines unserer Probleme schon gelöst. Schaffen eure Leute es, das Ding vor das Tor zu bekommen? Dann muss ich keine Wachen abziehen.“ Der Ingenieur nickte.
„Gut. Lasst uns dafür sorgen, dass das noch vor Einbruch der Nacht passiert. Ich habe so das Gefühl, dass sie es dann wieder versuchen werden. Unser Problem ist das Licht. Aber ich habe keine Lösung parat.“
„Hier gibt es leider nicht viel. Strom haben wir nicht, auch wenn wir die Möglichkeiten dazu haben. Aber der Brennstoff ist

schon vor Jahrzehnten aufgebraucht worden, und welchen zu beschaffen, das können wir uns nicht leisten. Uns bleiben nur die Fackeln und Kerzen."

„Gerade mit Kerzen können wir im Moment ganz viel anfangen", meinte Moody sarkastisch.

„Ich weiß. Aber ich kann nicht zaubern. Ich kann keine Lösung aus der Luft greifen oder mir aus den Rippen schneiden."

Moody hob die Hand und klopfte dem Mann auf die Schulter. „Ich weiß. Es war nicht böse gemeint. Wir tun hier alle unser Bestes."

+++

Alexander betrachtete die Siedlung. Es war mittlerweile dunkel geworden und Fackelschein erhellte Station.

Der Tag war anders gelaufen, als er es geplant hatte. Seine Männer waren schon am Tor auf unerwarteten Widerstand gestoßen – scheinbar hatten die Bewohner der Siedlung eine ganze Söldnerbande in ihre Dienste gestellt. Bei dem Versuch, den Eingang der Siedlung im Handstreich zu nehmen, hatte er bereits zwei seiner Soldaten verloren. Über den Tag war dann auch noch sein Scharfschütze ausgefallen. Es gab also drei Tote, ohne dass Alexander nennenswerte Erfolge vorweisen konnte. Zwar schienen sie einen der Bewacher erwischt zu haben, aber das war ein schwacher Trost. Eine Quote von drei zu eins, zu seinen Ungunsten, war absolut inakzeptabel.

Das Vorfühlen auf die Verteidigung war auch eher bescheiden ausgefallen. Irgendwie hatten die Verteidiger es fertiggebracht, eine passable Rundumverteidigung aufzubauen, und alle Versuche erfolgreich abgeschlagen. Im Grunde stand er mit leeren Händen da. Und zu allem Überfluss hatten die Verteidiger nun auch noch den Vorteil, ihrerseits Scharfschützen positioniert zu haben. Nein, es lief wirklich nicht so, wie er sich das vorgestellt hatte. Doch die Dunkelheit würde ihm nun helfen, das Missverhältnis umzukehren.

Der kahlköpfige Offizier rutschte in Deckung zurück und drehte sich zu einem seiner Leute um. Im Halbdunkel wartete eine schwergepanzerte Soldatin auf ihre Befehle. Die Schutzkleidung bedeckte jeden Quadratzentimeter ihres Körpers, ein schwerer Helm rundete die Kombination ab.
„Wir warten noch ein paar Minuten, bis es richtig dunkel ist, dann geht es los."
Er deutete zum hell erleuchteten Tor.
„Sobald das Tor eingenebelt ist, machst du dich auf den Weg. Nimm so viele von den Brandgranaten mit, wie du kannst. Ich will, dass du sie in die Siedlung schleuderst. Die Palisaden oder das Tor sind völlig egal, um die können wir uns später kümmern. Wirf die Granaten in Richtung der Häuser. Ich will ein schönes Feuer da drin haben."
Die Frau nickte, zog ihre Maske vor das Gesicht, sodass nur noch ein schmaler Schlitz um ihre Augen frei blieb, dann klappte sie das Visier herunter. Schwerfällig machte sie sich auf den Weg.
Alexander ließ noch ein paar Minuten verstreichen, dann gab er einem seiner Leute ein Zeichen. Der Soldat verließ die Deckun am Waldrand und robbte auf dem Bauch näher an die Siedlung heran. Immer wieder legte er dabei Pausen ein und presste sich flach auf den Boden, um einer Entdeckung zu entgehen. Es vergingen zwei Minuten, dann war er auf gute dreißig Meter an das Tor herangekommen. Behutsam zog er eine Nebelkerze aus dem Gürtel und machte sie mit geübten Griffen bereit. Er schätzte die Distanz ab, zielte einmal, dann schleuderte er den entsicherten Wurfkörper in einem flachen Bogen davon.
Mit einem Scheppern landete die Nebelkerze vor dem Tor, rollte aus. Aus dem Dorf erklangen erschrockene Rufe und im gleichen Moment breitete sich mit einem Zischen dichter, weißer Qualm aus.
Die schwer gepanzerte Soldatin kam aus der Deckung und ging mit schnellen Schritten in Richtung der Nebelwand. Als sie die weiße Wand erreicht hatte, wurde sie vom undurchsichtigen

Qualm umschlossen. Sie konzentrierte sich und versuchte, weiterhin geradeaus zu gehen, orientierte sich an den gedämpften Geräuschen. Angespannt hatte sie ihre Schritte gezählt und verharrte, als sie zu dem Schluss kam, nah genug an den Palisaden zu sein. Mechanisch riss sie die Brandgranaten gleich paarweise vom Waffengürtel, entsicherte sie und warf sie im hohen Bogen über die Mauer.
Nach dem ersten Wurf nahm sie sich die Zeit, auf die Explosion zu warten. Die aufsteigenden Feuerbälle erleuchteten den Nebel um sie herum und für einen Moment befürchtete sie, dass man sie nun auch entdecken könnte. Als jedoch kein Schrei ertönte und sich nirgendwo ein Schuss löste, fuhr sie fort. Wieder und wieder schleuderte sie die Granaten durch den Nebel in die Siedlung. Explosionen donnerten, Stichflammen und Feuerbälle stiegen auf. Als sie das letzte Wurfgeschoss geschleudert hatte, drehte sie sich um und hastete aus der Nebelwand heraus. Die Panzerung lag schwer auf ihren Schultern und damit war jeder Schritt mühevoll und kräftezehrend, doch sie versuchte, das Tempo zu halten, orientierte sich kurz, als sie die wabernde weiße Wand verlassen hatte, und lief zu den anderen hinüber. Hinter ihr lag Station im Chaos.

Es dauerte drei Stunden, bis man den letzten Brandherd gelöscht hatte. Beißender, schwarzer Rauch stieg aus der Siedlung in den Nachthimmel empor und in der Luft lag der Geruch von verbranntem Plastik. Den aufgeregten, fast panischen Schreien nach zu urteilen, hatten die Granaten ihre Wirkung nicht verfehlt.
Soweit Alexander es aus seiner Position beurteilen konnte, hatten mindestens vier Gebäude der Siedlung gebrannt und waren wahrscheinlich unrettbar verloren. Dabei war davon auszugehen, dass es einige Verletzte, vielleicht sogar Tote gegeben hatte. Dieser Angriff hatte wahrscheinlich stark an der Moral gerüttelt und würde seine ganze Wirkung dann entfalten, wenn das Ausmaß des angerichteten Schadens am nächsten Tag sichtbar würde.

Für den Moment sollte das reichen. Er hatte beschlossen, die Siedlung erst einmal aus sicherer Entfernung unter Druck zu setzen, die Verteidiger mürbe zu machen und ihren Widerstand damit langsam zu brechen.

+++

Müde und entkräftet lag Moody ausgestreckt unter dem großen Vordach der Tankstelle. Seine Augen brannten und alles an ihm stank nach Qualm. Sein Haarschopf wirkte noch unordentlicher als sonst, einige seiner Haare waren der Feuersbrunst zum Opfer gefallen. Seine Haut war an vielen Stellen vom Ruß geschwärzt und unzählige kleinere Brandverletzungen zogen sich über seine Arme. Überall auf seiner Kleidung gab es Brandlöcher.

Der Söldner hatte die Augen geschlossen und versuchte, ein paar Minuten Ruhe zu bekommen, aber der Versuch war von vorneherein zum Scheitern verurteilt. Um ihn herum saßen Menschen, irgendwo schrie ein Verletzter schon seit Stunden. Stöhnend öffnete er die Augen und setzte sich auf.

Die Dämmerung kündigte sich langsam an und im ersten Tageslicht betrachtete er die Siedlung. Spuren von Feuer überall, und von ein paar Gebäuden waren nicht mehr als rauchende Trümmer übriggeblieben.

In der Nacht hatten er und seine Begleiter das Letzte gegeben, waren an den Rand ihrer Kräfte gegangen. Sie hatten versucht, die Siedler aus ihren Hütten zu holen und in Sicherheit zu bringen. Viele von ihnen hatten geschlafen und wurden von dem Angriff völlig überrascht. Noch während sie damit beschäftigt waren, so viele Menschen wie möglich aus der Gefahrenzone zu bekommen, begannen schon die Löscharbeiten. Sie bildeten Ketten, reichten Eimer weiter. Irgendwann war es ihnen gelungen, die meisten Brandherde zu löschen. Bei drei Hütten jedoch hatte sich ihre Arbeit als vergeblich erwiesen. Die Flammen waren zu hoch, brannten zu heiß. So blieb ihnen nichts anderes, als hilflos zuzusehen, wie die Gebäude in den Flammen vergingen. Als der letzte Brand erlosch, fielen die meisten dort um, wo sie gestanden hatten. Völlig ausgelaugt und am Ende ihrer Kräfte. Moody bemühte sich, seine Leute wieder auf ihre Posten zu treiben, doch das gelang kaum. Sie konnten einfach nicht mehr, brauchten dringend Ruhe. Es war ein Wunder, dass die Belagerer die Gunst der Stunde nicht nutzten und zu einem Großangriff ansetzten.

Taumelnd erhob er sich und versuchte, durch das Strecken seiner Glieder die Müdigkeit zu vertreiben, was kaum gelang. Er griff nach einem achtlos beiseite gestellten Eimer, in dem noch ein Bodensatz des Löschwassers war, und schüttete sich den Inhalt über den Kopf.

Das kalte Wasser tat für den Moment seine Wirkung und die Müdigkeit verschwand. Nachdem er seine Haare irgendwie gebändigt hatte, machte er sich auf den Weg. Vorsichtig stieg er über Schlafende hinweg. Die Angst der Bewohner nach diesem Angriff war so groß, dass die meisten von ihnen ihre schützenden Häuser verlassen hatten und es vorzogen, die Nacht unter freiem Himmel zu verbringen. Moody blickte in verängstigte und fragende Gesichter und er bemühte sich, zuversichtlich zu wirken. Offensichtlich hatte man ihn akzeptiert, vertraute ihm. Er musste dafür sorgen, dass die Belagerten ihre Hoffnung behielten.

Zielstrebig steuerte er auf den Rand der Siedlung zu. Hier, an dem Ort, der am weitesten vom Tor entfernt war, hatte Stan Stellung bezogen.

Der Arzt kümmerte sich mit einer Handvoll Freiwilliger um die Verletzten des nächtlichen Angriffs. Die Behandlung fand unter freiem Himmel statt. Als Moody herankam, ließ der hagere Arzt sich gerade auf einen Stuhl sinken und wischte sich den Schweiß aus dem Gesicht.

„Wie sieht es aus?“, fragte Moody und ließ sich auf einen anderen Stuhl nieder.

Stan blickte auf und blinzelte.

„Drei Schwerverletzte und elf Leichtverletzte. Zwei sind in der letzten Stunde unter meinen Händen krepiert“, fasste der Arzt verbittert zusammen.
„Dann hat es insgesamt sieben erwischt“, stellte Moody fest.
Betroffen nickte der Arzt und blickte zu Boden. „Ich ... ich weiß nicht, wie es mit den dreien ist. Ihre Brandwunden sind schwer. Ich ... ich glaube nicht, dass sie es schaffen werden.“
Moody stöhnte auf und schloss die Augen.
„Solche Verletzungen sind immer schlimm. So wie es die drei erwischt hat, braucht es ein Wunder. Selbst in der Welt DAVOR hätte es das gebraucht“, sprach Stan weiter.
Der rothaarige Söldner nickte, während die Zahlen in seinem Kopf Gestalt annahmen. Sieben Menschen waren in der letzten Nacht gestorben, darunter auch Frauen und Kinder. Einer der Toten gehörte zu Moodys Leuten. Die Bilanz war erschütternd und es war klar, dass Station keinen zweiten Angriff von diesem Ausmaß überstehen konnte.
Er blickte auf, sah den schweigenden Arzt an.
„Sorg für die Schwerverletzten.“
Stan nickte verstehend. Es war klar, was Moody damit gemeint hatte. Sollte es nötig werden, würde er den Verletzten Leid ersparen. Doch für den Moment hoffte er, dass es nicht so weit kommen würde. Er hoffte auf nichts anderes als auf ein Wunder.

Etwa zwei Stunden nach Sonnenaufgang setzten die Belagerer zu ihrem nächsten Schlag an. Die Geschehnisse der letzten Nacht hatten der Moral der Eingeschlossenen einen schweren Schlag versetzt. Nun machten sich die Angreifer daran, die Belagerten vollständig zu demoralisieren und ihren Verteidigungswillen zu brechen.
Dafür hatten sie im Schutze der Dunkelheit ein Maschinengewehr am Waldrand in Stellung gebracht und getarnt. Aus dem Versteck heraus wurden nun in unregelmäßigen Abständen immer wieder kurze Feuerstöße abgegeben. Dabei war das Feuer

ungezielt und fegte meist wirkungslos über die Siedlung hinweg. Doch die Kugeln verfehlten ihre Wirkung nicht. Das immer wiederkehrende Rattern der Waffe brannte sich in die Psyche der Belagerten ein. Obwohl sie hinter den Palisaden zwischen den Gebäuden praktisch sicher vor dem Beschuss waren, zuckten sie bei jeder Garbe zusammen, die über ihre Köpfe hinwegsirrte, und warfen ängstliche Blick nach oben. Angst wurde zu einem stetigen Begleiter und legte sich beklemmend über ihren Verstand.
Das Hämmern der automatischen Waffe sorgte dafür, dass sie einfach nicht zur Ruhe kamen. Kaum dass sie irgendwo einen Platz fanden und sich von den Strapazen der letzten Nacht erholen wollten, erklang wieder das monotone Tackern der Waffe, das Geräusch brach sich tausendfach an den Gebäuden und hallte wider. Für solche, die den Kampf gewöhnt waren, mochte diese Geräuschkulisse zu überstehen sein, aber für die einfachen Bewohner einer Siedlung war es die Hölle. Ihre Nerven lagen blank.
Moody versuchte, Zuversicht auszustrahlen, ging aufrecht durch das verwüstete Dorf und zuckte bei den Schussgeräuschen nicht zusammen. Hin und wieder blieb er stehen, versuchte, einige aufmunternde Worte zu finden, aber oftmals ging sein Satz im Rattern der Waffe unter und verklang ungehört. Er wusste, dass die meisten der Eingeschlossenen das alles nicht mehr lange überstehen würden. Am liebsten hätte er seinen Schützen befohlen, das MG-Nest ausfindig zu machen und auszuschalten, aber die Gefahr war letztlich zu groß. Vielleicht warteten die Belagerer nur darauf, dass hier jemand dumm genug war, den Kopf aus der Deckung zu stecken. So wie es im Moment war, waren sie gezwungen, hier untätig herumzusitzen, während die Angreifer draußen mit ihnen machen konnten, was sie wollten. Dieses Nichtstun, dieses untätige Abwarten, das war das Schlimmste.
Eine von Moodys Späherinnen hastete heran.
„Moody?“

Er wurde aus seinen Gedanken gerissen, war aber sofort aufmerksam und blickte sie an.
„Was gibt es?"
„Ich glaube, ich habe ihre Feuerstellung ausfindig gemacht. Man kann sie von da vorne einsehen, wenn auch nur schlecht." Sie deutete mit einer Handbewegung in Richtung der Palisaden und musste einen schmalen Spalt zwischen den Stämmen gemeint haben.
„Können wir sie unter Feuer nehmen?"
„Ich denke nicht. Der Spalt ist zu schmal und damit fehlt der nötige Radius."
Der Söldner presste die Lippen zusammen, bis sie nur noch eine schmale Linie bildeten. Das machte die ganze Angelegenheit noch ärgerlicher. Nun wussten sie zwar, wo der Gegner war, konnten aber nicht effektiv gegen ihn vorgehen.
„Entfernung?"
„Ich weiß nicht. Vielleicht hundert Meter, vielleicht ein bisschen mehr. Die Stellung liegt am Waldrand, eigentlich gut getarnt. Würde mich nicht wundern, wenn die sich auch gegen Beschuss geschützt haben."
„Immerhin wissen wir nun, wo sie sind."
Sie nickte und wartete auf weitere Anweisungen.
Moody holte Luft. „Es hilft ja nichts. Wir müssen uns irgendwie um das Problem kümmern, bevor die ersten Leute hier durchdrehen. Ich denke, es wird nicht mehr lange dauern. Beobachte sie weiter, während ich mir etwas ausdenke."
Die Späherin nickte und eilte davon.
Moody fuhr sich nachdenklich durch die Haare, während er überlegte, wo er ansetzen konnte.

Ungläubig blickte der grobschlächtige Söldner den Ingenieur an.
„Ist ja nicht zu fassen", brachte er hervor.
Der untersetzte Mann lächelte und wischte sich die Hände an seinem Overall ab. „Eigentlich nicht. Das hier war in der Zeit

DAVOR eine Tankstelle, irgendwo mussten sie den Sprit ja lagern."
Moody begutachtete den aufgeklappten Metalldeckel und den kreisförmigen Einstieg in die Dunkelheit. Auch wenn es eng war, ein ausgewachsener Mensch würde dort sicher durchpassen, auch wenn es mühselig wäre.
„Wie viele gibt es davon?"
„Vier. Wir haben sie früher als Lagerräume genutzt. Damals standen die Palisaden noch nicht, da war das nötig. Als wir den Zaun hatten, haben wir die Lager an die Oberfläche verlegt, das war einfacher für uns. Wir haben die Tanks seitdem nicht mehr genutzt."
„Und dir ist erst jetzt eingefallen, dass sie noch da sind?"
Der Ingenieur verzog das Gesicht und schüttelte den Kopf.
„Nein, natürlich nicht. Aber ich habe gar nicht daran gedacht, dass man die Dinger auch als Schutzräume nutzen kann. Weißt du, ich habe gedacht, es würde maximal ein bisschen herumgeschossen werden. Ich konnte doch nicht ahnen, dass es hier gleich wie im Krieg wird."
Moody nickte zustimmend. Wahrscheinlich wäre vor den Ereignissen der letzten Nacht auch niemand bereit gewesen, sich in die dunklen Tanks zu begeben, egal, mit welchen Argumenten man es versucht hätte. Jetzt hingegen lagen die Dinge anders.
„Wie viele Menschen bekommen wir denn in die Tanks?"
Der Ingenieur sah sich um und schien im Geiste zu zählen, schätzte und wägte ab. „Es wird nicht für alle reichen. Vielleicht muss man sich abwechseln."
„Und wenn wir nur die Leute nehmen, die sich nicht verteidigen können?"
„Du meinst Frauen, Kinder, Alte und Verwundete?"
„So in der Art."
„Dann könnte es passen. Aber es wird ziemlich ungemütlich da unten. Die Tanks sind halt nicht dafür gedacht, dass jemand länger dort bleibt. Und es wird vor allem dunkel. Wir haben keinen Strom und offenes Feuer würde ich schon allein wegen

der ganzen Leute vermeiden. Ganz zu schweigen von Rückständen im Tank."
Der Söldner zog erstaunt die Augenbraue hoch und blickte in den dunklen Schacht.
„Nach all den Jahren?"
„Ich bin kein Fachmann. Aber nach allem, was ich weiß, ist das durchaus möglich, ja."
„Ist es dann überhaupt eine gute Idee, da unten Leute unterzubringen?"
„Wir haben das noch nicht probiert. Wenn es Rückstände gibt, kann immer was passieren. Auf der anderen Seite liegen die Tanks jetzt schon seit Jahren trocken. Was aber viel wichtiger ist: Die Luken müssen offen bleiben. Die Luft dürfte schnell verbraucht sein."
„Hm ... aber wir haben immerhin Schutzräume, das ist doch schon mal ein Anfang. Wahrscheinlich hört man da unten auch nicht mehr so viel von diesem verdammten Maschinengewehr."
„Sicher nicht. Viel wichtiger ist aber, dass wir dann sicherer vor so einem Feuerzauber wie in der letzten Nacht sind."
„Dann erklär das deinen Kollegen im Rat. Je schneller die Leute nach unten kommen, desto besser."
„Ich kümmere mich darum. Und wie geht es hier oben weiter?"
„Meine Leute und ich bleiben hier und halten Wache. Das Gleiche gilt für jeden von euch, der eine Waffe halten kann und will. Wie es aussieht, sind die meisten von euch ziemlich mitgenommen und ich kann verstehen, wenn sie lieber ihre Haut in Sicherheit bringen wollen."
Der Ingenieur winkte ab.
„Es wird genug geben, die bereit sind, hierzubleiben und zu kämpfen. Gerade nach der letzten Nacht. Wir machen wahrscheinlich einen verweichlichten Eindruck auf dich. Aber vergiss nicht: Es geht hier um unsere Heimat. Da mobilisiert man auch die letzten Kräfte." Moody lächelte schwach.
„Auch richtig. Naja, du weißt, was ich meine. Kümmert euch nur drum, dass es schnell in die Gänge kommt."

„Wird erledigt. Und was ist nun mit dem MG?“
Verbittert verzog der Rotschopf das Gesicht.
„Bin mir noch nicht sicher. Das kann da nicht bleiben. Wir müssen es ausschalten, soviel ist klar. Aber ein paar Leute auf die Dächer zu schicken, um das Feuer zu erwidern, ist Selbstmord. Eigentlich müsste ich eine Truppe ungesehen nach draußen bekommen, die die Stellung von der Seite packt und ausschaltet. Du weißt schon: Schnell hin, zuschlagen und weg, bevor irgendjemand weiß, was passiert ist. Aber ich bekomme am Tag doch niemanden ungesehen über die Palisaden.“
„Es tut mir leid. Aber als wir uns damals daran gemacht haben, die Palisaden hochzuziehen, haben wir nicht gedacht, dass es hier einmal so zugehen könnte. Da erschien uns ein Tor ausreichend.“
„Ist ja schon gut. Ich wünschte nur, ihr hättet damals an einen Fluchttunnel gedacht. Der würde uns jetzt nämlich viel bringen.“

„Ich wollte es geheim halten.“ Ian mühte sich damit ab, ein Regal zur Seite zu schieben.
Moody blickte den beleibten Händler fragend an und ging ihm zur Hand. Schnell war das schwere Regal verschoben.
„Die stehen schon lange hier. Ich habe sie vor Jahren einmal angeschafft. Da hatten wir gerade einen besonders üblen Winter überstanden und viele von uns sind erfroren. War knapp damals. Ich wollte nicht, dass mir … dass uns sowas nochmal passieren kann.“
Hinter dem Regal kamen drei Gasflaschen zum Vorschein, auf deren Ventilen Heizstrahler saßen. Die Flaschen waren zerbeult und staubig, der Lack war abgeplatzt.
„Bisher hatten wir keinen so schlimmen Winter mehr. Oder wir haben aus den Erfahrungen gelernt und besser vorgesorgt. Nenn es, wie du willst. Auf jeden Fall haben wir die Dinger danach eigentlich nie gebraucht. Und so standen sie dann eben hier. Ich habe mich nicht getraut, sie wieder zu verkaufen. Ich glaubte,

dass der nächste Winter dann hart werden würde und ich das Nachsehen hätte. Verrückt, nicht wahr?“

Moody kratzte sich nachdenklich am Kinn.

„Und warum wolltest du sie geheim halten?“

„Das …“, begann Ian, schien dann abzuwägen und schüttelte den Kopf, „das spielt doch jetzt keine Rolle.“

Der Söldner musterte den Händler nachdenklich. Für einige Sekunden blickten sie sich schweigend an, doch Moody war klar, dass Ian ihm die Antwort schuldig bleiben würde. Hörbar sog er die Luft ein, um das Schweigen zu beenden.

„Na, was auch immer. Wie soll uns das helfen?“

„Kennst du sowas nicht?“

„Doch. Schon mal gesehen, auch wenn die Teile in den letzten Jahren immer seltener geworden sind. Das sind Heizstrahler, nicht?“

„Absolut richtig. Aber um die Dinger geht es mir gar nicht.“ Ian deutete auf eine der zerbeulten Gasflaschen.

„Gas, ja.“

„Ich dachte, das kann euch vielleicht helfen?“

Moodys Blick wurde skeptisch.

„Wie soll es das denn? Gas brennt und explodiert. Ich bekomme die Flaschen wahrscheinlich nicht an ihre Stellungen heran, ohne dass sie mich zusammenschießen. Außerdem besteht die Gefahr, dass der ganze beschissene Wald zu brennen beginnt.“

Ian zwinkerte verschwörerisch.

„Und wenn du es erst gar nicht in ihre Stellungen bringen musst?“

„Wie soll das gehen? Willst du die Kerle etwa hier in der Siedlung haben? Das versuchen wir doch krampfhaft zu verhindern. Außerdem bleibt das Ergebnis das Gleiche. Die Explosionskraft und das Feuer können eure gesamte Siedlung einäschern.“

„Ja, ich weiß. Aber ich habe überlegt. Offenbar wollen unsere Feinde das auch.“

„Und das ist dein Grund, es selber zu machen?“ Moodys Erstaunen war förmlich greifbar.

„Nein. Also nicht mit Vorsatz. Aber weißt du, wenn die unsere Siedlung dem Erdboden gleichmachen und uns offensichtlich abschlachten wollen, dann ist das hier eine Möglichkeit. Wenn ihr – wenn du die Gasflaschen einsetzt, kann unsere Siedlung auch übel erwischt werden. Der Unterschied ist aber: Bei der ersten Variante will man uns töten. Bei der zweiten Variante können wir überleben. Wahrscheinlich müssen wir danach die halbe Siedlung nochmal aufbauen – aber wir sind eben noch am Leben."

„Ich werde euch nie verstehen. Gestern murrt noch jemand von euch rum, weil es um sein Haus geht. Und heute sagst du mir, es ist in Ordnung, wenn eure Siedlung in Schutt und Asche gelegt wird."

Ian verzog gequält das Gesicht.

„Ganz so einfach ist das nicht. Der Rat wird sich gegen den Vorschlag sträuben und kaum zulassen, dass so etwas passiert."

„Und warum schlägst du es mir dann vor, wenn du so sicher bist?"

Ian zuckte mit den Schultern.

„Manchmal müssen eben Entscheidungen gegen alle Widerstände geführt werden. Unser aller Wohl steht hier auf der Kippe. Das begreifen nicht alle. Manchmal ist es notwendig, Dinge zu tun, die einem nicht gefallen, um größeren Schaden für sich selbst zu verhindern."

„Du willst das also ohne Zustimmung des Rats machen, Händler?"

„Notfalls ja."

Moody lachte tonlos und schüttelte den Kopf.

„Das wäre ja auch schön einfach für dich, nicht? Am Ende bist du ganz fein aus der Sache raus und ich und meine Leute sind die Idioten, die für das Chaos verantwortlich sind. Dann bekommen wir den schwarzen Peter zugeschoben, dürfen euren Sündenbock spielen, was?" Ian atmete schwer ein.

„Das ist denkbar, ja. Aber ich habe keine Lust, meine Heimat zu verlieren, weil wir uns im Rat nicht einig werden können."

„Das heißt, du bist bereit, nachher die Verantwortung zu übernehmen?"
„Wenn das bedeutet, dass ich am Leben bleibe, mache ich das gerne."
„Siehst du. Das ist der verdammt Grund dafür, dass ich von diesem Quatsch nichts halte. In einer Siedlung sollte es keinen Rat geben, sondern nur einen Anführer, der sagt, wo es langgeht. In Momenten wie diesen ist euer toller Rat und euer beschissenes Mitbestimmungsrecht nämlich nur ein Klotz am Bein."
Ian wollte etwas dazu sagen, überlegte es sich im letzten Moment aber scheinbar anders.
„Moody, das ist nicht die Zeit, um über die richtige politische Form einer Siedlung zu sprechen. Belassen wir es einfach dabei, dass alle Varianten Fehler haben und je nach Situation falsch sein können, oder?"
Der breitschultrige Söldner machte eine wegwerfende Handbewegung.
„Was auch immer. Das hier ist nicht mein Dorf, sondern eures. Ihr müsst wissen, was gut für euch ist. Vielleicht lernt ihr für die Zukunft."
„Wer kann das sagen? Nimmst du die Flaschen jetzt?"
„Ja, natürlich. Den Trumpf sollten wir uns nicht entgehen lassen."
Der Händler nickte und machte einen hinkenden Schritt nach vorne, um nach der ersten Flasche zu greifen. Grunzend und kopfschüttelnd schob Moody den Mann beiseite und nahm mit spielerischer Leichtigkeit eine Gasflasche in jede Hand.
„Lass gut sein. Hinterher hebst du dir noch einen Bruch."

+++

„Seit heute Nacht gibt es keine Bewegung mehr in der Siedlung."
Alexander verzog das Gesicht und warf einen abfälligen Blick auf den Mann. „Das kann ich selber sehen."

„Und was jetzt?"
„Könnt es nicht erwarten, loszulegen, was?"
Der Soldat nickte zustimmend. „Wir liegen hier schon lange genug im Dreck, Sir. Der Widerstand ist wahrscheinlich gebrochen. Untätig hier herumzuhocken, ist kaum auszuhalten."
Alexander schüttelte den Kopf. „Und was macht dich so sicher, dass der Widerstand gebrochen ist, Soldat?"
„Es gibt kein Gegenfeuer. Wir haben niemanden mehr gesehen, Sir."
„Sollte es nicht Leute geben, die sich ergeben? Eine weiße Fahne? Sollte nicht irgendwer versuchen, sich abzusetzen, um uns zu entkommen?"
Der Mann schien unsicher zu werden und blickte nervös hinüber zur Siedlung. „Aber irgendetwas muss doch …"
„Ist euch schon mal in den Kopf gekommen, dass sie auch einfach da drin sitzen können und sich eingegraben haben?"
„Sir, das ist eine stinknormale Siedlung. Solche Leute sind nicht für den Kampf gemacht, es sind keine Soldaten!"
„Du würdest dich wundern. Immer, wenn es ums Überleben geht, werden Kräfte in Menschen frei, mit denen man niemals gerechnet hätte."
„Was machen wir dann jetzt?"
„Mir die Entscheidungen überlassen. Verzieh dich wieder auf deinen Posten und warte die Befehle ab, ist das klar?" Alexander blaffte den Mann unversehens an. „Wenn ihr plündern und vergewaltigen wollt, dann hört ihr auf mich, verstanden?"
Der Soldat salutierte knapp und ging wieder auf seinen Posten. Alexander warf ihm noch einen bösen Blick nach.
Es war ihm wirklich ein Rätsel. Er hatte damit gerechnet, dass es heute Gegenschläge geben würde. Dass man versuchen würde, das Maschinengewehr auszuschalten oder ihre Position auszukundschaften. Er erwartete von seinem Gegner, dass dieser versuchen würde, die Initiative zu ergreifen. Aber nichts war passiert. Nach dem Feuer in der Nacht war es ruhig in Station geworden. Und mit dem Störfeuer des Maschinengewehrs hatten

die Verteidiger ihre Köpfe nach unten genommen. Alexander drückte sein Fernglas an die Augen und betrachtete die Siedlung durch die Vergrößerung. Irgendetwas passierte dort hinter den Palisaden, soviel war sicher. Vielleicht würde es helfen, von einer höher gelegenen Position zu spähen, aber hier bestand die Gefahr, doch entdeckt und unter Beschuss genommen zu werden. Wieder einmal sah es nach einem Patt aus. Diese verfluchten Palisaden erwiesen sich als ein größerer Störfaktor, als er angenommen hatte. Das andere Problem lag auf der Hand. General Banner hatte ihm zwar ordentliche Ausrüstung zuteilen lassen, aber jeden Antrag auf mehr Männer abgelehnt. Seine Ressourcen waren begrenzt, sodass er nicht einfach stur gegen die Siedlung anrennen konnte.

Alexander lächelte bitter, als er daran zurückdachte, wie er durch das Arsenal gegangen war und sich dort mit Ausrüstung eingedeckt hatte. Er hatte sich für das Maschinengewehr entschieden anstatt für den Raketenwerfer, weil er der Ansicht war, dass ihm die automatische Waffe von größerem Nutzen war. Jetzt, genau in diesem Moment, wünschte er, dass er sich anders entschieden hätte. Aber es half nichts, über Fehlentscheidungen der Vergangenheit nachzudenken.

Das Maschinengewehr hatte eine Feuerpause eingelegt.

Kaum dass die Pausen zwischen den Salven größer wurden, gab es auch wieder spärliche Bewegung auf den Palisaden und Dächern. Es entwickelte sich eine Art Katz-und-Maus-Spiel. Irgendwo nahm jemand seinen Kopf hoch und spähte aus der Deckung. Der Beobachter am Maschinengewehr sah, was passierte, die Waffe wurde eingeschwenkt und dann knatterte es. Ein tödliches Spiel, bei dem Sekundenbruchteile darüber entschieden, ob man überlebte oder sterben würde.

Mittlerweile war es früher Nachmittag und die Sonne brannte am wolkenlosen Himmel. Die Bäume spendeten ein wenig Kühle, doch drüben in der Siedlung musste es unerträglich sein. Die Natur schien auf der Seite der Belagerer.

Mit einer Handbewegung gab Alexander ein Signal, und daraufhin erhoben sich schwerfällig zwei seiner Soldaten in schwerer Schutzkleidung. Vorsichtig bewegten die beiden sich aus der Deckung nach vorne, während der Rest der Truppe aus den Stellungen heraus bereit war, Deckungsfeuer zu geben.
Als das Duo noch etwa fünfzig Meter vom Tor entfernt war, flog eine Nebelkerze zischend in flachem Bogen über ihre Köpfe hinweg und zog eine dünne Rauchspur. Metallisch klackernd kam das Wurfgeschoss auf und der blickdichte Rauch begann, sich zu verteilen. Aus der Siedlung hallten Warnrufe. Spärliches und ungezieltes Abwehrfeuer schlug vom Palisadenzaun herüber. Die Geschosse verfehlten das Duo um einige Meter, und als die Barriere aus weißem Rauch dicht genug war, setzten die zwei ihren Weg fort. Das windstille Wetter begünstigte ihr Vorhaben, denn so konnte der Nebel sich ungehindert ausbreiten, wurde nicht von einer Windböe auseinander gerissen.
Die Angreifer erreichten die Wolke und blieben dicht beieinander, der Hintermann hatte seine linke Hand auf der Schulter des Vordermanns, um ihn nicht zu verlieren. Schnell erreichten sie das Tor. Während der eine mit seiner Waffe Deckung gab – obwohl sie kaum mehr als einen Meter sehen konnten –, mühte sich der zweite damit ab, eine Sprengladung aus seiner Rückentasche zu bekommen. Mit geübten Handgriffen platzierte er die Ladung auf Höhe der Angeln des schweren Tores. Mit einem Nicken signalisierte er seinem Begleiter, dass er fertig war, und so tastete sich das Duo durch den Nebel zurück.
Sie hatten den Waldrand noch nicht ganz erreicht, als der Nebel sich aufzulösen begann. Doch bevor die Verteidiger sich koordinieren und ihr Feuer konzentrieren konnten, waren die Schwergepanzerten schon wieder im Wald verschwunden.
Alexander ließ den Verteidigern keine Zeit, herauszufinden, was es mit dem Nebel auf sich hatte. Entschlossen drückte er den Auslöser und das Zündsignal wurde über Funk zu der Sprengladung getragen. Eine Sekunde später wurde die Siedlung von einer dumpfen Explosion erschüttert. Die Wucht der Sprengla-

dung hob das schwere Tor aus den Angeln, Staub und Splitter wurden in alle Richtungen geschleudert. Die schiere, unbändige Kraft zerfetzte förmlich einige der dicken Stämme und die Druckwelle tat ihr Übriges. Trümmer regneten krachend herab und durch die Staubwolke war zu erkennen, wie dort, wo vor Sekunden noch das unüberwindlich scheinende Tor gewesen war, nun ein hässliches Loch klaffte. Sofort begann das Maschinengewehr wieder zu hämmern und schickte Salve um Salve auf die Bresche.

Den nächsten Schritt löste Alexander mit einem Handzeichen aus. Zwei seiner Soldaten luden die Granatwerfer unter ihren Sturmgewehren und mit dem charakteristischen Ploppen flogen zwei Geschosse im flachen Bogen durch das Tor. Die dünnen Rauchfahnen, die die Granaten hinter sich herzogen, ließen vermuten, was nun folgen würde. Es gab einen Knall, jedoch keine Explosion, keine Sprengwirkung. Die beiden Schützen luden nach und jagten wieder zwei Geschosse in die umkämpfte Siedlung hinein.

Währenddessen machte sich der Rest der Soldaten bereit. Sie griffen nach ihren Gasmasken und legten sie an, überprüften den Sitz und machten sich zum Sprung bereit. Alexander ließ ein paar Minuten verstreichen, um dem Tränengas genügend Zeit zu geben, seine Wirkung zu entfalten, dann jagte er seine Soldaten aus der Stellung. Nun legte das Maschinengewehr konzentriertes Sperrfeuer auf das Tor und deckte damit die vorrückenden Angreifer. Die Spitze der Truppe hatten vier schwergepanzerten Soldaten übernommen. Sie hatten die undankbare Aufgabe, als Sturmtruppe herzuhalten.

Zufrieden beobachtete Alexander von seinem Platz aus das Geschehen.

+++

Die Druckwelle hatte Moody von den Beinen gerissen und so lag er auf dem Rücken, ein monoton hohes Geräusch in den

Ohren, während sein Verstand sich damit abmühte, die Orientierung zurückzugewinnen. Alles in seinem Körper schrie danach, am Boden liegen zu blieben und Kraft zu tanken, doch er kämpfte gegen diesen Impuls an. Ächzend drehte er sich auf die Seite und stützte sich auf. Immerhin schien er noch alles bewegen zu können, offensichtlich war er unverletzt geblieben.
Benommen tastete Moody nach der Schrotflinte, die nicht weit von ihm entfernt lag, und versuchte, einen Überblick zu bekommen. Überall Staub und Rauch, Trümmer und Splitter. Durch die Staubwolke konnte er erkennen, wie das Tor aus seinen Angeln gehoben und in Einzelteile zerlegt worden war. Der LKW, den sie von innen gegen den Eingang geschoben hatte, stand zwar noch an seinem Platz, doch auch hier hatte die Explosion ihre Spuren hinterlassen und das Heck unschön verformt. Das tonnenschwere Gefährt war immer noch ein Hindernis auf dem Weg in die Siedlung, doch ein beherzter Angreifer würde es besser überwinden können als das Tor. Auch Moodys Leuten war es nicht anders ergangen als ihm. Die Wucht der unerwarteten Explosion hatte sie von den Beinen gerissen und umhergeschleudert. Die meisten von ihnen versuchten wie Moody, auf die Beine zu kommen, doch einige von ihnen lagen nun reglos da.
Moody war gerade so weit, wieder aufzustehen, als die Granaten über ihre Köpfe hinwegzischten. Instinktiv zuckte er zusammen und blickte nach oben, entdeckte dabei den weißen Streif, der die Flugbahnen markierte. Er erwartete eine weitere Explosion, während er sich in die Höhe stemmte, aber die blieb aus. Ein Knall, und aus der Richtung, in der die Granate eingeschlagen sein musste, stieg Qualm auf. Während seine Gehirnwindungen die Ereignisse zuordneten, zischten erneut Granaten heran.
„Gas!“, brüllte er aus vollem Leib, zerrte an seinem Halstuch und schob es sich über Mund und Nase.
Es blieb kaum Zeit für mehr, denn das Rattern des Maschinengewehrs setzte ein. Eine der Wachen am Tor hatte sich aufgerafft und war gerade dabei, sich hinter einem der Trümmer in Stel-

lung zu bringen, da wurde sie von den Kugeln erfasst. Die Frau schrie halb erschrocken, halb erstickt auf, kippte wie eine Flickenpuppe nach hinten und bewegte sich nicht mehr. Das war er also, der alles entscheidende Angriff.

„Deckung, alles in Deckung!“, schrie Moody und torkelte in Richtung der Tankstelle rückwärts, den Blick fest zum Tor gerichtet. Seine Söldner taten es ihm gleich, sie wichen von der Kluft im Wall zurück, suchten Deckung.

Schon schoben sich die ersten schattenhaften Gestalten durch die Bresche am Tor, tauchten schemenhaft in den Rauchschwaden auf. Das erste, zaghafte Abwehrfeuer erklang, Funken sprühten auf, als die Kugeln in den alten LKW schlugen. Die Angreifer erwiderten das Feuer sofort konzentriert.

Während Moody seinen Schritt beschleunigte, sah er, wie einer der schwergepanzerten Angreifer von einem Treffer von den Beinen gerissen wurde – und wieder aufstand. Der Söldner fluchte.

Mittlerweile hatte sich das Tränengas ausgebreitet und legte sich wie eine Glocke über die Siedlung. Das Reizgas verfehlte seine Wirkung nicht. Dort, wo die Verteidiger von den Schwaden eingehüllt wurden, erklang alsbald ein Husten und Keuchen, brach der Widerstand. Auch Moody spürte, wie seine Augen zu brennen begannen. Das unangenehme Gefühl setzte sich fort, befiel seine Nase und seinen Rachen. Er hustete, drückte sich selbst seinen Oberarm gegen Mund und Nase und wich weiter zurück, während vor ihm die Angreifer weiter in das Dorf strömten. Dort, wo sie Verteidiger fanden, machten sie kurzen Prozess mit ihnen. Sie kannten keine Gnade, kein Erbarmen. Kein Flehen konnte sie abhalten.

Er hatte das alte Tankstellengebäude erreicht und tastete mittlerweile fast blind nach dem Türgriff, ruckelte daran, bekam die Tür auf. Draußen wurde das Abwehrfeuer leiser, die überlebenden Verteidiger hatten sich weiter vom Tor zurückgezogen.

Hier im Gebäude war es angenehmer. Das Gas war noch nicht in das Gebäude gedrungen und so ließ die Reizung langsam nach. Moody schleuderte seine Schrotflinte in eine Ecke und hastete zum Tresen. Hier lag ein altes Jagdgewehr griffbereit. Wütend riss er die Waffe hoch und nahm sie in Anschlag. Er konzentrierte sich, versuchte die Tränen wegzublinzeln, das Brennen der Augen zu ignorieren, etwas zu sehen. Das, was er durch die Optik der Waffe sah, war verschwommen und milchig. Kaum mehr als Schatten und Schemen konnte er erkennen, und er bemühte sich, sich die Siedlung vor seinem geistigen Auge vorzustellen. Er glich seine Erinnerung mit den Schemen ab, die er sehen konnte.

Der rothaarige Söldner stützte sich auf den Tresen und versuchte, die Waffe in seinen Händen ruhig zu halten, versuchte, das Fadenkreuz der Zieloptik genau auf den verwaschenen Gegenstand auszurichten. Er hielt den Atem an. Und dann drückte er ab.

Der Schuss donnerte laut und traf funkensprühend sein Ziel. Dann aber passierte für einen Moment gar nichts. Moody hielt den Atem an, wartete. Seine Hände versuchten, das Gewehr wieder in Position zu bringen, damit er den zweiten Schuss anbringen konnte.

Draußen hatte kaum einer der Angreifer Notiz von dem Schuss genommen. Während sie sich den Weg in die Siedlung bahnten, knallten überall Schüsse, brandete ringsherum verzweifelter Widerstand auf, dass niemand Zeit hatte, auf alles zu achten. Auch nicht auf die alte Gasflasche, die in der Nähe eines Gebäudes am Tor stand. Die Kugel aus Moodys Gewehr hatte das Ventil der Flasche zerfetzt, sodass das Gas nun ungehindert und zischend ausströmte. Alles, was es jetzt noch brauchte, war ein Funke. Ganz in der Nähe der Gasflasche ging einer der leichtgepanzerten Angreifer in die Hocke, legte auf irgendein Ziel an und drückte ab. Der Schuss knallte, das Mündungsfeuer blitzte auf – und entzündete das ausströmende Gas.

Innerhalb von Sekundenbruchteilen erreichte die Flamme die Gasflasche. Ein ohrenbetäubendes Donnern, eine grelle Flamme. Die Gasflasche explodierte und eine mörderische Druck-

welle folgte der Explosion, riss alles in der näheren Umgebung um, zerriss es förmlich. Schemenhaft erkannte Moody, wie Menschen durch die Luft geschleudert wurden, und fragte sich für einen Moment, ob es Verbündete oder Feinde waren. Irgendwo in dem Chaos hatte einer der schwergepanzerten Angreifer Feuer gefangen und lief nun gleich einer menschlichen Fackel panisch schreiend umher.
Moody versuchte, die Bilder zu verdrängen, und legte das Gewehr auf die nächste Gasflasche an. Mittlerweile konnte er wieder ein bisschen besser sehen. Er fand sein Ziel schneller als beim ersten Mal, drückte ohne zu zögern ab. Diesmal hielt er das Gewehr im Anschlag, ließ ein paar Sekunden verstreichen und jagte die zweite Kugel hinterher.
Eine Explosion, dann breitete sich ein Feuerball aus, wuchs nach oben und zu allen Seiten, verschlang alles in seiner Nähe. Für einige Augenblicke schien alles in der Siedlung zu verharren und wie gebannt auf das schreckliche Schauspiel zu blicken.
Atemlos sah Moody auf das zerstörerische Schauspiel, dann schüttelte er heftig den Kopf, um sich von der morbiden Faszination zu lösen. In einer fließenden Bewegung richtete er das Jagdgewehr auf einige der Angreifer aus und verschoss die letzten zwei Kugeln aus dem Magazin.
Die beiden Explosionen hatten die Verteidiger aus ihrer Starre gerissen. Überall formierte sich der Widerstand. Aus den Trümmern, aus den Ruinen, aus den Häusern schlug den verbliebenen Angreifern prasselnd das Abwehrfeuer entgegen. Die Belagerer hatten ihre Initiative völlig verloren, waren überrumpelt und orientierungslos. Moody hatte nicht vor, ihnen so viel Atem zu lassen, dass sie sich erneut sammeln konnten.
Er legte das Gewehr beiseite und zog eine schwere Pistole und sein Beil. Dann rannte er zu Tür, trat sie auf und stürmte mit wildem Gebrüll nach draußen, mitten unter die aufgescheuchten Angreifer.
Diese zogen sich in Richtung des Tores zurück und wurden scheinbar von allen Seiten unter Feuer genommen. Hastig und

ungezielt erwiderten sie mit ihren Waffen, schafften es aber nicht, die Verteidiger zum Einstellen des Feuers zu zwingen. Panisch und hektisch drängten sie ohne Formation zurück, nun galt es nur noch, das eigene Leben zu retten. Als ob das nicht reichte, stürmte dieser rothaarige Teufel auf sie zu, mit der Pistole wild um sich feuernd, sein Beil tödlich schwingend. Die meisten von ihnen fielen noch in der Siedlung, nur zwei schafften es, sich nach draußen zu retten.
Schwer atmend blieb Moody auf Höhe des LKWs stehen. Er ließ die Waffen fallen und sank auf die Knie, brüllte den flüchtenden Belagerern seinen Zorn nach. Jede Faser seines Körpers schmerzte, seine Augen brannten. Das Adrenalin durchflutete seinen Körper und sein Herz pumpte wie wild. Langsam ließ das Rauschen in seinen Ohren nach. Erst jetzt bemerkte er, wie sich Feuchtigkeit an seiner Seite ausbreitete. Neugierig tastete er danach, spürte die Wärme. Überrascht blickte er auf seine blutigen Hände, dann sackte er bewusstlos zur Seite.

„Was für eine Verwüstung!" Ian blickte nachdenklich über die Trümmer hinweg. Dann nahm er eine alte, verstaubte Flasche, öffnete sie und goss zwei Gläser ein.
Moody ergriff eines der Gläser, hielt es in die Höhe und betrachtete die Reflektion der Abendsonne in der bernsteinfarbenen Flüssigkeit. Er schwenkte das Glas nachdenklich und lächelte schief.
„Euer Arzt sagte, ich solle vorsichtig mit Alkohol sein."
„Das hält dich auf?"
„Drauf geschissen", meinte der breitschultrige Söldner und stürzte den Schnaps in einem Schluck hinunter. Ian betrachtete den Mann mit einer hochgezogenen Augenbraue und schüttelte grinsend den Kopf. Er selbst trank in kleinen, genüsslichen Zügen.
Die beiden saßen unter dem Vordach des Ladens in der abendlichen Sonne. Von hier aus hatten sie einen guten Überblick. Etliche Gebäude lagen in Trümmern, Spuren von Feuer überall. Es

würde einige Zeit dauern, bis das Chaos beseitigt war und die Normalität wieder Einzug halten konnte.
„Ist das nicht seltsam? Alles, was wir über Jahre aufgebaut haben, meist schon in der zweiten Generation, liegt hier in Trümmern. Und doch sind die Menschen glücklich“, sinnierte Ian.
„So ist das, wenn man überlebt hat. Das eigene Leben ist das Wichtigste. Es lässt sich nicht mit allem Reichtum der Welt aufwiegen. Am Ende zählt nur, ob du noch am Leben bist oder nicht.“
Moody schob dem Händler sein Glas hinüber. Ian stimmte dem Gesagten mit einem Nicken zu und füllte das Glas erneut.
„Wird ein ganz schönes Stück Arbeit werden“, bemerkte er und reichte das Glas zurück.
Moody griff danach, setzte diesmal aber auch zu einem kleineren Schluck an.
„Das ist richtig. Aber wenn ihr euch Mühe gebt, ist das Schlimmste in ein paar Wochen beseitigt. Und ehe der Winter kommt, stehen auch die Palisaden wieder. Das Leben wird weitergehen, glaub mir.“
„Daran habe ich keinen Zweifel. Nur eines stört mich.“
„Was?“
„Wir brauchen jetzt auch einen richtigen Friedhof.“

Kapitel 6

Institut 18

Nachdenklich betrachtete Eris die Decke. Der kleine Raum, in dem er sich befand, maß nur einige Quadratmeter und war abgesehen von einem Tisch und zwei Stühlen leer. Tisch und Stühle waren mit dem Boden verschraubt. Die Kammer war durchgängig mit weißen Fliesen gekachelt. Das gleichförmige Muster der Kacheln wurde lediglich an drei Stellen durchbrochen. Zu Eris' Linken befand sich, eingelassen in der Wand, ein Spiegel. Vor ihm durchbrach eine schwere Sicherheitstür ohne Griff das Muster und unter ihm gab es einen Abfluss aus mattgescheuertem Stahl. Oben, einige Meter über seinem Kopf und unerreichbar, summte monoton eine gleißend helle Leuchtröhre hinter Gitter. Abwesend rieb der hochgewachsene Söldner sich die Handgelenke. Die Kabelbinder hatten schmerzhafte Striemen hinterlassen.

Sein Blick wanderte über die gleichförmigen Kacheln. Nirgendwo gab es Schmutz oder Dreck, immer nur das gleiche Weiß. Jede Kachel schien der anderen bis ins kleinste Detail zu gleichen. In diesem Raum nicht völlig den Verstand zu verlieren, war eine Kunst. Eris ertappte sich dabei, wie er unterbewusst wieder einmal begonnen hatte, die Kacheln der ihm gegenüberliegenden Wand zu zählen. Schnaubend schüttelte er den Kopf, versuchte, seinen Geist wach zu halten, doch das war schwer. Jeder Gedanke, den er zu fassen versuchte, entglitt ihm, floss davon. Er schwebte in einer absoluten Monotonie und drohte hinüberzutreiben in eine Art Dämmerzustand. Ganz beiläufig fuhr er mit seinem Zeigfinger über den Einstich in seinem Oberarm. Er konnte die feinen Wundränder spüren, doch er konnte sich nicht erklären, wie es zu der Verletzung gekommen war. Er wusste es einfach nicht. Hatte ihn irgendetwas gestochen?

Die Tür wurde entriegelt. Eris fuhr hoch und starrte gespannt zur Sicherheitstür. Sekunden vergingen, dann schwang die schwere Tür geräuschlos nach innen auf. Im Türrahmen stand ein Mann in einem schwarzen Overall.
Eris betrachtete ihn und überlegte, wann er ihn schon einmal gesehen hatte. Irgendwo in seinem Kopf waren die Erinnerungen versteckt, doch er konnte sie nicht fassen. Der Mann trat durch die Tür und gab ein Handzeichen, dann schwang die Sicherheitstür wie von Geisterhand zu. Fasziniert blickte Eris an dem Mann vorbei zur Tür, bemerkte gar nicht, wie er sich setzte.
Der Mann in Schwarz war mehr als einen Kopf kleiner als Eris, machte aber einen trainierten Eindruck. Sein Overall war ordentlich, ohne Flecken, und saß wie angegossen.
Das Kleidungsstück verlieh ihm etwas Militärisches, was nicht zuletzt an den Abzeichen auf dem rechten Oberarm lag. Das schwarze Barett mit dem silbernen Emblem auf dem Kopf des Mannes rundete den militärischen Eindruck ab. Ein Gummiknüppel hing locker in seinem Gürtel. In der Hand hielt er ein flaches Tablet, und solange Eris noch mit der Tür beschäftigt war, wischten seine Finger über das Tablet, während er irgendwelche Daten aufrief.
Der Uniformierte räusperte sich. Eris erschrak, als hätte er schon vergessen, dass der Mann vor wenigen Sekunden durch die Tür gekommen war.
Der Neuankömmling suchte den Augenkontakt, dann lächelte er fein.
„Guten Tag."
„Guten Tag", äffte Eris den Mann murmelnd nach. Er war offenbar erstaunt über seine eigene Stimme.
„Wie geht es Ihnen?"
„Was?", fragte Eris träumerisch.
Der Mann verdrehte genervt die Augen und zog eine kleine, unscheinbare Injektionspistole aus dem Overall.
„Strecken Sie einmal bitte Ihren Arm aus."

Träge kam Eris dem Befehl nach und legte seinen Arm auf den Tisch. Der Mann setzte mit einem gekonnten Griff die Pistole an. Die Nadel senkte sich unweit des mysteriösen Einstichs auf dem Arm des Söldners in die Haut und ein leises Zischen war zu hören.
Eris blickte verstört auf seinen Arm und die Injektionspistole. Kaum hatte der Neuankömmling sie abgesetzt, zog Eris hastig den Arm zurück. Fast schlagartig waren seine Erinnerungen wieder da, schlugen wie eine Welle über ihm zusammen, drohten ihn zu übermannen. Böse funkelte er den Mann an, während er versuchte, bei Sinnen zu bleiben.
„Ihr habt mich unter Drogen gesetzt!", presste er hervor.
„In der Tat. Entspannen Sie sich. Es sollte in ein paar Augenblicken wieder alles normal sein." Der Mann sprach ruhig, verstaute die Injektionspistole und trug etwas auf seinem Tablet ein. Eris atmete hörbar einige Male ein und aus, dann sah er auf und starrte den Uniformierten an. Dieser lächelte dünn und distanziert.
„Ich hoffe, jetzt geht es besser. Die Frage nach Ihrem Zustand überspringen wir dann einmal."
„Was soll das?", fiel Eris dem Mann ins Wort.
„Sie müssen entschuldigen. Die Regeln sind einfach. Ich habe Fragen an Sie, die Sie mir beantworten. Nichts anderes."
Eris knurrte, doch irgendetwas in seinem Hinterkopf sagte ihm, dass er sich auf das Spiel einlassen musste, dass er anders nicht vorankam.
„Gut, das scheinen Sie verstanden zu haben. Fangen wir an. In welcher Beziehung standen Sie zu Doktor Lassard?"
Eris blinzelte verwirrt. „Wem?"
„Doktor Lassard."
„Den Namen höre ich zum ersten Mal."
Skeptisch zog der Mann die Augenbraue hoch. Seine Finger wischten über das Tablet, er rief scheinbar ein anderes Dokument auf. „Sagt Ihnen der Name François etwas?"
„Ja. Ja, natürlich. Den haben wir hierhin begleitet."

Fasziniert blickte Eris auf das wundersame Gerät in den Händen des Wachmanns.
„Also kennen Sie Doktor Lassard? Doktor François Lassard?“
„Er hat mir nie seinen ganzen Namen genannt. Für mich war er immer François.“
„Wissen Sie, was mit Doktor Lassard passiert ist?“
Eris nickte und ließ die Sekunden in der Sicherheitsschleuse noch einmal vor seinem geistigen Auge Revue passieren. „Ja. Er ist tot.“
„Wissen Sie, woran er gestorben ist?“
„Schussverletzungen, nehme ich an.“
„Wer hat ihm diese Verletzungen zugefügt?“
Eris presste die Lippen zusammen, als er langsam erkannte, in welche Richtung sich dieses Verhör zu entwickeln schien.
„Sie glauben doch nicht etwa, dass wir François …“, polterte er los.
Der Mann in Uniform hob die Hand und gebot Eris Einhalt.
„Das war nicht die Frage.“
„Keine Ahnung, wer die waren“, flüsterte Eris zornig.
„Erklären Sie das genauer.“
„François hat uns in das Gebäude geführt und dann in den Keller. Er hat die versteckte Tür geöffnet und wollte etwas sagen, dann hielt er inne. Schien etwas gehört zu haben. Er hastete davon, um zu sehen, woher das Geräusch kam. Ich schickte ihm einen meiner Begleiter hinterher. Was dann passierte, kann ich nicht sagen. Es verging vielleicht eine Minute, dann hörten wir Schüsse. Wir machten uns sofort auf den Weg, um nachzusehen, und fanden François schon angeschossen.“
Der Mann machte sich offensichtlich Notizen auf seinem Computer und hielt kurz inne.
Er blickte Eris an, als ob er die nächste Frage ahnte, und nahm die Antwort vorweg.
„Keine Angst. Ihre Begleiter leben noch.“
Eris nickte und spürte, wie etwas Schweres von ihm abfiel.
„Hat Doktor Lassard Sie freiwillig hier hergeführt?“

Eris verdrehte die Augen und verdrängte den Impuls, mit der Faust auf den Tisch zu donnern. „Ja, wir haben ihn nicht dazu gezwungen."
„Wo haben Sie Doktor Lassard getroffen?"
„In einer Siedlung namens Station, wahrscheinlich südlich oder südöstlich von hier."
„War er zu dem Zeitpunkt, als Sie auf ihn getroffen sind, allein?"
„Sie meinen, ob er Reisebegleiter hatte? Eine Eskorte?"
„Ja."
„Nein, die hatte er nicht."
„Wie kam es, dass Sie mit ihm hierher reisten?"
Eris holte tief Luft und hob die Hand.
„Hören Sie. Das ist eine längere Geschichte. Und so wie es aussieht, wollen Sie alles hören. Ich habe wahrscheinlich keine andere Chance, als Ihnen alles haarklein zu erzählen, und bin in einer beschissenen Situation zum Verhandeln. Aber wäre es nicht einfacher, wenn ich Ihnen die ganze Geschichte erzähle und Sie, wenn Sie Fragen haben, nachhaken, anstatt dass wir hier dieses Frage-und-Antwort-Spielchen machen?"
Der Uniformierte wägte kurz ab und nickte dann zustimmend.
„Damit bin ich einverstanden. Fangen Sie an."
Eris lächelte müde.
„Ich hoffe, Sie haben genügend Zeit mitgebracht. Es könnte länger dauern."

Perry hämmerte mit der Faust auf den Tisch und deutete wütend auf sein Gegenüber.
„Oh nein! So ganz bestimmt nicht. Wir haben weder Widerstand geleistet, noch haben wir uns bedrohlich verhalten. Und was war der Dank? Betäubt wurden wir! Und jetzt soll ich das einfach so hinnehmen? Einen Scheiß werde ich!"
Der Mann ihm gegenüber hob beschwichtigend die Hände.
„Reine Vorsichtsmaßnahme. Standardprotokoll, nichts weiter."
Die Erklärung beruhigte den Arzt nicht, im Gegenteil, seine Wut schien nur noch größer zu werden. „Standardprotokoll?

Ich glaube, ich spinne! Wir reißen uns den Arsch für Eure verdammten Datenspeicher auf, marschieren unzählige Kilometer hierher, lassen auf uns schießen, und alles, was du mir sagst, ist ‚Standardprotokoll'?"
„Beruhigen Sie sich! Es sind Sicherheitsvorkehrungen, die wir nun einmal treffen, um …" Der Mann im Overall sprach mit fester Stimme, doch ein neuerlicher Ausbruch von Perry schnitt ihm das Wort ab.
„Sicherheitsvorkehrungen, na toll. Wie wäre es, wenn ihr euch erst einmal um die Kerle da draußen kümmert, die uns angegriffen haben? Ich würde mich erst mal um den Dreck vor meiner Haustür kümmern als um die Leute, die Schutz bei mir gesucht haben."
Auf Perrys Stirn war eine Ader hervorgetreten und pulsierte nun gleichmäßig, während ihm der Zorn im Gesicht stand. Der Uniformierte schien unbeeindruckt davon.
„Sie können etwas gegen Ihre Misere tun. Mit Ihrer Hilfe können wir diese Situation schnell aufklären."
„Das würde euch so passen, ja? Ich schleppe mich hier hin und riskiere mein Leben, um gleich wie ein Gefangener behandelt zu werden? Nicht mit mir."
„Ihre Entscheidung ist bedauerlich. Dann kann ich leider nicht viel für Sie tun."
Der Mann stand in einer fließenden Bewegung auf und zog eine Injektionspistole aus dem Overall. Knurrend schob Perry sich seitlich aus dem festgeschraubten Stuhl und kam in die Höhe.
„Versuch nur, mich mit Drogen vollzupumpen, und ich breche dir deinen Arm."
Der Mann schien einen Moment das Risiko abzuwägen und kam offenbar zu dem Schluss, dass Perry keine Bedrohung für ihn war. Mit einem schnellen Schritt kam er um den Tisch herum. Der Arzt versuchte, den Stuhl zwischen sich und dem Mann zu behalten, und nahm die Arme hoch. Der Vorstoß des Mannes ließ nicht lange auf sich warten. Mit dem linken Arm

voran, die Injektionspistole in der rechten Hand, machte er einen Satz nach vorn.
Perry widerstand dem Reflex, nach der Linken des Mannes zu greifen, und senkte seine Arme stattdessen ein Stück. Zwar donnerte ihm der Unterarm des Mannes nun ungebremst gegen das Kinn und brachte ihn ins taumeln, dafür hatte er aber beide Hände frei für das, was kommen sollte. Der Angriff war eigentlich dazu gedacht gewesen, die Abwehr mit einem linken Haken zu blockieren, um dann mit der Injektionspistole ungehindert ansetzen zu können. So aber griff Perry nach der Waffe, umklammerte das Handgelenk des Mannes und riss es zur Tischplatte herum. Mit einer schnellen Bewegung hämmerte er die Faust des Mannes zweimal brutal gegen die Tischkante.
Der Angreifer schrie vor Schmerz und Erstaunen auf, seine Faust öffnete sich und klackernd fiel die Waffe zu Boden. Perry zögerte nicht und korrigierte seinen Griff, solange der Mann noch vom Schmerz übermannt war. Er packte mit der einen Hand das Handgelenk des Mannes, mit der anderen den Ellenbogen und ließ den Unterarm dann mit aller Kraft gegen die Tischkante donnern.
Die Knochen knackten hörbar und für einen Moment gab der starre Widerstand des Arms spürbar nach. Der Angreifer heulte vor Schmerz auf und klappte zusammen, für Perry gab es keinen Grund mehr, den Arm noch zu halten.
Während der Mann im Overall mit schmerzerfülltem Gesicht seinen gebrochenen Unterarm hielt, kniete der Arzt sich über ihn.
„Ich hatte dich gewarnt."
Hinter ihm wurde die schwere Tür entriegelt und schwang auf. Perry warf einen Blick über die Schulter und wollte gerade nach oben kommen und zu einer Drehung ansetzen, da war der Schatten schon über ihm. Zischend zerschnitt ein Gummiknüppel die Luft und traf den Hinterkopf des vollbärtigen Arztes.
Dunkelheit.

Sal blickte starr geradeaus. Kein Wort, keine Geste hatte vermocht, ihre versteinerte Miene zu erweichen. Schon seit mehr als einer halben Stunde saß eine Frau in schwarzem Overall vor ihr, die Haare ordentlich zu einem Zopf gebunden. Anfangs hatte ihr Gegenüber noch versucht, Sal zum Reden zu bewegen, in ein Gespräch zu verwickeln, dann aber waren die Pausen zwischen den Sätzen immer größer geworden. Letzten Endes saßen sich die beiden Frauen schweigend gegenüber. Sal hatte ihren Blick auf einen imaginären Punkt an der Wand hinter der Frau geheftet, während die Sicherheitsbeamtin sich immer wieder Notizen auf ihrem Tablet machte.

„Also gut. Ich nehme zu Protokoll, dass Sie keine Aussage machen wollen." Die Finger der Frau wischten über das Tablet, machten einige Eintragungen. „Hören Sie: Je kooperativer Sie sind, umso schneller können wir das alles hier beenden. Ist das nicht in Ihrem Sinne?"

Sal starrte weiter ungerührt auf die Wand, nicht einmal ihre Pupillen schienen sich zu bewegen. Seit dem Vorfall in der Schleuse hatte sie kein Wort mehr gesprochen.

Kurz nachdem sich die schwere Tür hinter ihnen geschlossen hatte, hatte sich der Durchgang vor ihnen entriegelt. Sie hatten sich beraten und waren zu dem Schluss gekommen, dass ihnen eh keine andere Wahl blieb. Der Raum dahinter war ähnlich kahl wie die Kellerräume, aber in helles Licht getaucht gewesen, das von vergitterten Neonröhren an der Decke stammte und sie blendete. Hier hatten zehn Personen in schwarzen Overalls auf sie gewartet, jeder von ihnen mit einer Schutzweste und einer Maschinenpistole.

Im ersten Moment drohte die Situation zu eskalieren, für Sekunden sagte weder die eine noch die andere Seite etwas, während man mit den Waffen aufeinander zielte. Dann hatte sich die Schleuse hinter den vieren geschlossen und sie hatten buchstäblich mit dem Rücken zur Wand gestanden. Eris reagierte als Erster, sich offenbar vollkommen bewusst darüber, dass sie chancenlos waren. Mit einer langsamen Bewegung senkte er das

Sturmgewehr und tastete vorsichtig nach dem Magazin, es fiel scheppernd zu Boden. Die drei taten es ihm gleich und harrten der Dinge, die da kommen sollten.
Wortlos führte man sie einzeln ab, durchsuchte sie und nahm ihnen nicht nur Waffen, sondern auch alles andere an Ausrüstung ab, sodass ihnen lediglich ihre Kleidung am Körper blieb.
Irgendwann mitten in den Durchsuchungen hatte Sal einen Stich am Unterarm gespürt. Instinktiv hatte sie ihren Arm zurückgezogen und war herumgefahren, hatte zuerst den feinen Einstich und dann die Injektionspistole in der Hand der Wache gesehen. Während sich in ihrem Geist die Gewissheit darüber formte, was gerade passiert war, versagte ihr Körper ihr schlagartig den Dienst.
Mit einem Mal war da dieses Rauschen in ihren Ohren gewesen, während das Schwarz an den Rändern ihres Sichtfeldes tanzte. Sals Knie hatten unter ihrem Körper nachgegeben, und sie erinnerte sich noch, wie sie versucht hatte, ihre Arme nach oben zu bekommen, um den unvermeidlichen Sturz abzufangen. Genau an diesem Punkt hörten ihre Erinnerungen auf. Als sie wieder wach wurde, lag sie auf dem kalten Boden dieses Raumes.
Sal wusste nicht, wie lange es gedauert hatte, bis sie die Orientierung vollständig wiedergefunden hatte. Zuerst waren da die Geräusche, die durch die Dunkelheit an ihr Bewusstsein drangen. Das monotone Brummen der Lampe an der Decke und ihre eigenen, regelmäßigen Atemzüge. Irgendwann hatte sie die Augen geöffnet und den kleinen Raum wahrgenommen. Eine halbe Ewigkeit später erst fühlte sie sich kräftig genug, um sich aufzusetzen. Mehrere Versuche später hatte sie es dann auch geschafft, sich an dem Stuhl nach oben zu ziehen. Für einige Momente stand sie dort, wackelig, drohte wieder in sich zusammenzusinken. Was auch immer man ihr gespritzt hatte, es verfehlte seine Wirkung nicht. Mit aller Kraft schob sie sich Millimeter für Millimeter nach vorne, nahm auf dem festgeschraubten Stuhl Platz. Ihr Kreislauf glich dem wilden Ritt auf einer Achterbahn.

Sie wusste nicht, wie lange sie dort gesessen hatte, doch irgendwann war die Frau in der Uniform hereingekommen und hatte sich vor sie gesetzt. Dann kamen die Fragen.
Die Frau räusperte sich nun. Offensichtlich war sie mit ihren Eintragungen in den kleinen Computer fertig.
„Dann bleibt es dabei, Sie wollen weiter schweigen?"
Die Frage war rein obligatorisch. Natürlich antwortete Sal nicht. Mit einem zustimmenden Nicken stand die Frau auf und strich sich ihren Overall glatt.
„Also gut. Ich muss Sie jedoch davon in Kenntnis setzen, dass wir Sie nicht versorgen können, solange Sie sich nicht kooperativ gezeigt haben."
Damit hatte Sal gerechnet. Natürlich würde man versuchen, ihren Willen zu brechen, und die einfachste Methode war nun einmal, ihr Essen und Trinken zu verweigern. Die meisten Menschen klappten unter dieser Belastung sehr schnell zusammen. Für den Moment aber brauchte es mehr als die Drohung, um Sal umzustimmen. Ohne eine Regung nahm sie von den Worten der Frau Notiz.
Keine halbe Minute darauf hatte sich die schwere Tür wieder geschlossen und Sal war erneut allein.

„Nein, natürlich haben wir ihn nicht umgebracht. Das wäre bescheuert, oder?" Tyler verdrehte die Augen.
„Warum?" Sein Gegenüber, ein älterer Mann in schwarzem Overall mit einem kantigen Gesicht und graumelierten Schläfen, machte sich eine Notiz auf seinem Tablet.
„Wo ist die Logik? Angenommen, die Anschuldigungen stimmen und wir hätten François gezwungen, uns hierhin zu bringen, warum sollten wir ihn umbringen, nachdem er uns die Tür geöffnet hat? Wir wissen doch gar nicht, was dahinter liegt, wir sind ohne jemanden, der sich auskennt, doch völlig aufgeschmissen."
„Vielleicht kam es zu einer Rangelei? Und dabei haben sich die Schüsse gelöst?", rätselte der andere.

„Und bei dem Gerangel haben wir ihm natürlich zweimal in den Rücken geschossen. Ja, das klingt logisch“, intonierte der Junge sarkastisch.
„Vielleicht wollte Doktor Lassard fliehen?“
„Selbst ich bin schneller und kräftiger, als er es war. Glauben Sie denn nicht, dass wir ihm hinterhergelaufen wären, wenn er geflohen wäre? Dass wir ihn so hätten aufhalten können?“
„Ich gebe zu, das entspricht einer gewissen Logik.“
„Das sage ich doch die ganze Zeit schon.“
Tyler hatte schnell begriffen, in welcher Situation er sich befand. Und sein Verstand sagte ihm, dass es nicht helfen würde, wenn er nicht zur Kooperation bereit wäre. Vielmehr würde es alles nur verschlimmern. Was ihn anging, so war er nicht so weit gereist, um an dieser Stelle zu scheitern. François war vor seinen Augen erschossen worden, und das entsetzte Gesicht des Mannes hatte sich unauslöschlich in seine Erinnerungen gebrannt. Während alle anderen Eindrücke der hektischen Sekunden dort vor der Schleuse langsam verblassten, blieb doch jedes Detail des Gesichts.
Er hatte den Schrecken darin erkennen können, hatte die Angst in den weit aufgerissenen Augen des Gelehrten gesehen. Aber da war auch Bedauern in seinen Zügen gewesen. Vielleicht darüber, so kurz vor dem Ziel doch gescheitert zu sein. Oder vielleicht auch darüber, dass das Abenteuer, das er sich sein ganzes Leben herbeigesehnt hatte, letzten Endes doch sein Ende bedeutete. Als er in der Schleuse dann seine letzten Atemzüge tat, da war ein schwaches, kaum erkennbares Lächeln auf seine Lippen getreten.
Tyler hatte zuerst nicht gewusst, wie er dieses Zeichen einzuordnen hatte, doch je länger er darüber nachdachte, desto klarer wurde es ihm. Auch wenn er sein Leben dabei gelassen hatte, François hatte seine Aufgabe erfüllt. Er hatte die Datenspeicher hierher gebracht.
Und er hatte das Abenteuer erlebt, von dem er immer geträumt hatte. Tyler entdeckte, wie befremdlich diese Gedankengänge

zuerst für ihn waren. Doch je mehr Abstand er gewann, desto vertrauter schienen sie ihm.
„Also gut. Ihre Aussagen decken sich mit denen von einem Ihrer Begleiter."
Neugierig blickte Tyler auf.
„Nur mit einem? Haben sie etwas anderes gesagt oder sind sie nicht so gesprächig?"
Der ältere Mann rümpfte die Nase und blickte einmal kurz auf sein Tablet.
„Ihre Freunde sind sehr speziell. Der eine ist bereit, mit uns zusammenzuarbeiten, wenn auch widerwillig, der andere hat sich gewehrt und einem unserer Sicherheitsbeamten den Arm gebrochen. Und die Frau schweigt die ganze Zeit."
Tyler konnte nicht anders und musste breit grinsen. Immerhin war das die Bestätigung dafür, dass seine Begleiter auch noch am Leben waren.
„Es war nicht der wärmste Empfang, den man uns hier bereitet hat, wissen Sie?"
„Mag sein. Aber notwendig."
„Was wird jetzt mit uns passieren?"
Der Ältere blickte auf und verzog nachdenklich das Gesicht. Nach einiger Zeit antwortete er.
„Das kommt ganz darauf an. Wenn Ihre Geschichte stimmt, dann sind Sie schnell wieder draußen."
„Und das heißt?"
„Es gibt noch ein paar Leute, die mit Ihnen reden wollen, soviel ist sicher. Aber wenn es dazu kommen sollte, sind Sie Gäste und nicht … naja … unter Beobachtung."
„Dann sind wir keine Gefangenen mehr", stellte Tyler die Aussage richtig.

Ein langer Tisch, Stühle mit verschlissenen, aber bequemen Polstern und ein ausgeblichener Teppich machten den Raum weitaus angenehmer als die kleinen Verhörzimmer, in denen die vier die letzten Stunden verbracht hatten. Irgendwann hatte man sie nacheinander hierhin gebracht, wieder ohne ein Wort der Erklärung. Sicher war, dass sie hier auf irgendetwas, auf irgendjemanden warten sollten.

Der Besprechungsraum musste sich irgendwo im Innern eines Gebäudes befinden, denn es gab nirgendwo Fenster, dafür aber gleich drei Türen, die aus den unterschiedlichsten Richtungen hierher führten. Die Deckenbeleuchtung war um Einiges sanfter und ließ sich offenbar über Schalter an den Wänden einstellen. Der Raum war in die Jahre gekommen, und die fleckige, teils verblichene Tapete an den Wänden war ein untrügliches Zeichen dafür.

Die Getränke auf dem Tisch erinnerten sie an ihren Durst, und auch ihre Mägen knurrten und schrien förmlich nach Nahrung. Das war ein Beweis dafür, dass die Episode in den Befragungsräumen länger als nur ein paar Stunden gedauert hatte. Wie lange genau, konnte keiner von ihnen sagen – ihr Zeitgefühl war vollkommen aus den Fugen geraten. Für den Moment stürzten sie sich gierig auf die dargebotenen Getränke und genossen jeden Schluck, obwohl es sich um nichts anderes als kühles Wasser handelte.

Die Freunde begannen, sich auszutauschen, über die Geschehnisse der jüngsten Vergangenheit zu sprechen. Bis zu diesem Moment hatten sie schlichtweg keine Möglichkeit dazu gehabt, jetzt aber bahnten sich all ihre Gedanken, die nun schon so lange in ihren Köpfen arbeiteten, gleichzeitig den Weg an die Oberfläche. Es schien, als habe jeder von ihnen etwas Wichtiges zu erzählen und als sei das eigene Wort weit wichtiger als das des Begleiters: Sie plapperten durcheinander, hörten kaum auf das, was die anderen sagten. Erst nach und nach sahen sie ein, dass sie so kaum weiterkamen, und die normale Gesprächsordnung kehrte wieder ein. Sie erzählten sich von den Befragungen, tauschten sich aus. Noch wusste keiner von ihnen so genau, wie sie mit dieser Situation umzugehen hatten.

Noch während ihre Unterhaltung in vollem Gange war, öffnete sich eine der Türen und eine Frau betrat den Besprechungsraum. Schon allein ihr Kleidungsstil verriet, dass es sich um jemand Besonderen handeln musste, denn im Gegensatz zu den uniformartigen schwarzen Overalls trug sie eine Kombination aus bequemer Hose und Pullover. Sie war nicht größer als Sal, eher ein wenig kleiner.

Ihr braunes Haar hatte sie zu einem straffen Zopf geflochten, der über ihre Schulter hing, und auf der Nase trug sie eine zerbrechlich wirkende randlose Brille. Die Frau mochte etwa vierzig Jahre alt sein, vielleicht auch ein wenig jünger. Ihre grünen Augen machten einen wachen, intelligenten Eindruck, und davon abgesehen sprach ihr gesamtes Benehmen dafür, dass sie gebildet war.

Mit einigen schnellen Blicken betrachtete sie die Anwesenden, dann legte sie ein warmes Lächeln auf und ging zum Tisch.

„Guten Abend. Sie müssen die Unannehmlichkeiten entschuldigen, die Ihr unerwarteter Besuch bei uns Ihnen gebracht hat. Wenn ich mich vorstellen darf: Ich bin Doktor Annabell Connelly. Wir hatten eine ganze Reihe an Fragen an Sie, nun sind Sie dran."

Damit setzte sie sich und faltete die Hände. Erwartungsvoll blickte sie in die skeptischen Gesichter der vier. Eris warf einen Blick nach links und nach rechts und nahm das Nicken seiner Begleiter als Zeichen, dass er das Wort führen sollte.

„Ich nehme an, Sie wissen schon eine ganze Menge über uns?"

Die Gelehrte nickte.

„Das ist der Vorteil der Befragungen, ja." Ihr Blick wanderte hinüber zu Perry.

„Wie geht es Ihrem Kopf?"

Perry verzog das Gesicht.

„Brummt noch etwas. Ich hätte erwartet, dass es schlimmer wäre. Der Junge hat ziemlich übel zugeschlagen. Aber wie geht's dem anderen?"

„Sie meinen den Wachmann, dem Sie den Arm gebrochen haben?"

„Exakt, ja."

„Es könnte schlimmer sein. Der Bruch ist sauber und gerade und die Wahrscheinlichkeit, dass es ordentlich heilt, damit gegeben. Machen Sie sich keine Sorgen."
Der Arzt schnaubte verächtlich.
„Ich habe ihm gesagt, er soll mir mit dem Ding nicht zu nahe kommen. Er wollte nicht hören."
„Er hat nur getan, was seine Aufgabe war. Belassen wir den Vorfall einfach dabei, ja?"
Perry schien einen Moment zu überlegen, dann nickte er.
„Also?", versuchte Connelly das Gespräch wieder an der Stelle aufzunehmen, wo es geendet hatte, und sah in die Runde.
„Können wir vielleicht die Sache mit der Anrede gleich zu Beginn klären?", setzte Eris an. „Da, wo wir herkommen, haben die meisten nur noch einen Namen, auf sowas wie Vor- und Nachnamen legt kaum einer Wert."
Die Gelehrte legte neugierig die Stirn in Falten. „Nun, das ist wiederum hier völlig unüblich. Aber wenn es das für Sie ..." Kopfschüttelnd hielt Connelly inne. „... für euch einfacher macht, dann will ich es versuchen."
„Schön. Dann fangen wir an. Wo genau sind wir hier?"
„Das ist gar nicht so einfach zu erklären", begann die Frau.
„Einen Teil wissen wir schon", unterbrach Eris sie. „François hat uns ein wenig erzählt. Aber sicher nicht alles."
„Immerhin wird die Sache damit einfacher und kürzer. Was wisst ihr denn schon?", lächelte Connelly.
Eris gab die Geschichte, die François ihnen erzählt hatte, aus seiner Erinnerung wieder. Von Zeit zu Zeit sprangen seine Begleiter ein und erweiterten die Schilderung mit einem Detail, das Eris vergessen hatte.
„Macht es wirklich einfacher", stellte die Gelehrte nach dem Vortrag fest. „Also gut. Vor der Katastrophe war das hier eine streng geheime Forschungseinrichtung der Regierung. Die Geheimhaltung und die Sicherheitsmaßnahmen, die man schon im Vorfeld getroffen hatte, erleichterten es uns, die Katastrophe fast unbeschadet zu überstehen."

„Und was wurde hier geforscht?"
„Das hingegen ist nicht so einfach zu sagen. An vielen Dingen. Im Grunde ging es dabei aber um Waffen. Das ist meistens so, wenn die Regierung ihre Finger mit im Spiel hat."
„Welche Art von Waffen?"
„Waffen, auf deren Entwicklung weder unsere Vorfahren noch wir besonders stolz sind", sagte Connelly mysteriös, wobei ihre Miene sich verfinsterte.
„Und was macht man heute hier?"
„Wir haben in den Jahren nach der Katastrophe einfach nur versucht zu überleben, was nicht immer einfach war. Für jemanden, der die Verhältnisse außerhalb gewohnt ist, muss das wie beißender Spott klingen, entschuldigt. Wir hatten auf jeden Fall das Glück, dass diese Einrichtung schon immer autark war. Somit verfügten wir – und verfügen auch weiterhin – über Strom, Wasser, Wärme. All das, was dort draußen Mangelware ist. Jedenfalls brachte uns das in die glückliche Lage, unseren Großrechner in Betrieb zu behalten und seine Datenbanken zu benutzen. Nachdem uns langsam, aber sicher klar wurde, was in der Welt dort draußen passierte, begannen wir, unser vorhandenes Wissen zu archivieren. Jede noch so kleine Erkenntnis erschien uns zu wichtig, als dass wir sie verloren gehen lassen wollten."
Connelly griff nach einem Glas Wasser und blickte für einen Moment nachdenklich zur Decke.
„Mit der Zeit begannen wir, uns einen Überblick über die Welt außerhalb zu verschaffen, schickten Kundschafter aus. Langsam setzte sich das Bild über die wahren Ausmaße dort draußen zusammen. Es war schlimmer, als wir jemals befürchtet hatten."
„Eine riesige Datenbank also, in der Wissen gespeichert ist. Welches Wissen genau?"
„Wie ich schon sagte: Jede noch so kleine Information, derer wir habhaft werden konnten, speisten wir in die Datenbanken ein. Egal, ob es sich um die Spezialgebiete der Mitarbeiter handelte oder um Wetterberichte. Unsere Vorfahren waren der Meinung,

dass Informationen der Schlüssel werden würden, wenn es darum ginge, die Welt wieder aufzubauen."

„Wenn das stimmt, was du sagst, dann gibt es dort draußen eine ganze Menge Leute, die bereit wären, für dieses Wissen zu töten."

„Genau das ist der Grund für unsere strengen Sicherheitsmaßen, die Sie ... die ihr ... am eigenen Leib gespürt habt. Die Redewendung, dass Wissen gleichbedeutend mit Macht ist, kommt ja nicht von irgendwo. Und das richtige Wissen in falschen Händen kann katastrophale Folgen haben."

„Aber steht das nicht dem Plan deiner Vorfahren im Weg? Die Welt wieder aufzubauen?"

„Tatsächlich ist das ein Problem gewesen. Bis vor einigen Jahren waren wir uns einig, den Vorstoß nicht zu wagen, weil wir die Folgen nicht absehen konnten."

„Ach. Und heute könnt ihr das?"

Connelly lachte.

„Nein. Natürlich nicht. Unser Großrechner ist immer noch nicht in der Lage, in die Zukunft zu schauen. Aber mit dem Tod meines Vaters habe ich die Führung des Instituts übernommen. Und ich bin der Meinung, dass wir diese Welt nicht dadurch besser machen, dass wir uns hier isolieren."

„Und wie kommen wir – oder besser, kommen diese Datenspeicher dabei ins Spiel?"

„Das ist eine längere Geschichte. Und sie ist so wichtig, dass ich sie nicht hier im Schnelldurchlauf erzählen möchte. Für den Moment möchte ich einfach nur, dass ihr wisst, wie dankbar ich euch dafür bin, dass die Speicher endlich hier sind. Alles weitere dann, wenn ihr ordentlich gegessen und eine Dusche bekommen habt, ordentliche Kleidung tragt und euch ein wenig ausgeruht habt. Dafür habe ich euch Quartiere herrichten lassen."

Eris stand vor dem mannshohen Spiegel und rieb sich nachdenklich sein glattrasiertes Kinn. So sauber, so ordentlich war er in den vergangenen Jahren nie rasiert gewesen. In der Welt da

draußen hatte man dafür weder Zeit noch Muße – und so kratzte man sich meistens die Stoppeln nur notdürftig aus dem Gesicht.
Überhaupt waren sie in unvorstellbarem Luxus untergekommen. Sal und er hatten ein Zimmer bezogen, in dem ein ordentliches Bett stand. Eine nicht durchgelegene Matratze, saubere Bettwäsche, weiche Kissen. In einem Wandschrank fanden sie für jeden eine Garnitur bequemer einheitlicher Kleidung und Stiefel. Das allein war schon ein Geschenk sondergleichen gewesen, keiner von beiden hatte in seinem Leben Vergleichbares erlebt. Die Krönung des Luxus' war jedoch das Badezimmer. Tatsächlich war es kaum mehr als eine enge Nasszelle mit einem einfachen Waschbecken, einer Toilette und einer Dusche, aber für einen Bewohner der Welt DANACH war dies beileibe nichts Alltägliches. Sie hatten in ihrem Leben immer wieder Badezimmer gesehen – aber immer war es kaum mehr als eine fahle Erinnerung an die Zeit DAVOR gewesen. Es gab fast überall kein fließendes Wasser mehr, und somit war ein Bad oft nur noch ein Relikt aus einer besseren Zeit.
Umso größer war ihr Erstaunen, als sie feststellten, dass wirklich Wasser aus den Leitungen kam, nachdem sie neugierig an den Hähnen gedreht hatten. Und es war nicht diese stinkende, rostrote Brühe, die glucksend und spritzend aus den alten Leitungen schoss, nein, es war frisches, sauberes Wasser. Während sie ungläubig auf dieses kleine Wunder starrten, drehten sie an den Wasserhähnen, fanden heraus, dass es nicht nur kaltes, sondern auch warmes Wasser gab. Verzückt standen sie beide im kleinen Türrahmen und blickten auf den prasselnden Wasserregen, der sich aus dem Duschkopf ergoss, streckten ihre Hände danach aus. Nachdem in ihren Köpfen angekommen war, dass es sich nicht um einen Traum handelte, streiften sie hastig ihre Kleider ab, immer in Angst, dass der Segen vielleicht enden könnte, sobald sie unter der Dusche standen. Doch das Wunder endete nicht, und so genossen sie das heiße Wasser, das den Dreck der letzten Wochen davontrug.

Nach der ausgiebigen Dusche waren sie übereinander hergefallen und hatten sich innig geliebt. Danach waren sie erschöpft in die Laken gesunken, ihre Körper aneinandergedrückt. Irgendwann waren sie aufgewacht. Es gab keine Uhr, kein Tageslicht, an dem sie sich orientieren konnten, aber das hielt sie kaum davon ab, munter zu werden. Während Eris nackt und nachdenklich vor dem Spiegel stand, räkelte Sal sich genießerisch zwischen den Laken.

„Und? Was denkst du?"

Eris blickte an seinem Spiegelbild vorbei in Richtung des Bettes, genoss ihren Anblick.

„Worüber?"

„Über das alles hier."

Nachdenklich fuhr er sich mit der Hand über das Kinn und schürzte die Lippen. „Schwer zu sagen. Ich habe so etwas noch nie erlebt. Fließendes Wasser, noch dazu warm, Strom, saubere Kleidung. Es ist, als ob es hier niemals zu der Krise gekommen wäre, als würde hier immer noch die Welt DAVOR existieren."

„Glaubst du, die Geschichte von dieser Connelly stimmt?" Sal fuhr sich durch die Haare und verschränkte die Arme hinter dem Kopf.

„Warum sollte sie nicht stimmen? Deckt sich mit dem, was François uns erzählt hat", erwiderte er.

„Ja, sicher. Ich meine ja nur. Irgendwie verwunderlich, dass man in der Welt draußen nichts von all dem hier gehört hat."

„Meinst du?" Eris drehte sich zu ihr um. „Ich fand es schon logisch. Wenn ich in einem solchen Paradies säße, wäre ich auch vorsichtig. Gibt unzählige Leute, die für all das hier töten würden."

„Stimmt schon. Aber unheimlich finde ich es doch irgendwie. Und dann das ganze Gerede über den Großrechner und so. Wie soll ich das verstehen?"

Er zuckte mit den Schultern.

„Wahrscheinlich ein funktionierender Computer, auf dem sie Wissen abgespeichert haben. So wie sich das anhört, eine ganze

Menge Wissen, das wahrscheinlich mittlerweile als verloren gilt. Wenn das stimmt, kann man die Welt damit verändern."
„Besser machen, meinst du?"
„Schwer zu sagen. Wissen in den richtigen Händen ist gut, Wissen in den falschen Händen schlecht. Wahrscheinlich ist man deshalb hier immer so vorsichtig gewesen."
Sal schüttelte den Kopf. „Das meine ich nicht. Glaubst du, die Leute hier wollen die Welt besser machen?"
Eris legte die Stirn in Falten. „Ich habe noch keine Ahnung, was sie wollen. Ich weiß noch nicht mal, was auf dem Datenspeicher ist. Ich kann es nicht beurteilen. Aber ich hoffe, wir finden es schnell heraus."

Perry hatte unruhig geschlafen.
In den vergangenen Jahren hatte er sich gewünscht, in einem richtigen Bett schlafen zu können. Einem Bett, wie er es aus den verschwommenen Erinnerungen seiner Kindheit kannte. Mit einem richtigen Lattenrost, einer ordentlichen Matratze, weichen Kissen und sauberen Decken. Doch jetzt fragte er sich, ob er die Erinnerungen seiner Kindheit vielleicht zu hoch bemessen hatte – oder ob sein Körper sich in den Jahren einfach zu sehr an harte Betten gewöhnt hatte. Was auch immer es war, es hatte dafür gesorgt, dass er sich unruhig von der einen auf die andere Seite wälzte, nirgendwo richtig Ruhe finden konnte. Und der weichen Matratze hatte er zu verdanken, dass sein Rücken schmerzte.
Die heiße Dusche linderte zumindest die Schmerzen ganz gut, auch wenn Perry mit diesem Wunder ganz anders umging, als Eris und Sal es getan hatten. Für ihn war das alles genauso unglaublich, doch er ging kein Stückchen verschwenderisch damit um. Das Wasser lief nur für kurze Minuten und in dieser Zeit bemühte er sich, keinen Tropfen des wunderbaren Nass zu verschwenden.
Er war danach in die frische Kleidung geschlüpft und hatte sich beiläufig gefragt, ob irgendjemand vor ihm den Overall schon

einmal getragen hatte. Er fand darauf keine Antwort – aber er war dankbar, einmal aus den alten und verdreckten Klamotten herauszukommen. Einzig die Stiefel ließ er stehen und nahm sein eigenes, eingelaufenes Paar.
Vorsichtig hatte er die Nase aus der Tür gestreckt und nach links und rechts gelinst. Tatsächlich hatte er einen Bewacher vor der Tür erwartet und sich schon einige Minuten vorher die passenden Worte im Kopf zurechtgelegt. Einigermaßen erstaunt war er daher, als er niemanden auf dem Gang entdeckte. Offenbar vertraute man ihnen wirklich und dies hier war echte Gastfreundschaft, keine Gefangenschaft in anderem Gewand. Bemüht vorsichtig hatte er die Tür hinter sich geschlossen und in diesem Moment war ihm aufgefallen, wie gleich hier doch alles aussah. Neben den Türen gab es kleine Plastikschilder an der Wand, auf denen ein Zahlencode stand – aber von diesem kleinen Detail abgesehen, sah jede Tür auf dem langen Flur gleich aus. Für einen Moment hatte sich Zweifel in ihm bemerkbar gemacht. Was, wenn er sich verlief und nicht zurückfand? Schnell aber drängte er den Zweifel beiseite. Es gab hier genügend Leute, die ihm den Weg weisen konnten, soviel war sicher.
Neugierig schlenderte er über den Flur mit den immer gleichen Türen, blieb hier und da einmal stehen, um einen Blick auf eines der Plastikschilder zu werfen. Überall fanden sich nur die Codierungen aus Zahlen und Buchstaben und so erhielt er natürlich keinen Aufschluss darüber, was sich hinter der jeweiligen Tür verbarg. Er erwischte sich selbst dabei, wie er die Hand auf eine Klinke gelegt hatte, und zog sie erschrocken zurück. Einerseits brannte in ihm die Neugier, mehr über diesen Ort zu erfahren, andererseits war da die Frage, ob er überhaupt das Recht dazu hatte, seine Nase hier in irgendwelche Türen zu stecken. Er beschloss, für den Moment nicht auffallen zu wollen, und schlenderte den Gang weiter hinab, während er in Gedanken immer noch abwägte, was richtig oder falsch war.
Dabei war er so in sich selbst versunken, dass er erst viel zu spät bemerkte, dass eine Person den langen Flur hinunter und ihm

entgegenkam. Wahrscheinlich war sie aus einer der unzähligen Türen gekommen. Es war eine Frau und sie trug einen Overall, wie er ihn am Leib hatte. Einheitskleidung. Perry fühlte sich ertappt und erwartete, angesprochen zu werden, gefragt zu werden, was genau er hier mache. Der Arzt setzte ein nervöses Lächeln auf und vergrub die eine Hand tief in der Tasche des Overalls, während er mit der anderen durch seinen Bart ging. Die Frau kam auf ihn zu, blickte auf. Für einen kurzen Moment trafen sich ihre Blicke. Sie lächelte nur knapp und förmlich, nickte dann einmal grüßend und passierte ihn ohne viel Aufhebens. Ein wenig verwundert hielt Perry inne und drehte sich um, blickte ihr hinterher. Doch sie drehte sich weder um noch warf einen Blick über die Schulter.

Dieses Ereignis bestärkte ihn in seiner Vermutung, dass man sie hier wie Gäste aufgenommen hatte und tatsächlich nicht überwachte. Nach den Erfahrungen kurz nach ihrer Ankunft und dem Verhör verwunderte ihn das schon. Doch er tat es mit einem Schulterzucken ab und folgte dem Flur weiter.

Irgendwann hatte er eine Glastür erreicht, hinter der ein Treppenhaus lag. Ohne zu zögern, hatte er die schwere Tür geöffnet und war hineingetreten. Dort im Treppenhaus fand sich eine weitere Tafel, die die ungefähren Richtungen in diesem Gebäude angab. So fand er heraus, dass er sich auf der zweiten Etage befand, wo die Wohnquartiere eingerichtet waren. Dem Schild nach befanden sich oberhalb noch einmal zwei Etagen mit Wohnquartieren, während unterhalb noch eines folgte und dann im Erdgeschoss die Kantine untergebracht war. Der Arzt betrachtete die Tafel nachdenklich und las das Wort Kantine immer wieder. Es war ihm unbekannt, er konnte die Bedeutung nicht erfassen. Wahrscheinlich wäre es für immer ein Rätsel geblieben, wenn daneben nicht ein Piktogramm von Messer und Gabel zu finden gewesen wäre. Essbesteck nämlich kannte er, auch wenn es Orte in der Welt DANACH gab, an denen dessen Verwendung leider in Vergessenheit geraten war. Bei der Kantine musste es sich also um einen Ort handeln, an dem es etwas

zu essen gab – und einerseits machte sich durchaus ein wenig Hunger in seiner Magengegend bemerkbar, andererseits würde man dort vielleicht ganz einfach an mehr Informationen über diesen Ort kommen.
Er fand die Kantine fast verwaist vor. Der große Raum war zweckmäßig ausgestattet. Lange Tischreihen und Plastikstühle, denen man ihr Alter ansah. Dennoch wirkte alles gepflegt und sauber. Die Wände waren wahrscheinlich einmal weiß gewesen, doch mit den Jahren waren sie zwangsläufig grau geworden. An ihnen hingen vergilbte Bilder in alten Rahmen, die meisten davon zeigten Landschaften. Wahrscheinlich waren sie in der Zeit DAVOR dazu gedacht gewesen, ein wenig friedliche Idylle zu verbreiten, jetzt waren sie nicht mehr als Überbleibsel aus einer längst vergangenen Zeit. An der Kopfseite des Raums zog sich an einem langen Tresen die Essensausgabe hin, auf der einen Seite durch mehrere Tabletwagen mit dreieckigen Tablets bestückt. Eine Handvoll Menschen saß im Raum verstreut, die meisten von ihnen allein, mit essen beschäftigt und in Gedanken vertieft.
Zögerlich durchschritt Perry den Raum und machte vor der Essensausgabe halt. Durch die zerkratzten Scheiben des Tresens konnte er einen Blick auf das Angebot werfen. Ein großer Teil der Auslage war leer, doch allein die Vorstellung, dass es hier manchmal ein so reichhaltiges Angebot gab, war unglaublich. Neugierig ging der Arzt den Tresen seiner Länge nach ab. In der Auslage lagen Speisen, die er noch nie gesehen hatte.
„Was darf's denn sein?"
Eine Stimme riss ihn aus den Gedanken. Er war so damit vertieft, sich die Auslage anzusehen, dass er die Bedienung dahinter gar nicht wahrgenommen hatte. Schüchtern lächelte er.
„Ähm … ich weiß nicht …"
Die Bedienung, ein Mann, der wahrscheinlich älter als Perry war, kniff für einen Moment die Augen zusammen und musterte Perry. „Ach. Sie gehören zu den Neuen, was?"
Perry blinzelnde fragend.

„Ja, ähm, nein … äh … was?"
Der alte Mann legte ein gutmütiges Lächeln auf.
„Na, den Neuen. Der Gruppe von außerhalb."
„Ja. Ja, das stimmt wohl." Unsicher nickte Perry.
„Im ganzen Institut wird von Ihnen gesprochen. Hat man Sie rausgelassen?"
„Rausge…?", begann der Arzt und verstand dann, was sein Gegenüber meinte.
„Ach so. Ja, nachdem man uns befragt hat, hat man uns jetzt ein paar Zimmer gegeben."
„Schön. Schön", nickte der Alte und rührte mit seiner Kelle in einem Topf. „Und jetzt haben Sie Hunger, was?"
„Ehrlich gesagt, ja. Ich konnte nicht gut schlafen, und ich habe auch keine Ahnung, wie spät es ist. Keine Uhr, wissen Sie? Und nirgendwo habe ich bisher ein Fenster gefunden."
Der alte Mann bückte sich und holte einen Teller hervor.
„Dann wollen wir mal was gegen Ihren Hunger machen. Holen Sie sich doch ein Tablet, ja?"
Perry nickte wie selbstverständlich und drehte sich zur Seite, dann hielt er inne.
„Ähm, ich habe aber nicht viel, womit ich bezahlen kann."
Der alte Mann lachte lauthals auf und winkte ab. Die Reaktion des Alten verstörte Perry.
„Bezahlen? Machen Sie sich mal keine Sorgen. Hier muss niemand für sein Essen bezahlen, klar?"
Die Antwort verwunderte den Arzt noch mehr. In der Welt, die er kannte, hatte zwangsläufig alles seinen Preis, ganz egal, wie klein und unbedeutend es sein mochte. Und hier sollte etwas so Wichtiges wie Nahrung völlig umsonst sein? Die Sache musste doch einen Haken haben. Nachdenklich holte er sich ein Tablet, erwartete fast, dass der Alte bei seiner Rückkehr über den Witz und die Gutgläubigkeit eines Fremden lachen würde, aber nichts passierte. Vielmehr stellte der Mann einen Napf mit dampfendem, dickflüssigem Eintopf und ein paar Scheiben Brot auf das Tablet.

„Danke“, murmelte Perry immer noch ungläubig und blickte auf das Tablet.
„Keine Ursache. Suchen Sie sich einen Platz. Sie haben wahrscheinlich eine ganze Menge Fragen, und keiner hat sie Ihnen bisher beantwortet, wie? Ich komme gleich mal zu Ihnen rüber, ja?“
Perry nickte immer noch verwundert und ging zu einem Tisch. Gerade als er den letzten Bissen im Mund hatte, kam der alte Mann vom Tresen zu ihm. Er hatte die Schürze abgelegt und trug – wenig verwunderlich – auch einen Overall. Sein Exemplar war jedoch in die Jahre gekommen und ausgeblichen.
„Hat Ihnen wohl geschmeckt, was?“, lachte er und deutete auf den leeren Teller. Dann reichte er Perry die Hand „Mein Name ist Martin, aber alle nennen mich nur Marty.“
Perry griff nach der Hand.
„Angenehm. Perry.“
Marty nickte und setzte sich.
„Ihr seid unglaublich gut ausgestattet“, begann der Arzt das Gespräch.
„Nun, es hatte seine Vorteile, dass das Institut geheim war, als es zur Krise kam. Das bedeutet, dass das meiste Chaos an uns vorbeiging. Es gab eine ganze Menge Vorräte für den Ernstfall – Nahrung, Kleidung, Werkzeuge, Ersatzteile, Waffen und all das. Anders als in den Städten waren wir hier Kommandostrukturen gewohnt. Von Anfang an gab es Leute, die Befehle gaben und die Ordnung aufrechterhielten. So standen wir es gut durch.“
„Hast du es erlebt?“
Marty blickte Perry lange an, dann nickte er langsam.
„Ja. Ich war damals gerade sechzehn, hatte meine Ausbildung in der Küche begonnen. Meine Eltern arbeiteten hier im Institut und so kam ich eben auch hier unter. Zwar hat es sie geärgert, dass ich nicht in ihre Fußstapfen trat und Wissenschaftler wurde, aber mir war halt nicht danach. Ich konnte mit all diesen komplizierten Sachen nur wenig anfangen. Schlechte Nachrichten gab es aus der Welt schon immer – wobei wir in der Küche

nicht immer alles mitbekamen oder verstanden. Aber eines Tages, ja, da war es dann so weit."
„Was war passiert?"
Marty kicherte.
„Es gab eine große Versammlung mit allen Leuten, die im Institut arbeiteten. Genau hier. Der Leiter des Instituts stand da vorne auf dem Tisch und stimmte uns darauf ein, dass wir in der nächsten Zeit im Institut bleiben würden, sprach vom Notstand."
„Ja, aber was war genau passiert?" Perry wurde ungeduldig.
„Was? Ach, so. Naja, damals sagte er, dass die politische Situation angespannt sei. Aber das war sie eigentlich schon immer gewesen. Ich nehme an, er wollte etwas zu der Angelegenheit sagen, ohne wirklich etwas zu sagen. Das änderte nichts daran, dass sich unter uns schnell Gerüchte breitmachten, verstehst du? Jeder hatte irgendwoher einen Fetzen der Information, und so kam langsam ein Bild zusammen. Einiges davon war sicherlich übertrieben."
Perry biss sich auf die Unterlippe. Er spürte, wie nah er daran war, an die Wahrheit zu kommen, und dann hatte sein Gegenüber nichts Besseres zu tun, als sich in Anekdoten zu ergehen. Marty schien das zu bemerken und winkte mit einer Handbewegung ab.
„Entschuldige. Es kommt nicht oft vor, dass man sich mit jemandem über diese Zeit unterhalten kann. Also gut. Lange vor dem Umbruch damals hatte es schon Probleme gegeben. Es war innerhalb weniger Jahre zu einigen verheerenden Katastrophen gekommen. Viele davon von Menschen verursacht, andere von der Natur. Der Schaden war gewaltig und die Folgen unabsehbar. Die betroffenen Nationen waren geschwächt und damit die ganze Welt. Nannte sich, glaube ich, Globalisierung."
Fragend schaute Perry auf.
„Globalisierung?"
„Ja, genau. Also stell dir vor, da passiert eine Katastrophe am anderen Ende der Welt. Was weiß ich – ein großes Erdbeben oder

so. Das Beben ist hier gar nicht zu spüren. Und doch beeinflusst die Katastrophe das Leben in diesem Land."
„Und wie soll das gehen?"
„Einfach. In dem Land auf der anderen Seite der Erde stellt man vielleicht Dinge her, die hier gebraucht werden. Meinetwegen Lebensmittel. Und hier stellt man Sachen her, die dort gebraucht werden. Maschinen, zum Beispiel. Wenn auf der anderen Seite der Erde eine Katastrophe das ganze Land verwüstet, dann hat das Folgen. Es gibt eine Menge Tote, alles liegt in Trümmern. Kurz gesagt, es wird weniger Nahrung geben. Und dort wird man so damit beschäftigt sein, die Schäden in Ordnung zu bringen, dass niemand mehr Maschinen kaufen wird. Und so erwischt die Katastrophe auch das andere Land. Zwar nicht direkt, aber indirekt. Hier bleibt man auf seinen Waren sitzen – und man bekommt vielleicht nicht einmal genug zu futtern. Das wiederum kann zu Problemen führen, verstehst du?"
Perry hörte angestrengt zu und versuchte, sich die Erklärungen vorzustellen.
Langsam, aber sicher nahmen sie vor seinem geistigen Auge Gestalt an, er sah die Zusammenhänge und die Kettenreaktion, die durch ein solches Ereignis ausgelöst werden konnte. Zögerlich nickte er.
„Die Leute werden also unruhig. Man verliert seinen Job, weil man vielleicht nichts mehr verkaufen kann. Und schon geht es nicht nur einem selbst, sondern der ganzen Familie schlecht. Wie will man dann noch Frau und Kinder satt bekommen? Aus Unruhe werden handfeste Aufstände, in denen es darum geht, einfach nur was zum Überleben zu bekommen. Leute rotten sich zusammen und fallen über Lagerhäuser und Depots her. Die Regierung muss einschreiten und versucht mit Gewalt, die Ordnung wieder herzustellen. Das aber heizt die Stimmung noch mehr auf."
Perry verstand immer besser und nickte zustimmend, während er lauschte.

„Und dann stell dir vor, dass es nicht nur in einem Land, sondern auch in anderen Ländern so ist. Überall herrscht Mangel, den Leuten geht es schlecht. Die Weltwirtschaft bricht fast zusammen und damit auch die eigene Industrie. Früher oder später kommt irgendjemand auf die Idee, dass man sich vielleicht bei seinem Nachbarn das holen kann, was einem selbst fehlt. Und schon haben wir Krieg. Krieg um Ressourcen. Erz, Öl, Wasser, Kautschuk, Lebensmittel – man schlägt sich für fast alles gegenseitig den Kopf ein. Und weil eine Niederlage nichts anderes als den Tod bedeutet, kämpfen die Menschen noch verbissener. Sie gehen brutal gegeneinander vor, benutzen abscheuliche Waffen, um zu gewinnen, und zerstören damit gleichzeitig die Welt, in der sie leben."

Marty warf einen nachdenklichen Blick durch den Raum.

„Aber das ist nicht einmal alles. Die Versorgung bricht langsam zusammen, weil man eben nicht mehr genug Ressourcen hat. Auf einmal gibt es keinen Strom, kein Wasser mehr. Krankenhäuser funktionieren nicht mehr, in den Städten brechen Seuchen aus. Dinge, über die man ein paar Jahre vorher noch gelacht hat, werden auf einmal unheimlich tödlich. Krankheiten entvölkern ganze Landstriche. Alles geht vor die Hunde."

Perry blickte den alten Mann erwartungsvoll an, aber es kam keine weitere Erklärung.

„Und so ist es passiert?", fragte er ehrfürchtig.

„Das", sagte Marty, „ist die Geschichte kurz und knapp. Zumindest so, wie ich sie heute aus der Perspektive des Beobachters zusammenfassen kann. In der Situation selbst hat man wahrscheinlich nicht diesen klaren Blick. Da erkennt man die Zusammenhänge nicht zwangsläufig."

Perry legte die Stirn in Falten.

„Dann willst du mir also sagen, dass alle Geschichten irgendwo einen wahren Kern haben?"

„Welche Geschichten?"

„Na, die über das Ende der Welt DAVOR. Über das, was die Welt DAVOR in die Welt DANACH verwandelte."

Marty blickte etwas irritiert, ganz so, als sei das Konzept von DAVOR und DANACH ihm völlig fremd, nickte dann aber.
„Das meine ich ja. Die Menschen damals haben zwar erlebt, wie die Welt zugrunde ging, aber das hatte überall ein anderes Gesicht. In der einen Gegend war es vielleicht ein Erdbeben oder ein Feuer, in der anderen eine schwere Seuche. Und ganz woanders gab es dann Krieg und abscheuliche Waffen. Oder eine Kombination aus all dem."
Perry ließ sich in seinen Stuhl zurücksinken. All die Jahre hatte er ganz unterschiedliche Geschichten über das Ende der Welt gehört. Und hier war eine ganz neue Variante, die es möglich machte, dass all diese Geschichten, all diese Mythen und Legenden nebeneinander existieren konnten. Er hatte sich immer vorgestellt, erleichtert zu sein, wenn er die Wahrheit hörte. Oder vielleicht alles besser verstehen zu können. Sich anders zu fühlen.
Doch letzten Endes fühlte er nur Ernüchterung, nicht mehr. Die Wahrheit – so sie es war – hinterließ kein Gefühl der Genugtuung, keine Erleuchtung. Nur Leere.

Tyler wanderte neugierig durch das abgeschottete Tal.
Es war ein Felsenkessel, dessen Wände einige Dutzend Meter steil aufragten. Der Fels bildete Vorsprünge und Überhänge, war an vielen Stellen von Gräsern, Moosen und Sträuchern bewachsen. Das versteckte Tal mochte vielleicht einen halben Kilometer in der Länge und etwas mehr als zweihundert Meter in der Breite messen. Auf diesem Gelände gab es eine Vielzahl von Gebäuden – bei den meisten handelte es sich um massive Strukturen aus Beton mit wenigen Fenstern und schweren Sicherheitstüren, um Bunker also. Einige der Gebäude standen frei im Talkessel, doch die meisten drückten sich an die Felswände, schienen fast aus dem Gestein zu wachsen. Wahrscheinlich war ein Großteil der Einrichtung tief in den Fels gegraben worden. Straßen verbanden die Gebäude untereinander, und eine lief auf einen großen schwarzen Tunnel im Fels zu.

Die Gebäude machten allesamt einen guten Eindruck und waren kaum zu vergleichen mit dem, was der Junge in seinem Leben bisher gesehen hatte. Es gab kaum Spuren von Verwitterung, keines der Gebäude wirkte auch nur baufällig.
Tyler blieb immer wieder stehen, um die Schilder zu lesen, die neben den Eingängen angebracht waren. Er hoffte, dadurch vielleicht mehr zu erfahren. Doch das Ergebnis war ernüchternd. Auf jedem Schild stand oberhalb lediglich „Institut 18" und darunter immer wieder die Bezeichnung der Sektion durch einen Buchstaben des Alphabets. Es gab also Sektion A, Sektion B, Sektion C und so weiter. Auch am Aussehen des Gebäudes ließ sich kaum erahnen, welche Funktion sich hinter den Mauern verbergen mochte. Er blickte zurück auf Sektion B – das große Gebäude, in dem er untergebracht worden war – und konnte keinen Unterschied zu den anderen Sektionen feststellen.
Immer wieder begegneten ihm Bewohner dieses mysteriösen Ortes, aber keiner schien Notiz von ihm zu nehmen. Sie gingen ihrer Arbeit nach, eilten von Sektion zu Sektion. Vor einigen Gebäuden standen Wachen, so auch vor dem großen Tunnel.
Sein Weg führte ihn bis an das Ende des Tals. Das Gebäude hier unterschied sich schon optisch von den Betonklötzen, die er bisher passiert hatte. Aus dem unförmigen Gebäude kamen große Rohrleitungen, die zu riesigen Stahltanks an der Felswand daneben führten. Hier und da durchbrachen Rohrleitungen die Wand, nur um an anderer Stelle wieder in der Konstruktion zu verschwinden. Es gab Luftschächte und große Ventilationsaggregate auf dem Dach, ebenso einen schmalen Schornstein, der das Gebäude um etwa zwanzig Meter überragte. Von allen Gebäuden, die Tyler bisher gesehen hatte, machte dieses den verfallensten Eindruck. Farbe war abgeplatzt und Risse zogen sich durch den Beton darunter. Die Rohrleitungen waren von Rost überzogen. Offensichtlich wurde diese Sektion nicht mehr genutzt, doch trotzdem standen vier schwer bewaffnete Männer vor dem Eingang. Auch das Schild am Eingang wich von den

bisherigen ab. Darauf stand „Institut 18 – Fertigung". Nachdenklich blieb Tyler vor dem Gebäude stehen, maß es mit seinen Blicken ab und versuchte, seine Funktion zu erahnen. Das Gebäude hatte seine Neugierde geweckt und so überwand er seine Hemmungen und machte ein paar Schritte auf den Eingang zu. Die Wachen, gerade eben noch in ein Gespräch vertieft, bemerkten ihn und wandten sich ihm zu.

„Zutritt verboten", stellte ihr Anführer nüchtern fest.

„Entschuldigung", brachte Tyler hervor. „Was ist das hier?"

Die Gesichtszüge der Wache verrieten ihre Verwunderung und sie warf einen fragenden Blick zu ihren Begleitern, dann wandte sie sich wieder dem Jungen zu.

„Du weißt nicht, was das hier ist?"

„Nein. Ich bin neu hier, mit meinen Begleitern vor ein paar Tagen angekommen."

Ein Murmeln machte sich unter den Wachen breit, sie flüsterten und tuschelten miteinander, dann übernahm der Anführer wieder das Wort.

„Dann ist der Zutritt erst recht verboten."

„Ich will doch gar nicht da rein", erklärte Tyler. „Ich will nur wissen, was das ist."

„Das hier ist die Fabrik", knurrte der Anführer, wohl wissend, dass er die Frage des Jungen damit kein Stück beantwortete.

„Und was macht man da?", versuchte Tyler es erneut.

„Man stellt Dinge her. Der Rest ist geheim." Die Wachen lachten.

Tyler spürte, wie ihm das Blut ins Gesicht schoss, als er so vorgeführt wurde, und brachte nicht einmal mehr ein „Danke" heraus. Wortlos drehte er sich um und ging zurück in die Richtung, aus der er gekommen war.

Die vier saßen wieder im Besprechungszimmer und warteten auf ihre Gastgeberin. Inzwischen hatten sie die Chance gehabt, sich über ihre Erfahrungen der letzten Stunden auszutauschen. Gerade die Berichte von Tyler und Perry trugen dazu bei, dass die kleine Gruppe ein schemenhaftes Bild davon erhielt, wo sie gelandet waren. Doch jede Frage, die mit den erhaltenen Informationen beantwortet wurde, warf eine ganze Reihe neuer Fragen auf. Keiner von ihnen wusste so richtig, wie mit der Situation umzugehen war, was von den rätselhaften Bewohnern des Forschungskomplexes und ihrem Erbe aus der Zeit DAVOR zu halten war.

Doch für den Moment waren sie hier, und sie hatten in den letzten Wochen unheimliche Strapazen auf sich genommen, um das verborgene Institut zu erreichen. Sie verlangten nach Antworten.

„Danke für die Gastfreundschaft", begann Eris nach dem üblichen Austausch von Höflichkeiten.

„Aber natürlich, das war das Mindeste", winkte Connelly mit einem Lächeln ab.

Eris warf einen Seitenblick zu seinen Begleitern und schüttelte dann den Kopf. „Nicht dort, wo wir herkommen. In der Welt außerhalb eurer Einrichtung sind all diese Dinge hier kaum vorstellbar. Stoff, aus dem Legenden sind. Es ist schon etwas Besonderes."

Nachdenklich rieb er sich das Kinn, auf der Suche nach einem Gesprächsanfang, während Annabell Connelly einfach offen lächelte.

„Jetzt, wo wir uns etwas eingelebt haben, gibt es tatsächlich ein paar Fragen."

„Das kann ich mir gut vorstellen. Wie kann ich helfen?"

„Nachdem klar ist, was das Institut in den letzten Jahrzehnten gemacht hat, bleiben zwei Fragen ungeklärt. Was ist hier vor der Katastrophe passiert? Und was viel wichtiger ist: Was befindet sich auf den Datenspeichern?"

Annabells Gesichtsausdruck verriet, dass sie mit diesen Fragen gerechnet hatte.

„Institut 18 war eine streng geheime Einrichtung der Regierung, soviel hatte ich ja bereits verraten. Bei den meisten Projekten der Regierung geht es um fortschrittliche Technologie

oder um Waffen. Bei Institut 18 ging es letzten Endes um beides."
Perry hob die Hand und die Doktorin unterbrach ihren Vortrag und schaute den bärtigen Mann fragend an.
„Hat die Zahl eine besondere Bedeutung?"
„In der Tat. Das Institut war Teil eines großen Forschungsauftrags der Regierung. Über das ganze Land verteilt gab es eine Vielzahl von Instituten. Die Einrichtungen waren allesamt geheim, aber das schloss nicht aus, dass irgendjemand sie in Berichten vielleicht doch erwähnt finden würde. Aus dem Grund hat man auf Namen verzichtet, die etwas über die Art der Forschung oder den Ort, an dem sich das Institut befand, hätten verraten können. Die Zahl war weiterhin eine Kennziffer für den grundlegenden Auftrag der Forschungseinrichtung."
„Und achtzehn bedeutet was?", schob Perry die nächste Frage hinterher.
„Die Zahlenkombination gibt den genauen Zweck der Einrichtung an. Jede Zahl zwischen Null und Neun war einem Forschungs- und Entwicklungszweig zugeordnet. Institut 18 vereint somit zwei Zweige in sich. Während die Eins also für die Erforschung und Entwicklung neuer Werkstoffe und Produktionstechniken steht, steht die Acht wiederum für die Entwicklung von technologischen Kampfmitteln."
Eris und seine Begleiter sahen sich verstohlen an, doch keiner von ihnen konnte mit der Erklärung etwas anfangen.
„Du musst entschuldigen", hakte Eris ein, „aber in der Welt da draußen sind manche Dinge verlorengegangen. Also, was genau habt ihr gemacht? Ich glaube, unter der ersten Zahl können wir uns etwas vorstellen, aber was bedeutet die Acht?"
„Das eine lässt sich nur im Zusammenhang mit dem anderen erklären, schätze ich." Annabell schenkte sich Wasser in ihr Glas und schien einige Sekunden die richtigen Worte zu suchen.
„Seht ihr, es ist schwer, euch die Dinge zu erklären, wenn ihr von vielen Sachen, die dazu gehören, einfach keine Vorstellung habt. Aber ich werde mein Bestes geben. Das Institut befasste

sich mit der Erforschung von Naniten. Das sind kleine Maschinen, wenn man so will. So klein, das sie mit bloßem Auge praktisch nicht zu erkennen sind. Ich weiß, das klingt unvorstellbar, aber für den Moment werdet ihr meinen Worten glauben müssen. Es liegt mir fern, euch zu belügen."
Wieder nahm sie einen Schluck und ließ das kühle Nass für einen Moment in ihrem Mund kreisen, dachte sorgfältig über die Worte nach, die sie wählen wollte. Die vier hörten ihr gespannt zu.
„Die Maschinen können programmiert werden. Man kann ihnen Aufträge erteilen. Dazu ist in der Regel ein Computer notwendig. Die Naniten erhalten also einen Befehl und führen diesen aus. Ihre Größe ist ein enormer Vorteil, denn so können sie verwendet werden, um komplexe Strukturen zu bauen oder auch zu reparieren."
Perry, der offenbar am schnellsten verstand, hob die Hand. Connelly ließ den Arzt zu Wort kommen.
„Von welchen Strukturen sprechen wir denn? Es ist bestimmt einfacher, ein Stück Stahl zu fertigen, als es durch Naniten anfertigen zu lassen, oder?"
„Tatsächlich, ja. Es geht um Ebenen in der Größenordnung der Naniten. Moleküle."
„Und wie genau können Naniten dort hilfreich sein?"
„Das kommt darauf an. Naniten können auf der molekularen Ebene Gegenstände verändern und sie damit verbessern. Munition kann beispielsweise mit Naniten behandelt werden und erhält völlig neue Eigenschaften. Oder Körperpanzerung. Dabei können Naniten so programmiert werden, dass sie in der Lage sind, Schäden selbstständig zu reparieren. Das Ergebnis wäre eine Schutzweste oder ein Schutzanzug, der einen Soldaten viel besser schützen kann."
„Moment. Funktioniert das auch mit lebendiger Materie?"
Connelly schien erfreut darüber, zu sehen, wie schnell Perry begriff.
„Lebewesen bestehen auch nur aus Molekülen. Also: ja."

Perrys Kinn klappte nach unten und er starrte Connelly ungläubig an. Eris, Sal und Tyler betrachteten ihren Freund verwirrt, konnten seine Reaktion kaum deuten. Als das Schweigen andauerte, räusperte Sal sich hörbar in dem Versuch, wieder Bewegung in das Gespräch zu bringen.
Perry schreckte hoch und schloss den Mund, schüttelte langsam den Kopf.
„Das ist unglaublich", stammelte er tonlos.
„Es entspricht der Wahrheit", verbesserte ihn Annabell.
„Wärt ihr so freundlich, es auch für uns zu erklären?", platzte es aus Sal heraus, die mittlerweile ungeduldig zwischen den beiden Gelehrten hin- und herblickte und einen gereizten Eindruck machte.
Connelly holte Luft und wollte mit einer Erklärung ansetzen, doch Perry hob die Hand und bedeutete ihr, innezuhalten. Offensichtlich wollte er seinen Freunden die Brisanz der Naniten erklären.
„Wenn das alles stimmt, dann ist es ein Wundermittel. Diese Naniten sind unheimlich klein, sodass sie auch im Körper eingesetzt werden können. So wie ich es sehe, können sie dort verwendet werden, um Zellen zu reparieren und Krankheiten zu heilen."
Tyler verzog verstört das Gesicht. „Jetzt sind es auch noch kleine Ärzte oder was?"
Perry grinste nervös. „So einfach ist es nicht. Aber wenn das, was Annabell sagt, stimmt, kann man die Naniten auch so einstellen, dass sie ganz bestimmte Dinge angreifen und zerstören. Wenn du krank bist, bekommen die Naniten den Befehl, die Auslöser der Krankheit in deinem Körper zu finden und zu vernichten."
Perry warf einen Blick auf Connelly, doch die nickte anerkennend. Offensichtlich hatte er schnell verstanden, welches Potential in den Naniten steckte.
Gleichzeitig verzog sich Sals Gesicht. Offenbar hatte auch sie etwas verstanden.

„Aber das bedeutet doch, dass dich die Dinger töten können, oder? Wenn sie Fremdkörper zerstören können, können sie doch auch den Körper von innen angreifen, nicht?"
Perry schaute betreten zu Annabell, und sie bestätigte die Vermutungen der Schützin mit einem knappen Nicken.
„Scheiße", fasste Sal die Situation zusammen. „Und wenn die Dinger so klein sind, kannst du nicht mal was gegen sie ausrichten, oder?"
Perry blickte die Doktorin erwartungsvoll an, als ob er die Hoffnung hatte, dass sich die schlimmsten Vermutungen nicht bewahrheiten würden. Doch auch dieses Mal nickte die Wissenschaftlerin, fast unmerklich.
„Das", begann sie, „ist die Schattenseite der meisten Erfindungen. Viele Erfindungen lassen sich entweder zum Wohl oder zum Schaden einsetzen. Naniten eröffnen uns ungeahnte Möglichkeiten. Das, was hier bisher genannt wurde, war nur die Spitze des Eisbergs. Ihr würdet staunen, was alles theoretisch – und auch praktisch – möglich ist."
Eris runzelte die Stirn, als er sich an die Zahlenkodierung des Instituts erinnerte.
„Und hier sind die Dinger auch als Waffen gebaut worden, was?"
„Ja, leider."
„Und wie kann ich mir solche Waffen vorstellen?"
Connelly schürzte die Lippen.
„Unterschiedlich. Es gab Munition, die mit Naniten versehen war. Man beschoss feste Objekte – Panzerungen, Beton, Stahl – und die Naniten verstreuten sich nach dem Einschlag. Fast augenblicklich begannen sie mit der Arbeit und konnten das Material zersetzen. Dann hat man mit Schwärmen experimentiert. Hunderttausende von Naniten in einer dichten Wolke. Objekte in solchen Wolken konnten in Sekunden zerlegt werden."
„Objekte? Menschen?", flüsterte Perry.
„Auch daran ist experimentiert worden, ja. Der Gedanke war, einen Schwarm über einer Feindstellung abzuwerfen. Damit

könnte man innerhalb von Sekunden den Widerstand brechen, ohne sich selbst in Gefahr zu bringen."
„Unglaublich", schüttelten Sal und Eris fast gleichzeitig den Kopf, als ihnen das volle Ausmaß deutlich wurde. Connelly sah sich anhand der geschockten Gesichter genötigt, ihre Gesprächspartner zu beschwichtigen.
„Aber der andere Weg ist auch denkbar und erprobt worden. Die Naniten lassen sich auch einsetzen, um Objekte zu reparieren oder zu bauen."
„Zu bauen? Hast du nicht gesagt, die Dinger sind klein?"
„Ja. Es braucht auch ein paar Hunderttausend für nennenswerte Ergebnisse. Alles, was Naniten brauchen, ist Energie und Baumaterial. Als Baumaterial kann man fast alles nehmen. Naniten zerlegen den Ausgangskörper in seine molekularen Bestandteile und fügen ihn dann wieder nach Wunsch zusammen. Mit genug Energie und genug Material sind hier kaum Grenzen gesetzt."
Perry starrte die Doktorin weiter durchdringend an.
„Und was ist mit der Energie? Wo bekommen diese kleinen Maschinen ihre Energie her?"
„Das war viele Jahre ein Problem. Irgendwann gelang es, die Naniten so zu bauen, dass sie die Sonne als Energiequelle benutzen konnten. Sonnenlicht reichte aus, um sie zu versorgen. Die Lösung war genial, denn Sonnenenergie ist praktisch unbegrenzt vorhanden. Es beschränkte die Verwendung von Naniten aber auf den Tag. So entwickelten sich andere spezialisierte Systeme mit anderen Energiequellen. Am Ende erschienen Naniten wie ein Wunder – in jeder Hinsicht. Die Möglichkeiten waren unbegrenzt."
„Waren oder sind?", fragte Eris.
Annabell wiegte den Kopf hin und her.
„Nun, technisch ..."
„Dafür ist die Fabrik da, oder?", mischte Tyler sich ein.
Connelly schien erstaunt darüber, dass der Junge diese Information hatte, nickte dann aber.

„Ja. Dort sind die Naniten hergestellt worden."
Eris winkte ab.
„Das beantwortet meine Frage immer noch nicht."
„Ich bleibe euch die Antwort schon nicht schuldig. Also, technisch wäre es möglich, in der Fabrik Naniten zu produzieren."
„Daraus werde ich nicht schlauer."
„Nun, für so einen Prozess braucht es eine ganze Menge Energie. Das Institut verfügt zwar über eine Stromversorgung, die reicht aber nicht dazu aus, die Fabrik zum Laufen zu bekommen."
„Also gibt es keine neuen Naniten. Und was ist mit Vorräten?"
„Vorräte?"
„Naniten, die irgendwann einmal gebaut wurden und jetzt in irgendwelchen Lagern warten, das meine ich."
„Die gibt es. Auch wenn die Lagerung aufwändiger ist, als ihr euch vorstellen könnt. Aber einen kleinen Teil der Naniten haben wir über die Jahre lagern können."
„Ich … ich bin mir nicht sicher, was ich davon halten soll. Irgendwie bereiten mir die Informationen Magenschmerzen", stellte Eris fest und erntete Zustimmung von seinen Begleitern.
„Letzten Endes", schaltete Perry sich ein, „sollte es dir nicht zu viele Magenschmerzen bereiten, Eris."
„Sollte es nicht?"
Eris klang ein wenig gereizt. „Du hast doch gerade auch gehört, um was es geht, oder?"
„Jaja, natürlich!"
Perry hob beschwichtigend die Hände. „Aber du darfst nicht vergessen, welche Vorteile diese Naniten haben können. Richtig eingesetzt, können die Dinger viel verändern."
„Und falsch eingesetzt?"
„Ich weiß, Eris. Aber das ist wie mit dem alten Waffengleichnis. Eine Waffe kannst du dazu einsetzten, deine Familie vor wilden Tieren zu schützen und ihr Überleben zu sichern. So gesehen tust du also etwas Gutes damit. Du kannst sie aber auch dazu einsetzen, um deinen Nachbarn zu töten und seinen Besitz zu

stehlen. Ob die Waffe für das eine oder das andere eingesetzt wird, liegt an dir. Die Waffe selbst ist weder gut noch böse. Der Mensch nutzt sie entweder auf die eine oder auf die andere Art."
Eris fuhr sich ein paar Mal nachdenklich durch die Haare.
„Wahrscheinlich hast du recht. Außerdem haben die Naniten doch erst einmal nichts damit zu tun, warum wir hier sind, oder?"
Eris blickte Annabell fragend an.
„So gesehen nicht, richtig."
„Ich bin mir nicht sicher, ob die Antwort mich beruhigen kann", murmelte Eris skeptisch.
Annabell presste die Lippen nachdenklich aufeinander und sog bedächtig Luft ein, bevor sie ansetzte.
„Die Datenspeicher haben nichts mit dem eigentlichen Auftrag des Instituts zu tun, so viel ist sicher. Dennoch sind sie von enormer Wichtigkeit. Ihr erinnert euch an den Großrechner und die Aufgabe, die wir uns selbst auferlegt haben?"
Die Frage war rein rhetorischer Natur, doch die Doktorin sprach erst weiter, als ihre Gesprächspartner nickten.
„In den Datenbanken des Großrechners haben wir jede nur erdenkliche Information, derer wir in den letzten Jahren habhaft werden konnten, gespeichert. Einige Dinge mögen nebensächlich erscheinen, andere von größter Wichtigkeit. Das aber war für uns eigentlich nie ein Kriterium. Wichtig war bisher nicht die Information an sich, sondern das Konservieren und Speichern des Wissens. Letzten Endes können all diese Informationen bei einem Neuanfang wichtig sein."
Perry rollte entnervt mit den Augen und warf einen Blick in die Runde, doch Connelly ließ sich nicht beirren.
„Wir speicherten Baupläne, Lieder, Geschichten, Bilder. Aber wir speicherten auch Computerprogramme. Irgendwie könnte das alles in der Zukunft ja nützlich sein."
Als die Doktorin gerade Luft holte, schaltete Eris sich ein.
„Das haben wir schon verstanden, aber es bringt uns gerade kein Stück weiter."

„Ich komme gleich dazu“, lächelte die Doktorin und fuhr fort. „Wir sammelten auch Informationen über die Region hier. Und da ist der springende Punkt, an dem die Datenspeicher ins Spiel kommen. Vor der Katastrophe gab es in der Nähe eine Einrichtung, die …“
„Nicht noch ein Institut, oder?“, fiel Eris ihr ins Wort.
„Nein. Und es würde schneller gehen, wenn ihr mich nicht dauernd unterbrechen würdet“, sagte die Frau mit Nachdruck. Sie wartete einige Sekunden, bevor sie wieder ansetzte.
„Genaugenommen handelte es sich bei der Anlage um eine Art Kraftwerk, einen Windpark. Mithilfe einer Vielzahl von großen Windrädern erzeugte man dort Strom. Damals war die erzeugte Menge nur ein Tropfen auf den heißen Stein, sie reichte kaum aus, um die ganze Region zu versorgen. Heute hingegen würde die Leistung ausreichen. Der Haken an der Sache: Die Steuerungseinrichtungen der Anlage haben bei der Katastrophe etwas abbekommen. Wir sind uns nicht sicher, was es war, aber die Anlage ist ohne die richtigen Programme nicht einsetzbar und letztlich nur ein Haufen großer Schrott. Mit dem richtigen Programm und einigen Reparaturen jedoch kann man die Anlage wieder in Betrieb nehmen.“
Diesmal wartete Eris, bis Annabell eine Pause eingelegt hatte.
„Und auf den Datenspeichern befanden sich die Informationen? Diese … Computerprogramme?“
„Ja, eindeutig.“
„Ich nehme nicht an, dass ihr die Programme einfach nur sammeln wollt, oder?“
„Natürlich nicht. Wir planen, die Anlage wieder in Betrieb zu nehmen und die Region mit Strom zu versorgen. Unseren Berechnungen zufolge können wir damit das richtige Fundament für einen Neuanfang legen.“
„Eines“, sagte Sal, „verstehe ich bei der ganzen Sache nicht. So wie ich es verstanden habe, sind diese Programme für euch von größter Wichtigkeit gewesen. Und dann schickt ihr jemanden wie François, um sie einzusammeln?“

„Das ist nicht so einfach zu erklären. Auch wenn ich nach dem Tod meines Vaters die Leitung hier übernommen habe, bin ich nicht die, die das letzte Wort hat. Es gibt einen Aufsichtsrat, der sich aus den Leitern der verschiedenen Abteilungen hier zusammensetzt. Die meisten der Mitglieder sind älter als ich und auf den Weg eingeschworen, den mein Vater eingeschlagen hatte. Sie ziehen es vor, in Isolation zu leben und mit der Welt dort draußen nicht viel zu tun zu haben. Ich konnte daher gar nicht offiziell einen Trupp ausschicken. Das hätte ich dem Rat niemals schmackhaft machen können. Letzten Endes war das, worauf ich baute, nur ein Gerücht, das von einem unserer Kundschafter kam. Für ein Gerücht wären die Ratsmitglieder niemals bereit gewesen, unsere Isolation aufs Spiel zu setzen."
„Und jetzt werden sie es anders sehen?"
„Ich hoffe es. Jetzt kann ich ihnen handfeste Beweise vorlegen, auch wenn mein eigenmächtiges Vorgehen nicht ganz ungefährlich war und sicher kommentiert wird. Dennoch glaube ich, dass ich es so schaffen kann, sie zu überzeugen."
„Klingt nicht einfach."
„Das wird es auch nicht."
Schweigen kehrte ein, als sich für die vier immer mehr zusammensetzte, in welche Geschichte sie in den letzten Wochen verwickelt worden waren. Einige der Fragen hatten sich geklärt, doch andere waren immer noch unbeantwortet.
„Da ist aber noch was", sprach Eris den Gedanken aus. „Wer steckt hinter den Kerlen, die die Datenspeicher haben wollten? Und was war das für eine Sache an der Schleuse?"
Connelly verzog säuerlich das Gesicht.
„Offenbar handelt es sich um jemanden – oder eine Gruppe –, die über genug Wissen aus der Zeit vor der Katastrophe verfügt und die entsprechende Technologie, um mit den Datenspeichern etwas anfangen zu können. Das macht den Kreis der möglichen Verdächtigen sehr klein."
„Du wirst es besser wissen und ich glaube das gerne, aber kann ich vielleicht erfahren, wie du zu dem Schluss kommst?"

„Natürlich. Das Auslesen der Datenspeicher macht eine bestimmte Technologie notwendig, da ist es nicht einfach nur mit einem herkömmlichen Computer getan. Zweitens muss man ja auch wissen, um was es sich bei den Programmen handelt. Da man offenbar sehr gezielt danach gesucht hat, ist man sich bewusst, was sich auf den Datenspeichern befindet. An dritter Stelle ist da die Ausrüstung, die ihr beschrieben habt. Für mich klingt es so, als käme sie aus einem Arsenal des Militärs. Die Angreifer, von denen ihr berichtet habt, machten einen einheitlich militärischen Eindruck. Diese drei Punkte lassen mich nur zu einem Schluss kommen. Es muss sich um Nachkommen einer militärischen Einrichtung handeln, die die Katastrophe ähnlich gut wie wir hier im Institut überstanden haben."

„Und was könnte das Militär mit den Programmen wollen?", fragte Perry.

„Das erscheint mir simpel. Es geht um Macht, um Einfluss und um Stärke."

„Und bei euch nicht?", fragte Eris trocken und betrachtete die Doktorin eindringlich.

„Wir haben keine schlechten Absichten", verteidigte sich Connelly, „uns geht es um Stabilität, darum, dass die Menschen wieder in Frieden leben können."

„Und dennoch habt ihr hier eine Fabrik, in der ihr diese Naniten herstellen könnt. Was ist damit eigentlich? Der Windpark, liefert der genug Strom, damit ihr die Fabrik wieder produzieren lassen könnt?"

Die Doktorin hielt erstaunt inne. „Tatsächlich wäre das möglich, ja. Die Energiemenge reicht unseren Berechnungen nach aus."

„Ich habe doch gesagt, diese Dinger bereiten mir Magenschmerzen. Wenn der Windpark jetzt also wieder in Betrieb genommen wird, dann könntet ihr in der Theorie wieder anfangen, Naniten zu produzieren. Nach den Erklärungen von eben weiß ich nicht, ob ich das wirklich möchte." Demonstrativ schüttelte Eris den Kopf.

„Wir haben aber keinen Grund, sie als Waffen zu benutzen. Darauf kann ich euch allen mein Wort geben."
„Nichts für ungut. Nicht, dass ich dir nicht trauen würde, Annabell. Aber ich habe in den letzten Jahren so oft erlebt, wie Menschen ihr Ehrenwort gebrochen haben. Gerade wenn es um sehr wichtige Dinge ging, ist man schnell dabei, zu vergessen, was man eigentlich versprochen hat."
„Ich verstehe deine Bedenken. Aber ich möchte auch sagen, dass es wahrscheinlich niemanden auf der Welt gibt, der Naniten so gut versteht wie wir. Unsere Vorfahren haben sie geschaffen und sie haben auch gesehen, was diese Erfindung anrichten kann. Die Mahnung daran gaben sie an uns weiter. Ganz davon abgesehen: Naniten lassen sich auch zum Guten einsetzen. Es ist der Mensch, der entscheidet."
„Das ist die alte Leier. Nur wenn es die Möglichkeit nicht gibt, mit etwas Schaden anzurichten, ist den Menschen vielleicht mehr geholfen."
Connelly hob die Hand.
„Eure Bedenken in allen Ehren. Aber sie führen jetzt auch nicht weiter. Entweder ihr habt Vertrauen in unsere Sache oder nicht. Wenn ihr uns nicht vertraut, so steht es euch frei, zu gehen. In dem Fall sind wir euch für eure Hilfe dankbar und zeigen uns natürlich erkenntlich. Auch die Verpflichtungen, die wir gegenüber euren Freunden haben, werden wir natürlich einhalten."
„Und wenn wir uns doch entscheiden, hierzubleiben und auf eurer Seite zu stehen?", setzte Eris an.
„Auch dann stehen wir zu unseren Verpflichtungen. Und wir wären natürlich auf eure Hilfe in der nahen Zukunft angewiesen."
„Und die sieht nicht zufällig so aus, dass wir unsere Ärsche in Gefahr bringen, indem wir für euch den Windpark in Betrieb nehmen?"
„Haargenau auf den Punkt gebracht."

„Ich muss nicht sagen, dass mir die Situation nicht ganz schmeckt, oder?", murmelte Eris, als die vier Connelly und zwei Wachleuten durch die langen Gänge folgten. Die Doktorin und die Wachen hatten die Spitze übernommen und Eris war peinlich genau darauf bedacht, dass ihre Eskorte von der Unterhaltung nichts hörte.
„Das war kaum zu überhören", meinte Perry mit einem vielsagenden Lächeln.
„Ernsthaft. Gibt es denn irgendeine Sicherheit, dass die uns nicht aufs Kreuz legen werden?"
Der Arzt verzog nachdenklich das Gesicht, während sein Blick sich für einige Sekunden starr in den Rücken ihrer Eskorte bohrte.
„Natürlich gibt es die Sicherheit nicht. Aber sieh es mal so: Die Datenspeicher haben sie uns eh schon abgenommen. Wenn du Befürchtungen hast, das alles könnte sich in die falsche Richtung entwickeln, dann ist deine einzige Chance, es noch irgendwie zu beeinflussen, diese hier. Die werden auch ohne uns versuchen, ihre Pläne zu verwirklichen."
Eris knirschte mit den Zähnen, dann nickte er. „Du hast wahrscheinlich recht. Also heißt es wieder mal, dass wir das Beste aus der Angelegenheit machen müssen."
„Sieht ganz danach aus."
Auf dem Weg passierten sie immer wieder andere Bewohner der Anlage, einige von ihnen schienen dabei in ihr Tagewerk vertieft und hoben nur kurz den Blick, um knapp zu grüßen. Die meisten hingegen betrachteten die ungewöhnliche Gruppe mit längeren, neugierigen Blicken.
Für sie waren neue Gesichter in dem Komplex etwas Besonderes. Durch die Isolation, in die die Leiter der Einrichtung die Bewohner geführt hatten, waren Eris, Sal, Perry und Tyler wahrscheinlich die ersten Menschen von außerhalb, die sie je zu Gesicht bekommen hatten. Die vier waren sich der Blicke bewusst, und es war kein angenehmes Gefühl, so im Mittelpunkt zu stehen. Scheu lächelten sie und nickten knapp, wenn sie Bewohner

passierten, doch den Großteil der Zeit versuchten sie, unauffällig zu wirken, was natürlich nicht funktionieren konnte.
Connelly führte die vier durch eine bewachte Tür in einen Bereich der Einrichtung, in dem weniger Menschen unterwegs waren. Es war eine Wohltat, nicht mehr den zahlreichen Blicken ausgesetzt zu sein. Der Weg der kleinen Gruppe endete in einem Raum, an dessen Ende sich ein verglaster und vergitterter Tresen befand.
Hinter dem Tresen leistete ein alter, weißhaariger Mann mit einer runden Brille seinen Dienst und blickte gelangweilt von einem abgegriffenen Buch auf. Als er beim zweiten Blick erkannte, dass Connelly die Truppe hierher gebracht hatte, beeilte er sich, sein Buch außer Sichtweite unter den Tresen zu schieben, und nahm Haltung an, strich sich sein schütteres Haar zurecht. Die Doktorin nickte dem Mann knapp zu und drehte sich dann zu den vieren um.
„Willkommen im Arsenal. Ich war versucht, euch für die bevorstehende Aufgabe einfache Ausrüstung zusammenzustellen. Dann kam ich darauf, wie dumm das eigentlich wäre. Immerhin seid ihr vom Fach, und die Welt da draußen ist euer Spezialgebiet. Ihr werdet am besten wissen, was ihr braucht."
Perry verzog das Gesicht zu einem Lächeln und nickte anerkennend, während Eris sich argwöhnisch umblickte. Sal hatte bis vor einigen Sekunden noch einen nichtssagenden, fast versteinerten Gesichtsausdruck gehabt, dann aber hatten ihre scharfen Augen das Waffenregal hinter dem verglasten Tresen entdeckt. Sie lächelte. Tyler warf unsicher immer wieder einen Blick zu den anderen, nicht wissend, wie er zu reagieren hatte.
Connelly wartete eine mögliche Antwort nicht ab, sondern drehte sich zu dem Mann hinter dem Tresen um.
„Ich möchte, dass diese vier Personen alles bekommen, was sie möchten. Keine Anträge, keine Formulare. Unterstützen Sie sie, so gut es Ihnen möglich ist."
Der Alte machte sich eine Notiz und nickte dann pflichtschuldig.
„Gut."

Annabell wandte sich wieder um. „Ich muss euch jetzt leider allein lassen. Eine Besprechung wartet. Sagt den Wachen Bescheid, wenn ihr fertig seid, dann sehen wir weiter."

+++

„Das ist völlig inakzeptabel."
Annabell kam sich schutzlos vor. Sie saß in dem Besprechungsraum am Kopfende eines langen Tisches und doch hatte sie die Situation bei weitem nicht unter Kontrolle. Sie spürte, wie die Anwesenden sie anstarrten, förmlich mit den Blicken sezierten, jede Faser ihres Körpers zu erfassen schienen. Die zwölf anderen Personen waren allesamt viel älter als die Doktorin, sodass sie sich zwangsläufig wie ein kleines Kind vorkam, dass sich dem Urteil der Erwachsenen aussetzen musste. Ungeachtet der Situation flüsterten einige der Aufsichtsratsmitglieder miteinander, schüttelten vorwurfsvoll die Köpfe.
„Ich kann mich erklären", begann die Doktorin.
„Das ist das Mindeste. Wir hoffen, dass Sie eine Erklärung für Ihr Verhalten haben. Auch wenn wir sie wahrscheinlich nicht nachvollziehen können", krächzte eines der Mitglieder am Ende des Tisches.
„Mein Vater war noch vor der Katastrophe Leiter dieses Instituts. Er beschloss – nach allen Eindrücken, die er sammeln konnte –, dass es das Beste sei, wenn wir Überlebenden in der Isolation blieben. Dennoch behaupte ich, dass dies nicht sein Plan für die Ewigkeit war."
Ein Raunen ging durch die Anwesenden. Eines der Ratsmitglieder, ein rundlicher Mann, erhob sich wütend.
„Wie können Sie es wagen! Ich habe Jahrzehnte mit Ihrem Vater zusammengearbeitet, ich kenne ihn als vorsichtigen Mann. Niemals, niemals wäre es sein Plan gewesen, uns den Wagnissen der Welt dort draußen auszusetzen."
Die Stimme des Mannes bebte und Annabell musterte den Mann vorsichtig.

Ein dünnes, zynisches Lächeln lief über ihre Lippen.
„Sie müssen entschuldigen. Er war immerhin mein Vater. Wenn jemand Professor Connelly gut kannte, dann wohl ich. Und nicht seine Kollegen. Sie mögen mit ihm gearbeitet haben, mehr aber auch nicht. Alles, was Sie über meinen Vater zu wissen glauben, leiten Sie aus dem ab, wie Sie ihn auf der beruflichen Ebene erlebt haben."
„Das ist eine Unverschämtheit", setzte der rundliche Mann an, doch die Doktorin ließ ihn gar nicht so weit kommen.
„Eine Unverschämtheit ist, dass Sie der Meinung sind, den Namen und das Andenken meines Vaters zu missbrauchen, um weiter in Ihrer sicheren Isolation zu bleiben." Connelly stand auf und deutete in einer Bewegung auf alle Anwesenden. „Natürlich befürworten Sie alle die Isolation, die unter meinem Vater stattgefunden hat. Natürlich plädieren Sie dafür, dass wir diese Isolation nicht aufgeben dürfen. Aber Sie alle haben nicht den Mut, zu sagen, warum Sie so denken. Es geht dabei nicht um meinen Vater und seine Entscheidungen, und auch nicht darum, dass die Welt dort draußen gefährlich ist. Es geht darum, dass Sie Angst vor der Welt dort draußen haben. Darum, dass Sie Ihren Komfort, Ihren Luxus aufgeben müssen. Sie sind es doch, die sich mit diesem Zustand abgefunden haben! Während die Welt dort draußen in Trümmern liegt, interessiert Sie das einen Scheißdreck. Hier drinnen geht es Ihnen gut. In dem Moment, in dem wir nach draußen strömen, ist es damit vielleicht vorbei. Und davor, nur davor, haben Sie Angst!"
Annabell merkte, wie sie sich in Rage geredet hatte, wie das Blut ihr ins Gesicht geschossen war, und hielt inne, um Luft zu holen. Die Anwesenden starrten sie sprachlos an. In den Augen der Versammelten konnte sie lesen, wie richtig sie mit ihren Worten gelegen hatte. Für einige Sekunden lag schmerzende Stille im Konferenzraum, dann räusperte sich eine der Anwesenden. Es war Lisa Salvini, eine Biologin. Die Frau war fast siebzig Jahre alt, hatte jedoch den Ruf als eine der brillantesten Forscherinnen des Instituts behalten. Das schlohweiße Haar trug sie zu ei-

nem strengen Dutt, der in einem starken Kontrast zu ihren gutmütigen Gesichtszügen stand.
„Annabell, Sie haben wahrscheinlich recht. Schauen Sie uns an. Wir sind allesamt alte Menschen. Und es ist das Vorrecht der Alten, skeptisch, wenn nicht ängstlich gegenüber dem Neuen und dem Fremden zu sein. Und diese Welt dort draußen ist mittlerweile fremd für uns. Ich spreche da nur für mich, aber mir macht sie Angst. All die Geschichten, die ich gehört habe, all die Berichte, die ich gelesen habe, lassen mich daran zweifeln, dass ich einen Platz in der Welt dort draußen habe. Hier, im Institut, in meiner Heimat, da habe ich einen Platz. Hier weiß ich, was passiert. Tag für Tag. Hier besitze ich Kontrolle. Das Institut ist für uns alle Sicherheit. Und diese Sicherheit sehen wir nun bedroht. Es ist das Neue, was uns Angst macht." Ihre Stimme war freundlich, ohne eine Spur der Feindseligkeit.
„Dennoch sind wir alle Wissenschaftler, Forscher. Vor vielen Jahren haben wir unsere Leben in den Dienst der Wissenschaft gestellt. Und für mich bedeutet das, keine Angst zu haben. Ein Wissenschaftler, der Angst vor Veränderungen, Angst vor dem Neuen hat, ist den Beruf, den er gewählt hat, nicht wert. Ein Wissenschaftler verändert die Welt. Und darum geht es doch, oder?"
Salvini hatte sich mit den letzten Worten weniger an Annabell als an die restlichen Anwesenden gewandt. Neugierig sah Annabell, wie die Hälfte der Anwesenden zaghaft nickte und zustimmte.
Der Rest hingegen blieb skeptisch und argwöhnisch.
„Was macht Sie denn so sicher, dass Ihr Vater, dass Angus nie vorgehabt hätte, uns für immer in der Isolation zu halten?"
Connelly schluckte einmal und legte sich ihre Worte zurecht. Dann verwarf sie sie und ging hinüber zu einem Computer, der im Raum stand. Ihre Finger flogen über die Tastatur und mit einem Surren sprang ein Projektor unter der Decke an. Das Gerät projizierte eine dreidimensionale Grafik der Datenbank auf die Mitte des Besprechungstisches. Die Doktorin ließ die sich dre-

hende Projektion einige Sekunden wirken, bevor sie zu einer Erklärung ansetzte.
„Mein Vater führte das Institut in die Isolation. Da haben Sie alle natürlich recht. Aber es war auch mein Vater, der immer wieder – natürlich unter den strengsten Auflagen – Expeditionen zusammenstellte. Er sammelte Wissen. Jede nur denkbare Information wurde von uns in den letzten Jahrzehnten gesammelt, digitalisiert und archiviert. Welchen Sinn hätte es gehabt, Informationen zu sammeln, die wir hier zum Überleben gar nicht benötigen, wenn es sein Plan gewesen wäre, in fortdauernder Isolation zu bleiben?"
Die Frage war eine rein rhetorische und schien weitere der Anwesenden zu überzeugen, auch wenn die Skeptiker immer noch abfällig den Kopf schüttelten.
„Schön, schön", meldete sich der dickbäuchige Mann wieder zu Wort, „aber wie haben Sie sich das vorgestellt? Wir öffnen die Tore und strömen nach draußen? Wir nehmen Kontakt zu den Siedlungen in der Nähe auf und hoffen, dass man uns einfach so vertrauen wird? Das ist Selbstmord! Die Menschen dort draußen sind misstrauisch, das ist in fast jedem Bericht zu lesen! Sie werden uns nicht mit offenen Armen empfangen. Und sobald sie dahinterkommen, woher wir stammen und was wir hier aufgebaut haben, wird es nicht lange dauern, bis sie kommen, um sich mit Waffengewalt zu holen, was sie brauchen."
Connelly lächelte. Sie hatte diese Argumentation erwartet. Jetzt fühlte sie sich sicher, wusste genau, was sie sagen sollte.
„Natürlich ist das nicht so einfach. Wenn wir so vorgehen würden, dann hätten wir ein erhebliches Problem. Wir werden ihnen ein Geschenk bringen."
„Ich verstehe nicht ganz ..."
Annabells Finger flogen über die Tastatur des Computers und sie rief ein einfaches Foto auf, das der Projektor in brillanter Qualität übertrug.
Das Bild zeigte die Aufnahme eines Windparks. Unzählige turmhohe Windkraftanlagen erhoben sich in einen wolkenver-

hangenen Himmel. Die Rotorblätter standen still und hier und da prangte tiefbrauner Rost.
„In den letzten Monaten bin ich einer blassen Spur hinterhergejagt. Die Spur führte mich zu etwas Unglaublichem. Meine Damen und Herren, ich darf verkünden, dass wir die notwendigen Steuerprogramme für die Anlage sicherstellen konnten."
Die Anwesenden schwiegen ehrfürchtig. Annabell genoss diesen Augenblick.

+++

Neugierig drehte und wendete Tyler das schmale Tablet in seiner Hand. Seine Finger glitten über den Bildschirm und fasziniert beobachtete er, wie sich die Ansicht nur aufgrund seiner Berührungen änderte.
„Und hiermit finden wir den Weg zur Anlage?", fragte er.
Connelly nickte zustimmend.
„Ja. Es ist ein Computer. Handlich und sehr praktisch. Dein Onkel war der Meinung, du seist der Richtige für so etwas."
Der Junge nickte schüchtern und merkte, wie ihm das Blut in den Kopf schoss. Er hatte das Gefühl, noch nie etwas Wertvolleres in den Händen gehalten zu haben.
„Ich, ähm … ich weiß aber nicht, wie sowas funktioniert. Es … es gibt dort draußen keine Computer. Zumindest habe ich noch nie welche gesehen, die funktionieren", stammelte er. Er fürchtete, dass sie ihm nach diesem Geständnis den kleinen Computer abnehmen würde. Stattdessen lächelte die Doktorin sanft.
„Das ist gar kein Problem. Dein Onkel hat erzählt, was du dort draußen schon alles erlebt hast, und das ist eine ganze Menge. Ich glaube, wenn du es schaffst, dort zu überleben, dann ist es für dich ganz einfach, das Gerät zu verstehen. Er sagte auch, dass du dich sehr für Geschichte interessierst. Stimmt das?"
Tyler blickte auf und nickte.
„Ja. Mich interessiert, wie die Menschen DAVOR gelebt haben. Ich will wissen, wie DANACH entstanden ist. Ich glaube, dass

wir, wenn wir wissen, was damals passiert ist, daraus lernen und dafür sorgen können, dass es nicht wieder passiert."
Annabell blickte den Jungen ehrlich beeindruckt an.
„Das ist eine gute Einstellung, Tyler. Sie macht einen Forscher aus."
Tyler hatte alles erwartet, aber kaum ein solches Lob.
„Danke", stammelte er schüchtern. „Außerdem glaube ich, dass das alte Wissen der Schlüssel ist, mit dem wir die Welt wieder ... naja ... besser machen können."
Während sein Enthusiasmus in den ersten Worten noch spürbar war, wurden die letzten Worte immer brüchiger, unsicherer. Fragend blickte er die Doktorin an.
„Du klingst nicht wie jemand von außerhalb, Tyler. Du klingst, als ob du dein ganzes Leben hier im Institut verbracht hättest."
Tyler wusste nicht, was er sagen sollte, und so beließ er es bei einem Lächeln, auch wenn er sich dabei unheimlich dumm vorkam. Um die Gesprächspause zwischen ihnen nicht zu lang werden zu lassen, räusperte er sich.
„Also gut. Aber was mache ich, wenn wir die Anlage erreicht haben? Wenn ich es richtig verstanden habe, muss das Programm dann auf die Computer dort gelangen, oder?"
„Genau. Aber das ist auch nicht schwer. Du nimmst dieses Kabel hier und schließt es an deinen Computer an. Dann brauchst du einen Anschluss, auf den dieser Stecker passt. Das ist auch schon alles."
Tylers Augenbrauen wanderten nach oben.
„Das ist auch schon alles? Der Computer hier macht alles selbst?"
„Nun, eigentlich nicht", gab Annabell zu. „Normalerweise müsstest du das Programm von Hand übertragen und installieren. Da das aber keiner von euch kann und ich keinen Techniker mit euch schicken würde – der Rat würde es niemals erlauben, noch ist er zu skeptisch –, habe ich mir eine andere Lösung einfallen lassen. Sobald die Computer verbunden sind, startet ein Programm, das dir die Arbeit abnimmt."

„Das klingt unglaublich."
„Es ist nur Technik. In dem Moment, in dem du dich daran gewöhnst, dass es normal und kein Wunder ist, ist es eine gesunde Beziehung."
„Dann ist es einfacher, als ich gedacht habe. Glaubst du, ich kann das auch mal lernen?"
„Was? Mit der Technik so umzugehen?"
Tyler nickte knapp und blickte wieder auf den Computer in seiner Hand.
„Aber natürlich. Ich schätze, das dürfte dir keine Schwierigkeiten bereiten."

„Das kann doch nicht wahr sein!"
Eris schüttelte den Kopf und sah die Doktorin ungläubig an.
„Ihr sitzt in diesem Paradies, in dem Technik völlig normal ist, und du willst mir sagen, ihr seid nicht in der Lage, vor eurer Haustür aufzupassen?"
„Ich kann mit Bestimmtheit sagen, dass sich niemand direkt vor den Ausgängen befindet."
„Super. Weißt du, wenn die Leute da draußen sowas haben", und dabei deutete er auf das Präzisionsgewehr, das Sal in den Händen hielt, „dann haben sie es nicht nötig, vor der Tür zu warten. Dann sitzen sie in gehörigem Abstand irgendwo in diesem verdammten Tal und warten einfach nur darauf, dass irgendjemand von uns seinen Kopf aus der Deckung schiebt."
„Die Situation ist unbefriedigend, ich weiß."
„Unbefriedigend? Das ist kein Ausdruck. Wer auch immer da draußen sein könnte, er hat François auf dem Gewissen. Das bedeutet, dass man wohl nicht lange fackeln wird, wenn wir nichtsahnend ins Fadenkreuz marschieren. Und um es noch besser zu machen – wir wissen nicht, mit wem wir es zu tun haben. Oder wie viele es wohl sind. Als ob das nicht genug wäre, kommt dann noch die Krönung: Wir haben nicht einmal Pferde. Damit ist die Überraschung auch dahin, vom schnellen Vorankommen ganz zu schweigen."

„Versteh doch. In meiner Position konnte ich keine Leute nach draußen schicken. Der Aufsichtsrat hätte mich gleich einen Kopf kürzer gemacht."
„Ja, ich verstehe. Aber dass wir Außenweltler den Arsch hinhalten, damit hat der Rat natürlich kein Problem, oder?"
„Eris, niemand ...", begann die Doktorin beschwichtigend, doch er hatte sich in Fahrt geredet.
„Komm, hör auf! Genau das ist doch der Grund, warum ..." Sal legte ihm beschwichtigend die Hand auf die Schulter. Ihre Blicke trafen sich für einige Momente und sie schüttelte nur sanft den Kopf. Dann drückte sie ihm einen Kuss auf die Lippen.
Man sah Connelly an, dass sie nicht mit einer solchen Wendung des Gesprächs gerechnet hatte, offensichtlich war sie über das Einschreiten der Schützin jedoch mehr als dankbar. Sie ließ einige Sekunden verstreichen, in der Hoffnung, dass Eris' Zorn dann verraucht war.
„Vielleicht können wir die Situation besser lösen, als ihr euch vorstellen könnt."
Die vier blickten sie erstaunt an.
„Pferde können wir euch nicht bieten. Dafür etwas anderes. Das Problem dabei ist nur: Wahrscheinlich kann keiner von euch damit umgehen."
Ihre Erklärung sorgte nicht dafür, dass sich Verständnis in der Runde ausbreitete, und so fuhr sie fort.
„Das Institut verfügt über einen Fuhrpark. Fahrzeuge der Angestellten, aber auch Fahrzeuge für die Arbeit. Viele von denen stehen seit Jahrzehnten unbenutzt im Tunnel, und die Chance, dass sie nicht mehr funktionieren, ist groß. Aber wir haben auch eine Handvoll Fahrzeuge, die wir hegen und pflegen und immer wieder prüfen. Mein Vater war damals der Meinung, dass das nicht schaden kann."
Sal, Eris und Tyler, die Fahrzeuge nur als verrostende Relikte aus der Zeit DAVOR kannten, blickten die Wissenschaftlerin ungläubig an.

Lediglich Perry lehnte sich zurück und kreuzte neugierig die Arme über der Brust.
„Von was reden wir?", fragte der Arzt, als er merkte, dass seine Begleiter die Sprache so schnell nicht wiederfinden würden.
„Von einem einfachen LKW. Wir prüfen die Fahrzeuge jedes halbe Jahr. Er müsste laufen wie eine Eins."
„Interessant", murmelte der Arzt vielsagend.
Sein Verhalten zog das Interesse der Doktorin auf sich und Annabell musterte ihn.
„Warum? Weißt du, wie man damit umgeht?"
„Es gab noch viele Fahrzeuge, die funktionierten, in den ersten Jahren damals. Irgendwann ging der Sprit aus oder die Dinger blieben einfach liegen. Und irgendwann waren sie verschwunden. Einzig und allein die Wracks in der Landschaft erinnern heute noch an sie", sagte Perry bedeutungsschwanger.
„Perry, weißt du, wie man sowas fährt?", wollte Sal wissen. Auch ihre Neugier war geweckt, als sie etwas von der neuen Seite ihres langjährigen Begleiters erfuhr.
Der Arzt machte ein verschwörerisches Gesicht.
„Damals, in den ersten Jahren DANACH, war alles ziemlich chaotisch. Wir sind nie lange an einem Ort geblieben. Immer auf der Suche nach Sicherheit, nach Nahrung, nach Wasser. Wenn wir an einer Stelle nichts mehr finden konnten, zogen wir weiter. Viele Menschen machten das wie wir, und irgendwie schaffte meine Mutter es, dass wir uns dieser Gruppe anschließen konnten. Wir waren zwanzig Überlebende, vielleicht ein paar mehr. Mit zwei großen LKWs reisten wir quer durch die Wildnis, blieben nirgendwo lange. Solange wir Sprit finden konnten, war alles kein Problem. Meine Mutter wollte, dass ich lerne, wie man so ein Fahrzeug fährt. Sie glaubte, dass meine Chancen, zu überleben, so weitaus besser wären. Also habe ich es irgendwann gelernt. Gebracht hat es aber nichts. Ich bin ein paar Mal gefahren, nie lange. Meistens hat man mich auch gar nicht ans Steuer gelassen. Als der Motor irgendwann versagte und wir keine Ersatzteile finden konnten, haben wir es aufgege-

ben. Die Gruppe blieb noch einige Zeit zusammen, dann lösten wir uns in alle Himmelsrichtungen auf. Ich habe seitdem nie wieder an einem Steuer gesessen. Aber ich habe auch seitdem nie wieder ein intaktes Fahrzeug gesehen."

Tyler blickte seinen Onkel anerkennend an. Der bärtige Mann war immer wieder für eine Überraschung gut. Eris lachte auf.

„Du bist unglaublich, Perry. Da kennen wir uns so viele Jahre, und niemals hast du uns davon erzählt!"

Der Doktor machte eine wegwerfende Handbewegung.

„Warum auch? Was hätte es gebracht, so ohne einen funktionierenden fahrbaren Untersatz?"

„Schön, dass du jetzt mit der Geschichte herausgekommen bist", schloss Annabell. „Denn damit stehen uns wirklich ein paar Chancen mehr offen. Und ich muss den Rat nicht überzeugen, euch jemanden mit auf den Weg zu geben, der den LKW fahren kann. Das würden sie wahrscheinlich nicht zulassen."

„Ach, aber dass wir einen eurer LKWs bekommen, damit haben sie kein Problem?"

„Das habe ich nicht gesagt", gestand die Frau.

Neonröhren verliehen dem Tunnel ein unnatürliches Licht und erfüllten ihn mit einem monotonen Brummen. Unzählige Fahrzeuge standen entlang der zweispurigen Straße, viele von ihnen waren ganz offensichtlich nur noch ein Schatten ihrer selbst. Die Motorhauben standen offen und die Motoren waren innerhalb der vergangenen Jahrzehnte Stück für Stück ihrer Teile beraubt worden, die wiederum in anderen Fahrzeugen als Ersatzteile verbaut worden waren. Viel besser sah es auch im Innern der Fahrzeuge nicht aus, letzten Endes schien es sich bei den meisten der Wagen nur noch um ausgeschlachtete Hüllen zu handeln. Die Last der Jahre war auch an den Reifen zu erkennen. Das Gummi war schlaff und spröde, porös geworden, sodass fast alle Fahrzeuge auf der Felge standen. Im Grunde war es ein Tunnel, ein Zeichen der menschlichen Überlegenheit über

die Natur, vollgestopft mit Schrott, der kaum mehr wert war als das Altmetall, aus dem er war.
Schwer gepackt waren sie einige hundert Schritte tief in den Bauch des Felsens marschiert, begleitet von Connelly und einigen Wachleuten, bis sie das Fahrzeug erreichten. Nachdem sie es skeptisch begutachtet und mehrfach umrundet hatten, hievten sie ihr Gepäck auf die Ladefläche, während Perry ins Führerhaus kletterte.
Es handelte sich um einen olivgrünen Fünftonner, dessen Ladefläche über ein Rahmengestänge verfügte. Der Rahmen konnte bei Bedarf mit einer Plane aus Segeltuch überspannt werden, für den Moment jedoch war sie fein säuberlich aufgerollt mit dem Gestänge verbunden. An den Seiten der Ladefläche gab es herunterklappbare, unbequeme Pritschen, doch ein Fahrzeug wie dieses war niemals auf Komfort ausgelegt gewesen. Die Sitzbank des Führerhäuschens war ausgesessen und verschlissen, dennoch würde sie sicher mehr Bequemlichkeit als die blanken, ungepolsterten Pritschen bieten.
Tyler nahm neben seinem Onkel in der Fahrerkabine Platz, während Eris und Sal sich auf die Ladefläche begaben. Neugierig begutachtete Tyler, wie Perry sich mit den Armaturen vertraut machte, wie seine Hände tastend jeden Hebel, jeden Schalter und das Lenkrad erforschten. Sal und Eris hingegen schienen weniger überzeugt von dem Fahrzeug und der Vorstellung, eine schaukelnde Fahrt auf der Ladefläche verbringen zu müssen. Für den Moment betrachteten sie Perry skeptisch durch die kleine Heckscheibe, und was er da tat, war nicht gerade dafür geeignet, ihre Vorbehalte zu zerstreuen.
Nach einer Einweisung durch einen der Wachmänner versuchte Perry, das Fahrzeug zu starten. Zweimal gelang es ihm nicht und der LKW bockte und schüttelte sich, als der Motor absoff. Der dritte Versuch jedoch war von Erfolg gekrönt. Für einige Sekunden heulte das Aggregat auf, dann hatte Perry das richtige Pedal und den Leerlauf gefunden und der Motor verfiel in ein gleichmäßiges Brummen. Das ganze Fahrzeug vibrierte unter

der unbändigen Kraft des laufenden Motors. Langsam rollte es an.

Die Fahrt endete vor einem großen Stahltor, das sich über die gesamte Breite des Tunnels erstreckte. Eine der Wachen machte sich an einem Schaltkasten an der Wand zu schaffen, während Connelly noch einmal an das Fahrzeug herantrat. Sie bemühte sich, gegen den hallenden Lärm des Motors anzuschreien.

„Hinter dem Tor kommt eine kleine Höhle, von der aus ihr direkt ins Tal kommt. Wir haben damals alle Spuren so gut es ging verwischt, es wird also keine Straße geben, daher stellt euch darauf ein, dass es holprig wird. Am besten, ihr haltet auf die Gebäude zu und von dort aus auf das Ende des Tals. Für alles Weitere solltet ihr euch nach der Karte richten. Seid vorsichtig, vieles übersieht man leicht im Dunkeln."

Eris wollte etwas sagen, doch so weit kam er nicht. Mittlerweile hatte sich das Stahltor ächzend geöffnet. Perry legte knackend den Gang ein und trat auf das Gaspedal. Mit einem Ruck beschleunigte das Fahrzeug, und Eris hatte Mühe, sich auf den Beinen zu halten und am Gestänge festzuklammern.

Hinter dem Stahltor folgte die kleine Höhle, von der die Gelehrte gesprochen hatte, und hier brachte der Arzt das Fahrzeug noch einmal zum Halten. Das Tor schloss sich hinter ihnen und es wurde klar, warum das Institut seit Jahrzehnten nicht entdeckt worden war.

Von dieser Seite aus war kein Tor zu erkennen, sondern lediglich eine schroffe Felswand.

Umständlich suchte Perry nach etwas im Fußraum.

„Ich werde ohne Licht fahren. Damit wir das auch gesund überstehen, habe ich mir eines dieser Nachtsichtgeräte hier geben lassen. Keine Ahnung, wie gut das funktionieren wird. Aber sicherer, als mit Licht zu fahren, wird es wohl sein."

Damit streifte er das Gerät über, zog die Gurte zurecht und schaltete es ein.

„Und du glaubst nicht, dass man uns hören wird?", fragte Eris zynisch, der sich mittlerweile mit beiden Händen festhielt.

„Natürlich wird man uns hören. Aber bevor man begreift, was eigentlich los ist, sind wir sicher schon weg."

Weder Eris noch Sal konnten den Optimismus ihres Freundes teilen. Beide warfen sich einen vielsagenden Blick zu und klammerten sich fest. Ohne ein weiteres Wort der Warnung legte Perry einen Gang ein und der LKW fuhr aus der Höhle in das nächtliche Tal.

Die Geschichte wird fortgesetzt in Buch 2:

The Rising – Das Gefecht

BAND 1
FLUCHT AUS DEM DUNKEL

Dein Name ist Einsamer Wolf.
Bei einem hinterhältigen Angriff der Schwarzen Lords wird das Kloster, in dem du zum Kai ausgebildet wirst, vom Feind zerstört. Du bist der einzige Überlebende!

FLUCHT AUS DEM DUNKEL

Du schwörst Rache. Doch zunächst musst du Holmgard erreichen und König Ulnar vor den Horden des Bösen warnen. Der Weg, der nun vor dir liegt, birgt tödliche Gefahren, und der Feind ist dir dicht auf den Fersen.

Auf jeder Seite dieses Buches musst du dich neuen Herausforderungen stellen, darum wähle deine Waffen und Fähigkeiten mit Bedacht. Nur mit ihrer Hilfe wirst du das fantastischste und spannendste Abenteuer deines Lebens bestehen können.

Die Abenteuer von Einsamer Wolf sind eine einzigartige interaktive Fantasy-Serie. Wenn du dieses Abenteuer überstanden hast, kannst du deinen Kampf gegen das Böse in weiteren Bänden der Reihe Einsamer Wolf fortsetzen.

Werde Teil dieser einzigartigen Rollenspiel-Saga!